LISA SCOTT

Mord mit kleinen Fehlern

Buch

Die attraktive rothaarige Anwältin Anne Murphy arbeitet seit kurzem bei der Anwaltskanzlei Rosato & Associates, einem reinen Frauenteam. Sie war von Kalifornien nach Philadephia gezogen, weil sie dort ständig von einem Spanner verfolgt und bedroht wurde. Die Verteidigung eines Mandanten, der wegen sexueller Nötigung vor Gericht steht, ist für Anne aber eine große Herausforderung – auch in privater Hinsicht, denn der Anwalt der Gegenpartei, Matt Booker, ist äußerst anziehend und sympathisch. Aber durch die berufliche Gegnerschaft ist er – zumindest für die Dauer des Verfahrens – für Anne tabu. Als ihr im Prozess ein entscheidender Coup gelingt, entschließt sie sich, zur Vorbereitung auf die nächste Etappe ein Wochenende auf dem Land zu verbringen. Also bittet sie eine flüchtige Bekannte, in dieser Zeit ihre Katze zu füttern. Als sie am folgenden Morgen ihr eigenes Bild in der Zeitung sieht und liest, sie sei ermordet worden, ist Anne schockiert. Und sie weiß sofort, wer in Wahrheit dem mörderischen Anschlag zum Opfer gefallen ist: Ihre Katzensitterin Willa Hansen, ebenfalls rothaarig und von ähnlicher Statur wie sie selbst. Anne ist überzeugt, den Täter zu kennen: jenen Spanner Kevin Satorno, der eigentlich in Kalifornien hinter Gittern sitzen sollte. Satorno ist also zum Äußersten fähig, und Anne befürchtet, dass er, wenn die Medien seinen Fehlschlag publizieren, ein zweites Mal zuschlägt. Also beschließt sie, den Irrtum der Polizei nicht zu melden, sondern als »Tote« die Suche nach dem Mörder selbst in die Hand zu nehmen. Dabei bringt sie sich in tödliche Gefahr, denn sie ahnt nicht, dass noch ein anderer an ihrem Ableben Interesse hat …

Autorin

Lisa Scott hat als Anwältin für das US-Berufungsgericht und in einer großen Kanzlei in Philadelphia gearbeitet. Bereits ihr erster Roman »Die Katze war noch da« wurde von Publikum und Kritikern gleichermaßen gefeiert. Für ihr zweites Buch »Rosen sind rot« (geschrieben unter dem Autorennamen Lisa Scottoline) erhielt sie den Edgar-Allan-Poe-Preis, die begehrteste Auszeichnung für Kriminalliteratur in Amerika.

Als Blanvalet Taschenbuch lieferbar:

Als Lisa Scott:
Die Zwillingsschwester (35472) – Und wenn du nicht die Wahrheit sprichst (35408) – Alte Schulden (35608) – Mord unter Schwestern (36081)

Als Lisa Scottoline:
Rosen sind rot (43917) – Rudern ist kein Alibi (43918) – Freispruch für einen Mörder (43919)

LISA SCOTT

Mord mit kleinen Fehlern

Roman

Aus dem Amerikanischen
von Tatjana Kruse

BLANVALET

Die amerikanische Originalausgabe erschien unter dem Titel
»Courting Trouble«
bei HarperCollins, New York.

Umwelthinweis:
Alle bedruckten Materialien dieses Taschenbuches sind
chlorfrei und umweltschonend.

Der Blanvalet Verlag ist ein Unternehmen der Verlagsgruppe
Random House.

Sonderausgabe November 2004

Umschlaggestaltung: Design Team München
Umschlagfoto: photonica/RobertMcCann
LW · Herstellung: wag
Druck: GGP Media GmbH, Pößneck
Made in Germany · Titelnummer: 36214
ISBN 3-442-36214-8
www.blanvalet-verlag.de

Für meine Leser und Leserinnen,
mit aufrichtigem Dank.

Ihre Hingabe erwidere ich,
mit meiner eigenen Hingabe.

May you always be courageous.
Bob Dylan, »Forever Young«

When other friendships have been forgot,
ours will still be hot.
Lucy und Ethel
(nach dem Cole Porter Song »Friendship«)
in *I love Lucy*, Folge 69
»Lucy and Ethel Buy The Same Dress«
vom 19. Oktober 1953

1

Mit langen, wehenden roten Haaren bahnte sich Anne Murphy ihren Weg durch die umtriebige Lobby des William-Green-Bundesgerichtsgebäudes. Sie würde gleich etwas Verrücktes vor Gericht tun und konnte es kaum erwarten, den Gerichtssaal zu betreten. Falls sie gewann, wäre sie eine Heldin. Falls sie verlor, würde sie ins Gefängnis wandern. Anne dachte nicht weiter über das »falls sie verlor« nach. Sie war ein Rotschopf – was einer Blondine mit schwach ausgeprägter Impulskontrolle gleichkam.

»Ms. Murphy, Ms. Murphy, nur eine Frage!«, gellte ein Reporter und heftete sich an ihre Fersen, aber Anne stürmte weiter voran und versuchte, ihn in der Menge abzuhängen.

Bundesbeamte, Anwälte und Geschworene liefen kreuz und quer durch die Lobby zu den Ausgängen. Sie hatten es eilig, zu Beginn des Feiertagwochenendes zum Unabhängigkeitstag nach Hause zu kommen, aber beim Anblick der umwerfend schönen, jungen Frau drehten sich doch einige Köpfe. Anne besaß weit auseinander stehende, weidengrüne Augen, eine gerade, sommersprossengesprenkelte Nase und einen etwas zu großen Mund, leuchtend und mit einer kunstvoll aufgetragenen Schicht bräunlichen Lippenstifts. Weibliche Kurven füllten das cremefarbene Seidenkostüm, und ihre langen, schlanken Beine mit den zarten Fesseln kamen durch unpraktische Manolo-Blahnik-Pumps noch mehr zur Geltung.

»Herrje, jetzt gibt's Ärger!«, rief einer der Sicherheitsbeamten, als Anne sich der Gruppe Männer näherte, die in dunklen Polyesterblazern um die Metalldetektoren herumstanden. Die Geräte wurden von fünf Wachen bedient, allesamt pensionierte Cops aus Philadelphia, die anerkennend grinsten. Der Sicherheitsbeamte, der vor Anne gewarnt hatte, war der Geschwätzigste, mit einer immer noch durchtrainierten Figur, unnatürlich schwarzen Haaren, einer Bifokalbrille und einem Namensschild, auf dem OFFICER SALVATORE BONANNO stand. »Macht Platz, Jungs! Es ist der Rotschopf – und er ist mies drauf!«

»Ganz richtig, Sal.« Anne warf ihren ledernen Aktenkoffer und ihre übergroße Kate-Spade-Umhängetasche auf das Transportband. »Drückt mir die Daumen.«

»Was geht heute ab, meine Schöne?«

»Das Übliche. Wieder ein Kampf für die gerechte Sache. Und ich zahle viel zu viel für meine Schuhe.« Anne trat durch das Sicherheitsportal, während Tasche und Aktenkoffer durch den Röntgenapparat glitten. »Haben die Herren schon Pläne für das lange Wochenende?«

»Ich würde gern mit Ihnen tanzen gehen«, erwiderte Officer Bonanno und entblößte lächelnd seine dritten Zähne. Die anderen Wachen lachten schallend, mit Stimmen, die von zu vielen Zigarettenpausen am Personaleingang an der Siebten Straße rau geworden waren. Bonanno ignorierte sie fröhlich. »Ich könnte Ihnen den Jitterbug beibringen. Na, wie steht's, Rotschopf?«

»Ha!«, warf Officer Sean Feeney breit grinsend ein. »Du und die liebreizende Miss Murphy ... Nur in deinen Träumen!« Feeney war ein rotgesichtiger, untersetzter Fünfundsechzigjähriger mit Augenbrauen buschig wie Raupen. »Sie ist ein irisches Mädchen und spart sich für mich auf.« Er wandte sich an Anne. »Ihre Familie kommt aus dem County Galway, stimmt's, Annie? Sie haben wunderschöne Haut, wie alle Mädchen aus Galway.«

»Galway? Liegt das bei Glendale?«, fragte Anne, und alle lachten. Sie wusste nie, was sie sagen sollte, wenn ihr jemand Komplimente zu ihrem Aussehen machte. Das Röntgengerät spuckte ihre Tasche und den Koffer wieder aus, und sie wollte gerade zugreifen, als zwei Reporter sie einholten. Rasch warfen sie ihre Taschen auf das Fließband und bombardierten Anne mit Fragen.

»Ms. Murphy, möchten Sie einen Kommentar zu der Verhandlung in der nächsten Woche abgeben?« – »Warum will Ihr Mandant keinen Vergleich schließen?« – »Steht dadurch nicht der Börsengang von Chipster auf der Kippe?« Sie redeten alle durcheinander. »Anne, worum geht es bei der heutigen Eingabe?« – »Warum wollen Sie den Geschworenen diesen Beweis vorenthalten?«

»Kein Kommentar.« Anne packte ihre Taschen und wollte vor der Presse Reißaus nehmen, aber wie sich herausstellte, war das nicht mehr nötig. Officer Bonanno stellte sich mit eisigem Blick hinter seinen Bifokalgläsern den Reportern in den Weg.

»Yo, Leute!«, bellte er mit seinem Philadelphia-Akzent. »Ihr kennt die Regeln! So was läuft im Gericht nicht! Wie könnt ihr dieser jungen Dame nur so zusetzen?«

Officer Feeney sah den ersten Reporter stirnrunzelnd an und winkte ihn zu sich. »Kommen Sie mal her, Sir. Ich glaube, ich muss Sie mal gründlich scannen.« Er griff unter die Theke und tauchte mit einem Metalldetektor in der Hand wieder auf. »Kommen Sie schon. Und Sie auch.« Mit dem Gerät winkte er dem zweiten Reporter zu, und die anderen Wachmänner bauten sich hinter ihm auf wie eine altersschwache Phalanx.

»Aber ich gehöre zur Presse!«, protestierte der Journalist. »Ich bin Gerichtsreporter. Sie sehen mich doch jeden Tag. Ich heiße Allen Collins. Wollen Sie meinen Ausweis sehen?« Hinter ihm blieb seine Leinentasche plötzlich im Röntgengerät stecken, und der Sicherheitsbeamte, der den Monitor überwachte, konfiszierte sie kurzerhand. Der Reporter drehte sich verwirrt zu ihm um. »He, Moment mal!«

Officer Bonanno schickte Anne mit neu gewonnener Autorität zu den Aufzügen. »Gehen Sie ruhig weiter, Miss!«

»Danke, Officer.« Anne unterdrückte ein Lächeln, als sie in die Aufzugskabine trat und auf den Knopf für den neunten Stock drückte. Sie hatte nicht um Hilfe gebeten und fühlte sich ein klein wenig schuldig, weil sie sie angenommen hatte. Aber nur ein klein wenig.

Kurz darauf befand sich Anne im neunten Stock und betrat einen geräumigen, modernen Gerichtssaal, der bis auf den letzten Platz gefüllt war. Der Fall Chipster – Klage wegen sexueller Belästigung gegen Gil Martin, Philadelphias bekanntesten Internetmillionär – hatte seit dem Tag, als die Klage eingereicht worden war, die Aufmerksamkeit der Presse auf sich gezogen. Reporter, Gerichtsmediziner und das Publikum drängten sich auf den polierten, modernen Sitzbänken aus dunklem Holz. Beinahe synchron wandten ihre Gesichter sich Anne zu, als sie den mit Teppichboden ausgelegten Gang hinunterschritt.

Gerichtsdiener in blauen Blazern unterbrachen ihre Unterhaltung über die Prozesslisten, männliche Gerichtsbedienstete rückten ihre neuen Krawatten zurecht, und eine weibliche Gerichtsstenografin warf ihr über die Steno-Maschine giftige Blicke zu. Anne hatte sich an diese Reaktionen gewöhnt: Männer bewunderten sie, Frauen hassten sie. Dennoch war sie – in der rothaarigen Dickköpfigkeit – der rein weiblichen Kanzlei ROSATO & PARTNER beigetreten, aber das war eine andere Geschichte.

Sie trat an den Tisch der Verteidigung, legte Aktenkoffer und Umhängetasche ab und sah hinter sich. Ein junger Mann in einem hellen Sommertrenchcoat saß wie verabredet in der ersten Reihe am Gang, direkt hinter ihr. Anne nickte ihm verstohlen zu, dann setzte sie sich, öffnete den Aktenkoffer und nahm eine Kopie ihrer Eingabe heraus. Die Eingabe und der junge Mann am Gang waren Annes neueste Idee. Chipster.com war ihr erster großer Mandant bei ROSATO, und Gil Martin hatte sie verpflichtet, weil sie einander seit dem Jurastudium kannten. Sie hatte sich noch nie an einem Fall dieser Größe versucht. Zu Anfang fragte sie sich, ob sie sich nicht übernommen hatte. Dann kam sie zu dem Schluss, dass das tatsächlich der Fall war, und hörte auf, sich ständig diese Frage zu stellen.

»Alles Gute zum vierten Juli!«, flüsterte eine Stimme in ihr Ohr, und sie sah auf.

Matt Booker war ein Jahr älter als die achtundzwanzigjährige Anne. Er trat vor sie, mit dunklen, welligen Haaren, hellblauen Augen und Wimpern, die so dicht waren, dass sie an einem Mann die reinste Verschwendung schienen. Anne hätte sich von ihm durchaus angezogen gefühlt – wäre er nicht der Anwalt der Gegenseite gewesen. Matt repräsentierte in diesem Fall die Klägerin, eine Programmiererin namens Beth Dietz, und ihren Ehemann Bill, der als Nebenkläger auftrat. Anne hatte in dem einen Jahr, das sie nun schon in Philadelphia war, keine einzige Verabredung gehabt, doch Matt Booker war der erste Mann, der sie in Versuchung führte. Wirklich und wahrhaftig in Versuchung führte, aber der Vertreter der Gegenseite war absolut tabu.

»Verschwinde«, sagte sie, aber Matt beugte sich noch tiefer zu ihr hinunter.

»Ich wollte dich nur wissen lassen, dass ich dich heute

nicht fragen werde, ob du mit mir ausgehst.« Sein Flüstern duftete nach Crest. »Du hast mich 329-mal abgewiesen, und ich entdecke langsam ein Muster dahinter. Klopf mir einfach auf die Finger, wenn ich in Versuchung kommen sollte, dich nochmal zu fragen.«

Anne errötete. »Matt, ist dir je der Gedanke gekommen, dass du gerade im Begriff bist, mich sexuell zu belästigen – und das bei einem Fall von sexueller Belästigung?«

»Komm schon, meine Annäherungsversuche sind dir doch ganz willkommen, oder etwa nicht? Ein wenig zumindest?«

Anne antwortete nicht. Sie musste eine Entscheidung fällen. Es war sehr lange her, seit sie zum letzten Mal jemandem vertraut hatte. Aber sie kannte Matt nun schon fast ein Jahr, seit die Klage in diesem Fall eingereicht worden war. Er war ein zäher Brocken mit reichlich Selbstbewusstsein, und das wusste sie an einem Mann zu schätzen.

»Ein wenig? Ein klitzekleines bisschen bis überhaupt nicht?« Mit einer Hand stützte Matt sich auf dem polierten Tisch ab, und Anne beschloss, es darauf ankommen zu lassen.

»Ist gut. Sobald die Verhandlung vorüber ist, gehe ich mit dir aus. Aber erst danach.«

»Ehrlich?« Matts Stimme brach. Wie süß!, fand Anne. Er trat immer so neunmalklug auf, dass es jetzt den Anschein hatte, als hätte sein glatter Anstrich einen Riss abbekommen. »Anne, hast du etwas eingenommen?«

»Nein.«

»Würdest du diesbezüglich eine eidliche Erklärung unterschreiben?«

»Mach dich jetzt aus dem Staub.« Anne sah sich ihre Unterlagen an. »Ich bereite mich gerade darauf vor, dir gehörig in den Hintern zu treten.«

»Und was ist, wenn ich diesen Fall gewinne?«

»Unmöglich. Erstens bist du im Unrecht, und zweitens hast du es mit mir zu tun.«

»Wie du dich vielleicht erinnerst, habe ich den letzten Antrag auf Zulassung eines Beweismittels gewonnen.«

»Das war nur eine Schlacht, nicht der Krieg.« Anne warf den Gerichtsdienern über ihre Papiere hinweg einen Blick zu. »Jetzt geh weg. Inzwischen haben alle mitgekriegt, dass du flirtest.«

»Du flirtest ja zurück.«

»Ich flirte niemals mit dem Anwalt der Gegenseite.«

»Nicht ich bin die Gegenseite, sondern du«, schnaubte Matt, dann trat er an den Tisch der Kläger. Dahinter befand sich das Podest mit den Plätzen für die Geschworenen. Ein poliertes Mahagonigeländer riegelte vierzehn leere und auf unterschiedliche Höhen eingestellte Drehstühle ab. Anne dachte an den jungen Mann, der hinter ihr saß, und unterdrückte ein aufkeimendes Schuldgefühl. Das war erst das zweite Mal in ihrem Leben, dass sie aufkeimende Schuldgefühle hatte, und mangels Übung war Anne im Unterdrücken nicht besonders gut.

»Bitte erheben Sie sich!«, rief der Gerichtsdiener hinter der Absperrung zum Richterstuhl. Das goldene Siegel der *United States Courts* stieg wie die Sonne an der getäfelten Wand hinter dem gewaltigen Mahagonirichterstuhl in zeitgemäßem Design auf. An den Wänden hingen die goldgerahmten Porträts früherer Richter, und die dicken Schichten der Ölfarben glänzten in dem gedämpften Licht. Der Gerichtsdiener hatte die Brust weit nach vorn gereckt, als wollte er eine Reihe Orden präsentieren. »Bitte erheben Sie sich! Die Verhandlung ist eröffnet! Der ehrenwerte Albert D. Hoffmeier führt den Vorsitz!«

»Guten Tag, alle miteinander!«, rief Richter Hoffmeier,

als er aus der in die Vertäfelung eingelassenen Tür trat, in der Hand einen dicken Ziehharmonikaordner. Die Zuschauer begrüßten den stämmigen, kleinen Richter, der mit emsigen Schritten in den Saal eilte. Der Saum seiner funkelnden schwarzen Robe wischte über den Teppichboden, als er an der amerikanischen Flagge vorbeikam und auf den Richterstuhl stieg. Dann ließ er den Ordner auf den mit Akten übersäten Tisch fallen, setzte sich und schob seine Schildpattbrille hoch.

»Guten Tag, Ms. Murphy.« Richter Hoffmeier lächelte mit strahlenden Augen zu Anne hinunter. Sein drahtiges Haar war mit grauen Strähnen durchzogen, und er trug eine Fliege mit Stars-and-Stripes-Muster – womit er einmal mehr seinen Humor unter Beweis stellte, der in Gerichtskreisen legendär war. »Was haben Sie sich denn für heute Nettes einfallen lassen, junge Dame? Mein Lieblingsfeiertag steht kurz bevor, und eigentlich sollten wir jetzt alle unterwegs sein – um Hotdogs und Sonnenschutzmittel zu kaufen.« Die Zuschauer kicherten, ebenso der Richter. »Ja, ich liebe Sonnenschutzmittel auf meinen Hotdogs.«

Die Zuschauer lachten erneut. Anne erhob sich und trug ihre Papiere zum Rednerpult. »Es tut mir Leid, Sie aufzuhalten, Euer Ehren, aber ich habe eine wichtige Eingabe auf Ablehnung eines Beweismittels. Wie Sie wissen, vertrete ich Chipster.com, die Firma des Angeklagten, und ich bitte das Gericht, die Aussage von Susan Feldman auszuschließen, die von der Klägerin nächste Woche als Zeugin aufgerufen werden soll.«

»Sie denken also, die Geschworenen sollten Ms. Feldman nicht kennen lernen, Frau Anwältin?« Falls Richter Hoffmeier von Annes Aussehen beeindruckt war, wusste er das gut zu verbergen, und sie machte sich nicht vor, dass ihn das auf irgendeine Weise beeinflussen könnte. Es brauchte schon mehr als ein hübsches Gesicht, um vor einem Bundesgericht einen Fall zu gewinnen. Für gewöhnlich.

»Keineswegs, Euer Ehren. Ich denke nur, Ms. Feldman und ihre Aussage sollten gemäß Bundesaussagengesetz 401 ausgeschlossen werden, denn ihre Aussage ist irrelevant. Ms. Feldman behauptet, dass einer der Programmierer von Chipster, ein Mann namens Philip Leaver, sie bei einem ziemlich bizarren Zwischenfall sexuell belästigt habe.« Das Zwinkern in den Augen des Richters ließ Anne wissen, dass er die Fakten bereits kannte. »Weder Ms. Feldman noch Mr. Leaver haben mit diesem Fall oder mit den beiden Parteien etwas zu tun. Der Vorfall, der Ms. Feldman betrifft, trat in einer anderen Abteilung auf, zu einer anderen Zeit, mit anderen Beteiligten.«

»Ich habe Ihre Eingabe gelesen.« Richter Hoffmeier klopfte auf den Ziehharmonikaordner. »Gehe ich recht in der Annahme, dass die Firma des Angeklagten den Wahrheitsgehalt des Vorfalls mit Ms. Feldman nicht leugnet?«

»Das ist korrekt, Euer Ehren.« Anne holte tief Luft, um sich zu wappnen. »Wir räumen ein, dass dieser Vorfall stattfand, aber wir verwehren uns dagegen, dass es sich bei ihm um sexuelle Belästigung handelte. Der Vorfall war ein Streich, und obwohl Mr. Leavers Verhalten strafrechtlich kein Vergehen war, fand man es bei Chipster unangemessen und entließ Mr. Leaver noch am selben Tag.«

»Ach ja? Ein Streich?« Richter Hoffmeier lugte amüsiert über den Rand seiner Brille. »Tatsache ist, dass Mr. Leaver splitterfasernackt seinen Bürokubus verließ!«

»Das stimmt.« Anne unterdrückte ein Lächeln, doch die Zuschauer lachten leise. »Aber es war ein Scherz, Euer Ehren. Und nur der Vollständigkeit halber: Mr. Leaver trug um beide Knöchel schmale Bänder, an denen kleine Flügel aus Alufolie befestigt waren.«

»Knöchelbänder mit Flügeln daran. Natürlich. Ein Fan von Hermes oder Pan?« Richter Hoffmeier kicherte abermals, und die Zuschauer ebenso, nun da sie seine richterliche Erlaubnis dazu hatten. »Warum Flügel, Frau Anwältin?«

»Warum nicht, Euer Ehren? Allerdings bezweifle ich, dass Mr. Leaver sich in der Mythologie auskennt. Er ist dreiundzwanzig Jahre alt und schaut einfach zu oft *Jackass.*«

»Jackass?«

»Das ist eine Sendung auf MTV. Dort fahren junge Männer nackt oder im Gorillakostüm Skateboard.« Anne liebte die Sendung, wollte das jedoch einem sechzigjährigen Richter nicht unbedingt auf die Nase binden. »Nun, Mr. Leaver trat also aus seinem Kubus und stand nur einen Augenblick lang vor Ms. Feldman. Weder sagte er etwas Unangemessenes, noch gestikulierte er obszön. Er schlug nur mit den Armen, als ob er fliegen wollte, was zugegebenermaßen dumm und geschmacklos ist, aber noch kein Verstoß gegen ein Bundesgesetz.«

Richter Hoffmeier prustete los. »Deshalb steckt der NASDAQ also in der Patsche! Das ist die viel gerühmte Internet-Revolution! Weil die Wirtschaft dieses Landes von Kindern geleitet wird, die nur mit Küchenutensilien bekleidet sind!«

Anne wartete, bis das Lachen der Zuschauer abgeklungen war. Die Feiertagsstimmung hatte bereits um sich gegriffen, und sie hoffte, das würde ihr zum Vorteil gereichen. »Es ist wirklich komisch, Euer Ehren, und tatsächlich hat Ms. Feldman das Verhalten von Mr. Leaver als Scherz aufgefasst. Als er mit den Armen wedelte, bekam sie einen Lachanfall, so dass sie von ihrem Stuhl fiel. Mr. Leaver war das dermaßen peinlich, dass er auf die Herrentoilette lief und erst nach Büroschluss wieder herauskam.«

Die Zuschauer lachten jetzt noch lauter, und Richter

Hoffmeier ließ das Gelächter verklingen, bevor er wieder ernst wurde. »Tja, diese Situation ist auf jeden Fall einzigartig. Ihr Mandant, Chipster.com, will also nicht, dass Ms. Feldman ihre Geschichte über die Alufolienflügel bei der Verhandlung zum Besten gibt?«

»Nein. Ihre Geschichte, ihre Aussage ist irrelevant. Bei dem anstehenden Fall *Dietz gegen* Chipster geht es um einen Quidproquo-Fall von sexueller Belästigung, also um sexuelle Belästigung in Verbindung mit einer Gegenleistung. Dabei behauptet die Anklage, Gil Martin, der Vorstandsvorsitzende der Firma, habe Beth Dietz, eine Programmiererin des Unternehmens, zweimal gezwungen, Sex mit ihm in seinem Büro zu haben, ansonsten würde sie ihren Job verlieren. Was zwischen Mr. Martin und Ms. Dietz geschah, werden die Geschworenen zu entscheiden haben. Doch werden wir beweisen, dass die Behauptungen der Anklage jedweder Grundlage entbehren. Aber ob Mr. Leaver sich entblößte, mit den Armen wedelte oder vor Ms. Feldman posierte, macht es weder mehr noch weniger wahrscheinlich, dass Gil Martin Beth Dietz belästigte.«

»Eine ganz normale Relevanzanalyse, was, Ms. Murphy?«

»Genau. Doch nicht immer.« Anne sah kurz auf ihren Schriftsatz. »Obwohl die Aussage im Rahmen der Theorie einer ›feindseligen Arbeitsatmosphäre‹ zulässig wäre, bei der die Anzahl und Intensität angeblicher weiterer Vorfälle eine Rolle spielt, ist sie in diesem Quidproquo-Fall wegen Irrelevanz eindeutig unzulässig.«

Richter Hoffmeier runzelte nachdenklich die Stirn. »Das ist eine ziemlich theoretische Begründung.«

»Ich würde meine Begründung eher als ›präzise‹ bezeichnen, Euer Ehren.« Für Anne war Präzision wichtig – in der Gesetzgebung oder in der Hirnchirurgie ebenso wie bei der

Handhabung von Liplinern. Auch wenn der Spaßfaktor der Präzision gleich null war. »Dieser Unterschied ist aufgrund der Wirkung, die die Aussage haben wird, von entscheidender Bedeutung. Der Anwalt der Klägerin wird den Vorfall mit Mr. Leaver dazu verwenden, seine mageren Beweise gegen Mr. Martin zu untermauern.«

Richter Hoffmeier rieb sich das Kinn, das trotz dieser späten Stunde glatt rasiert war. »Gibt es irgendwelche Hilfen von oben, Ms. Murphy? Ich habe keine diesbezüglichen Berufungsfälle gefunden.«

»Ehrlich gesagt, ich auch nicht, Euer Ehren. Ich habe *Becker gegen ARCO* angeführt, dieser Fall stützt meine Position, auch wenn der Fall doch ein wenig anders gelagert ist. Er unterstreicht allerdings die Gefahr, Aussagen dieser Art zuzulassen, mit denen die Anklage ein Verschulden des Beklagten nur auf eine Weise beweisen kann, die in höchstem Maße unlogisch ist – Schuld durch Assoziation gewissermaßen.«

»Danke. Ihre Begründung ist mir jetzt klar, Ms. Murphy.« Richter Hoffmeier nickte und wandte sich dem Tisch der Anklage zu. »Wollen Sie fortfahren, Mr. Booker?«

»Natürlich, Euer Ehren.« Matt ging zum Rednerpult, während Anne sich entfernte. »Euer Ehren, mir gefallen Scherze genauso wie jedermann, und ich stimme zu, dass dieser Vorfall für uns heute komisch klingt. Aber im Widerspruch zur Behauptung der Verteidigerin hielt Ms. Feldman diesen angeblichen Streich seinerzeit keineswegs für komisch. Und Mr. Leavers Verhalten würde vor jedem Gericht als unsittliches Entblößen verurteilt werden.«

Richter Hoffmeiers Lippen wurden zu einer dünnen, politisch korrekten Linie der Missbilligung. Anne fragte sich, wie sie ihren Flirtversuch von vorhin rückgängig machen konnte.

»Euer Ehren, wir halten die Aussage von Ms. Feldman für zulässig«, fuhr Matt fort. »Es geht um den Nachweis des ›Umkleidekabinen‹-Tones, der unter den Mitarbeitern und Mitarbeiterinnen von Chipster.com gepflegt wird. Übrigens auch bei einer steigenden Zahl anderer Internetfirmen. Klagen wegen sexueller Belästigung nehmen in Internetfirmen zu, weil die Computerbranche männlich dominiert ist. Fünfundneunzig Prozent aller Programmierer bei Chipster sind Männer im Alter zwischen einundzwanzig und fünfunddreißig, und keiner der fünfzehn leitenden Angestellten des Unternehmens ist eine Frau. Das führt zu groben, ›typisch männlichen‹ Verhaltensmustern, in denen ein Benehmen wie das von Mr. Leaver und Mr. Martin einen fruchtbaren Nährboden findet.«

»Was ist mit der Ansicht von Ms. Murphy, dass es sich um einen Quidproquo-Fall handelt, nicht um einen Fall über feindselige Arbeitsatmosphäre?«

»Ich stimme mit Euer Ehren darin überein, dass dies eine hypertheoretische Begründung ist. Sexuelle Belästigung ist und bleibt sexuelle Belästigung. Und *Becker gegen ARCO* hin oder her – auch das dritte Bezirksgericht kann ein Beweismittel, das in einem Fall über feindselige Arbeitsatmosphäre gültig war, in einem Quidproquo-Fall nicht als unzulässig erklären.«

Richter Hoffmeier stützte sein Kinn mit der Hand ab. »Es scheint mir tatsächlich beweiserheblich, insbesondere deshalb, weil es unwiderlegbar ist.«

»Dem stimme ich zu, Euer Ehren. Es ist zudem an den Geschworenen – nicht an einem von uns – zu entscheiden, ob die Firmenkultur bei Chipster dergestalt ist, dass sexuelle Belästigung darin ihren Platz hat. Und der Beklagte im vorliegenden Fall ist der Vorstandsvorsitzende dieser Firma, Gilbert Martin.«

»Danke für Ihre Begründung, Herr Anwalt«, sagte Richter Hoffmeier mit einer gewissen Endgültigkeit in der Stimme. Anne wusste nicht, wie er sich entscheiden würde, aber sie durfte es nicht riskieren, dass sie verlor. Die Zeugenaussage würde ihren Fall ruinieren. Es war Zeit für Plan B.

»Euer Ehren, wenn ich darf, möchte ich diese Begründung widerlegen«, meldete sich Anne zu Wort, und Richter Hoffmeier lächelte.

»Die kämpferischen Iren. Ist gut, Frau Anwältin, aber machen Sie es kurz.«

»Euer Ehren, der Beklagte ist der Ansicht, dass selbst wenn das Gericht die Zeugenaussage für relevant hält, sie gemäß Bundesgesetz 403 ausgeschlossen werden sollte, denn es droht die Gefahr unfairer Vorurteile. Stellen Sie sich vor, wie abgelenkt die Geschworenen angesichts dieser Aussage wären. Euer Ehren, wir sprechen hier von einem *nackten Mann.*«

Aufs Stichwort stand der junge Mann auf, der hinter Anne im Zuschauerraum saß, trat in den Gang, knöpfte seinen Trenchcoat auf und ließ ihn zu seinen Füßen fallen. Der Mann hatte sandblondes Haar, sah gut aus – und war splitterfasernackt. Die Zuschauer schnappten kollektiv nach Luft, die Gerichtsstenografin presste die Hand auf den Mund, und der Gerichtsdiener griff nach seinen Handschellen, aber Anne fuhr seelenruhig mit ihrer Begründung fort.

»Der Anblick eines nackten Mannes ruft sofortige und völlige Aufmerksamkeit hervor. Es ist ein fesselnder, elektrisierender Anblick, insbesondere in einem Gerichtssaal. Wenn man erlaubt, dass die Geschworenen derart abgelenkt werden ...«

»Was soll *das*?«, donnerte Richter Hoffmeier. Er reckte den Hals und tastete nach einem Hammer. »Ruhe! Ruhe!

Herrgott noch mal, junger Mann, ziehen Sie sich an! Legen Sie Ihre Kleidung an!«

Matt sprang auf die Beine und donnerte mit der Faust auf den Tisch. »Einspruch, Euer Ehren! Das ist eine Ungeheuerlichkeit!«

Im Zuschauerraum setzten tumultartige Unruhen ein, als der nackte Mann seinen Trenchcoat aufhob und davonlief. Mit wedelnden Armen hechtete er den Mittelgang entlang und zu den Doppeltüren hinaus, der Gerichtsdiener dicht auf seinen Fersen. Die Zuschauer brachen in spontanen Applaus aus, und Anne beschloss insgeheim, dem jungen Mann eine Prämie zu zahlen.

»Ruhe!« Abermals klopfte der Richter mit dem Hammer auf den Tisch. »Ich verlange Ruhe in meinem Gerichtssaal! Sie werden sich jetzt alle beruhigen! Sofort!« Er legte den Hammer zur Seite, und sein Gesicht verlor allmählich die rote Farbe. Er rückte seine Brille zurecht und funkelte Anne an. »Ms. Murphy, ich traue meinen Augen nicht! Haben Sie diese lächerliche Einlage arrangiert?«

»Betrachten Sie es als Veranschaulichung, Euer Ehren. Es beweist meine Begründung, dass alles innehält, wenn ein nackter Mann den Gerichtssaal betritt ...«

»War das *Mr. Leaver*?«, wollte Richter Hoffmeier mit geweiteten Augen wissen.

»Nein, der junge Mann arbeitet für *Strippergram*. Er singt auch, aber das war in diesem Fall nicht nötig.«

»Ich protestiere, Euer Ehren!«, gellte Matt, aber Richter Hoffmeier winkte ab, ohne den Blick von Anne abzuwenden.

»Ms. Murphy, wollen Sie mir etwa sagen, dass Sie einen Stripper bezahlt haben, um heute hier aufzutreten?«

»Wer würde sich sonst für Geld ausziehen?«

»Ms. Murphy! Dafür könnte ich Sie wegen Missachtung

des Gerichts belangen! Sie ins Gefängnis schicken! Mein Gerichtssaal ist keine Peepshow!«

»Es tut mir Leid, Euer Ehren, aber mir fiel keine andere Möglichkeit ein, wie ich es Ihnen sonst hätte verdeutlichen können. Sehen Sie sich doch nur um.« Anne wies auf den Zuschauerraum, in dem noch immer lärmende Unruhe herrschte. Einige Leute standen, andere saßen, alle lachten und unterhielten sich. »Sehen Sie? Der nackte Mann ist nicht mehr da, aber trotzdem sind immer noch alle von ihm abgelenkt. Ich habe gerade eine stichhaltige rechtliche Begründung abgeliefert, als er seinen Mantel fallen ließ, dennoch hörte mir in diesem Augenblick keiner mehr zu, auch Sie nicht.«

Obwohl Richter Hoffmeier sie weiterhin wütend anblickte, fuhr Anne fort.

»Bei allem Respekt, Euer Ehren, was eben geschah, untermauert meine Begründung. Wenn die Geschworenen auch nur an einen nackten Mann denken, werden sie nicht in der Lage sein, sich auf Mr. Martin zu konzentrieren, und über ihn soll hier gerichtet werden. Sobald sich die Geschworenen zur Beratung zurückziehen, werden sie sofort über diese Sache reden. Und um genau das zu verhindern, wurde das Bundesgesetz 403 erlassen.«

Richter Hoffmeier war sprachlos, und Matt kochte. Im Gericht war es plötzlich still, weil alle verblüfft auf Anne starrten. Währenddessen schwieg sie – ganz untypisch für sie – während sie sich fragte, ob sie ihre Kaution wohl mit ihrer *Visa*-Karte bezahlen durfte. Nach einer Minute seufzte Richter Hoffmeier auf, rückte seine Brille unnötigerweise zurecht und sah Anne in die Augen.

»Ms. Murphy, ich werde diese Art von Unsinn in meinem Gerichtssaal nicht dulden. Ich bevorzuge eine entspannte Atmosphäre, aber Sie haben das ganz offensichtlich falsch verstanden.« Der Richter nahm die Schultern unter seiner voluminösen Robe zurück. »Ich erlege Ihnen daher wegen Missachtung des Gerichts ein Bußgeld in Höhe von fünfhundert Dollar auf. Danken Sie Ihrem Schutzengel, dass ich Sie nicht übers Wochenende hinter Gitter bringe. Aber wie ich schon sagte, ist der vierte Juli mein Lieblingsfeiertag, und jeder Amerikaner sollte an diesem Tag seine individuelle Freiheit feiern. Selbst Amerikaner, die auf so absurde Weise frei oder freizügig sind wie *Sie*.«

»Danke, Euer Ehren«, sagte Anne. Die fünfhundert Dollar würde sie von ihrem Sparkonto abheben müssen, dann blieben noch 17 Dollar 45 auf dem Konto. Sie konnte das Bußgeld, das ihr den Knast ersparte, schlecht ihrem Mandanten berechnen. Anne war sich ziemlich sicher, dass es eigentlich anders herum zu laufen hatte.

»Und Ms. Murphy: Sie sind jetzt auf Bewährung.« Richter Hoffmeier fuchtelte mit einem Finger in der Luft. »Ich werde eine solche Darbietung in meinem Gericht nicht wieder tolerieren. Die nächste ›Zurschaustellung‹ dieser Art befördert Sie direkt ins Gefängnis.«

»Ich habe verstanden, Euer Ehren.«

»Gut.« Richter Hoffmeier hielt kurz inne. »Also, was nun die Eingabe der Verteidigung anbelangt, die Zeugenaussage auszuschließen, so gebe ich ihr hiermit statt, wenn auch nur zögerlich. Ich hasse es, das Fehlverhalten von Ms. Murphy auch noch zu belohnen, aber ich kann den Angeklagten nicht für die Verrücktheiten seiner Verteidigerin bestrafen. Ich entscheide daher, dass Ms. Feldman bei der Verhandlung nicht aussagen darf und dass nächste Woche keine nackten Männer als Beweismittel zugelassen sind. Ich will sie weder zu sehen bekommen noch von ihnen hören. Das Urteil ist gesprochen!« Richter Hoffmeier schlug mit dem Hammer auf und schüttelte den Kopf.

»Danke, Euer Ehren.« Anne hätte jubeln mögen, verkniff es sich jedoch. Sie hatte gewonnen. *Gewonnen!*

Matt erhob sich kurz und knurrte. »Danke, Euer Ehren.«

»Und nun, Ms. Murphy, verschwinden Sie aus meinem Gerichtssaal, bevor ich mich eines Besseren besinne.« Richter Hoffmeier erhob sich und verließ den Richterstuhl. »Schönen Feiertag, alle miteinander.«

Als der Richter gegangen war, stand Anne auf. Plötzlich spürte sie eine sanfte Berührung auf ihrem Rücken und drehte sich um. Zwei Anwälte in schicken Anzügen standen hinter ihr. Sie verströmten eine Aura von Macht und Erfolg und frequentierten augenscheinlich dieselbe Maßschneiderei.

»Das war erstaunlich, Anne!«, sagte der eine und berührte sie wieder, obwohl sie ihn gar nicht kannte. Er trug ein eingeübtes Lächeln im Gesicht und einen Ehering am Finger.

Der andere Anwalt trat näher. »Entzückend! Wie sind Sie nur auf diese Idee gekommen? Und sind wir uns nicht schon einmal begegnet …«

»Danke«, erwiderte Anne höflich, aber ihr war nicht danach, in einem Bundesgerichtssaal aufgerissen zu werden, außer von Matt Booker. Sie lugte über die gepolsterten Schultern der beiden zu Matt hinüber, der vor seinem Aktenkoffer saß und Papiere hineinschob. Sie winkte, versuchte, seine Aufmerksamkeit zu erregen, aber seine Stirn war von Zornesfalten durchzogen, und er sah nicht auf.

»Woher haben Sie den Mut genommen, das durchzuziehen?«, fragte der Verheiratete, aber Anne trat um ihn herum.

»Matt!«, rief sie, doch er packte seinen Aktenkoffer, eilte den Mittelgang entlang und verließ den Saal durch die Doppeltüren. Anne lief ihm nicht nach. Sie konnte sich nicht dafür entschuldigen, dass sie ihren Mandanten vertrat. Sie konnte nicht sagen, dass es ihr Leid tat, gewonnen zu haben. Mit einem Mal war sie sich der beiden Anzüge vor ihr bewusst, dass der ganze Zuschauerraum sie anstarrte und dass mehrere Reporter mit gezückten Notizblöcken auf sie zustürmten.

»Anne«, sagte der verheiratete Anwalt leise, »ich habe mich gefragt, ob Sie heute Abend schon etwas vorhaben. Ich würde Sie gern einladen, um Ihren Sieg zu feiern.«

Ein Reporter stieß ihn mit dem Ellbogen zur Seite und stürmte auf Anne ein. »Ms. Murphy, das war großartig! Was für ein Coup! Wie lautet der Name des Strippers?« Die Presse umschwirrte sie wie Literaturagenten einen Pulitzerpreisträger. »Haben Sie damit gerechnet, ins Gefängnis zu müssen?« – »Was hält Ihr Mandant von dieser Nummer?« – »Wären Sie diese Woche zu einem Fotoshooting bereit, für unsere Ausgabe mit den ›heißesten Erfolgsanwärtern‹?«

Anne bahnte sich ihren Weg zum Tisch der Verteidigung zurück, um ihren Aktenkoffer und die Umhängetasche zu holen, beantwortete keine der Fragen und ignorierte alle Blicke. Sie schaltete die Welt um sich herum aus, was ihr, wie immer, das Gefühl bescherte, innerlich abgestorben zu sein. Aber wenigstens hatte sie die Eingabe gewonnen, und sie verdiente es zu gewinnen. Auch ohne einen Präzedenzfall wusste Anne tief in ihrem Herzen, dass sie Recht hatte.

Mentale Notiz: *Nur eine schöne Frau kann die wahre Macht eines nackten Mannes verstehen.*

2

Rosato & Partner stand auf dem Messingschild, das an der himmelblau gestrichenen Wand befestigt war, und Anne trat aus dem Aufzug hinaus in die klimatisierte Luft des leeren Empfangsbereichs. Marineblaue Clubsessel, ein orientalischer Teppich mit blauem Muster und ein Glastisch, bedeckt mit fächerförmig angeordneten Hochglanzmagazinen, bildeten eine veritable Oase nach der Hitze und dem Gedränge draußen.

Der Feiertagsverkehr hatte bereits eingesetzt, und Anne hatte vor dem Gerichtsgebäude kein Taxi bekommen, weshalb sie in ihren Blahniks fünfundzwanzig Häuserblocks weit gehen musste, was sie als eine unnötig grausame Bestrafung empfand. Mit einem Seufzer kickte sie sich die Pumps von den Füßen. Sie stopfte die Schuhe in ihren Aktenkoffer und stapfte barfuß zur Empfangstheke, die ebenfalls verlassen war. Die Empfangssekretärin hatte wohl früh Schluss gemacht, und in der ganzen Lobby war keine Menschenseele zu sehen. Es herrschte Stille, mit Ausnahme des Gelächters in einem der weiter hinten liegenden Büros. Anne wusste auf Anhieb, wem die Stimmen gehörten.

Anne nahm das Klemmbrett zur Hand, das auf der Empfangstheke lag, und sah sich die Liste derer an, die sich ein- und wieder ausgetragen hatten. Bennie Rosato hatte sich für den ganzen Tag wegen Außenterminen abgemeldet, und Anne atmete erleichtert auf. Wegen der Eingabe mit dem nackten Mann wäre sie ganz schön in Erklärungsnot geraten. Das Telefon auf der Empfangstheke klingelte, und Anne nahm den Hörer ab. »Rosato und Partner«, meldete sie sich.

Der Anrufer war ein Mann. »Hier sind die *Daily News*.

Ist Anne Murphy zu sprechen? Wir haben ein paar Fragen an sie wegen ...«

»Tut mir Leid, ich bin nicht da.« Anne warf den Hörer auf die Gabel. Als das Telefon erneut klingelte, tat sie so, als wäre es reine Hintergrundmusik. Sie legte das Klemmbrett zur Seite und ging die rosa Benachrichtigungszettel durch, suchte sich die heraus, die sie betrafen, nahm dann ihre Briefe und die großen FedEx-Umschläge aus dem schwarzen Schuber, auf dem ihr Name stand, und marschierte damit zu ihrem Büro.

Das Sonnenlicht ergoss sich durch das Fenster hinter ihrem Stuhl, und ihr übervoller Schreibtisch badete in einem allzu weißen Gleißen. Die Staubkörnchen tanzten in der Luft, als die erhitzte Anne ihr Büro betrat. Ihr Schreibtisch stand vor der linken Wand, und darüber befanden sich Bücherregale aus Holz, gefüllt mit juristischen Fachbüchern und dicken Gesetzessammlungen, ein paar Krimis aus dem Juristenmilieu und abgelaufenen Neiman-Marcus-Katalogen voller Kleider, die sie eigentlich verdient hätte, sich aber noch nicht leisten konnte. In ihrem Büro gab es keine Fotos, und außer ihren Diplomen von der Universität Berkeley und der juristischen Fakultät von Stanford hing nichts an ihren Wänden.

Anne ließ die Handtasche und den Aktenkoffer auf einen Hocker fallen, warf die Post und die Notizzettel auf den Schreibtisch, ging zu ihrem Stuhl und setzte sich. Das Gelächter war jetzt lauter, da sie näher an seiner Quelle saß. Es gehörte zu den beiden älteren Partnerinnen, Mary DiNunzio und Judy Carrier. Sie hingen mal wieder in Marys Büro herum, das ihnen quasi als Clubhaus diente.

Anne ging ihre Nachrichten durch, aber sie war nicht mit dem Herzen dabei. Sie konnte einfach nicht still sitzen. Ihre Füße vibrierten angesichts ihres Sieges. Auf dem Weg ins

Büro hatte sie Gil über Handy angerufen und ihm den Sieg berichten wollen, er hatte sich nicht gemeldet, also hatte sie nur eine Nachricht hinterlassen. Anne hatte auch ihm vorab nichts von dem nackten Mann erzählt; sie wollte, dass er im Falle ihrer Verhaftung alles glaubhaft abstreiten konnte. Doch jetzt hatte sich alles zum Guten gewendet. Sie hatte gewonnen!

Anne war nach Feiern zumute. Sie hörte wieder das Lachen. Vielleicht konnte sie Mary und Judy zu einem Drink einladen. Das hatte sie zwar noch nie getan, aber warum eigentlich nicht? Sie hatte an diesem Abend nichts weiter geplant als einen Besuch im Fitness-Studio, und da würde sie nur zu gern einmal schwänzen. Anne trainierte viel, um den Stress abzuarbeiten, aber sie hasste das Training so sehr, dass es ihr neuen Stress verursachte.

Anne stand auf und spazierte barfuß den Flur entlang in Richtung Gelächter. Die Unbekümmertheit des Lachens war ansteckend, und ihr eigenes Lächeln wuchs beträchtlich, als sie sich dem Büro von Mary näherte und sich zur Tür hineinlehnte. »Was ist denn so lustig, Mädels?«, fragte sie.

Das Lachen hörte abrupt auf, als ob jemand einen Schalter umgelegt hätte.

»Ach, nichts«, entgegnete Judy Carrier, die auf Marys Kommode saß. Aber ihre porzellanblauen Augen glänzten feucht vor Lachen, und ihre ungeschminkten Lippen verrieten noch letzte Spuren eines Lächelns.

Mary DiNunzio runzelte hinter ihrem ordentlichen Schreibtisch die Stirn. »Tut mir Leid, wenn wir zu laut waren. Haben wir dich gestört?«

»Nein, überhaupt nicht.« Annes Wangen färbten sich rot. Sie hätte es besser wissen sollen. Diese Kanzlei war schlimmer als die High School, und sie fühlte sich wie eine

Schulversagerin, die sich bei den Einser-Leuten eingeschlichen hatte.

»Wie war es vor Gericht?«, fragte Mary. Falls sie von dem nackten Mann gehört hatte, ließ sie es sich nicht anmerken. Ihr Ausdruck schien interessiert, jedoch nur aus Höflichkeit. Ihr dunkelblondes Haar war zu einem französischen Zopf geflochten, und sie trug eines der khakifarbenen Kostüme von Brooks Brothers, für die sie bekannt war, im Gegensatz zu Judy, die auf der Kommode in einem Jeans-Overall, einem weißen Top und einem roten Tuch in ihrer Prinz-Eisenherz-Frisur saß. Die beiden waren so verschieden, dass Anne ihre enge Freundschaft nie verstehen konnte und den Versuch, sie zu verstehen, längst aufgegeben hatte.

»Äh, vor Gericht lief es gut.« Annes Lächeln verwandelte sich in eine professionelle Maske. Mary hätte Chipster am liebsten selbst vertreten, und Anne hatte immer das Gefühl, sie hätten Freundinnen sein können, wenn die Dinge anders gelagert wären. Wenn sie beispielsweise beide auf dem Planeten Pluto lebten, wo Frauen nett zueinander waren. »Ich habe gewonnen, bin also zufrieden.«

»Mein Gott! Du hast gewonnen?« Mary lächelte. »Ich gratuliere! Wie hast du das geschafft? Es war eine haarige Eingabe.«

»Hoffmeier hat meinen Standpunkt einfach verstanden, nehme ich an.« Anne dachte nicht im Traum daran, ihnen die Geschichte zu erzählen. Es war ein Fehler gewesen, hierher zu kommen. Mit ›hierher‹ meinte sie ›Philadelphia‹.

Mary wirkte verblüfft. »Womit war er denn einverstanden? Die Fälle waren doch keine Hilfe.«

»Wer weiß? Er hat mir die Begründung jedenfalls abgekauft. Ich muss jetzt los, bin schon spät dran. Ich wollte mich nur verabschieden.« Anne trat aus dem Büro und setzte ein letztes gespieltes Lächeln auf. »Einen fröhlichen vierten Juli. Feiert schön, Mädels.«

»Du hast wahrscheinlich Pläne. Verabredungen mit Männern, stimmt's?«, fragte Mary, und Anne nickte.

»Ja. Also, bis dann.«

»Auch heute Abend? Weil ich …«

»Ja. Wichtiges Date heute Abend. Ich muss jetzt los.«

»Okay, tja, einen schönen vierten Juli.«

Judy nickte. »Ja, wünsche ich auch.«

Aber Anne hatte das Büro bereits verlassen und eilte rasch den Flur entlang. Eine Stunde später trug sie ein übergroßes T-Shirt, ausgebeulte Shirts und Reeboks und stand in einem praktisch leeren Fitness-Studio, um es mit einem elliptischen Life-Fitness-Gerät aufzunehmen, einer teuren Maschine, die das Laufen für Leute simulierte, die es hassten, im Freien zu laufen. SELECT WORKOUT befahl das Display, und winzige rote Lichter blinkten gemeinsam als hilfreicher Pfeil, der auf den ENTER-Knopf wies.

Anne drückte den Knopf, ließ von FAT BURN über CARDIO und MANUAL alles durchlaufen, bis sie zu RANDOM kam, und das gefiel ihr. RANDOM würde ihr ohne Vorwarnung große Hügel in den Weg bauen. RANDOM würde sie auf Trab halten. RANDOM spiegelte das Leben wider.

Anne packte die Griffe und fing mit dem vorgetäuschten Laufen an. Das Studio war leer bis auf einen Muskelmann an der Leg-Lift-Maschine, der sich selbst im Spiegel beobachtete, ein Narziss auf einer Nautilus. Es war so leise, dass sie das *humpta-humpta* der Musik hören konnte, das aus dem Spinning-Raum nebenan drang. Sie hatte es einmal mit Spinning versucht, aber das musste man in der Gruppe machen, und das bedeutete, dass irgendjemand, männlich oder weiblich oder beides, besser war als sie.

Also trainierte Anne allein vor einer Reihe an der Wand

befestigter Fernsehgeräte, sah geradeaus und trug Kopfhörer, deren Kabel in einem Sony-Walkman endeten. Die Batterien des Walkman waren schon lange Zeit leer; er diente ihr nur noch als Schutz davor, angequatscht zu werden. Sie ließ ihren Puls schneller werden, schaute CNN, das mit abgeschaltetem Ton lief, und versuchte, weder das Training noch CNN noch sonst etwas in ihrem Leben zu hassen.

Schließlich hatte sie gewonnen.

Der Gedanke brachte sie zum Lächeln. Ein kleiner Hügel erhob sich vor ihr, und sie joggte den simulierten Anstieg hinauf, die Augen auf das Fernsehgerät gerichtet. Über den unteren Rand des Bildschirms glitten zwei Newsticker mit Börsennotierungen und ihren geheimnisvollen Akronymen sowie roten und grünen Pfeilen. Es gab jede Menge roter Pfeile, die nach unten wiesen. Wenn Anne am Aktienmarkt investiert hätte, würde sie sich Sorgen machen, aber sie investierte grundsätzlich nur in Schuhe.

»Hi, Anne«, sagte eine Stimme, und sie drehte sich um. Eine Frau stieg auf das Gerät neben ihr und drückte FAT BURN. Die Frau war viel zu dünn für FAT BURN, aber das war ohnehin die größte Lüge, gleich hinter ›Einheitsgröße – für alle Größen geeignet‹.

»Hi«, erwiderte Anne und kramte in ihrem Gedächtnis nach dem Namen der Frau. Die Frau lief gemächlich los, die Augen auf einen imaginären Punkt an der Wand fixiert. Schließlich erinnerte sich Anne. Willa Hansen. Willa war eine grüblerische Künstlernatur und hatte ihre Haare mal wieder gefärbt, diesmal in einem normalen menschlichen Haarton. Es war sogar ein Rot, das dem von Anne ähnelte.

»Deine neue Haarfarbe gefällt mir, Willa«, ließ Anne sich nach einer Minute vernehmen. Sie wollte wohl ein Gespräch anfangen, aber ihr war nicht klar, warum. Vielleicht um zu beweisen, dass sie sich an Willas Namen erinnerte.

Mentale Notiz: *Es ist sinnlos, sich an den Namen eines Menschen zu erinnern, wenn man dafür nicht gelobt wird.*

»Danke.«

»Wie hast du das Blau herausbekommen?«, fragte Anne und hätte sich gleich darauf am liebsten selbst getreten. Irgendwie klang es falsch. Es war ihr schon immer schwer gefallen, sich mit Frauen zu unterhalten. Mit Männern zu reden war so viel einfacher; wenn sie mit einem Mann reden wollte, musste sie ihm nur zuhören, was für die Jungs auf das Gleiche hinauslief.

»Das Blau ist von selbst rausgegangen. Es war Kool-Aid.«

»Was?« Anne zog die Kopfhörer von den Ohren. Vielleicht hatte sie sich einfach verhört. »Du hast deine Haare mit Kool-Aid gefärbt? Der Limo?«

»Klar.« Willa lächelte. »Man muss sie nur mit Wasser verdünnen.«

Anne wusste nicht so recht, was sie darauf sagen sollte, also joggte sie stumm auf ihrer simulierten Strecke weiter. Es gab einige Dinge in ihrer Generation, die sie nie verstehen würde. Ihre eigenen Experimente in Sachen Haarfarbe neigten eher zum Konventionellen. Als sie in die Kanzlei eintrat, hatte sie ihre Haare im Farbton ›Professionelles Braun‹ gefärbt, aber das hatte sich als fruchtlos erwiesen. Sie blieb unprofessionell, und das mit einem echt langweiligen Haarton, also war sie zu ihrem natürlichen Lucille-Ball-Rot zurückgekehrt. Anne versuchte es mit einem anderen Gesprächsansatz. »Ich wusste nicht, dass man Kool-Aid auch für die Haare verwenden kann.«

»Klar doch«, erwiderte Willa, die in ihrem T-Shirt und den Shorts auf dem Laufband schlenderte. »Normalerweise verwende ich Manic Panic, aber Kool-Aid funktioniert genauso gut. Das Blau war Blaubeere, und um es loszuwerden, musste ich nur *Cherry* drüberkippen, und schon wurde mein Haar schwarz.«

»Schwarzbeere?«

»Vermutlich.« Willa verstand den Scherz nicht. »Dann habe ich es rot gefärbt, und es kam irgendwie kupferartig raus.«

Anne erklomm einen weiteren simulierten Hügel und lief immer weiter. Das beleuchtete Display auf dem Laufgerät zeigte ihr an, dass sie erst seit zwei Minuten und 28 Sekunden joggte, was bedeutete, dass sie noch ungefähr drei Jahre und 23 Stunden vor sich hatte. Sie sah aus den Augenwinkeln auf Willas Display. Willa hatte keine Hügel vor sich, was bedeutete, dass ihrem Diät-Programm ganz einfach der Stress fehlte.

»Was machst du am vierten Juli, Anne?«

»Ich werde mich in meinem Haus verkriechen und das ganze Wochenende arbeiten. Am Dienstag steht eine große Verhandlung an.«

»Ach, stimmt ja, du bist Anwältin.«

Anne verspürte den Drang, Willa von ihrem großen Sieg zu erzählen, den sie heute vor Gericht errungen hatte, aber das wäre jämmerlich. Sie kannte Willa nicht besonders gut, und sie beide hatten sich nur ein paarmal über ihr jeweiliges Privatleben unterhalten – beziehungsweise dessen Mangel. Willa lebte ebenso wie Anne allein und stammte nicht aus Philadelphia. Anne vermutete, dass sie ein Treuhandvermögen besaß, und genau da endeten die Ähnlichkeiten zwischen den beiden Frauen auch schon abrupt. »Hast du denn Pläne für den Feiertag?«

»Nicht mehr. Ich sollte ursprünglich auf die Hunde eines Pärchens aufpassen, aber sie haben sich getrennt.«

»Das Pärchen?«

»Die Hunde.«

Anne hakte nicht nach. Mittlerweile brachte sie das simulierte Laufen ohnehin zum Schnaufen. »Ich wusste gar nicht, dass du als Hundesitterin arbeitest.«

»Manchmal, nur aus Spaß. Ich liebe Hunde. Wenn ich auf Hunde aufpasse, nütze ich die Zeit, um sie zu zeichnen.« Willa schlenderte weiter auf ihrem Laufband. »Aber wahrscheinlich gibt es dieses Wochenende viele andere Dinge zu zeichnen. Es findet eine so genannte ›Party am Parkway‹ statt, und Montagnacht gibt es ein Feuerwerk vor dem Kunstmuseum.«

»O nein, ich wohne direkt am Parkway.« Das war Annes erster Unabhängigkeitstag in Philadelphia, und sie hatte noch gar nicht an etwaige Feierlichkeiten gedacht. Wie sollte sie bei dem Lärm ihre Arbeit erledigen? Verdammt. Auf ihrem Display tauchte der Kilimandscharo auf. Typisch RANDOM. »Ich muss dieses Wochenende unbedingt arbeiten. Wie soll ich das nur schaffen?«

»Hast du kein Büro?«

»Schon, aber ...« Anne wollte Mary und Judy nicht über den Weg laufen. Oder schlimmer noch, Bennie. Die Arbeit war ja ganz okay, wenn nur die Kolleginnen nicht wären.

»Büros sind Scheiße, stimmt's?«

»Haargenau.«

»Warum fährst du nicht weg?« Willas gemächliches Schlendern verlangsamte sich auf Zeitlupe. Bald würde sie sich rückwärts bewegen, und das Fitness-Studio würde *sie* bezahlen müssen.

»Wegfahren?«

»Du bist doch allein stehend?«

»Und wie.«

»Dann fahr nach Jersey an die Küste. Ich war mal im Norden von Cape May, da gibt es einen Nationalpark. Sehr still und friedlich. Ich habe jede Menge zeichnen können.«

»Zur Küste runter?« Das war der Code für die Jersey-Küste. Jedermann in Philadelphia machte in Süd-Jersey Urlaub. Anders als Los Angeles war Philadelphia keine Sommerfrische für Auswärtige, Gott sei Dank. »Das könnte ich eigentlich tun.«

Willa nahm ihre gemächliche Gangart wieder auf, während Anne sich in die Idee verliebte. Was für eine tolle Möglichkeit, ihren Sieg zu feiern! Sie besaß kein Auto, aber sie mietete stets dasselbe Cabrio, hauptsächlich um am Wochenende Lebensmittel einzukaufen. Der Geschäftsführer der Hertz-Filiale hielt es für gewöhnlich extra für sie zurück; es war ein feuerwehrroter Mustang, der selbst den meisten Zuhältern peinlich gewesen wäre. Anne wollte den Wagen kaufen, sobald sie sämtliche Kreditkartenschulden bezahlt hatte und die Hölle zugefroren war.

»Warum eigentlich nicht?«, sagte Anne. »Ich könnte übers Wochenende wegfahren!«

»Klar könntest du das. Tu etwas Verrücktes. Färbe deine Haare lila.«

»Lieber nicht.« Anne kicherte. Ihre Stimmung hob sich. »Aber ich könnte ein Reisebüro anrufen. Vielleicht habe ich Glück, und irgendjemand hat die Reservierung für seine Ferienwohnung storniert.«

»Irgendein Anwalt, der in der heißen Stadt bleiben musste.« Willa lachte, und Anne fiel mit ein.

»Der Idiot.«

»Genau.«

Dann kam Anne Mel in den Sinn. »Aber ich habe einen Kater. Ich kann ihn nicht allein lassen.«

»Warum sollte ich nicht auch mal auf eine Katze aufpassen? Ich mag Katzen, und ich könnte deinen Kater zeichnen.«

Anne zögerte bei dem Gedanken, eine Fremde in ihr

Haus zu lassen, vor allem nach dem, was sie mit Kevin erlebt hatte. Aber Willa war eine Frau. Sie schien eine ehrliche Haut zu sein und, wichtiger noch, kein Psychopath. Anne, die nie auch nur daran gedacht hatte, an die Küste zu fahren, konnte es jetzt kaum erwarten hinzukommen. Sie könnte ununterbrochen arbeiten. Außerdem hatte sie noch nie zuvor den Atlantik gesehen. Anne war ziemlich sicher, dass sie ihn finden würde. »Würdest du dieses Wochenende bitte auf meinen Kater aufpassen, Willa?«, bat sie.

»Ist gut. Ich werde die Katze zeichnen, vielleicht sogar das Feuerwerk. Wenn du am Parkway wohnst, hast du sicher einen prima Ausblick.« Willas Spaziergang kam zu einem Halt. »Willst du nicht lieber gleich los, damit du nicht in den Stau kommst? Ich verlege mein Training auf den Weg zu deiner Wohnung. Übrigens kann ich bei dir auch putzen.«

»Großartig!« Anne drückte den CLEAR-Knopf. »Und zur Hölle mit dem Training! Ich laufe morgen früh am Strand, in der frischen Meeresbrise! Oder vielleicht auch nicht. Ha!«

Noch bevor sich Anne auf den Heimweg machte, hatte sie sich sowohl den Mustang als auch ein Ferienhaus an der Küste gesichert. In ihren Sportklamotten eilte sie daraufhin in den Stadtteil Fairmount, der direkt an das Geschäftsviertel grenzte. In diesem Teil der Stadt wohnte die Oberschicht, dazwischen lagen diverse Kunstmuseen, die Free Library und das Familiengericht. Es wimmelte nur so vor kolonialen Stadthäusern mit neu verfugten Ziegelfassaden und frisch gestrichenen Fensterläden. Auch Bennie Rosato besaß ein Haus in dieser Gegend. Fairmount war ein ruhiges, sicheres Viertel, mehr hatte Anne nicht verlangt, als sie nach Osten gezogen war. Sie kam ohne Parkplätze aus.

Das Haus, das Anne gemietet hatte, war drei Stockwerke hoch, aber schlichtweg anorexisch; es war nur ein Zimmer breit, eine gemütliche Drei-Zimmer-Einheit, so nannten die Einheimischen ihre Häuser mit je einem Zimmer pro Stock. Anne trat hastig ein und ignorierte dabei die Rechnungen und Kataloge, die durch den Briefschlitz direkt auf den Teppichboden des winzigen Eingangsbereichs gefallen waren. Sie verschloss und verriegelte die Tür, ließ den Aktenkoffer und die Handtasche auf den Wohnzimmerboden fallen und rannte mit dem Sportbeutel in der Hand nach oben.

»Mel! Mel! Wir haben die Eingabe gewonnen!«, rief Anne dem Kater zu, was ihr wieder einmal zeigte, dass sie schon viel zu lange allein lebte. Sie stürmte in ihr Schlafzimmer und ließ den Sportbeutel auf den Boden fallen, was den dicklichen grauen Kater, der sich am Fuß des ungemachten Bettes eingerollt hatte, abrupt aufweckte. Mel legte die Ohren an, ganz Kampfkatze, bis ihm klar wurde, dass es nur sein Frauchen war, woraufhin er sich entspannte und mit seinen großen grünen Augen faul blinzelte. Anne ging zum Bett, nahm sein pelziges Gesicht in beide Hände und küsste seine rosa Nasenspitze.

»Wir haben gewonnen, mein Hübscher!«, wiederholte sie, aber Mel gähnte nur und entblößte seine spitzen weißen Zähne. Als er das Maul schloss, lugten die Spitzen noch heraus, und er verwandelte sich in ein Halloween-Ungeheuer. Mel sah richtig Furcht erregend aus, und Anne fragte sich, ob er die Feiertage verwechselt hatte.

»Mel, die gute Nachricht ist, dass wir gewonnen haben. Die schlechte Nachricht ist, dass ich wegfahre, aber dir wird es gut gehen. Du wirst eine sehr nette Frau kennen lernen, die dich zeichnen will, verstanden?« Anne küsste ihn erneut, aber da er nicht schnurrte, sagte sie sich, dass er sich wohl Sorgen machte, mit einer völlig Fremden allein gelassen zu werden, die sich die Haare blau färbte. Mentale Notiz: *Die Menschen projizieren alle möglichen Gefühle auf ihre Katzen, und den Katzen gefällt das.*

Anne küsste Mel ein letztes Mal, hastete zu ihrer unordentlichen Wäschekommode und zog Unterwäsche, zwei T-Shirts, einen Jeansrock und ihre neuen Shorts heraus. Sie nahm auch ihre schicken Pantöffelchen mit dem Leopardenmuster aus der untersten Schublade, weil sie ihr immer ein festliches Gefühl vermittelten, und schließlich hatte sie etwas zu feiern.

»Habe ich schon erwähnt, dass wir unsere Eingabe gewonnen haben, Mel?«, fragte Anne und stopfte die Sachen in ihren Sportbeutel. Sie würde in ihrem Feriendomizil duschen, darum holte sie aus dem Badezimmer nur schnell ihr Kiehl-Shampoo, den Conditioner und die Bodylotion mit Grapefruitduft sowie ihre Make-up-Utensilien in ihrer I-Love-Lucy-Dose. Sie konnte nicht ohne ihre Lucy-Dose oder die Grapefruit-Lotion aufbrechen. Das wäre ja, als würde man campen.

»Jetzt geht es los, Mel!«, sang sie, als sie wieder ins Schlafzimmer eilte, aber Mel war wieder eingeschlafen und wachte nicht einmal dann auf, als sie die Toilettenartikel in den Beutel stopfte und genau in dem Moment den Reißverschluss schloss, als es an der Tür klingelte. Das musste Willa sein. Anne schulterte den Beutel und nahm die schlafende Katze in den Arm, deren gestreifte Vorderbeine über ihre Unterarme baumelten. Er ließ es zu, dass sie ihn nach unten trug. Die geborene Limousinenkatze.

»Ich komme!«, rief Anne im Erdgeschoss und lugte durch den Spion, nur um sicher zu sein. Das geschah ganz automatisch, obwohl Kevin eine Trillion Meilen entfernt im Gefängnis saß. Sie fürchtete den Tag seiner Entlassung, aber es würde erst in zwei Jahren so weit sein. Auf der obersten Treppenstufe stand laut schnaufend Willa Hansen in ihren Sportsachen.

»Komm herein!« Anne entriegelte und öffnete die Tür, und Willa flötete, als sie Mel sah: »Ooooh, wie hübsch er ist!«

Und da wussten Anne und Mel, dass alles gut sein würde.

Autos, Minivans und Pickups ergossen sich so weit das Auge reichte über die drei Fahrspuren. Ihre Bremslichter bildeten eine gepunktete rote Linie. So viel zum Thema RANDOM, und Anne fand sich damit ab, dass sie erst nach Einbruch der Dunkelheit an den Strand kommen würde. Sie lenkte das Mustang-Cabrio auf den rechten Fahrstreifen und lehnte sich gegen die Kopfstütze. Die Nachtluft blies kühl und glücklicherweise feuchtigkeitsfrei. Der Himmel verdunkelte sich zu einem tiefen Saphirrot, einzelne Sterne waren schon zu sehen, hoben sich wie Diamanten deutlich vom Himmel ab.

An dem blauen Voyager-Minivan neben ihr waren auf einer Stange am Fond zwei Kinderfahrräder befestigt, deren Speichen mit rotem, weißem und blauem Krepppapier umwickelt waren. Im hinteren Teil des Vans befanden sich Lebensmitteltüten, gefaltete Decken und eine Big-Bird-Puppe, deren Schnabel gegen das dunkle Seitenfenster drückte. Anne konnte die Familie im Wagen kaum erkennen, aber es gab Hinweise auf sie – Kinder, die auf den Sitzen hüpften, Mutter und Vater vorn.

Anne wandte den Blick ab und schaltete, plötzlich ruhelos, das Radio ein. Sie zappte die diversen Sender durch, aber es kam nichts außer Oldies, die älter waren als sie selbst, und Sportergebnissen, was sie an ihr Fitness-Training erinnerte. Sie schaltete das Radio wieder aus. Die

Nacht brach stumm an, abgesehen von den Motorengeräuschen der dreitausend Minivans, die glückliche Familien an den Stand brachten und zweifelsohne allmählich die Luft für Frauen vergifteten, die sich weigerten, sich in ihren Mustang-Cabrios einsam zu fühlen. Anne öffnete eine Dose Diätcola aus dem Dosenhalter und prostete sich selbst zu. »Auf das Kohlenmonoxid und auf mich«, sagte sie. Sie nahm einen Schluck warme, fade schmeckende Cola, dann kam ihr eine Idee:

Sie hatte gewonnen, und es gab einen Menschen, dem sie das erzählen konnte. Sie fragte sich nicht erst lange, warum – ausnahmsweise nahm sie sich nicht die Zeit, sich bei der Selbstbeobachtung zu beobachten –, und sie machte sich auch keine mentale Notiz. Sie würde es einfach durchziehen. Tu es einfach!

Anne stellte die Coladose ab und suchte in ihrer Umhängetasche nach dem Handy sowie dem kleinen, roten Adressbuch und öffnete es. Sie musste das Adressbuch ins Scheinwerferlicht des Wagens hinter ihr halten, um die Einträge lesen zu können. Mit dem Daumen blätterte sie bis M und fand die Telefonnummer. Es gab fünf ältere Nummern, alle durchgestrichen, und sie wusste nicht, ob die neueste Nummer noch aktuell war.

Sie tippte die Vorwahl von Los Angeles ein, dann die Rufnummer. Dort wäre gerade Zeit fürs Abendessen. Die blechernen Klingeltöne setzten ein, einmal, zweimal, dreimal, mit einem schwachen Knacken. Anne wartete, dass jemand den Hörer abnahm, und trotz der Tatsache, dass sie gerade einen Schluck Cola getrunken hatte, war ihr Hals plötzlich trocken. Nach einem Augenblick hörte das Klingeln auf, und es meldete sich eine mechanische Stimme:

»Die Nummer, die Sie gewählt haben, ist nicht länger in Kraft. Bitte prüfen Sie Ihre Unterlagen …«

Anne sank das Herz in die Hose, eine Reaktion, die sie hasste, und sie presste die Zähne aufeinander. Sie war fest entschlossen, kein Opfer zu sein, kein Weichei, keine völlige Versagerin. Also ließ sie die mechanische Stimme in endlosen Schleifen plappern und gab ihre Nachricht dennoch ab:

»Hallo, wie geht es dir? Ich dachte, du würdest vielleicht wissen wollen, dass ich heute eine sehr wichtige Eingabe vor Gericht gewonnen habe. Ich habe mir die Eingabe selbst ausgedacht, und sie war ein wenig verrückt, aber es hat funktioniert. Abgesehen davon geht es mir gut, ehrlich, mach dir keine Sorgen um mich.« Sie schwieg kurz. »Ich liebe dich auch, Mom.«

Dann beendete sie die Verbindung und klappte ihr Handy zu.

3

Möwen kreischten über einer schmierigen, braunen Tüte in einem Mülleimer, und getupfte Tauben, deren geschuppte, rosarote Beinchen sich mechanisch wie die von Aufziehspielzeugen bewegten, trippelten über die verwitterten Planken. Der Samstagmorgen war klar, heiß und sonnig über der Küste von Jersey heraufgedämmert, und Anne hatte gemerkt, dass der Atlantik genauso aussah wie der Pazifik: groß, feucht, blau und ständig in Bewegung. Ihre Vorstellung von natürlicher Schönheit blieb auch weiterhin das King-of-Prussia-Einkaufszentrum.

Anne beendete ihre morgendliche Joggingrunde, auf der sie jeden einzelnen Schritt der fünf Kilometer über die windige Strandpromenade gehasst hatte. Neun Minuten pro

Kilometer: Okay, das war nicht gerade schnell, aber Anne schwitzte ganz schön in ihrem großen T-Shirt und den Radlerhosen. Sie keuchte schon, aber das lag daran, dass der Sport-BH ihr die Luftzufuhr abschnitt. Mentale Notiz: *Satan existiert, und er arbeitet für Champion.*

Während Anne darauf wartete, dass sich ihr Atem wieder normalisierte, wischte sie sich hinter der schwarzen Oakley-Sonnenbrille über die Augen und straffte ihren Pferdeschwanz. Eine großzügige Menge Zinkoxid bedeckte ihre Oberlippe. Andere Jogger liefen mit geschniegelten, übergroßen Triathlon-Uhren und brandneuen Sauconys an ihr vorbei, ihre gepolsterten Tritte donnerten auf den alten, grauen Brettern. Es waren jetzt sehr viel mehr Leute auf der Promenade unterwegs als zu dem Zeitpunkt, an dem Anne losgelaufen war. Das Wochenende des vierten Juli hatte augenscheinlich eingesetzt. Eine Familie fuhr in einer gemieteten Rikscha mit rot-weiß gestreifter Markise an ihr vorbei; ein paar männliche Jogger passten sich Annes Tempo an, um sie im Vorüberlaufen in Augenschein zu nehmen, darum beschloss sie, in ihre kleine Ferienwohnung zurückzukehren und zu arbeiten.

Sie machte sich auf den Rückweg, aber die Brise war zu warm, um sie abzukühlen, also blieb sie an einem Zeitungskiosk an der Ecke stehen, um eine Flasche Wasser und eine Zeitung aus Philadelphia zu kaufen. Sie bezahlte beides mit klammen Geldscheinen, trat vom Kiosk zurück und wollte gerade den weißen Plastikverschluss auf der Evian-Flasche knacken, als sie die Schlagzeile der Zeitung las und erstarrte.

Anwältin ermordet aufgefunden, hieß es da reißerisch, und darunter sah man Annes Abschlussfoto von der juristischen Fakultät. Die billige Druckfarbe ließ ihre Augen in einem zuckersüßen Grün erscheinen, und ihre Haare waren in einem Orangeton, den man sonst nur auf den Schutzwesten von Holzfällern fand. Das Foto war schwarz gerahmt, darunter stand nur *Anne Murphy*.

Anne lachte nervös. Der Leitartikel beschäftigte sich offenbar mit ihrem Tod, aber sie war nicht tot. Müde, ja, und dehydriert. Aber nicht tot. Es handelte sich offensichtlich um ein Missverständnis, ein gewaltiges Missverständnis. Sie schlug die Zeitung auf, und eine Windböe, die stechend nach Krebsen und Dieselbenzin roch, fuhr zwischen die Seiten und blähte sie wie Segel auf. Anne besiegte das widerspenstige Papier und las die beiden obersten Absätze:

> Anne Murphy, 28, die als Anwältin die Internet-Firma Chipster.com vertrat, wurde gestern Abend ermordet in ihrem Haus aufgefunden. Die Polizei erklärte, dass sie durch mehrere Gewehrschüsse aus nächster Nähe zu Tode kam.
>
> Ein Nachbar, der Schüsse gehört hatte, rief die Beamten zu Murphys Haus in der Waltin Street 2257. Es gab kein Anzeichen eines Einbruchs, und die Polizei hat derzeit noch keine Verdächtigen.

Anne nahm ihre Sonnenbrille ab und las die Absätze noch einmal. Ihr Humor versagte. Sie musste unter Halluzinationen leiden. Das ergab einfach keinen Sinn. Vielleicht handelte es sich um eine falsche Adresse? Sie las erneut. Waltin Street 2257. Das war ihr Haus, aber sie war nicht tot. Sie war ja nicht einmal dort gewesen.

O mein Gott. Plötzlich schnürte sich ihr der Hals zu. Mit entsetzlicher Unmittelbarkeit wurde ihr bewusst, was geschehen sein musste. Die Polizei hatte Willas Leiche gefunden.

Konnte das wahr sein? Konnte das wirklich wahr sein?

War Willa tot? Annes Herzschlag setzte kurz aus. Ihre Augen wurden plötzlich feucht, die umtriebige Promenade verschwand. Mit zitternder Hand setzte sie die Brille auf.

Das war Kevin, flüsterte eine Stimme in ihrem Kopf, eine Stimme, die sie endgültig vertrieben zu haben glaubte. *Du weißt, dass Kevin das getan hat.*

Anne kämpfte gegen die Stimme und deren Schlussfolgerung an, aber es gelang ihr nicht. Willa tot? Nein! Anne musste alles erfahren, alle Details. Sie las den Artikel erneut, aber es war nur ein Abriss ihrer Karriere, mit einem Gruppenbild sämtlicher weiblicher Anwälte der ROSATO-Kanzlei, das mit *Die Kanzlei mit dem weiblichen Touch* untertitelt war. Weitere Einzelheiten über den Mord enthielt der Artikel nicht.

Anne konnte sich einfach keinen Reim darauf machen. Sie vermochte kaum, die Panik in Schach zu halten, es war, als ob man mit einer Hand eine Meereswelle aufhalten wollte. Was war geschehen? Durfte das wirklich wahr sein? Sie zwinkerte die Tränen aus den Augen und ging den Rest der Zeitung durch, aber sie fand nur Nichtssagendes über die Feierlichkeiten zum Unabhängigkeitstag, rot, weiß und blau unterlegte Tabellen über die Parade und das Feuerwerk im Art Museum. Ein Radfahrer mit gemeißelten Schenkeln musterte sie, als er an ihr vorbeibrauste, gefolgt von einem Trio schlaksiger Jogger, das sich synchron zu ihr umdrehte. Anne zog sich auf die obere Promenade zurück und las den Artikel immer wieder, in dem verzweifelten Versuch, das Geschehene zu begreifen.

Kevin ist frei, aber wie? Und warum hat man mich nicht verständigt?

Anne konnte die Stimme nicht zum Schweigen bringen – und auch die Fragen nicht. Hatten die Cops Willa mit ihr verwechselt? Wie denn? Sie sahen sich überhaupt nicht ähnlich. Willa hatte braune Augen, ihre Nase war ganz anders, und sie hatte keine Narbe. Wer hatte die Leiche identifiziert? Dann dachte Anne noch einmal darüber nach. Sie und Willa hatten ungefähr die gleiche Größe – beide etwa 163 Zentimeter – und dieselbe Kleidergröße, nämlich 36. Willas Haare waren so lang wie die von Anne, und ihre neue Haarfarbe kam Annes ziemlich nahe.

Anne spürte, wie sich ihr Herz zusammenkrampfte. Dann fiel ihr wieder ein, dass sie Willa, bevor sie aufgebrochen war, ein T-Shirt aus der Kanzlei geliehen hatte, auf dem ROSATO & PARTNER aufgedruckt war. Na und? Anne verstand plötzlich gar nichts mehr. Die Cops verließen sich bei der Identifikation von Leichen nicht auf T-Shirts, Haare oder Kleidergrößen. Sie bedienten sich dafür der DNA, zahnärztlicher Unterlagen, wissenschaftlicher Methoden und dergleichen eben, oder nicht?

Kevin hätte gewusst, dass ich es nicht bin.

Es ergab einfach keinen Sinn. Oder hatte er jemanden angeheuert? Nein. Niemals, nicht einmal vom Gefängnis aus. Er würde es selbst erledigen wollen. Sie fühlte sich wie vor den Kopf gestoßen. Wer war in ihrem Haus getötet worden? Warum verwechselte man die Tote mit ihr? Ihr Kopf pochte. Die Zeitung in ihrer Hand juckte. Sie wollte sie keine Sekunde länger in der Hand halten. Anne wirbelte herum, ließ die Wasserflasche fallen und stieß mit einem anderen Jogger zusammen, einem Mann mittleren Alters, der erfreut schien, sie in seinen Armen auffangen zu dürfen.

»Entschuldigen Sie, Miss«, sagte er, dann runzelte er hinter einer Croakie-Brille, die an einem breiten, roten Band um seinen Hals gesichert war, die Stirn. »Geht es Ihnen gut? Sie zittern so furchtbar …«

»Es geht mir gut«, erwiderte Anne und riss sich los. Sie stolperte gegen einen Mülleimer und warf die Zeitung in ein

Nest aus Budweiser-Dosen und Fritten-Tüten. Ihre Knie gaben unter ihr nach, als ob ihr jemand die Schienbeine weggekickt hätte.

Sie hielt sich an dem Mülleimer fest. Ihr Herz raste. Die Sonne brannte. Der Müll stank. Fliegen summten. Eine Welle der Übelkeit schwappte über sie hinweg, und sie stieß sich vom Mülleimer weg, aber um sich herum nahm sie nichts mehr wahr. Die Sonne bleichte die Menschen knochenweiß. Himmel und Wolken wirbelten wie die Graffiti-Wand einer Uferpromenade an ihr vorbei.

»Miss?«, rief eine Männerstimme, und durch die gleißende Helligkeit nahm Anne ganz verschwommen wahr, dass ein weiterer Mann auf sie zukam. Dann liefen noch mehr Leute auf sie zu.

Der Mann mittleren Alters sagte etwas. Der zweite Mann war direkt über ihrem Gesicht, sein Atem roch nach Kaffee. Er packte ihren Arm. Ein dritter Mann nahm ihren anderen Arm, als ob er ihr auf die Beine helfen wollte, aber Anne hatte gar nicht das Gefühl, zu Boden gefallen zu sein. Der Griff der Männer glich Handschellen an ihren Gelenken. Ihr Herz flatterte vor Furcht. Ihr Gehirn bemühte sich krampfhaft, wieder zu funktionieren. Sie hatte keinen Schutz. Keine Waffe, kein Handy. Nicht einmal eine Unterlassungsverfügung.

Adrenalin strömte durch ihren Körper. Ihr Herz drohte zu explodieren. Sie kämpfte gegen die Männer, entzog sich ihrem Griff, rief Worte, die sie nicht hören konnte. Sie wichen zurück und sahen perplex zu, wie Anne sich auf die Beine kämpfte, die Galle schluckte, die ihr hochgekommen war, und den Blick auf den schaukelnden Horizont richtete. Sie starrte so lange auf den Himmel, bis er sich normalisierte. Die Sonne nahm wieder ihre Position ein, und die Wolken zogen zurück an ihre Plätze. Anne gewann ihr

Gleichgewicht wieder, und die Männer, die um sie herumstanden, rückten in ihr Sichtfeld. Sie hörte auch, was sie sagten:

»Versuchen Sie nicht aufzustehen. – Sie haben einen Schwächeanfall! Sind Sie Diabetikerin?« – »Ich rufe einen Arzt! Ich habe mein Handy dabei!« – »Können Sie mich hören?« – »Miss? Wie heißen Sie?« – »Ich sage euch, sie ist dehydriert. Sie braucht Wasser. Ich habe eine Flasche dabei.« – »Warten Sie, ich helfe Ihnen hoch.« – »Ich rufe einen Notarzt.«

Kevin ist wieder da.

Die Furcht ließ Anne wieder klar denken. Verjagte ihre Schwindelgefühle und brachte ihre Beinmuskulatur in Bewegung. Erinnerte ihren Körper an den ältesten aller Instinkte. Anne sprang auf und hechtete ohne ein Wort davon. Die Männer würden ihr das schlechte Benehmen nachsehen. Sie rannte um ihr Leben.

Ihre Füße schlugen dumpf auf der Promenade auf. Ihre Schenkel schmerzten angesichts der plötzlichen Anstrengung. Das Eisengeländer entlang der Promenade verschwamm zu einer silbernen Kugel. Der Atlantik wurde zu einem blauen Streifen. Ihr Atem kam stoßartig. Ihre Laufschuhe donnerten auf die verwitterten Bretter, trafen kaum auf, bevor sie sich wieder in die Luft erhoben.

Anne hastete die Stufen zum menschenleeren Strand hinunter, dann entlang des Wassers. Die Meeresluft füllte ihre Lungen. Eine kühle Brise legte sich über ihre Wangen. Ihre Fersen wirbelten Sand auf. Ihre Beine schossen kraftvoll nach vorn, und sie wurde immer schneller, begann zu fliegen. In einem irrwitzigen Tempo, dann noch schneller. Ihr Atem ging leicht, ihr Herz pochte, und ihre Körperfunktionen waren auf Automatik geschaltet. Sie war noch nie zuvor so schnell gerannt, aber die Furcht feuerte sie an.

Salz brannte ihr in den Augen. Der Wind blies heftiger, schlug gegen ihre Ohren. Ihre Reeboks knirschten über Muschelscherben. Sie geriet auf den härteren Sand direkt am Rand des Wassers und lief in Meeresschaum, der gegen ihre Waden spritzte. Wasser tränkte ihre Socken und Schuhe. Sie sprang über eine zerbrochene Flasche, deren grünes Glas in der Sonne gefährlich zackig glänzte, und rannte weiter, immer den Strand entlang, parallel zum Meer. Sie lief dem Horizont entgegen, flog immer weiter, bis sie entschwand.

Als Anne die mit Schindeln verkleidete Doppelhaushälfte erreichte, in der sie eine Ferienwohnung gemietet hatte, stand die Sonne hoch am Himmel. Sie lief die ausgetretenen Holzstufen in den ersten Stock hinauf. Mit bebender Brust rannte sie zu der Eingangstür, ihr T-Shirt und die Shorts dermaßen schweißgetränkt, dass sie aussah, als ob sie in ihren Kleidern geschwommen wäre. Ihre Laufschuhe hinterließen verwischte Spuren auf den splitternden Holzdielen. Körniger, nasser Sand klebte an ihren Knöcheln.

Ihre Hand zitterte, als sie in der Tasche ihrer Shorts nach dem Türschlüssel suchte. Hinter sich hörte sie die unbekümmerten Geräusche von Urlaubern, die in Richtung Strand unterwegs waren. Sie plauderten und lachten und trugen gestreifte Sonnenschirme über ihren Schultern. Ihre Kinder zottelten mit Plastikeimern in den Händen hinterher, und ein kleiner Junge fuhr auf einem Dreirad, an dessen Lenkstange mit Klebeband eine winzige amerikanische Flagge befestigt war. Anne schloss die Tür auf und stürmte hinein. Sie riss sich die Sonnenbrille von den Augen, bevor diese sich an die plötzliche Dunkelheit gewöhnt hatten.

Die Ferienwohnung bestand aus einem Zimmer, dessen getäfelte Wände verschwenderisch mit Fischernetzen, getrockneten Seesternen und einer roten Plastikkrabbe geschmückt waren. Kindersicherer Stoff bedeckte ein braunes

Sofa mit zahlreichen Kissen, flankiert von weißen Korbstühlen und kleinen Beistelltischen mit Glasplatten. Anne ging rasch zum Telefon auf einem der Beistelltische. Sie konnte nicht glauben, dass Willa tot sein sollte. Sie nahm den Hörer und wählte ihre eigene Nummer, dann betete sie, dass jemand ans Telefon ging.

Anne zählte die Klingeltöne, eins, zwei, drei, vier, dann schaltete sich ihr Anrufbeantworter ein. Sie hängte schnell ein, wollte nichts hören, hatte ein saures Gefühl in der Magengrube. War Willa wirklich tot? Warum sonst ging sie nicht ans Telefon? Wo war sie? Vielleicht war sie ausgegangen. Joggte. Aber aus dem Nichts kamen keine Antworten, und das einzige Geräusch im stillen Zimmer war Annes abgehackter Atem. Sie nahm den Hörer erneut zur Hand und wählte wieder ihre Nummer, nur für den Fall, dass sie sich beim ersten Mal verwählt hatte.

Bitte, Willa, nimm ab. Doch wieder meldete sich nur der Anrufbeantworter.

Anne versuchte verzweifelt, ihr Gehirn wieder in Gang zu setzen. Ihre Finger klammerten sich um den Hörer. Was nun? Wer könnte wissen, wo sich Willa befand? Ihre Familie – aber Anne hatte keine Ahnung, wo Willas Angehörige lebten. Sie wusste ja nicht einmal, wo Willa wohnte. Vielleicht war Willa doch ausgegangen. Vielleicht war sie gar nicht tot. Sie konnte nicht tot sein.

Annes Gedanken purzelten in ihrer Verwirrung übereinander. Na gut, sie wusste nicht, wo sich Willa aufhielt, aber sie musste der Welt mitteilen, dass sie noch am Leben war. Sie dachte an ihre eigene Familie, verwarf diesen Gedanken jedoch schnell wieder. Ihre Mutter konnte sie nicht ausfindig machen, und ihren Vater, einen Gitarristen, der noch vor ihrer Geburt einfach abgehauen war, hatte sie nie kennen gelernt. So viel dazu.

Anne dachte unwillkürlich an Gil und Chipster. Gil musste erfahren, dass sie noch lebte und dass sein Fall am Dienstag wie geplant verhandelt würde. Chipster.com wollte an die Börse, und ein negatives Geschworenenurteil würde den Börsengang, der schon einmal verschoben worden war, völlig unmöglich machen. Sie nahm den Hörer ab und gab Gils Handynummer ein. Es klingelte viermal, dann fünfmal, dann meldete sich die Voicemail. Anne wartete, bis seine Bandansage geendet hatte, doch plötzlich ertönte ein Gong, und eine mechanische Stimme erklärte: »Im Augenblick können keine weiteren Nachrichten angenommen werden.« Dann war die Verbindung tot.

»Verdammt!« Anne drückte auf die Gabel und versuchte es erneut. Gils Voicemail musste voll sein. Sie hörte wieder nur die Bandansage und den Abbruchsgong. Anne knallte den Hörer auf die Gabel. Ihre Gedanken rasten. Bei Gott, es waren noch viele andere Anrufe zu tätigen.

Sie nahm den Hörer wieder zur Hand und wählte die Nummer der Kanzlei. Irgendjemand würde jetzt bei der Arbeit sein. Mary nahm heute für sie die eidesstattliche Erklärung einer Zeugin im Chipster-Fall auf. Der Termin fand um dreizehn Uhr in der Kanzlei statt. Sofort meldete sich eine Stimme. »Sie haben die Rufnummer von Rosato & Partner gewählt«, sagte der Anrufbeantworter der Kanzlei. »Bis Dienstag, den fünften Juli, haben wir geschlossen. Wir trauern um unsere verstorbene Kollegin Anne Murphy. Bitte hinterlassen Sie eine Nachricht, dann rufen wir Sie so bald als möglich zurück.«

Anne hängte erstaunt ein. Sie hatten die Kanzlei geschlossen? Wo sie Anne doch nicht einmal leiden konnten! Ihr kam die Idee, Mary auf dem Handy anzurufen, aber wie lautete die Nummer? Anne kannte sie nicht, ihr Handy dagegen schon.

Sie lief ins Schlafzimmer, in dem sie ihr vorübergehendes Kriegshauptquartier eingerichtet hatte. Das Doppelbett war zum Arbeits-, Schlaf- und Wohnbereich umfunktioniert worden. Ihr dicker Laptop stand offen auf dem Kissenschreibtisch, und schwarze Notizbücher voller Notizen lagen im Halbkreis um das Doppelbett. Ihr silbernes Handy funkelte im Sonnenlicht, das durch das geöffnete Fenster fiel. Anne griff nach dem Handy und klappte es auf.

Das Display war nunmehr transparentes Schwarz. Die Batterien waren leer. In der Eile der letzten Nacht hatte sie vergessen, das Handy im Wagen aufzuladen. »Scheiße!«, brüllte Anne und knallte das Handy auf die Matratze.

Kevin ist draußen. Kevin ist frei. Kevin hat das getan.

Der Gedanke lähmte sie einen Moment lang. Im letzten Jahr war sie ans andere Ende des Landes gezogen, um so weit wie möglich von Kevin Satorno wegzukommen. Sie waren sich in Los Angeles in einem Supermarkt begegnet. Er hatte ihr erzählt, er sei gerade dabei, an der University of California in Geschichte zu promovieren. Ein einziges Mal war sie mit ihm ausgegangen, eine Verabredung zum Abendessen, die in einem keuschen Kuss geendet hatte, aber dieser eine Abend hatte ihr ganzes Leben auf den Kopf gestellt.

Danach rief Kevin ständig bei ihr an, sprach von Ehe und Kindern, schickte ihr Geschenke und rote Rosen. Irgendwie war er auf die Idee verfallen, dass sie ihn liebte. Zuerst war ihr ganz schrecklich zumute, weil sie glaubte, ihm die falschen Signale vermittelt zu haben, aber als er dann unangemeldet in ihr Büro kam und seine zehn Anrufe täglich auf dreißig anwuchsen, bekam sie es mit der Angst zu tun. In kürzester Zeit folgte ihr Kevin überall hin. Er wurde zum Stalker.

Sie war zu den Behörden gegangen, wo sie von Erotomanie beziehungsweise dem de-Clérambault-Syndrom erfuhr, bei dem ein Mensch der irrigen Annahme verfällt, eine bestimmte Person würde ihn lieben. Sie hatte baldmöglichst eine Unterlassungsverfügung bewirkt, aber die hatte ihr in der Nacht, als Kevin ihr an der Haustür auflauerte und sie mit einer Waffe bedrohte, auch nicht geholfen. Es war großes Glück gewesen, dass ein Passant ihre Schreie gehört hatte. Daraufhin war Anne an die Ostküste gezogen, um in Sicherheit noch mal ganz von vorn anzufangen. Kevin war wegen schwerer gewaltsamer Bedrohung im Gefängnis gelandet, aber nur für zwei Jahre. Sie hatte ein ganzes Land zwischen sich und ihn gelegt, ihr Leben geändert, einen neuen Job angenommen. Und jetzt war Willa möglicherweise wegen ihr tot.

Anne schloss voll Schmerz die Augen. Als sie sie wieder öffnete, waren sie voll Zorn. Eigentlich sollte sie sich bei der Polizei melden und ihr mitteilen, dass sie am Leben war, aber zuerst musste sie herausfinden, ob Kevin auf Bewährung draußen war. Sie nahm das Schlafzimmertelefon zur Hand und wählte die Auskunft in Los Angeles, wo sie sich die Nummer des Büro der Staatsanwaltschaft geben ließ. Der Staatsanwalt, der Kevin verurteilt hatte, würde vielleicht wissen, wo er sich aufhielt, aber als sie sein Büro erreichte, verkündete die Voicemail: »Der Staatsanwalt Antonio Alvarez, dessen Anschluss Sie gewählt haben, kehrt erst am 15. Juli in sein Büro zurück. Drücken Sie die eins, um eine Nachricht zu hinterlassen, die zwei, um wieder mit der Zentrale verbunden zu werden …«

Anne hängte ein, ging ihr mentales Rolodex durch, um sich daran zu erinnern, wer damals an der Verurteilung noch beteiligt gewesen war. Sie durchlebte eine schreckliche Erinnerung: wie sie Kevin bei einer polizeilichen Gegenüberstellung identifizieren musste, wie sie gegen ihn aussagte, wie sie vor Gericht mit dem Finger auf ihn zeigte, als er auf der Angeklagtenbank saß, wie er daraufhin aufsprang und sich auf den Zeugenstand stürzte. Obwohl es im Haus warm war, zitterte sie. Doch dann tauchte der Name eines Mannes in ihrer Erinnerung auf:

Dr. Marc Goldberger, der vom Gericht bestellte Psychiater, der Kevin als Sachverständiger begutachtet und gegen ihn ausgesagt hatte. Der Psychiater hatte den Geschworenen den Begriff Erotomanie erklärt und erläutert, welch großer Bedrohung Anne in den kommenden Jahren ausgesetzt sein würde. Die meisten Erotomanen waren intelligent, gebildet und gerissen genug, um das Objekt ihrer Begierde bis zu zehn Jahren zu verfolgen.

Anne nahm das Telefon wieder zur Hand, rief erneut die Auskunft von Los Angeles an und ließ sich die Nummer des Psychiaters geben. In seinem Büro meldete sich niemand, aber sie schrieb die Notfallnummer auf, die der Anrufbeantworter ihr nannte, und rief direkt durch. Die Verbindung wurde hergestellt, und Anne erkannte die einfühlsame Stimme, wie ein Echo aus ihrer Erinnerung. »Dr. Goldberger?«

»Ja, wer spricht da?«

Anne wollte gerade ihren Namen nennen, als sie innehielt. Vielleicht musste er Vertraulichkeit wahren, und womöglich würde er nicht mit ihr reden, wenn er wusste, wer sie war. »Ich bin Cindy Sherwood. Ich habe über die Satorno-Verhandlung berichtet, vielleicht erinnern Sie sich.«

»Nein, tut mir Leid. Es ist noch recht früh, Ms. Sherwood, und das an einem Feiertagswochenende. Ich unterhalte mich nicht mit Journalisten, und ich kann mich nicht erinnern, in Zusammenhang mit diesem Fall interviewt worden zu sein.«

»Bitte, ich habe mich gefragt, ob Sie den gegenwärtigen

Aufenthaltsort von Mr. Satorno kennen. Ich arbeite an einer Fortsetzungsgeschichte.«

»Soweit ich weiß, sitzt Mr. Satorno im Gefängnis. Wenn Sie mehr erfahren wollen, reden Sie mit Mr. Alvarez, dem zuständigen Staatsanwalt.«

»Falls Sie von Mr. Satorno hören, würden Sie mich dann bitte anrufen? Die Vorwahl gehört zu Philadelphia, wo ich seit meiner Heirat wohne.« Anne hinterließ ihre Handynummer, und er war so freundlich, sie aufzuschreiben, bevor er die Verbindung unterbrach.

Anne legte den Hörer auf, dachte weiter nach, versuchte, gefasst zu bleiben. Wenn sie die Kontrolle verlor, würde sie wieder die Frau sein, die voller Angst den Strand entlanglief. Auf gewisse Weise hatte sie das bis zu diesem Augenblick getan, Tag für Tag, seit sie Kevin Satorno begegnet war, und sie durfte das nicht länger zulassen. In ihr formte sich bereits eine Idee.

Anne sprang in ihren nassen Laufschuhen auf, aber diesmal war es keine Flucht, es war Kampf. Sie nahm ihren Aktenkoffer und den Sportbeutel und packte eiligst alle Unterlagen und Kleider ein. Zum ersten Mal, seit sie die Zeitung gesehen hatte, funktionierte sie wieder. Sie musste zurück nach Philadelphia und herausfinden, ob Willa tatsächlich tot war und wer sie getötet hatte. Und es gab nur eine Möglichkeit, das zu tun. Wenn die Welt glaubte, dass Anne tot war, dann würde sie auch tot bleiben. Das Totsein *spielen.*

Im Moment war es die einzige Möglichkeit, am Leben zu bleiben.

4

Eine halbe Stunde später hatte Anne ihren Schlüssel einem verblüfften Makler zurückgegeben und bretterte in dem roten Mustang den Atlantic City Expressway entlang. Sie hatte ihr duschnasses Haar zu einem Knoten aufgesteckt und setzte eine weiße Baseballmütze darüber, tief ins Gesicht gezogen. Zu der Mütze trug sie ein weißes T-Shirt, den Jeansrock und die Pantöffelchen mit dem Leopardenmuster, weil ihre Laufschuhe klatschnass waren. Ihre Augen hinter der Oakley-Sonnenbrille waren immer noch angeschwollen – von den Tränen, die sie unter der heißen Dusche vergossen hatte. Sie spürte, es würden nicht die letzten Tränen sein.

Der Mustang donnerte über den Highway, und Anne hielt das dick gepolsterte, mit Kunstleder überzogene Lenkrad fest umklammert. Der gelbe Zeiger des Tachos zitterte, als sie von hundertzwanzig auf hundertvierzig Stundenkilometer beschleunigte. Es herrschte so gut wie kein Verkehr, weil alle wegen des vierten Julis in Richtung Strand fuhren und sich auf ein sonniges Ferienwochenende freuten. Anne schaltete das Radio ein, fand einen Sender, der rund um die Uhr Nachrichten brachte, und ließ Sonnenbrandwarnungen, Verkehrsmeldungen und Hinweise zu Meerestemperaturen über sich ergehen, bis endlich die richtigen Nachrichten kamen. Sie drehte die Lautstärke auf:

»Die Polizei hat bislang weder einen Verdächtigen noch ein Motiv für den Tod von Anne Murphy, einer Anwältin der Kanzlei ROSATO & PARTNER, die gestern Abend erschossen wurde.«

Anne biss sich auf die Lippen. Es tat weh, war surreal und schrecklich. Ihr vermeintlicher Tod war die Meldung des Tages, und die arme Willa blieb namenlos.

»Die Innenstadt-Kanzlei ROSATO & PARTNER hat 50.000 Dollar Belohnung für Informationen zur Ergreifung des Täters ausgesetzt. Jeder, der zur Aufklärung des Falles beitragen kann, wird gebeten, die Mordkommission anzurufen unter der Rufnummer …«

Das überraschte Anne. Sie hatte nicht an eine Belohnung gedacht, geschweige denn daran, dass die Kanzlei eine Belohnung aussetzen würde.

»Bleiben Sie dran. Wir informieren Sie umgehend über neue Entwicklungen. Einen ausführlichen Bericht über die Tat finden Sie auf unserer Website unter …«

Anne schaltete das Radio aus. Ein klobiger Reisebus blockierte die Überholspur, und als er sich wieder auf die rechte Spur einordnete, zog sie rasch an ihm vorbei. Dann nahm sie ihr Handy zur Hand und rief wieder bei sich zu Hause an. Es nahm immer noch niemand ab. Dann rief sie bei Mary an. Auch niemand. Sie wollte keine *Hallo-ich-lebe*-Nachricht hinterlassen und klappte ihr Handy zu. Sie würde es später noch einmal versuchen müssen. Wenn sie keine hundertvierzig die Stunde mehr fuhr.

Eine Stunde später, nachdem sie es vorübergehend aufgegeben hatte, Mary verständigen zu wollen, erreichte sie Philadelphia. Sie bog an der 22. Straße vom Highway ab und fuhr direkt zum Benjamin Franklin Parkway, einem sechsspurigen Boulevard, der vor rot-weiß-blauen Aktivitäten nur so brummte. Der Parkway war mit einer Reihe bemalter Sägeblöcke abgeriegelt, und der Verkehr wurde umgeleitet.

An einer Ecke winkte ein Cop direkt vor Anne die Fußgänger über die Straße. Sie zog die Baseballmütze noch tiefer ins Gesicht. Sie konnte es sich nicht leisten, jetzt erkannt zu werden. Der Motor des Mustang knatterte im Leerlauf. Langsam ging das Benzin aus, und von der langen Fahrt war ihr extrem heiß. Anne besah sich die Menge, die vor der Motorhaube die Straße überquerte. Ganze Familien hielten sich an den Händen auf dem Weg zum Art Museum, wo Aluminiumtribünen und Zelte aus Fallschirmseide aufgestellt worden waren. Jogger liefen mit federnden Schritten zum Schuylkill River. Kunststudenten warfen Labradorhunden mit Halstüchern Frisbee-Scheiben zu. Kinder hüpften ausgelassen über den mit Kaugummi verklebten Gehweg und ließen Ballons steigen. Der Duft nach Hotdogs erfüllte die Luft, und diverse Verkaufsstände boten amerikanische Flaggen, *Uncle-Sam*-Hüte, aufblasbare *Liberty*-Glocken und T-Shirts feil, auf denen ICH WURDE AM VIERTEN JULI GEBUMST stand. Igitt.

Hier in der Stadt fühlte Anne sich angespannt. Nur fünf Häuserblocks entfernt fing das Viertel an, in dem sie wohnte. Wie oft hatte sie genau diese Kreuzung auf dem Weg von oder zur Arbeit überquert – aber jetzt war ihr die Gegend kaum mehr vertraut. Sie hatte sich für immer verändert, war ihr genommen worden. Wenn Kevin frei war, hatte sie ihre Chance auf einen Neuanfang verspielt. Und doch wusste sie, dass ihr Verlust mit dem von Willa nicht zu vergleichen war. Falls Willa wirklich tot war.

Der Cop winkte sie weiter, und Anne senkte den Blick, als sie vor seiner Nase über die Kreuzung fuhr. Eine Brise vom Schuylkill River blies durch den breiten Boulevard, ließ die bunten Flaggen aller Nationen flattern und brachte die Ketten, mit denen sie an den Straßenlampen befestigt waren, zum Rasseln. Ein Mann, der die Straße überquerte, sah sie im Vorbeifahren aufmerksam an, darum fuhr Anne an den Straßenrand und schloss das Verdeck des Cabrios. Das Stoffdach glitt über sie hinweg, und sie fühlte sich darunter wie unter einer vom Fahrzeughersteller installierten Sicherheitsdecke.

Anne fuhr weiter, und nach ein paar Häuserblocks – Greene, Wallace und dann ihre Straße, die Waltin – erreichte sie die inoffizielle Grenze zu Fairmount. Sie bog nach links auf die Waltin und befand sich plötzlich in einem ungewöhnlich langen Stau, der die einspurige Fahrbahn blockierte. Leute von außerhalb der Stadt, die zu den Feierlichkeiten auf dem Parkway gekommen waren. Fremde ergossen sich über ihre Straße. War einer von ihnen Kevin? Anne lugte unter ihrer Baseballmütze hervor. Keiner von ihnen sah aus wie Kevin. Sie blieb hinter einem weißen *Camaro* stehen. Ihr Magen verkrampfte sich. Alles war jetzt anders geworden.

Sie inspizierte die Straße mit neuen Augen. Reihenhäuser, aus deren erstem Stock amerikanische Flaggen hingen, und ein schwuler Nachbar, der seine Regenbogenfahne voller Stolz gehisst hatte. Die Szenerie wirkte absolut normal, obwohl die Straße beidseitig völlig zugeparkt war und nur wenige Autos den weißen Anwohner-Aufkleber vorzuweisen hatten. Auf den Gehwegen drängten sich die Menschen, aber Anne wusste nicht, ob es ihre Nachbarn waren, denn sie kannte ihre Nachbarn nicht.

Ein älterer Mann ging mit einem rehbraunen Mops die Straße entlang; der geschnörkelte Schwanz des Hundes wippte, sein rollender Gang schien unbeschwert. Anne sah es mit einem plötzlichen Stich. Sie machte sich Sorgen um Mel. Sie reckte den Hals und schaute die Straße hinunter. Der Kater war nirgends zu sehen. Ihr Reihenhaus befand sich mitten im Häuserblock; die roten Ziegel waren vor kurzem dampfstrahlgereinigt und der alte grüne Anstrich ihrer Eichentür von einem neutralen Lack ersetzt worden. Der für gewöhnlich vertraute Anblick ließ sie erschauern.

Der Stau löste sich nur langsam auf, und der *Camaro* vor ihr schob sich eine Wagenlänge vorwärts. Anne fuhr ein paar Zentimeter weiter, erhaschte einen besseren Blick auf ihr Haus. Ein Stück zerrissenes gelbes Plastikband flatterte von ihrem Türknauf. Bei dem Anblick ließ sie sich in den weichen Fahrersitz zurückfallen, mit einem schweren Gewicht auf der Brust. Es war ein polizeiliches Absperrband. Willa musste tot sein. Zu glauben, sie sei es nicht, war nur Verdrängung. Annes Haus war zum Schauplatz eines Mordes geworden.

Anne hielt die Tränen zurück. Sie musste in Erfahrung bringen, wer das getan hatte; ob es Kevin war. Sie hatte während ihrer Zeit bei ROSATO & PARTNER einige Tatorte in Augenschein genommen, und sie beschloss, diesen Tatort wie jeden anderen zu behandeln, auch wenn sie die Miete dafür bezahlte. Möglicherweise war Willa im Haus ermordet worden.

Sie fuhr weiter, sobald sich der Camaro erneut in Bewegung setzte, den Blick auf ihr Haus gerichtet. Es stand kein Cop vor der Tür, der offizielle Besucher notierte, die Schaulustigen vertrieb und dafür sorgte, dass keine Beweise vernichtet wurden. Seine Abwesenheit signalisierte, dass der Tatort schon freigegeben worden war. Das überraschte sie. Für gewöhnlich wurde ein Tatort erst nach zwei oder gar drei Tagen freigegeben.

Der Mustang rollte weiter. Als Anne näher kam, registrierte sie noch etwas Merkwürdiges an ihrem Haus. Passanten standen vor ihrer Tür herum, und als sie weitergingen, konnte Anne sehen, dass auf ihrer Vordertreppe ein paar in Zellophan eingewickelte Blumensträuße lagen. Anne schaute verblüfft aus dem Wagenfenster. Vermutlich waren die Blumen für sie niedergelegt worden, aber von wem? Sie hatte keine Freunde. Sie blinzelte hinter den Brillengläsern, versuchte vergeblich, die Karten aus der Ferne zu entziffern. Sie fragte sich, ob einer der Sträuße von Matt war. Glaubte auch er, dass sie tot war? Sehnte er sich nach ihr? Sie spürte einen Stich, den sie nicht abschütteln konnte.

HUUP! Anne wurde aus ihren Gedanken gerissen und sah in den Rückspiegel. Ein Minivan-Fahrer, der es nicht erwarten konnte, seine Kinder aus dem Wagen zu lassen. Sie fuhr weiter. Anne musste irgendwie in ihr Haus kommen, aber überall waren Leute. Sie durfte jedoch nicht erkannt werden. Da kam ihr eine Idee.

Fünfzehn Minuten später bog Uncle Sam höchstpersönlich um die Ecke auf die Waltin Street. Er trug einen rotweißen-blauen Zylinder, einen falschen Bart aus dichter Baumwolle und eine Scherzsonnenbrille mit überdimensionalem blauen Plastikgestell – dazu einen Jeansrock, Pantöffelchen mit Leopardenmuster und ein T-Shirt mit dem Aufdruck ALLES GUTE ZUM 4. JULI VON EINER UNABHÄNGIGEN FRAU! Das Outfit war in höchstem Maße lächerlich, aber etwas anderes verkauften die Straßenhändler nicht, und außerdem passte es zu den verschrobenen Touristen. Seit Anne die Sachen gekauft hatte, waren ihr schon vier weibliche Uncle Sams begegnet, eine davon in nachgemachten TOD-Slippern.

Anne schlenderte die Straße entlang und blieb vor den Blumensträußen auf ihrer Treppe stehen. Ein Dutzend weiße Rosen lagen auf der obersten Stufe, und sie erkannte die Handschrift. Matt! Reflexartig wollte sie danach greifen, doch dann hielt sie sich zurück. Dafür hatte sie jetzt keine Zeit. Sie ging weiter die Straße entlang, bis sie zu einer kleinen Gasse kam. Dort hielt sie kurz inne. Sie begutachtete die Straße hinter ihrer Scherzbrille. Die Luft war rein.

Anne glitt in die Gasse, die zu den Hinterhöfen der Reihenhäuser ihrer Straße führte. Niemand benutzte jemals diese Gasse, in diesem Jahr war sogar ein Flugblatt verteilt worden, mit dem Vorschlag, die Nachbarn sollten sich zusammentun und aus Sicherheitsgründen die Gasse mit einem Zaun absperren lassen, aber niemand hatte die Anregung aufgegriffen. Es war schwer, die Einwohner von Philadelphia für irgendetwas zu begeistern – abgesehen von der lokalen Profi-Basketballmannschaft, den Sixers.

Anne eilte die Gasse entlang und wäre beinahe über einen moosbedeckten Ziegelstein gestolpert, der an einem Abflussrohr lehnte, konnte sich aber gerade noch an einem Lattenzaun festhalten. Sie rückte ihren Bart zurecht. Wegen des Zylinders duckte sie sich auf dem Weg zu ihrem Haus. Sie hielt Ausschau nach Mel, aber der Kater war nirgends zu sehen. Er war noch nie draußen gewesen, und obwohl er kugelrund genug war, um auch eine Weile ohne Futter zu überleben, fürchtete sie, dass er unter ein Auto geraten könnte. Ein Hund bellte in einem der Häuser, und sie duckte sich noch tiefer, bis sie an die graue Mauer kam, die ungefähr einen Meter achtzig hoch war und ihren winzigen Hinterhof umgab.

Anne legte beide Hände auf die kratzige Mauer und zählte bis drei. Dann hievte sie sich schwungvoll hoch, blieb jedoch oben hängen. Ihre Beine baumelten zu beiden Seiten der Mauer herunter, und sie sah aus wie eine lebensgroße Uncle-Sam-Puppe. Anne biss die Zähne zusammen, schwang sich hinüber und landete unsanft auf den harten Steinplatten ihres Hinterhofs. Die Pantöffelchen rutschten ihr von den Füßen. Sie sammelte sie ein und erstellte auch sonst Inventar. Sie hatte weder Beine, Arme noch einen Nagel gebrochen, also stand sie auf, wischte den Staub von ihrem Rock und lief geduckt zur Hintertür. Ins Haus zu gelangen, würde leichter sein, als in den Hof zu kommen.

Anne tastete in ihrer Rocktasche nach den Schlüsseln.

5

Den Geruch, der sie begrüßte, als sie die Tür zur Küche öffnete, hatte sie beim Heimkommen noch nie angetroffen. Stark, irgendwie metallisch und absolut unheimlich. Plötzlich wusste sie nicht mehr, wie professionell sie angesichts der Umstände sein konnte. Sie musste ständig an Willa denken. Anne nahm die große Scherzsonnenbrille ab und hängte sie in den Kragen ihres T-Shirts. Sie sah sich in der Küche um, versuchte, sie mit objektivem Blick in sich aufzunehmen. Die Küche war winzig, bestand nur aus der linken hinteren Ecke des einzigen Raumes, der das gesamte Erdgeschoss ausmachte.

Kirschrot lackierte Schränke umgaben den Raum auf drei Seiten, ein Metzgerblock als Arbeitstheke, und die Spüle war aus rostfreiem Edelstahl und war nur deshalb sauber, weil Anne in letzter Zeit – sprich: das ganze letzte Jahr – zu beschäftigt gewesen war, um zu kochen. Eine der Schranktüren stand einen Spalt offen, und Anne lugte hinein. Der Schrank enthielt glasierte Keramiktassen, Marmeladengläser und einen wackligen Stapel übergroßer Kaffeetassen, die Anne gewöhnlich für einen späten Captain-Crunch-Mitternachtsimbiss nutzte.

Die offene Schranktür gab ihr zu denken. Anne ließ die Türen der Hängeschränke normalerweise nicht offen, weil sie sich sonst den Kopf anstieß. Vielleicht war das Willa zuzuschreiben. Was hatte sie herausgenommen? Anne warf einen zweiten Blick hinein und merkte fast sofort, was fehlte, weil es ein Souvenir war. Eine rosafarbene Motivtasse mit Lucy und Ethel in der Schokoladenfabrik, aus der Folge 39, »Job Switching« vom 15. September 1952. Anne kannte alle *I-Love-Lucy*-Folgen auswendig, aber das war ihr Geheimnis – ebenso wie ihre Einkaufsgewohnheiten und ein paar hundert anderer Dinge. Wo war ihre Lucy-Tasse? Hatte Willa sie verwendet? Spielte das eine Rolle?

Sie sah sich in der Küche um. Nirgendwo eine Tasse und auch kein Anzeichen für einen Kampf. Es gab keinerlei Fingerabdruckpulver, diesen schmutzigen Ruß, den die Kriminaltechniker von der Spurensicherung hinterließen. Daraus schloss Anne, dass das Verbrechen an einem anderen Ort stattgefunden haben musste. Sie konnte den Geruch und auch das Entsetzen nicht abschütteln, aber sie befahl sich, weiterzugehen. Sie musste in Erfahrung bringen, was mit Willa geschehen war.

Anne betrat den winzigen Essbereich, der durch ein Regal auf der rechten Seite abgetrennt war. Zur Linken stand ein Tisch aus Pinienholz an der Wand. Ungeöffnete Visa-Rechnungen, Angebote für bereits im Vorfeld genehmigte Kreditkarten und eine Sammlung Werbebriefe lagen aufgestapelt auf dem Tisch, neben mehreren Bic-Stiften, die nicht funktionierten, wie Anne wusste. Alles sah genauso aus, wie sie es zurückgelassen hatte, und auch hier gab es keine Spuren von Fingerabdruckpulver auf dem Tisch oder den beiden Pinienholzstühlen, die üblicherweise über Eck standen. Auf dem Teppich vor dem Tisch lag eine Maus mit Katzenminzefüllung – das graue Kunstfell vom Gebrauch schon ganz abgenutzt.

»Mel!«, rief Anne leise, damit die Nachbarn es nicht hörten. Normalerweise kam der Kater angelaufen, wenn er seinen Namen hörte, aber diesmal nicht. Wahrscheinlich sollte sie in einem solchen Augenblick nicht an ihre Katze denken, aber sie konnte nicht anders. »Mel!«, rief sie, doch wieder keine Reaktion.

Anne biss sich auf die Lippe. War er weggelaufen? War er noch am Leben? Hatte Kevin ihn mitgenommen? Ihm wehgetan? Als Nächstes sah sie sich im Wohnbereich um. Wieder keine Spur von Mel oder einem Kampf. Ein brauner Sisalteppich bedeckte den Boden, und gegenüber der grauen Couch, die direkt unter dem Nordfenster stand, befanden sich ein Fernseh- und ein Stereogerät sowie einige Bücherregale. Vor der Couch stand ein Couchtisch voller dunkler Pulverspuren. Anne ging hinüber. Schwarzes Pulver bedeckte den gesamten Tisch, allerdings gab es mittendrin eine kreisrunde Aussparung in der Größe einer Tasse. Das musste die Lucy-Tasse gewesen sein; die Polizei hatte sie als Beweisstück mitgenommen. Anne versuchte, die Szene zu rekonstruieren. Willa hatte wahrscheinlich ferngesehen und dabei etwas getrunken. Wo war sie ermordet worden?

Der Geruch war hier stärker, und beinahe unwillkürlich musste Anne zum winzigen Flur blicken, der von einer Tür mit einer Rauchglasscheibe vom restlichen Zimmer abgetrennt war. Die Tür stand teilweise offen, aber der Eingangsbereich lag im Dunkeln. Anne trat näher und schaute hinaus. Was sie sah, verursachte ihr einen Würgereiz.

Der Flur war ein einziger Schlachthof. Überall Blut. Es tränkte die dunkelgrauen Wände und den grauen Teppichboden mit schrecklichen rotbraunen Schlieren. Die Eingangstür war von Blut überströmt, das in ungleichen Flecken trocknete wie ein furchtbarer, blutroter Anstrich. Dunkelrote Hautfetzen klebten an dem Glas an der Tür und auf der gegenüberliegenden Wandseite. Ein Stück Kopfhaut, an der noch blutige Haare klebten, hing grotesk an der Wand.

Anne spürte, wie ihr die Galle hochkam, aber sie zwang sie wieder nach unten und befahl sich eine objektive Sicht der Dinge. Ihr Blick entdeckte den schwachen Kreideumriss der Leiche, der in den Teppichboden gezeichnet worden war. Die Beine des Umrisses – Willas Beine – lagen leicht auseinander, die Füße direkt vor der Eingangstür. Der Kopf – *mein Gott, Willa* – lag nah bei der Wohnzimmertür. Es sah so aus, als sei Willa in dem Moment erschossen worden, als sie die Haustür öffnete.

Bitte, Gott, die arme Frau. Anne betrachtete wieder das Blut auf dem Teppichboden. Das meiste Blut befand sich an der Stelle, wo Willas Kopf gelegen haben musste, was vermuten ließ, dass man ihr in den Kopf geschossen hatte. Genauer gesagt, ins Gesicht, falls sie beim Öffnen der Tür erschossen worden war.

Anne sah sich den Umriss genauer an und bemerkte noch etwas auf dem Teppichboden. Sie trat zur Haustür und versuchte, den entsetzlichen Geruch nach Fleisch nicht einzuatmen. Neben Willas Körperumriss befand sich noch ein Kreideumriss, auf der linken Seite, ungefähr dreißig Zentimeter lang. Der kleinere Umriss wirkte aus der Ferne verschwommen, aber Anne erkannte ihn sofort. Ein Gewehr. Bennie hatte ihr einmal erzählt, dass die Cops Gewehre immer mit Kreide kennzeichneten. Hatte der Mörder die Waffe zurückgelassen? In der Zeitung hatte davon nichts gestanden. Aber darüber würden sie natürlich auch nicht schreiben.

Anne kniete nieder und betrachtete den Kreideumriss des Gewehres. Sie bedeckte ihren Mund, nicht nur wegen des Geruchs. Da sich der Umriss auf der linken Seite der Leiche befand, war der Mörder offenbar Rechtshänder. Es war nur der grobe Umriss eines Gewehres, mit dem Griff neben der Tür und einem lang gezogenen Lauf. Es sah fast aus wie der Umriss einer abgesägten Schrotflinte. Anne schnappte nach Luft.

Kevins Lieblingswaffe.

Mit einer solchen Waffe hatte er sie damals vor ihrer Tür angegriffen. Er hatte sie ihr an den Kopf gedrückt, aber unglaublicherweise hatte der Staatsanwalt ihn nicht wegen versuchten Mordes angeklagt, weil er nämlich nicht geschossen hatte. Sie schüttelte ihren Groll ab, um sich auf Willa zu konzentrieren. Der Täter musste Kevin gewesen sein. Er war Rechtshänder und schlau genug, um zu wissen, dass es besser war, die Waffe am Tatort zurückzulassen, als mit ihr geschnappt zu werden.

Dann sah sie vor ihrem inneren Auge den Leitartikel, den sie an diesem Morgen gelesen hatte. Darin war von »Schüssen aus nächster Nähe« die Rede. Sie dachte darüber nach. Wenn Kevin eine abgesägte Schrotflinte verwendet hatte und mehr als einmal aus nächster Nähe geschossen hatte, dann wäre Willas Gesicht – alles, was sie ausmachte – völlig zerstört worden.

Anne spürte, wie sich ihr Magen drehte, aber sie behielt die Kontrolle. Bei einer solchen Verstümmelung lag eine falsche Identifizierung durchaus im Bereich des Möglichen. Und die Umstände wiesen natürlich auf Anne als Mordopfer; es war schließlich Annes Haus. Sie und Willa hatten ähnliches Haar, waren gleich groß und gleich schwer. Und Willa trug ihr ROSATO & PARTNER-T-Shirt. Anne konnte es noch immer nicht begreifen. Wer hatte Willas Leiche identifiziert? War es jemand aus der Kanzlei? Und ein entscheidendes Puzzleteil fehlte immer noch:

Warum sollte Kevin eine Frau töten, von der er genau wusste, dass ich es nicht bin?

Anne sah sich im Eingangsbereich nach einer Antwort um, versuchte, das Blut zu ignorieren, das die Wände tränkte, und dabei blieb ihr Blick an der Deckenlampe hängen. Es war ein billiges Modell aus nachgemachtem viktorianischen Milchglas, und sie war ausgeschaltet. Anne konnte sich nicht erinnern, wann sie die Lampe das letzte Mal benutzt hatte. Sie bekam nie Besuch.

Anne legte den Schalter um, aber das Licht ging nicht an. Vielleicht war die Birne durchgebrannt. Moment mal. Sie konnte sich nicht daran erinnern, bei ihrem Einzug eine Birne eingeschraubt zu haben. Sie war zu klein, um ohne Hilfsmittel an die Lampe zu kommen, und sie hatte sich keine Mühe gemacht.

Wenn das Licht im Flur nicht funktionierte, dann hatte es folglich auch kein Licht gegeben, als Willa an die Tür ging. Und wenn sie das Licht im Wohnzimmer eingeschaltet hatte, was nachts sehr wahrscheinlich war, da Willa offenbar im Wohnzimmer ferngesehen und etwas getrunken hatte, dann wurde sie bestenfalls von hinten beleuchtet. Willa wäre also nur als Silhouette erkennbar gewesen, als sie an die Tür ging. Darüber hinaus eine Silhouette, die in Größe und Gestalt Anne ähnelte. Und Annes T-Shirt trug.

Anne sah die Szene mit schwerem Herzen vor ihrem inneren Auge. Jetzt ergab alles einen Sinn. Kevin hatte Willa in dem Glauben erschossen, es sei Anne. Vielleicht wusste er auch jetzt noch nicht, dass er die falsche Frau getötet hatte. Es war gut gewesen, weiter die Tote zu spielen. Anne fühlte sich sowohl erleichtert als auch entsetzt. Aber wie war Kevin aus dem Gefängnis gekommen? War es vielleicht doch nicht Kevin gewesen? Sie stand verwirrt auf und starrte ins Leere. Plötzlich musste sie wieder an Mel denken. Hatte Kevin ihn mitgenommen? Wo könnte er sein? Dann fiel ihr ein, wo sich der Kater versteckte, wenn der Gasmann kam.

»Mel! Mel!«, rief sie, drehte sich um und hastete die Treppe hinauf in ihr Schlafzimmer. Er lag nicht auf dem Bett, aber die Lamellentür zu ihrem Schrank stand offen.

»Mel?« Anne rannte hinüber und riss die Tür im selben Moment auf, als sie ein empörtes Miauen hörte. Mel hatte zwischen den Jimmy-Choo-Schuhen geschlafen und streckte jetzt seine Vorderbeine.

»Meine Superkatze!« Anne hob ihn hoch, und sein warmer Hals vibrierte. Sie kuschelte ihr tränennasses Gesicht in seine Weichheit, obwohl sie wusste, dass ihre Emotionen nur zum Teil seiner Rettung zuzuschreiben waren. »Lass uns hier verschwinden«, sagte sie mit belegter Stimme. Sie verließ das Zimmer, aber am Kopf der Treppe versteifte sich der Kater mit einem Mal in ihren Armen.

»Schon gut, Baby«, tröstete sie ihn, aber da hörte sie Schritte auf der Treppe vor dem Haus. Dann das metallische Klicken des Türknaufs.

Anne erstarrte auf der obersten Treppenstufe. Jemand war an der Tür. Sie trat zurück, außerhalb des Sichtfeldes.

Gleich darauf wurde die Haustür aufgestoßen.

6

Anne stand im Flur des ersten Stocks, kraulte Mel, um ihn still zu halten, und lauschte den Geräuschen im Erdgeschoss. Es klang nach einer ganzen Gruppe von Menschen, und sie hoffte, dass es nicht die mobile Spurensicherung war. Anne hörte, wie der Lärm des Feiertagsverkehrs durch die offene Haustür drang. Wer immer das Haus betreten hatte, musste noch im Eingangsbereich stehen, wo Willa getötet worden war. Plötzlich erklang eine Männerstimme:

»Für uns war es ziemlich eindeutig, durch das Muster der Spritzer an der Ostwand, hier, und an der Eingangstür. Ganz typisch für eine Schrotflinte. Sehen Sie hier, auf der Milchglasscheibe? Und auf dem Boden. Der Teppichboden.«

Scheiße! Er hörte sich wie ein Cop oder ein Detective an, und Anne zog sich, mit Mel im Arm, von der Treppe zurück. Sosehr sie sich auch wünschte, zur Polizei gehen und ihr alles sagen zu können, würde sie das nie wieder tun. Die Polizei hatte sie auch das letzte Mal nicht zu beschützen vermocht, und sie konnte einfach nicht vergessen, wie der stählerne Lauf des Gewehrs auf sie gerichtet war.

Der Detective fuhr fort: »Die junge Anwältin, Murphy, geht an die Tür. Der Täter schießt zweimal, zwei Schüsse ins Gesicht. Sie fällt in den Eingangsbereich. Der Täter lässt die Waffe fallen und macht sich vom Acker. Er lässt die Haustür offen. Er ist weg. Irgendwo da draußen.«

Oben im ersten Stock wurde Anne übel, und sie umklammerte Mel, diesmal, um sich zu trösten. Sie hatte also mit dem Tathergang recht gehabt, aber es war zu furchtbar, um länger darüber nachzudenken. Die arme Willa.

Jetzt ließ sich eine Frauenstimme vernehmen. »Er ließ die Waffe also fallen? Der Kerl ist kein Dummkopf.«

Anne zuckte überrascht zusammen, als sie die Stimme erkannte. *Das ist Bennie Rosato. Was macht sie denn hier?* Sie war nie zuvor in Annes Haus gewesen, obwohl sie keine fünf Minuten von hier entfernt wohnte. Natürlich sah sich Bennie die Tatorte aller Mordfälle an, in denen sie die Verteidigung übernommen hatte. Das war der erste Schritt bei jeder Verteidigung. Aber warum war sie jetzt hier?

Dann wieder der Detective: »Ja, er ist schlau. Das Gewehr ist jetzt in der Ballistik. Es wird auf Fingerabdrücke untersucht, aber das kann wegen der Feiertage eine Weile dauern. Es war ja schon haarig, am Feiertagswochenende überhaupt jemanden aufzutreiben. Ich vermute, sie werden nichts finden.«

»Das denke ich auch«, sagte Bennie. »Der Kerl hatte es geplant. Perfektes Timing, perfekte Durchführung.«

»Perfekte Exekution«, ergänzte ein zweiter Mann und lachte plötzlich auf.

»*Was* haben Sie da gesagt?«, verlangte Bennie zu wissen.

»Das ist nicht komisch«, meinte eine weitere Stimme, die einer Frau gehörte.

Noch eine Überraschung. Das ist Judy Carrier. Also war sie da unten. Als Anne noch lebte, war Judy nie vorbeigekommen; jedes Mal, wenn Anne sie zum Essen einlud, hatte Judy abgelehnt. Und wenn Judy dabei war, dann mit Sicherheit auch Mary – die beiden waren an der Hüfte zusammengewachsen. Anne hätte über die Absurdität des Ganzen beinahe lachen müssen. *Bennie, Mary und Judy in meinem Haus? Was hat denn zu diesem plötzlichen Interesse an meinem Leben geführt? Mein Tod?*

»Ich will meine Zeit nicht damit verschwenden, Ihnen Manieren beizubringen, Detective«, erklärte Bennie mit eisiger Stimme. »Ich nehme Ihre Entschuldigung an. Aber ich möchte Sie wissen lassen, dass ich mich für Anne Murphy verantwortlich fühle. Sie war meine Partnerin. Sie ist hergezogen, um für mich zu arbeiten, und sie wurde unter meiner Obhut ermordet. Ich habe ihrer Mutter versprochen, dass ich mich um sie kümmern würde, aber ich habe versagt.«

Sie hat es meiner Mutter versprochen? Warum? Und wann? Anne war perplex. Wie hatte Bennie ihre Mutter finden, geschweige denn mit ihr sprechen können? Was war hier eigentlich los?

»Es tut mir Leid, Ms. Rosato ...«

»Nicht Leid genug. Hören Sie: Feiertag hin oder her, Sie finden besser heraus, wer Anne Murphy ermordet hat, bevor ich es tue.«

Im ersten Stock war Anne jetzt vollends durcheinander. Was genau wollte Bennie tun? Und warum? Anne hätte an einer Hand alle Gespräche abzählen können, die sie in dem ganzen Jahr, das sie nun schon für Bennie Rosato arbeitete, mit ihr geführt hatte.

»Und jetzt sagen Sie mir bitte, ob Sie die Nachbarn befragt haben«, verlangte Bennie.

»Sowohl gestern Nacht als auch heute Morgen. Niemand hat gesehen, dass jemand vom Haus wegrannte. Niemand hat überhaupt etwas Verdächtiges gesehen. Alle waren entweder auf der Party am Parkway oder nicht in der Stadt, weil sie der Party am Parkway entfliehen wollten.«

»Würden Sie mir bitte die Details mitteilen?« Von unten hörte man das Rascheln von Papier, und Anne vermutete, dass Bennie ihren Notizblock und der Detective seine Aufzeichnungen herausholten. Anne kam einfach nicht über das hinweg, was sie bisher gehört hatte. *Sie hat meiner Mutter versprochen, sich um mich zu kümmern?*

»Los geht's. Hausnummer 2255, Rick Monterosso, der Nachbar zur östlichen Seite, abwesend. Hausnummer 2259, Millie und Mort Berman, die Nachbarn auf der westlichen Seite, ebenfalls abwesend. Das Paar auf der anderen Straßenseite, Nummer 2256, Sharon Arkin und Rodger Talbott, dito. 2253 ging weder gestern Abend noch heute Morgen an die Tür, wahrscheinlich nicht in der Stadt. 2254, Familie Simmons, war im Restaurant *Striped Bass* zum Essen. 2258, die Tullizens waren am Parkway und kamen erst nach dem Zeitpunkt des Mordes nach Hause.«

»Dann waren also die Nachbarn zu beiden Seiten ausgegangen. Wer hat wegen der Schüsse den Notruf verständigt? Wenn die Tür offen stand, als er sie erschoss, was der Fall gewesen sein muss, dann hat man die Schüsse zweifelsohne in der ganzen Straße gehört. Es ist ja auch keine große Straße.«

»Die Leute haben dabei sicher an Knallfrösche gedacht. Wir haben nur einen Notruf erhalten, von einem Mann namens Bod Doods in Hausnummer 2250. Ich habe ihn gestern Nacht noch befragt, und er weiß auch nicht mehr.«

»Aber Sie haben zumindest eine heiße Spur, nicht wahr? Es könnte Kevin Satorno gewesen sein, der Stalker. Das heißt, falls er nicht mehr einsitzt.«

Was?! Woher weiß Bennie von Kevin? Anne hätte beinahe laut nach Luft geschnappt. Sie hatte niemandem in Philadelphia von ihm erzählt, als sie hergezogen war, weil sie die Vergangenheit hinter sich lassen wollte. Es war ihr Geheimnis. Außerdem hatte sie bei dem Einstellungsgespräch mit Bennie kein Wort über Kevin verloren. Sie war scharf auf den Job und wollte nicht wie eine Verliererin dastehen, die sich mit Psychopathen verabredete. Wie hatte Bennie es herausgefunden? Anne war völlig konfus. Mentaler Hinweis: *Es ist verwirrend, nach dem eigenen Tod noch am Leben zu sein.*

Dann sagte Bennie: »Angesichts dessen, was ich in der Gerichtsakte gelesen habe, ist Satorno der Hauptverdächtige, falls er auf freiem Fuß sein sollte. Er hat schon einmal versucht, sie umzubringen. Der Typ ist durchgeknallt. Ich habe Ihnen die Akte persönlich zustellen lassen. Haben Sie sie gelesen?«

»Natürlich habe ich die Akte gelesen«, erwiderte der Detective unwirsch. »Ich habe auch den zuständigen Staatsanwalt in Los Angeles angerufen. Der Rückruf steht noch aus, aber auch in Kalifornien feiern sie den vierten Juli, Ms. Rosato. Der Mann ist in Urlaub.«

»Das hat man mir auch gesagt, und man wollte mir seine Rufnummer in Hawaii nicht geben. Haben Sie die Nummer?«

»Ich habe nicht danach gefragt. Der Mann ist in Url …«

»Ich verstehe es nicht. Kevin Satorno ist Insasse eines kalifornischen Staatsgefängnisses. Wie schwer kann es schon sein, ihn ausfindig zu machen?« Bennie lachte höhnisch. »Sie sollten eigentlich wissen, wo er ist, zumindest einen Großteil der Zeit.«

Heiz ihm ordentlich ein, Bennie. Anne fasste neuen Mut. Sie schlich ans Geländer und lugte nach unten, Mel immer noch fest im Arm. Sie sah Bennie Rosato im Wohnzimmer, ein Gewirr aus langen blonden Haaren, die ungezähmt über den Rücken ihres blauen Arbeiterhemdes fielen, das sie zu ausgewaschenen Jeansshorts und ausgelatschten New-Balance-Turnschuhen trug. Ihre Beine waren klasse. Das kam vom Rudern, Bennies Lieblingssportart, trotz des erforderlichen harten Trainings. Im Moment revidierte Anne ihre Meinung über diese Frau, nicht aber über den Sport.

Der Detective war nicht zu sehen, aber Anne konnte ihn hören. »Wenn wir nicht gerade ein Feiertagswochenende hätten, wäre es leicht. Wir wissen, dass er zu vierundzwanzig Monaten verurteilt wurde und im L.A. County eingewiesen wurde, aber er wurde ein paarmal verlegt, und wir sind uns nicht sicher, wo er zuletzt gelandet ist. Er könnte auch auf Bewährung raus sein.«

»Aber Sie hätten doch die Information, wenn er Bewährung hätte – oder entflohen wäre.«

»Noch nicht. Bei einer Bewährung haben wir darüber hinaus das Problem, dass wir erst feststellen müssen, wo genau er einsaß. Wir müssen mit den richtigen Leuten reden, aber die sind alle im langen Wochenende. Auch wenn er geflohen ist, lässt sich das nicht so ohne Weiteres herausfinden.«

Bennie schnaubte. »Das kann ich nicht glauben. Sie können nicht einmal feststellen, ob er geflohen ist?«

»Aus einem Knast in Kalifornien. Glauben Sie es ruhig. Wenn sich irgendein Knallkopf aus einem Staatsgefängnis absetzt, egal in welchem Staat, dann muss jemand seinen

Namen in das NCIC eintragen, das National Crime Information Center in Washington. Niemand weiß das, bis der Name eingegeben wird, und er muss von einer Person eingegeben werden, die die Zeit dafür hat und am Feiertagswochenende des vierten Juli arbeitet.« Der Detective schwieg kurz. »Selbst wenn sein Name eingegeben wurde, bekommen wir jeden Tag eine Million solcher Benachrichtigungen. Wir gehen sie nicht alle durch. Dazu haben wir nicht die Zeit. Und auch keine Veranlassung.«

»Jetzt haben Sie eine Veranlassung.«

»Eine Kollegin nimmt sich die Namen gerade vor, aber haben Sie eine Ahnung, von wie vielen Namen wir hier reden? Allein in Philly gib es derzeit 75 000 Abgänge. Und fünfzig von ihnen werden wegen Mordes gesucht.«

»Was sind denn ›Abgänge‹?«, wollte Bennie wissen. »Ist es das, wonach es klingt?«

»Ja. Flüchtige Straftäter. Die bösen Buben, die nach einem Freigang nicht zurückkommen oder sich absetzen, während sie auf Kaution draußen sind. Typen, die nicht zu ihrem Gerichtstermin erscheinen. Alle, die per richterlichem Haftbefehl gesucht werden. Und dieser Kevin Satorno saß nicht mal wegen Mordes ein, nur wegen tätlichem Angriff. Im ganzen Strafsystem ist er ein Niemand. Außerdem ist er nicht mal unser Niemand. Er ist ein kalifornischer Niemand.«

Ein Niemand? Im ersten Stock wurde Anne übel. Sie wusste, dass Kevin zuerst ins L.A. County Jail eingeliefert worden war, aber danach hatte auch sie seine Spur verloren. Schließlich hatte sie ihre Vergangenheit auch hinter sich lassen wollen. Nur dass es jetzt nicht mehr die Vergangenheit war.

»Und was gedenkt Ihre Abteilung zu tun, um Satorno zu finden, falls er auf freiem Fuß ist?«, verlangte Bennie unten zu wissen. »Der Mörder hat offenbar beabsichtigt, Anne zu töten – und nichts weiter, als sie zu töten. Es gab keinerlei Hinweise auf einen Raub oder eine versuchte Vergewaltigung.«

»Die Abteilung kann nicht auf die bloße Annahme hin aktiv werden, dass der Mann frei sein könnte, Ms. Rosato. Diesen Luxus können wir uns nicht erlauben. Es ist ja nicht so, dass wir Personal im Überfluss hätten. Im Center City District haben wir nur vierzig Streifenbeamte, zwanzig im sechsten District und noch mal zwanzig im neunten. Und die haben mit dem Feiertag schon mehr als genug zu tun, darum haben wir den Tatort auch freigegeben. Ich kann sie nicht anweisen, nach einem Kerl zu suchen, der möglicherweise immer noch hinter Gittern sitzt.« Der Detective schwieg kurz. »Sie wissen nicht zufällig, ob Satorno das Opfer in letzter Zeit kontaktiert hat, oder?«

»Nein.« Bennie trat nach links, aus Annes Sichtfeld heraus. »Wisst ihr beide das zufällig? Carrier? DiNunzio?«

Anne beugte sich weiter über das Geländer, und Mel versteifte sich erneut. Er wollte um keinen Preis nach unten, in die Nähe des blutverschmierten Eingangsbereichs. Anne erhaschte einen Blick auf Judy in ihrem heiß geliebten Overall, einem frischen gelben T-Shirt und mit einem zitronengelben Halstuch.

Judy schüttelte den Kopf. »Nein. Tut mir Leid. Ich wusste gar nichts von Satorno, bis du mir heute von ihm erzählt hast.«

Plötzlich unterbrach ein schluckaufartiges Schluchzen die Unterhaltung, ein Geräusch, das so emotional war, dass es in der Öffentlichkeit schon fast peinlich schien. Schlagartig fuhr Bennie herum, ebenso Judy, gerade als ein zweites Schluchzen von rechts erklang, wo Mary stehen musste. Anne konnte nicht anders, als sich weit über das Geländer zu beugen, und was sie sah, schnürte ihr vor Überraschung die Kehle zu:

Mary weinte – eine zierliche, eingefallene Gestalt, tief in Annes Sofa. Sie hatte das Gesicht in den Händen vergraben, und ihre schmalen Schultern bebten unter den Schluchzern. Ihre Haare waren völlig zerzaust, und den Khakishorts und der ärmellosen Bluse mangelte es an der üblichen Makellosigkeit.

»Schon gut, Mary«, tröstete Judy, ging zu ihr und legte einen Arm um ihre Freundin. »Sie kriegen diesen Kerl, du wirst schon sehen.«

»Ich ... kann es einfach nicht begreifen.« Marys Stimme zitterte unter Schluchzern. Ihre Wangen wirkten erhitzt, und auf ihrem Hals zeichneten sich rote Flecken ab. »Ich kann einfach nicht ... glauben, dass das passiert ist. Es ist so furchtbar, dass ... sie umgebracht wurde. *Wie* sie umgebracht wurde.«

Anne war von den Reaktionen ihrer Kolleginnen ebenso verwirrt wie von ihren eigenen. *Mary DiNunzio, die mich nicht mal richtig kennt, weint um mich. Und aus irgendeinem Grund fühle ich mich jetzt verdammt mies.*

Bennie ging zu Mary und legte die Hand beruhigend auf deren Schulter. »Mary, vielleicht sollten wir dich in die Kanzlei zurückbringen.«

»Ist schon okay, es geht mir gut.« Marys Schluchzer klangen ab. Aus ihrem Gesicht sprach Schmerz, und sie presste die Handflächen gegen die Wangen, als ob sie sie kühlen wollte. »Aber hier ist überall Blut. Und es ist *ihr* Blut!«

»Ich weiß, ich weiß«, sagte Judy und strich über Marys Rücken. »Willst du draußen warten? Warum wartest du nicht draußen?«

Bennie drehte sich kurz zu den Detectives um. »Könnten Sie uns ein paar Minuten allein lassen?«

»Klar«, erwiderten sie dankbar und unisono. Gleich darauf ging die Haustür auf, ein Viereck aus Licht tauchte auf dem Wohnzimmerteppich auf, und der Lärm von draußen schwappte herein. Die Detectives schlossen die Tür nicht ganz hinter sich und blieben am Kopfende der Treppe stehen. Gleich darauf roch Anne Zigarettenrauch, der durch die offene Haustür waberte. Sie schlich näher zum Treppenabsatz, und ihr Blick kehrte zu Mary zurück.

»Siehst du es denn nicht, Bennie?« Mary wies mit der ausgestreckten schmalen Hand auf den Eingangsbereich, und Anne sah, wie ihre Finger zitterten. »Alles voller Blut. Und wir drei stehen hier und reden, als ob es nur irgendein Fall wäre. Aber wir sprechen hier von *Anne.*« Ihre Stimme wurde lauter, überschlug sich vor Angst beinahe. »Anne Murphy wurde hier getötet! Keine Mandantin, sondern eine von uns! Und sie ist tot! *Ermordet*! Habt ihr beide das vergessen?«

Wau! Auf ihrem Beobachtungsposten war Anne von diesem Ausbruch wie erstarrt. Es sah Mary überhaupt nicht ähnlich, jemanden zu kritisieren, schon gar nicht Bennie und Judy. Die beiden wirkten ebenfalls völlig versteinert.

Judy hörte auf, Marys Rücken zu tätscheln. »Wir wissen, dass es ihr Blut ist, Mary. Das haben wir nicht vergessen. Wir sind hier, um herauszufinden, wer das getan hat, und um ihn dafür zur Verantwortung zu ziehen.«

»Was würde das schon bringen?«, rief Mary. »Wenn wir den Kerl finden, kommt sie dadurch auch nicht zurück. Sie ist tot, und wisst ihr, was? Wir haben sie überhaupt nicht gekannt. Ein Jahr lang haben wir mit ihr zusammen gearbeitet, aber wir haben sie nie richtig kennen gelernt. Ich bin mit Jack nur zwei Monate ausgegangen, aber von ihm wusste ich wesentlich mehr!«

»Wir haben viel zu tun«, verteidigte sich Judy. »Wir hatten gearbeitet. Erst an dem *Dufferman*-Fall, dann an *Witco*. Vielleicht bist du deshalb so emotional, wegen deiner Trennung …«

»Nein, das ist es nicht, es ist wegen *Anne!* Wegen *Murphy*. Wie auch immer sie genannt werden will. Genannt werden *wollte*.«

»Murphy«, bestätigte Judy, aber Bennie schüttelte den Kopf.

»Nein, ich glaube, sie hat das nur übernommen, weil ich sie immer so genannt habe. Nehme ich an. Beim Bewerbungsgespräch hat sie sich als Anne vorgestellt.«

»Ist doch egal!«, platzte Mary heraus. »Es liegt an *uns*! Wir haben uns keine Zeit für sie genommen! Wir haben es gar nicht versucht. Wir wissen ja nicht einmal, wie sie genannt werden wollte. Sie hat erzählt, sie hätte eine Verabredung für gestern Abend. Hatte sie das wirklich? Und mit wem? Ist er der Mörder? Wir haben kein Ahnung! Und dann stellt sich noch heraus, dass sie auch noch von einem Stalker bedroht wurde, der letztes Jahr versuchte, sie zu töten, und den sie sogar in den Knast gebracht hat! Wir hatten davon keinen blassen Schimmer!«

»Murphy hat ein Geheimnis daraus gemacht, sie war immer sehr auf Privatsphäre bedacht …«, wandte Judy ein.

»Was ist mit der Eingabe vor Gericht, Judy? Daraus hat sie kein Geheimnis gemacht. Sie hat einen *Stripper* ins Gericht geschleust, und wir mussten das aus den Nachrichten erfahren! Wahrscheinlich wollte sie uns davon erzählen, als sie gestern Nachmittag in mein Büro kam, aber wir haben sie nicht zu Wort kommen lassen!« Marys Augen wurden wieder feucht, aber sie blinzelte die Tränen weg. »Angeblich sind wir die Kanzlei mit dem weiblichen Touch. Was für ein Witz! Wir helfen uns nicht einmal gegenseitig. Wo liegt denn eigentlich der Unterschied zu anderen Kanzleien?

Ob Männer oder Frauen, letzten Endes verhalten wir uns alle wie *Anwälte.*«

»Du hast ganz einfach Schuldgefühle, Mare.«

»Stimmt! Ich fühle mich total schuldig! Und weißt du was: Dazu habe ich auch allen Grund! Und du ebenfalls!« Mary drehte sich zu ihrer besten Freundin um, die neben ihr auf der Couch saß. »Soll ich dir mal die Wahrheit sagen, Jude? Du hast Murphy nie gemocht. Anne. Wie auch immer. Du hast sie nie leiden können. Darum ist es dir jetzt auch völlig egal.«

Hoppla. Anne war schockiert. Sie schämte sich dafür, zu lauschen, aber sie konnte nicht anders.

»Es ist mir *nicht* egal!«, protestierte Judy, aber Mary war außer Rand und Band.

»Ist es dir doch! Die ganze Zeit, als ich krank war, bist du ihr aus dem Weg gegangen. Mehr als einmal hat sie dich zum Mittagessen eingeladen, aber du hast immer abgelehnt. Du hast sie von Anfang an nicht gemocht. Und weißt du auch, warum? Weil sie so umwerfend war! Du warst immer der Ansicht, dass sie zu viel Make-up und zu viel Lippenstift trug.«

Sie reden über meinen Lippenstift? Anne mochte die Ironie des Ganzen kaum glauben.

»Sie hat ja auch immer zu viel Make-up aufgelegt!« Auch Judy war jetzt krebsrot im Gesicht. »Das heißt noch lange nicht, dass es mir egal ist ...«

»Warum haben wir uns so verhalten? Ich wette, es hat mit unserer Biologie zu tun, dass wir ständig mit anderen Frauen um Männer wetteifern, selbst wenn keine Männer in der Nähe sind. Das ist doch krank! Und wann werden wir uns endlich davon frei machen?«

»Es war nicht nur ihr Aussehen ...«

»Du hast gesagt, sie würde ihr Aussehen benutzen!«,

brach es aus Mary heraus. »Das hast du gesagt, Judy! Dass Anne Chipster nie bekommen hätte, wenn sie nicht so heiß aussehen würde.«

Meine Güte! Anne konnte nicht glauben, was sie da hörte. Das war ja auch überhaupt nicht für ihre Ohren bestimmt, und plötzlich wollte sie es auch nicht mehr hören. Aber dann doch wieder.

»Das stimmt ja auch!«, brüllte Judy zurück. »Wie kommt denn eine frisch gebackene Anwältin an so einen Fall? Der Mandant kannte sie vom Studium? Ach bitte! Wach doch endlich auf, Mary. Hier die Tatsachen: Gil Martin hätte Anne niemals beauftragt, wenn sie nicht so ausgesehen hätte, wie sie aussah.« Judys Kopf schnellte zu Bennie herum, das Halstuch flatterte. »Du hast dir doch auch Gedanken gemacht, Bennie. Warum hat Gil Anne beauftragt? Ausgerechnet die Jüngste von uns allen? Die Anwältin mit der geringsten Erfahrung? Wie viele Fälle hat sie schon bearbeitet? Einen?«

Bennie hob beschwichtigend die Hände. »Beruhigt euch, alle beide.« Ihre Stimme klang so gelassen wie die eines Richters. »Mary, du hast Recht. Wir hätten alle etwas freundlicher zu Anne sein können, aber das waren wir nicht. Wir hatten viel zu tun – wie Judy schon sagte –, doch das ist keine Entschuldigung.« Bennie beugte sich vor, berührte Marys Schulter und schüttelte sie ein wenig. »Doch es hilft Anne jetzt auch nicht, wenn wir uns gegenseitig Vorwürfe machen. Wir tragen an ihrer Ermordung keine Schuld.«

»Wie kannst du so sicher sein?« Mit trauervoller Miene sah Mary zu Bennie auf. »Wer weiß, ob es nicht doch einen Unterschied gemacht hätte? Wenn wir mehr mit ihr geredet hätten, auch nur einmal mit ihr zum Essen gegangen wären, vielleicht hätte sie uns dann von diesem Stalker erzählt.

Wenn wir uns angefreundet hätten, dann wären wir gestern Nacht vielleicht bei ihr gewesen, als er kam. Wenn wir zusammen gewesen wären, würde sie jetzt vielleicht noch leben.« Mary standen schon wieder Tränen in den Augen, und selbst Judy sah tief betroffen aus.

»Das ist richtig«, sagte sie, und ihr Halstuch hing schlaff herab. »Du hast absolut Recht.«

Ich halte das nicht länger aus. Anne konnte nicht zusehen, wie sie sich so schlecht fühlten. Es war nicht allein ihre Schuld. Mit Frauen konnte sie einfach nicht umgehen. Sie hatte immer jede Menge Verabredungen, aber nie Freundinnen. Solange sie zurückdenken konnte, hatte sie sich selbst immer nur als Lucy gesehen, ohne Ethel.

»Ich will nichts vorgeben«, erklärte Bennie. »Wir haben uns Anne gegenüber nicht richtig verhalten, aber jede von uns kann um Anne trauern, wie sie es möchte. Das Einzige, was wir jetzt noch tun können – so finde ich –, ist, den Kerl zu finden, der sie ermordet hat.« Sie klopfte Mary abermals auf die Schulter. »Ich will mich hinten umsehen. Du hältst hier die Stellung, einverstanden? Carrier, du bleibst bei ihr.«

»Ich brauche ein Kleenex.« Mary erhob sich langsam, die Hand vor dem Gesicht, und sah sich im Wohnzimmer um. »Sieht jemand eine Schachtel?«

Vielleicht kann ich ihnen ein Zeichen geben, dass ich hier bin. Anne musste doch in der Lage sein, ihre Aufmerksamkeit zu wecken, ohne dass die Cops es merkten. Sie sah zur Haustür. Die beiden Detectives standen noch draußen, und irgendetwas auf der Straße hatte ihre Aufmerksamkeit geweckt. Anne beschloss, es zu wagen. Sie schob Mel auf ihren rechten Arm, nahm ihren rot-weiß-blauen Zylinder ab und schwenkte ihn wie wild.

»Mary! Mary!«, rief sie mit einem Bühnenflüstern, aber die Frauen sahen nicht nach oben. »Mary!«, rief sie erneut, doch Mary war mit ihrer laufenden Nase beschäftigt, und Judy suchte nach einer Kleenex-Schachtel. Die Detectives bemerkten, dass sie allmählich wieder auftauchen konnten, schnippten ihre Kippen auf den Gehweg und traten wieder ins Haus. *Nein!*

»Ich kann hier nirgends ein Kleenex entdecken«, verkündete Judy, die gerade auf dem Fernsehgerät nachsah. »Es muss doch ein Badezimmer geben. Nimm Toilettenpapier. In diesen Drei-Zimmer-Einheiten ist das Bad für gewöhnlich oben an der Treppe.«

Das Badezimmer! Ja! Das ist hier! Hinter mir!

»Gute Idee«, sagte Mary und ging in Richtung Treppe.

Ohne noch einmal darüber nachzudenken, drehte Anne sich um, versteckte sich im Badezimmer und schloss die Tür.

7

»Jesus, Maria und Josef!«, schnaufte Mary, bevor Anne eine Hand auf ihren Mund presste und sie gegen die Badezimmertür drückte. Mels Schwanz bog sich in dem kleinen Waschbecken, in das er abgelegt worden war, zu einem Fragezeichen.

»Ich bin am Leben, Mary!«, flüsterte Anne. Sie zog den Uncle-Sam-Bart vom Kinn. »Siehst du? Ich bin's, Anne. Ich bin am Leben. Ich bin nicht tot!«

»Hmpf!« Marys gerötete Augen wurden groß vor Entsetzen, und Anne presste mit ihrer Hand noch fester zu.

»Pst! Ich will nicht, dass die Polizei es erfährt.«

»Hmmpfh!« Mary schüttelte den Kopf, mit Augen wie braune Murmeln.

»Ich nehme jetzt meine Hand von deinem Mund, aber du sagst nichts, versprochen? Die Polizei darf nicht erfahren, dass ich hier bin.«

»Hmpf!« Mary nickte kräftig.

»Und reg dich nicht auf, okay?«

»Hmpf!«

»Es ist alles in Ordnung.«

»Hmpf!«

»Ich bin es wirklich, und ich bin am Leben.« Anne nahm die Hand weg, und Mary schrie.

»HILFE! HILFE, POLIZEI!!!!«

Nein! »Mary, psst! Was machst du denn da?«

»Ich habe dich tot gesehen! In der Leichenhalle. Du bist ein *Geist*! Ein *Teufel*!!« Mary bekreuzigte sich blitzschnell, und Anne sah sich voller Panik um. Sie hörte bereits Rufe und Schritte auf der Treppe. Laut, wie Clogs.

»Mare? Mare?«, rief Judy. »Bist du das?«

»HILFE! JUDY!«, brüllte Mary. »POLIZEI! ZU HILFE! BENNIEEEEE!!«

Ich glaube es einfach nicht. »Halt den Mund! Ich bin am Leben! Ich bin's! Meine Katzensitterin wurde umgebracht! Siehst du die *Katze*?« Anne zeigte auf die Spüle, wo Mels Schwanz jetzt als Ausrufungszeichen in die Höhe ragte.

»Nein, du bist tot! Ich weiß es! Ich habe dich gesehen! Tot, tot, tot! Du hattest dein T-Shirt an! Du bist unten erschossen worden! Blut …«

»Das war meine Katzensitterin. Ihr Name war Willa. Ich habe ihr das Shirt geliehen!« Anne packte Mary an den Schultern. »Das war ich nicht!«

»DiNunzio! Ich komme!«, rief Bennie und gleich darauf die Detectives. »Miss DiNunzio? Miss DiNunzio?« Sie mussten schon beinahe oben sein, so laut, wie ihre Stimmen klangen.

Anne geriet in Panik. Ihr rann die Zeit davon. Der Schaden war getan. Der Türknauf drehte sich. Sie wirbelte herum, sprang in die Badewanne und zog den Duschvorhang in dem Augenblick zu, als die Badezimmertür aufgerissen wurde. Niemand würde sie durch den Duschvorhang sehen können. Er war undurchsichtig, mit einem schicken Blumenmuster von Laura Ashley, das unten von einem breiten, weißen Streifen abgeschlossen wurde. Wenn der Vorhang ihre letzte Rettung war, dann war er seine sechsundvierzig Dollar möglicherweise wert. Mentale Notiz: *Schuhe, Kleider und Make-up dürfen zu teuer sein, aber Duschvorhänge müssen ihren Wert erst unter Beweis stellen.*

»Mary, Mary, geht es dir gut?« Das war Judy, in höchster Sorge.

»Miss DiNunzio!« Das war die Stimme von einem der Detectives. »Was ist denn? Was ist los?«

»DiNunzio? Alles in Ordnung?« Das war Bennie, die die Tür aufgerissen hatte und ins Badezimmer gestürmt war. Der Duschvorhang blähte sich bedrohlich auf. »Warum hast du geschrien?«

Bitte, Mary, verrate mich nicht. Hinter dem Vorhang hielt Anne den Atem an und presste sich gegen die weißen Fliesen.

»Äh ... ich weiß es nicht«, erwiderte Mary mit zitternder Stimme.

»Aber du hast geschrien«, meinte Judy, dann musste sie lachen. »Ach, ich sehe schon. Die Katze.«

Auch Bennie lachte jetzt. »Eine Katze!«

Die Detectives fielen in das Gelächter mit ein. Alle machten *ha-ha-ha*. Plötzlich war es eine Badezimmerparty. »Die Katze hat Sie erschreckt.«

Mary, sei jetzt auf Zack. Sie geben dir das Stichwort.

»Ja, genau«, sagte Mary schließlich. »Die Katze. Ich war

nicht darauf gefasst. Als ich hereinkam, saß sie im Waschbecken. Einfach so. Tut mir Leid, dass ich geschrien habe.«

Jesus, Maria und Josef, dachte Anne vor Erleichterung, obwohl sie mit den dreien eigentlich nicht per du war.

»Natürlich, Anne hatte wohl eine Katze«, sagte Judy. »Das Katzenklo steht gleich da drüben, unter dem Waschbecken. Seht ihr?«

»Jetzt erinnere ich mich«, meinte der Detective. »Wir haben das Katzenklo gestern Nacht bemerkt, konnten aber die Katze nicht finden. Tja, hier ist sie.«

Exzellente Detektivarbeit. Und wo ist der Kerl im Gefängnis?

»Du solltest sie mitnehmen, Mare«, schlug Judy vor. »Das Tier braucht jetzt ein Zuhause. Darfst du in deiner Wohnung eine Katze halten?«

»Ich weiß nicht. Ich will eigentlich keine Katze.«

Judy höhnte: »Jemand muss das Tier aber nehmen, und Bennie und ich haben Hunde. Du hattest doch mal eine Katze, oder etwa nicht?«

Nimm ihn mit, du Dummerchen. Ich bin nicht tot, weißt du noch?

»Na gut, ich nehme die Katze mit. Also, vielleicht sollten wir jetzt gehen.«

»Das ist die richtige Einstellung, DiNunzio«, lobte Bennie. Als Nächstes hörte man, wie die Badezimmertür weit geöffnet wurde. »Also kannst du doch noch etwas für Anne tun, indem du dich um die Katze kümmerst, hm?«

»Vielleicht«, erwiderte Mary. Der Duschvorhang bauschte sich wieder auf, als die drei Anwältinnen, die Detectives und ein verwirrter Kater das Badezimmer verließen.

Anne stieg aus der Wanne, als sie hörte, wie die Haustür ins Schloss fiel, dann trat sie aus dem Badezimmer und eilte nach unten. Ihr war klar, dass Mary den anderen von ihrem Überleben erzählen würde, sobald sie die Gelegenheit dazu bekam. Das bedeutete, dass Uncle Sam in die Kanzlei musste.

Sie setzte die Spaßsonnenbrille wieder auf und zog von dannen.

Anne hatte den Mustang so nah wie möglich geparkt, fünf Häuserblocks weiter in der Locust Street. Jetzt musste sie noch zu Fuß an kleinen Läden, Geschäften und einer Reihenhauszeile vorbei, die zu Architektenbüros, Steuer- und Anwaltskanzleien umfunktioniert worden waren. Sie hielt den Kopf gesenkt. Aber die Tatsache, dass jeder dachte, sie wäre tot, war schon eine verdammt gute Verkleidung. Abgesehen davon waren die Gehwege voller Menschen, die wie die Freiheitsstatue grüne Styroporkronen, George-W.-Bush-Masken oder rot-weiß-blaue Schirmhüte trugen. Anne traf auf zwei weitere Uncle Sams, und die beiden winkten ihr zu.

In der Locust Street herrschte Verkehrsgewirr. Wie die meisten Straßen von Philadelphia war sie gerade breit genug, um einen Einspänner mit Pferd durchzulassen, folglich war nur Einbahnverkehr möglich. Man hatte Anne bis zum Überdruss erzählt, dass Ben Franklin höchstselbst die Stadt entworfen habe, aber sie war immer der Ansicht gewesen, dass sein berühmtes geometrisches Straßennetz nur zu einem führte: Verkehrsinfarkt. Sie sah nach vorn, die Straße hinunter, die sich vor dem Gebäude entlangzog, in dem ROSATO & PARTNER untergebracht waren. Hier staute sich der Verkehr, weil die Übertragungswagen von ABC, dem Gerichtskanal, CNN und dem örtlichen Nachrichtensender illegal parkten. Sogar aus dieser Entfernung konnte Anne erkennen, dass Reporter, Fotografen, Videokameras und Satellitenschüsseln das Bürogebäude in Beschlag genommen hatten. Es war mindestens doppelt so viel Presse anwesend als sonst. Wer hätte gedacht, dass der Mord an einer hübschen Anwältin kurz vor der Verhandlung eines Sexualdeliktes derart medienwirksam sein würde?

Anne rückte ihre Sonnenbrille zurecht und ging weiter. Dabei beobachtete sie prüfend die Straße. Kevin konnte hier sein. Krank wie er war, würde er ihr nahe sein wollen, selbst wenn sie tot war. Möglicherweise wollte er auch einen Blick auf Bennie werfen. Oder auf Judy. Das machte ihr Sorgen. Könnte Kevin eine Gefahr für die beiden darstellen? Unwahrscheinlich, aber doch möglich. Sie hatte im Grundkurs Erotomanie gelernt, dass die geistig Verwirrten ihre Fixierungen häufig übertrugen.

Anne sah auf die Uhr. Zwölf Uhr dreißig. Die Zeugenaussage sollte um 13 Uhr stattfinden, aber ihr war nicht klar, wie die Presse davon erfahren hatte. So ein Aussageprotokoll war keine öffentliche Angelegenheit, und sie war sicher, dass ROSATO & PARTNER den Termin nicht bekannt gegeben hatten. Anne eilte auf die Menschenmenge zu, zog ihren Zylinder tiefer ins Gesicht. Noch zwei Häuserblocks, dann nur noch einer. Eigentlich sollte hier keiner nach ihr suchen, aber einige der Reporter kannten sie durch die Chipster-Sache. Sie zog die rote Krempe noch tiefer. Anne hatte all ihre Gedanken auf Kevin verwandt, dass ihr die Tatsache entgangen war, dass auch Uncle Sam sich einer Medienkontrolle unterziehen musste.

Anne erreichte das Bürogebäude und fädelte sich durch die Masse an Medienvertretern, die Augen hinter der großen Brille versteckt. Reporter schwitzten in ihren Sommeranzügen und ihrem Bildschirm-Make-up. Anne entdeckte eine Nachrichtenmoderatorin, die sie kannte, und senkte rasch den Blick. Sie sah auf ihre Armbanduhr. Zwölf Uhr 45. Touristen und Schaulustige bevölkerten den Bürgersteig, trugen zur Gehwegverstopfung bei. Anne musste weiter. Sie marschierte durch das *humpta-humpta* einer Rap-CD und inhalierte einen Schwall Zigarettenrauch.

Plötzlich klingelte ein Handy, und Anne brauchte einen Moment, bis ihr klar wurde, dass es ihres war; sie hatte es in ihrem Schlafzimmer wieder aufgeladen. Wer könnte sie anrufen? Die ganze Welt hielt sie für tot. Sie öffnete ihre Handtasche, zog das Handy heraus und klappte es auf. »Ja?«, meldete sie sich mit leiser Stimme.

»Ms. Sherwood, hier spricht Dr. Marc Goldberger.«

»Aber natürlich«, sagte Anne überrascht.

»Mir ist jetzt klar, warum Sie mich angerufen haben. Ich habe gerade mit meinem Supervisor gesprochen. Sie waren nicht ganz ehrlich zu mir, Ms. Sherwood. Falls das wirklich Ihr Name ist.«

O nein. »Ich weiß nicht, was Sie meinen.«

»Ich glaube, doch. Kevin Satorno ist vor ein paar Tagen aus dem Gefängnis entflohen. Wussten Sie das, als Sie mich anriefen?«

»Entflohen?« Anne spürte, wie ihr Herzschlag aussetzte. Sie hatte es vermutet, aber der Gedanke, dass es wirklich wahr war, entsetzte sie.

»Wollen Sie mir etwa weismachen, Sie hätten es nicht gewusst? Dass Ihr Anruf gerade heute nur ein Zufall war?«

Kevin ist draußen. Kevin ist frei.

Anne konnte darauf nicht antworten. Sie konnte nicht sprechen. Sie unterbrach die Verbindung und kämpfte gegen das panische Verlangen, unter irgendeinen Gegenstand zu kriechen und sich zu verstecken. Sie wusste nicht, was sie jetzt tun sollte, sie wusste nur, dass sie nicht in Panik ausbrechen durfte. Anne zwang sich, tief zu atmen, bis sich ihr Herzschlag wieder normalisierte. Plötzlich war sie allein in der lärmigen, verrauchten Menschenmenge. Sie sah an der

Fassade des Bürogebäudes hoch. Eine Sekunde später gab sie eine Nummer in ihr Handy ein.

Mary musste auf ihren Anruf gewartet haben. »Anne, wo bist du? Bist du hier?«

»Hilfe!«, war zunächst alles, was Anne sagen konnte, dann riss sie sich zusammen. »Ich stehe draußen. Kannst du mich am Wachmann vorbeilotsen?«

»Es ist Herb, und wir haben ihm gesagt, wir erwarten eine Botin, die etwas merkwürdig angezogen ist. Trägst du noch deinen Bart?«

»Ja.«

»Ich komme nach unten.«

Gott sei Dank. Anne klappte ihr Handy zu und inspizierte instinktiv jeden Passanten. Ihr Magen krampfte sich vor Furcht ganz zusammen. Da. Ein blonder Mann, mit Kevins Haarfarbe. Er hatte ganz kurze Haare, als ob er bis vor kurzem im Gefängnis gewesen wäre. Anne hätte beinahe losgeschrien, aber in dem Moment legte der blonde Mann seinen Arm um die Frau neben sich. Auf seinem Bizeps war *Semper Fi* tätowiert. Ein Marineinfanterist, kein Gefängnisinsasse. Nicht Kevin.

Anne bahnte sich ihren Weg durch die Presse und trat durch die Drehtür ins Innere des Gebäudes und in die klimatisierte Kälte einer riesigen Marmorlobby mit restaurierten Stuckwänden. Anne holte tief und erleichtert Luft, aber die Sicherheitstheke aus Mahagoni erhob sich wie eine unüberwindliche Hürde vor dem Zugang zum Aufzug. Auch wenn Mary angerufen hatte, damit Anne durchgelassen wurde, bestand immer noch die Möglichkeit, dass der Wachmann sie erkennen würde, denn es war der »heiße Herb«. Sie hatte ihr Gesicht maskiert, nicht aber ihre Brust, und auf mehr achtete er nicht. Dank ihm hatten ROSATO & PARTNER die sichersten Brüste in ganz Philadelphia.

Herbs Blick konzentrierte sich auf den Schriftzug *Unabhängige Frau,* als sie an die Theke trat. »Hallo, Schätzchen«, sagte er, mit einem sexy Grinsen, wie er hoffte. Er roch nach *Aramis*, und seine blaue Uniform schmiegte sich eng an seinen kurzen, untersetzten Körper. Er trug den Gürtel seiner Hose weit oben, wie Fred Mertz aus *I love Lucy*. »Sie trauen sich was: kommen zu einem Bewerbungsgespräch in Uncle-Sam-Verkleidung ...«

»So bin ich an den Reportern vorbeigekommen, oder nicht?« Anne hielt den Kopf gesenkt, beugte sich über den schwarzen Spiralhefter und kritzelte 36C auf die vorgegebene Linie. »Falls ich hier eingestellt werde, will ich nicht, dass sie mich erkennen und mir überallhin folgen.«

»Warum nehmen Sie die Verkleidung nicht ab? Sie sind jetzt drin.«

»Ich fühle mich als Ikone ganz wohl.«

Plötzlich öffneten sich die Aufzugstüren mit einem diskreten *Pling*, und Mary stürmte wie die Kavallerie hinüber. Sie konnte ihr Lächeln nicht unterdrücken. »Kleider machen Leute?«

»Sie müssen Mary DiNunzio sein.« Anne streckte eine Hand aus, als ob sie sich noch nie getroffen hätten. Plötzlich gab es hinter ihr am Eingang einen Tumult. Sie drehte sich um und sah, wie eine vertraute Figur durch die Drehtür kam, zusammen mit einer Gruppe von Menschen. *O nein.* Jetzt steckte Anne wirklich in Schwierigkeiten.

8

Anne floh in die hinterste Ecke des Aufzugs, als Matt Booker mit seiner Mandantin Beth Dietz und ihrem pferdeschwänzigen Ehemann Bill in die Kabine trat. Zu seiner Rechten stand Janine Bonnard, eine hübsche, junge Frau in einem grauen Gap-Hosenanzug. Sie sollte heute ihre Aussage machen. Anne versteckte sich unter ihrem Zylinder und betete, dass Matt sie nicht erkennen würde. Doch er schien so beschäftigt, dass er sie nicht einmal bemerkt hätte, wenn sie Godzilla wäre.

Anne warf ihm aus den Augenwinkeln einen Blick zu. Dunkle Ringe hatten sich unter seinen normalerweise leuchtenden Augen breit gemacht, seine sonst ausladenden Schultern in dem blauen Anzug wirkten mit einem Mal eingefallen, und sein dichtes Haar war für eine Zeugenaussage eigentlich nicht ordentlich genug gekämmt. Anne fragte sich, ob er wegen ihr so durcheinander war. Den Aktenkoffer in der Hand, sah er zu Mary.

»Mary, es tut mir so Leid wegen Anne«, sagte er. Die Trauer ließ seine gewöhnlich so selbstsichere Stimme tiefer klingen. »Haben Sie seit unserem Gespräch noch etwas von der Polizei gehört? Gibt es noch keine heiße Spur hinsichtlich ihres … Mörders?«

O mein Gott. Annes Gesicht stand in Flammen. Sie fühlte sich schrecklich, als sie ihn so sah.

»Noch nicht«, erwiderte Mary, »aber die Ermittlungen laufen auf Hochtouren.«

»Bitte übermitteln Sie Annes Familie mein Beileid. Wenn ich irgendetwas tun kann, um Ihnen oder der Polizei zu helfen, dann lassen Sie es mich wissen. Ich würde auch gern wissen, wie es weitergeht.«

»Das werde ich. Danke.«

»Ich kann mir nicht vorstellen, wer so etwas tut. Ich kann es einfach nicht ...« Matts Stimme verlor sich, und er ließ den Kopf hängen.

»Das kann niemand von uns«, erklärte Mary mit angespanntem Gesicht. Offensichtlich gefiel es ihr genauso wenig wie Anne, ihn anzulügen.

»Bitte sprechen Sie Ms. Murphys Familie auch unsere Teilnahme aus.« Das war Beth Dietz, und ihr Ehemann nickte.

»Das werde ich«, sagte Mary. »Hören Sie, ich bin für die Zeugenaussage etwas spät dran. Ich muss noch diese neue Botin einweisen.« Sie zeigte rasch auf Anne, die den Kopf gesenkt hielt. »Könnten Sie mir noch zehn Minuten geben?«

»Natürlich. Wie ich schon am Telefon sagte, wäre ich auch damit einverstanden gewesen, die Aussage zu verschieben. Sie hätten es nur zu sagen brauchen.«

»Danke, aber das wird nicht nötig sein.«

»Wer wird den Fall übernehmen, jetzt, da Anne ...«

»Weiß der Himmel.«

Pling! Die Aufzugstüren öffneten sich im dritten Stock. ROSATO & PARTNER stand in Messingbuchstaben an der Wand über dem vertrauten Teppich, den Sesseln und dem Tisch mit der Glasplatte. Anne war merkwürdig zumute, als ob sie in ihr eigenes Leben zurückkehrte, aber sie konnte es nicht riskieren, hier länger zu verweilen. Sie trat als Letzte aus dem Aufzug und eilte durch den Empfangsbereich, wobei sie Matt den Rücken zukehrte.

Mary führte Matt und seine Mandanten in einen der beiden Besprechungsräume auf der anderen Seite des Empfangsbereichs. Sie hielt ihnen die Tür auf. »Wenn Sie hier auf mich warten würden, ich beeile mich auch. Die Gerichtsstenografin wartet bereits drinnen. In zehn Minuten bin ich wieder da.«

»Danke«, sagte Matt, und Mary eilte den Flur entlang, Anne immer auf den Fersen.

»Du bist am Leben!« Mary drückte die verblüffte Anne fest an sich, presste sie an eine Leinenbluse, die nach Ivory-Seife und Puderantiperspirant roch. Annes Uncle-Sam-Verkleidung lag auf Marys ordentlichem Schreibtisch, wo Mel den falschen Bart gewissenhaft beschnupperte. Sein Fell wirkte in dem Sonnenlicht, das durch das Fenster fiel, wie Seide, eine flauschige Katze vor glatten, juristischen Dokumenten. Anwaltskatze. Mary war außer sich. »Ich glaube es nicht! Ich glaube es nicht! Das ist so toll!«

»Lass sie los, bevor du sie umbringst!«, rief Judy von der Tür zu Marys Büro, aber auch sie strahlte. Bennie stand neben ihr, grinste über eine weiße Porzellantasse hinweg, auf der JAVA DIVA stand.

»Ich bin so glücklich!« Mary wiegte Anne jetzt in ihren Armen. »Ich bin so froh, dass du am Leben bist!«

»Ist sie immer so?«, fragte Anne, während sie hin und her geschaukelt wurde, und Bennie nickte.

»Ja, ich habe alle meine Emotionen an sie delegiert. Sie lebt sie für mich, für Carrier und für die gesamte Anwaltschaft von Philadelphia aus. Dadurch bekommen wir mehr Zeit, die wir anderen in Rechnung stellen können.«

»Das ist *so* großartig!« Schließlich ließ Mary Anne doch noch los und stellte sich vor ihren braunen Sideboard neben der Tür auf. Ihre Haare waren immer noch zu einem zerzausten Pferdeschwanz gebunden, und ihre braunen Augen funkelten. »Erzähle uns alles, Kleine! Ich dachte wirklich, du bist ein Geist!«

»Es gibt keine Geister«, erklärte Anne.

»Natürlich gibt es Geister.«

Die Frau hat sie nicht alle. Anne verdrängte diesen Gedanken, nahm Mel auf den Arm und gab ihm einen Begrüßungskuss. Er erwiderte ihren Gruß mit einem »Wo warst du?«-Schnüffeln an ihrer Nasenspitze. Eskimokatze.

»Erzähle uns, was passiert ist. Von Anfang an«, verlangte Bennie. Sie setzte sich mit ihrem Kaffee auf das Sideboard, und ihr Lächeln verblasste. »Ich habe dich *identifiziert*, Murphy. Ich schwöre, ich habe dich gesehen, tot, in der Leichenschauhalle. Es war entsetzlich.«

»Aber das Gesicht war doch ...«

»War es, konnte mich auch kaum überwinden, hinzusehen. Dein ... *ihr* Gesicht – war eine blutige Masse, und wo deine Augen gewesen wären, ragten Baumwollpropfen aus den Einschusslöchern. Wir haben alle die Leiche gesehen, aber *ich* habe die Identität bestätigt und die Papiere unterzeichnet. Ich habe das gar nicht hinterfragt. Sie hatte deine Sachen an, ihre Haare waren rot, auch wenn sie voller ...«

Anne winkte ab. »Ich verstehe schon. Mir ist vollkommen klar, wie euch dieser Fehler unterlaufen konnte.«

»Erzähle uns, was wirklich passiert ist«, warf Judy rasch ein, eifrig darauf bedacht, das Thema zu wechseln. Sie setzte sich mit baumelnden roten Clogs neben Bennie auf das Sideboard. Sie trug lange silberne Ohrringe zu ihrem Overall, die wackelten, wann immer sie sich bewegte.

Wie merkwürdig. Wir vier zusammen, in Marys Büro. Das war noch nie zuvor geschehen, und sie standen in demselben Büro, in das Anne erst am Abend zuvor hereingeplatzt war. Es fiel ihr schwer, Judy in die Augen zu schauen, weil sie jetzt wusste, was Judy von ihr hielt, aber die Frau war so niedlich, mit einem Gesicht so rund wie ein Kreis, dem Lächeln des Campbell-Werbekindes und stoppeligen, buntstiftgelben Haaren. Anne unterdrückte ihren Groll und ließ ihn in Frieden ruhen. Sie erzählte ihnen alles, fing im letzten Jahr mit Kevin an, kam dann schnell auf Willas Mord zu sprechen und wie sie sie in ihrem Haus gesehen hatte, zuletzt das Gespräch mit Dr. Goldberger über Kevins Flucht. Dass sie die Gespräche der drei Frauen belauscht hatte, ließ sie aus, und falls einer von ihnen klar war, dass sie alles gehört haben musste, dann erwähnte sie es nicht.

Sogar Judy war am Ende der Erzählung verstummt, ihr Babygesicht sah jetzt aus wie das eines Babys mit Kolik. Mary wirkte erschüttert und ernst. Bennies Blick richtete sich aus dem Fenster nach draußen, und ihre leere Kaffeetasse baumelte an ihrem Daumen. Sie ergriff als Erste das Wort.

»Ich frage mich, ob deine Vermutung wirklich richtig ist, Murphy. Du nimmst an, dass Kevin der Mörder ist. Das verstehe ich, schließlich wollte er dich schon einmal töten. Angesichts seiner Flucht deuten auch die Tatsachen in diese Richtung.« Bennie sah Anne jetzt direkt an, die blauen Augen kalt wie Eis. »Aber es besteht immerhin die Möglichkeit, dass Kevin nicht der Mörder ist und dass der Täter, wer immer es ist, Willa töten wollte.«

Anne begriff das nicht. »Bennie, du hast genau das Gegenteil zu dem Cop gesagt. Du hast gesagt, der Typ sei durchgeknallt. Dass es Kevin war.«

»Damals wusste ich noch nicht, dass Willa in deinem Haus war, und dadurch erscheint die Sache in einem anderen Licht. Du solltest auch einmal darüber nachdenken.« Bennies Augen wurden schmal. »Hat sich Willa mit jemandem getroffen? Ich nehme an, sie war nicht verheiratet, wenn sie für dich als Katzensitterin tätig war.«

»Sie war allein stehend, und ich weiß, dass sie sich mit niemandem getroffen hat.«

»Wie alt war sie?«

»Ungefähr in meinem Alter.«

»Wo hat sie gearbeitet?«

»Zu Hause, glaube ich. Sie war Künstlerin, arbeitete allein.«

»Sie muss Freunde und Familie gehabt haben.«

»Vermutlich, aber mehr weiß ich nicht über sie. Allerdings glaube ich, dass sie von einem Treuhandvermögen lebte. Und sie stammt ursprünglich nicht von hier. Das hat sie mir einmal erzählt. Ich habe keine Ahnung, wo ihre Familie lebt oder wie man sie erreichen kann.«

»Wir müssen sie finden. Sie war jemandes Tochter, Schwester. Sie haben ein Recht darauf, zu erfahren, dass sie tot ist. Wo wohnte sie?«

»Irgendwo in der Stadt. Ich kannte sie nur aus dem Fitness-Studio.«

»Es lässt sich doch sicher herausfinden, wo sie wohnte, nicht wahr?« Bennie wartete die Antwort nicht ab. »Erzähle mir von deiner letzten Begegnung mit Willa. Du sagtest, sie sei vom Studio zu deinem Haus gejoggt. Hatte sie etwas bei sich? Eine Handtasche oder einen Sportbeutel? Schlüssel? Die Polizei hat keinerlei Papiere bei ihr gefunden.«

Anne sah Willa vor sich, wie sie außer Atem vor ihrer Haustür stand. »Nein. Ihre Hände waren leer.«

»Braucht man einen Ausweis oder eine Mitgliedskarte, um in dein Fitness-Studio zu kommen?«

»Ja.« Anne dachte diesen Gedanken zu Ende. »Dann hätte Willa also ihren Ausweis und wohl auch ihre Handtasche dabei gehabt, als sie in das Studio ging. Vielleicht sind die Sachen immer noch dort, zusammen mit ihren Schlüsseln. Die Schließfächer sind für gewöhnlich nicht abschließbar, darum lasse ich nie etwas dort. Ich nehme immer nur meine Schlüssel, meinen Mitgliedsausweis und einen Dollar für eine Flasche Evian mit.«

»Dem gehen wir nach.« Bennie schwieg kurz. »Noch etwas: Hattest du gestern Abend wirklich eine Verabredung? Entsprach das der Wahrheit?«

Anne wich Marys Blick aus. »Nein. Ich bin seit einem Jahr nicht mehr ausgegangen. Kevin Satorno war meine letzte Verabredung.« Sie musste Bennie wieder auf die richtige Spur bringen. »Darum weiß ich ja auch, dass Willa keinesfalls das beabsichtigte Opfer sein kann. Sie war zur falschen Zeit am falschen Ort. Es war Kevin, und er wollte mich umbringen. Wahrscheinlich hat er im Gefängnis meine Karriere verfolgt, hat vielleicht sogar etwas von mir und Chipster gelesen. Die Zeitungen in Philly sind online. Die abgesägte Schrotflinte, der Angriff an der Haustür, alles ist wie damals in Los Angeles. Wahrscheinlich beobachtet er seit seiner Flucht mein Haus.«

Bennie hob eine Augenbraue. »Warum hat er dann nicht gesehen, wie du gestern Abend zur Küste abgefahren bist? Warum hat er nicht gesehen, wie Willa eingetroffen ist?«

»Vielleicht hat er seine Beobachtung kurz unterbrochen. Außerdem bin ich erst kurz nach neun losgefahren, als es schon dunkel war. Ich habe mich noch mit Willa unterhalten und mit Mel gespielt. Dann habe ich Willa mein T-Shirt und ein paar Shorts geliehen, weil sie direkt aus dem Studio kam. Weiß man, wann der Mord stattfand?«

»Bislang geht man von dreiundzwanzig Uhr aus.« Bennie ließ sich das Gesagte durch den Kopf gehen. »Und das Licht in deinem Flur funktionierte nicht? Woher weißt du, dass die Birne nicht erst heute Morgen durchgeschmort ist, als du versucht hast, das Licht einzuschalten?«

»Ich habe sie nie benutzt, kein einziges Mal. Ich bezweifle, ob überhaupt eine Glühbirne eingedreht ist.« Anne gab sich innerlich einen Tritt, weil sie nie nachgesehen hatte. »Bennie, ich sage dir, es war Kevin. Er wollte mich gestern

Abend erschießen, genauso wie zuvor, und sicherlich glaubt er jetzt, mich umgebracht zu haben.«

Judy schüttelte bedächtig den Kopf. »Bennie könnte durchaus Recht haben. Es ist zumindest nicht ausgeschlossen, dass jemand aus irgendeinem Grund Willa töten wollte. Wir wissen so gar nichts über sie.«

Mary sah sie von der Seite her an. »Nein, ich glaube, dass Anne richtig liegt. Vor gerade mal einem Jahr hat Kevin es auf ihr Leben abgesehen. Er hat also schon zuvor versucht, sie umzubringen, und jetzt ist er aus dem Gefängnis geflohen. Er ist von ihr besessen, ein Stalker. Es ist viel wahrscheinlicher, dass sie das Opfer sein sollte. Kein Zweifel.«

Himmel. Unser erster Streit. Anne spürte, wie die Fronten gezogen wurden. Mel entschied sich natürlich für ihre Seite, auch wenn er auf Marys Schreibtisch eingeschlafen war. Die loyale Katze.

Bennie hob wie ein Verkehrspolizist die Hand. »Moment mal, lasst uns diese Diskussion kurz aussetzen. In deiner Vermutung gibt es eine Ungereimtheit, Murphy. Wenn Kevin der Mörder ist, warum sollte er deiner Meinung nach dann noch in der Stadt sein? Wenn er aus dem Gefängnis geflohen ist und dich getötet hat, warum macht er sich dann nicht aus dem Staub? Er hat seine Aufgabe erledigt, und er will nicht geschnappt werden. Jeder Mörder würde sich absetzen.«

»Ein Erotomane aber nicht. So denken diese Typen nicht. Kevin fühlt sich auf ewig romantisch mit mir verbunden. Natürlich nur in seiner Einbildung, aber die ist sehr stark. Er wird sehen wollen, wo ich gearbeitet habe, mein ganzes Umfeld – ja, will vielleicht sogar euch in Augenschein nehmen.«

»Dem kann ich nur zustimmen. Stalker sind eine Klasse

für sich«, bestätigte Mary leise. Ihre Augenlider flatterten, und sie strich sich mit manikürten Fingern eine dunkelblonde Haarsträhne aus dem Gesicht. »Wisst ihr, ich hatte mal ein Problem mit ... jemand.«

»Ehrlich? Du?« Anne sah sie überrascht an, obwohl sie die Statistiken kannte. Drei von zehn Frauen wurden irgendwann in ihrem Leben von einem Stalker belästigt. Also hatten sie und Mary doch etwas gemeinsam. Anne wünschte sich nur, es wäre etwas Gutes gewesen, beispielsweise manischer Kaufrausch.

»Mein Fall lag etwas anders, weil mir nicht klar war, dass ich einen Stalker hatte. Aber ich weiß noch, wie vorsichtig man im Umgang mit einem Stalker sein muss. Und man kann einfach nicht gewinnen. Wenn man zur Polizei geht, dreht er erst recht durch. Wenn man es nicht tut, hat man keinen Schutz.«

Stimmt. Es war schön, endlich verstanden zu werden – und das von jemand, der nicht vom Gericht als Gutachter beauftragt worden war. »Darum hätte ich auch nie die einstweilige Verfügung gegen Kevin erwirken sollen. Das zerstörte seine Illusion, dass ich ihn lieben würde. Es war die ultimative Zurückweisung, eine, die selbst er nicht leugnen konnte. Für ihn war es eine Kriegserklärung.«

»Aber du hattest doch das Recht, vor Gericht zu gehen!«, erklärte Judy. Neben ihr nickte Bennie zustimmend.

»Du hast das Richtige getan. Du hast versucht, dich zu schützen.«

Anne versuchte, es zu erklären. »Zehn Prozent aller Frauen, die missbraucht werden oder es mit einem Stalker zu tun haben, werden kurz nachdem sie eine einstweilige Verfügung erwirkt haben, ermordet. In New York haben sie eine Frau tot aufgefunden – die einstweilige Verfügung war mit einem Messer in ihre Brust gebohrt.« Anne schwieg angesichts dieser entsetzlichen Vorstellung. »Diese obsessiven Typen unterscheiden sich von normalen Mördern, falls es so was wie einen normalen Mörder überhaupt gibt. Darum wird Kevin auch in der Stadt bleiben. Er will in meiner Nähe sein, die Orte besuchen, an denen sich mein Leben abgespielt hat. Auch im Tod will er mit mir verbunden sein.«

Mary erschauerte. »Ich wette, der Typ verlässt Philadelphia nicht vor deiner Beerdigung.«

»Stimmt«, sagte Anne, obwohl sie an ihre Beerdigung noch gar nicht gedacht hatte. »Aber es ist Willas Leiche im Leichenschauhaus. Was geschieht jetzt mit ihr?« Sie sahen Bennie an, denn Bennie wusste immer auf alles eine Antwort.

»Der Gerichtsmediziner wird die Leiche erst in zwei bis drei Wochen freigeben, angesichts der Feiertage und dem großen Arbeitsrückstand.«

»Arbeitsrückstand?«, fragte Anne. Dieser Begriff mochte vielleicht auf Bürotätigkeiten zutreffen, bei Leichen schien er ihr reichlich fehl am Platz.

»Na, der vierte Juli in der Stadt der brüderlichen Liebe«, erklärte Bennie. »Die Notaufnahmen sind voll von Feuerwerksunfällen. Die Gerichtsmedizin ist unterbesetzt. Es werden Blut- und DNS-Tests an Willas Leiche durchgeführt werden, aber die Ergebnisse kommen frühestens nächste Woche rein, da die Identität ja geklärt ist. Falls wir nichts sagen, ist es möglich, dass die Leiche zur Beisetzung freigegeben wird, in der Annahme, es würde sich um dich handeln.« Betretenes Schweigen legte sich für eine Minute auf die Frauen, dann fuhr Bennie fort. »Das dürfen wir aber nicht zulassen, schon wegen Willa. Wir müssen Willas Familie ausfindig machen und die Polizei benachrichtigen, Murphy. Wir müssen ihnen sagen, dass Satorno geflohen ist und du am Leben bist. Und dass sie die falsche Leiche haben.«

»Absolut nicht. Ich gebe dir Recht, was Willas Familie angeht. Wir müssen sie suchen und es ihnen sagen, aber wir sollten versuchen, sie davon zu überzeugen, uns erst die Chance zu geben, ihren Mörder zu finden.«

»Nein, das ist haltlos. Hör mich erst mal an.« Bennie hielt den Finger, an dem die Tasse baumelte, hoch. »Kevin ist ein gefährlicher Flüchtling, und wir sollten die Suche nach ihm den Cops überlassen. Die Polizei hat die Leute, die Mittel, das Fachwissen. Sie muss eine Personenbeschreibung an alle Streifenbeamten verteilen, das FBI kontaktieren, sich mit den kalifornischen Behörden kurzschließen.«

»Du hast doch gehört, was der Detective sagte. Es gibt zurzeit nur *vierzig* Cops in der gesamten Innenstadt! Sie können ja nicht mal mein Haus unter Beobachtung stellen. Außerdem habe ich schon einmal darauf vertraut, dass die Cops mich beschützen, und das hätte beinahe tödlich geendet. Sie waren nicht in der Lage, Kevin versuchten Mord nachzuweisen, darum fiel seine Haftstrafe auch so gering aus. Nein, ich vertraue dem System nicht mehr. Das hat mich beinahe umgebracht.«

Bennie blieb unerbittlich. »Murphy, dieser Mann ist eine echte Bedrohung für dich. Das ist jetzt nicht die Zeit für Amateure.«

»Keine Cops.«

»Damit bin ich nicht einverstanden.«

»Es ist ja auch nicht dein Leben.«

Bennie wich keinen Millimeter. »Murphy, du schätzt mich falsch ein. Diese Kanzlei gehört mir, und du bist meine Angestellte. Ich bin für deine Handlungen verantwortlich, was bedeutet, ich kann für alles, was hier passiert, sowie für alles, was du tust, zur Rechenschaft gezogen werden. Beispielsweise dafür, dass du bei Gericht nackte Männer vorführst.« Ein Lächeln war nirgends in Sicht. »Ich kann diese Information nicht für mich behalten und sie vor der Polizei verbergen. Das kommt einer Behinderung der Justiz gleich. Während der Mord an einer falschen Person ermittelt wird, halten wir Informationen über den Aufenthaltsort des Hauptverdächtigen zurück.« Bennie verschränkte die Arme. Anne tat es ihr gleich. Währenddessen beobachteten Judy und Mary die Kraftprobe schweigend.

»Bennie, wenn du es der Polizei sagst, bin ich sofort hier weg.«

»Kind, wenn du auch nur einen Fuß vor die Tür setzt, bist du gefeuert. Und ich sage es den Cops trotzdem.«

Aua. Anne musste im Arme-Verschränken unbedingt besser werden, sonst war sie verloren. »Warte, ich habe eine Idee. Wie wäre es mit einem Kompromiss? Du erzählst den Cops, dass Kevin entflohen ist, aber du sagst ihnen *nicht*, dass ich noch am Leben bin. Während ich die Tote spiele, mache ich mich auf die Suche nach ihm. Und die Cops werden gleichzeitig auch aktiv. Auf diese Weise suchen alle nach Kevin, wir und die Cops!«

»Nein, das ist zu gefährlich«, erwiderte Bennie, wenn auch zögernd. »Die Verfolgungsjagd sollten wir den Profis überlassen. Die wissen, was sie tun.«

»Sie konnten ihn ja noch nicht einmal im Gefängnis ausfindig machen! Für die Polizei in Philly ist er ein Niemand! Du hast den Detective doch gehört!«

Mary nickte. »Wie Anne schon sagte, keine von uns kann das wirklich beurteilen, solange sie es nicht am eigenen Leib erfahren hat. Wenn ihr Leben in Gefahr ist, dann sollten wir es auch auf ihre Weise durchziehen und auf den Kompromiss eingehen.«

Schließlich meldete auch Judy sich zu Wort. »Das sehe ich genauso. Wir informieren die Cops, dass Satorno geflohen ist, aber gleichzeitig nehmen wir die Suche auf eigene Faust auf. Wir führen doch ständig unsere eigenen Mordermittlungen durch, parallel zu dem, was die Cops tun. Das ist nichts Neues für uns.«

Wau. Anne warf ihr einen überraschten Blick zu, sagte jedoch nichts. Judys Worte hatten eindeutig Gewicht bei Bennie, die ihre drei Partnerinnen wütend anfunkelte.

»Und was genau soll ich den Cops sagen, Mädels? Woher weiß ich denn, dass Kevin entflohen ist, wenn Murphy wirklich tot ist? Sie ist diejenige, die den Anruf vom Seelenklempner bekam, nicht ich.«

»Da fällt mir schon was ein«, meinte Anne. »Du hast auch meine Mutter gefunden, stimmt's? Los, mach schon, ruf die Cops an, aber lass mich wenigstens bis Dienstagmorgen tot sein.«

»Warum gerade Dienstag?«

»Am Dienstagmorgen wird über Chipster verhandelt.«

Bennie sah Anne an, als ob sie verrückt geworden wäre. »Du glaubst doch wohl nicht im Ernst, dass du am Dienstag vor Gericht gehst? Bei all dem, was sich hier abspielt, bist du nie im Leben in der Lage dazu, und Gott weiß, es wäre ein Wunder, wenn die Cops Satorno so schnell finden. Murphy, ein Verfahren dieser Größenordnung ist eine komplizierte Sache. Lass uns den Termin verschieben.«

»Das kann ich nicht. Gil will den Prozess rasch hinter sich bringen, damit der Börsengang nicht länger gefährdet ist. In dem jetzigen Klima sieht jeder zu, wie er an Geld kommt, und wer in der Lage ist, neue Geldquellen aufzutun, kann sich glücklich schätzen. Der kleinste Zwischenfall verschreckt die Investoren. Darum haben wir uns in diesem Fall auch nicht vergleichen wollen – Gil braucht eine umfassende Entlastung von allen Vorwürfen, schon seinem Vorstand gegenüber, ebenso wie den Investoren. Wenn wir die Verhandlung jetzt verschieben, platzt der Börsengang. Das wäre das Ende von Chipster.«

»Dann verschieben wir die Verhandlung eben nicht, aber *du* tauchst auf keinen Fall vor Gericht auf. Nicht solange Satorno noch im Bild ist. Denk doch mal praktisch, Murphy!« Bennie glitt vom Sideboard. »Hör zu, ich verlege ein paar Termine und übernehme für dich.«

»Danke, aber ich verhandele den Fall selbst.« Anne war angesichts der Intensität ihrer Gefühle überrascht, bis sie deren Quelle verstand. »Kevin Satorno hat mir schon genug weggenommen. Eine neue Freundin. Mein neues Zuhause. Mein Gefühl der Geborgenheit. Meinen Seelenfrieden. Er wird mir nicht auch noch meinen Beruf nehmen. Das ist mein Fall und mein Mandant.« Wieder verschränkte sie die Arme, zumindest mental. »In diesem Fall habe ich das Sagen.«

Bennie seufzte. »Na gut, das ist nur fair. Du hast den Mandanten geholt, du triffst die Entscheidungen.« Sie sah auf ihre Uhr. »Dann wollen wir mal loslegen. Ich muss die Cops anrufen. DiNunzio, du kümmerst dich um die Zeugenaussage. Die Gerichtsstenografin droht bestimmt gerade damit, unverrichteter Dinge zu gehen. Murphy, du bleibst hier, damit dich niemand sieht.«

»Danke.« Erleichtert wandte sich Anne an Mary, die vom Besucherstuhl aufstand. »Mary, du weißt, was du zu tun hast? Bonnard soll über den Vorfall im letzten Mai sprechen. Sie behauptet, Gil Martin habe sie belästigt, bei einem Seminar, das beide in Wyndham besuchten. Gil dagegen sagt, sie ist nur sauer, weil sie keine Gehaltserhöhung bekommen hat, und wir können das durch ihre E-Mails dokumentieren. Leg sie auf die Einzelheiten fest, damit wir ihre Aussage vor Gericht einkalkulieren können.«

»Schon verstanden. Das sollte nicht lange dauern.« Mary

ging um ihren Schreibtisch herum und sammelte ihre Notizen und Unterlagen ein. »Du kannst alles benutzen, was hier im Büro ist, aber geh nicht vor die Tür. Zumindest nicht, solange die Zeugenaussage läuft.«

»Gut.« Bennie blieb vor der Tür stehen, die Hand auf dem Griff. »Noch eine Sache. Du solltest wissen, dass ich gestern Nacht mit Gil gesprochen habe. Natürlich war er durch den Mord an dir sehr durcheinander, ebenso wie seine Frau. Wie willst du damit umgehen? Willst du sie wissen lassen, dass du am Leben bist?«

»Das wollte ich. Ich vertraue Gil. Er wird es vertraulich behandeln.« Anne spürte, wie sich Judys Blicke in ihren Rücken bohrten. Was hatte sie doch gleich gesagt? *Gil Martin hätte Anne niemals beauftragt, wenn sie nicht so ausgesehen hätte, wie sie aussah.*

»Darf ich einen Vorschlag machen?«, sagte Bennie. »Warum wartest du nicht erst mal ab, bevor du es deinem Mandanten erzählst? Du solltest dich zunächst bedeckt halten. Lassen wir Gil doch noch in dem Glauben, dass ich den Fall übernommen hätte. Denk mal darüber nach!« Bennie öffnete die Tür und ließ Mary hinaus. »Und denk auch noch mal über Willa nach, okay? Wir müssen mit ihrer Familie reden. Und ich bin immer noch nicht davon überzeugt, dass nicht vielleicht sie das Ziel war. Lass dir das durch den Kopf gehen. Mir zuliebe.«

Verdammt. Sie hatte Bennie also nicht überzeugen können. Als sich die Bürotür schloss und nur noch Judy und sie in dem kleinen, aufgeräumten Büro waren, fühlte sich Anne wie besiegt. Sie sahen einander kurz an und wandten rasch ihre Blicke ab. Sie mochten sich einfach nicht. Anne wusste nicht, was sie sagen sollte. *Wenn ich nicht über Lippenstift sprechen kann, habe ich partout kein Gesprächsthema.*

»Danke, dass du mich bei Bennie unterstützt hast«, sagte Anne schließlich, weil das gesagt werden musste.

»Kein Problem.«

Okay, jetzt zieh Leine. »Du musst nicht hier bei mir bleiben, Judy. Es geht mir gut, und du hast wahrscheinlich viel zu tun.«

»Nein, alles erledigt. Meine Fälle sind sauber und mühelos. Außerdem ist Sommer.«

»Warum bleibst du dann im Büro? Wahrscheinlich hast du am Feiertag Besseres zu tun. Du hast doch einen Freund, oder nicht?«

»Ja, Frank Lucia. Seit dem Lucia-Fall. Du bist ihm mal begegnet, erinnerst du dich?«

Nein. »Klar.«

»Er ist übers Wochenende zum Angeln gefahren. Ich wollte zu Hause malen, als das hier passiert ist. Jetzt bleibe ich eben hier und leiste dir Gesellschaft.«

Verschwinde! »Wie du möchtest.«

Im Büro wurde es still, bis auf den Medienrummel unten auf der Straße. Das Fenster ging auf die Locust Street, und Judy zeigte darauf. »Ziemlich laut da draußen«, sagte sie.

»Reporter.«

»Lass uns Wasserballone runterwerfen.« Judy ging ans Fenster, während Anne sich zurückhielt. Es machte sie verrückt, dass Judy versuchte, nett zu ihr zu sein. Mentale Notiz: *Manche Gefühle ergeben einfach keinen Sinn.*

Jetzt drehte Judy sich um und winkte sie zu sich. »Komm her, sieh dir das an. Es ist wie im Zoo!«

Anne ging zu der Milchglasscheibe und sah hinaus. Ein Meer an Menschen wog vor dem Gebäude, noch viel größer als zuvor. Reporter mit Mikrofonen, Diktiergeräten und Notizblöcken sowie Fotografen mit Videokameras, Digitalkameras und Scheinwerfern. Ein Hotdog-Verkäufer mit einem rot gestreiften Schirm und ein schwarzer Junge, der Flugblätter verteilte. Anne zählte drei Uncle-Sams und einen Streifenbeamten.

Sie blinzelte im Sonnenlicht, hielt nach Kevin Ausschau. Anne wünschte, sie könnte sich jetzt sofort auf die Suche nach ihm machen. Er konnte da unten sein. Das würde einen Sinn ergeben. Der Tag verrann. Das Wochenende verrann. Sie hatte schon genug Lebenszeit an dieses Arschloch verloren. Und er hatte Willa getötet. Anne musste ihn finden. Er sollte für alles bezahlen, und sie wollte endlich wieder in Sicherheit leben.

»Du glaubst, er ist da unten, nicht wahr?«, fragte Judy, als ob sie Annes Gedanken lesen könnte, was Anne verärgerte.

»Ja.«

»Wie sieht er aus?«

»Warum?«

»Ich habe auch Augen. Zwei Augenpaare sehen mehr als eines. Das sind insgesamt vier Augen. Eine ganz schöne Menge.« Judy grinste, und Anne war sicher, dass sie einen Scherz gemacht hatte.

»Tja, für einen Psychopathen sieht er relativ gut aus. Er hat hellblonde Haare und blaue Augen, die eng beieinander stehen. Seine Nase ist lang und ein wenig gebogen, ein wenig wie …«

»Moment mal.« Judy hielt eine Hand hoch, drehte sich vom Fenster weg und sah Marys Schreibtisch durch. Sie fand einen Block mit weißem Papier und einen spitzen Bleistift. »Fang nochmal an. Mit seinen Augen.«

»Was machst du da?«

»Ich werde ihn zeichnen.«

»Warum?«

»Wenn ich etwas zeichne, ist es für mich einfach greifbarer.«

Die Frau hat einen Dachschaden. Vielleicht habe ich doch nichts verpasst.

»Fang noch mal an. Mit den Augen.«

»Sie sind blau.« Anne beschrieb ihn detailliert. Es überraschte sie, dass sie sich noch so genau an Kevins Gesicht erinnerte. Sie hatte gelesen, dass viele Opfer von Stalkern von ihren Stalkern regelrecht besessen wurden, aber sie wollte lieber glauben, dass es einfach unmöglich war, das Gesicht eines Menschen zu vergessen, der einen mit Mordlust in den Augen angeschaut hatte. »Hellblau. Ein beängstigendes Blau. Übrigens hat er ein fliehendes Kinn.«

»Schon kapiert.« Judy zeichnete hoch konzentriert, stellte noch ein paar Fragen. Nach zehn Minuten drehte sie den Block um und hielt ihn hoch. »Wie ist es geworden?«

Mein Gott. Die Ähnlichkeit war verblüffend. Es sah aus, als blickte ihr aus der Skizze Kevins Gesicht entgegen. Es war direkt vor Anne.

»Du hasst es.« Judys Gesicht wurde traurig.

»Nein! Oder ja! Ich hasse das Bild, weil es genauso aussieht wie Kevin! Ganz genauso. Du bist unglaublich!«

Judy drehte den Block wieder um, von dem Ergebnis selbst überrascht. »Das habe ich noch nie gemacht, nach einer Beschreibung zu zeichnen. Für gewöhnlich zeichne ich nur nach Vorlage. Oder von Fotos.«

»Es sieht aus wie ein Phantombild von einem Polizeizeichner!« Anne trat um den Schreibtisch, stellte sich neben Judy und starrte die Skizze an. Sie war fast so gut wie ein Fahndungsfoto. Schon keimte in ihr eine Idee.

»Darf ich es haben?«

»Klar.« Judy reichte ihr den Block. »Warum?«

Oje. »Willst du das wirklich wissen?«

»Ja.«

»Es ist ein Geheimnis.«

»Ich kann ein Geheimnis bewahren.«

Anne wusste nicht, ob sie ihr vertrauen durfte; sie wusste ja nicht einmal, ob sie ihr vertrauen wollte. Vielleicht würde Judy sie aufhalten wollen, es Bennie erzählen oder etwas ähnlich Vernünftiges tun. Anne hatte sich noch nie einer Frau anvertraut. Weder einer, die sie mochte, geschweige denn einer, die sie nicht mochte.

»Und? Willst du es mir nicht sagen?« Judy legte den Kopf schräg, ihr silberner Ohrring baumelte zur Seite. Auf dem Schreibtisch hob Mel das Kinn und schien voll Interesse auf ihre Antwort zu warten.

Die neugierige Katze.

9

Fünfzehn Minuten später stand Uncle Sam mit seinem großen, dicken, braunen Umschlag unten in der Lobby und wurde von Herb durch den Personaleingang hinausgelassen. Er hielt Anne die Tür auf, um sicherzustellen, dass ihren Brüsten nichts geschah. »Du hast den Job bekommen?«, fragte er. »Gratuliere!«

»Danke.« Anne presste den Umschlag wie ein schusssicheres Schutzschild vor ihr UNABHÄNGIGE-FRAU-Shirt.

»He, wie heißt du, Schätzchen? Ich habe in der Gästeliste nachgesehen, konnte es aber nicht lesen.«

He, he. »Samantha. Ich bin in zehn Minuten wieder da. Lassen Sie mich dann wieder rein?«

»Klar. Einfach klopfen. Ich werde darauf warten.«

Die kleine Gasse führte zu einer Querstraße der Locust Street, an der der offizielle Büroeingang lag. Menschenmengen, hauptsächlich Touristen, bahnten sich ihren Weg durch die Straße, nach Norden zum Parkway. Im Süden drängten sich die Presseleute und versuchten, an ROSATO & PARTNER heranzukommen.

Anne wartete, bis sich eine besonders dichte Menge an Fußgängern vorbeischob, dann fädelte sie sich in den Strom der Menschen ein, verkleidet als Uncle Sam mit Sonnenbrille und Bart und mit einem großen Umschlag, den sie schützend unter den Arm klemmte. Sie hatte darauf bestanden, den Umschlag selbst auszuliefern, trotz gegenteiliger Argumente von Judy. Anne war schließlich die neue Botin, und nur sie konnte den Job hier erledigen. Sie wollte hier unten in die Menge eintauchen, vielleicht entdeckte sie Kevin. Jedes Mal, wenn sie blonde Haare sah, blickte sie prüfend in das dazugehörige Gesicht. Kein Kevin. Aber sie fühlte, dass er da war.

Anne ging zur Locust Street und reckte den Hals. Sie wollte schauen, ob der schwer arbeitende Junge an der Ecke immer noch da war. Das war er, und sein Vorrat an Flugblättern war gefährlich niedrig, Beweis dafür, dass es ihm gelungen war, der Öffentlichkeit mit viel Eifer Werbemüll anzudrehen. Schweißperlen zierten seine Brauen, und er sah aus der Nähe noch sehr viel jünger aus, vielleicht um die sechzehn. Seine Haare waren raspelkurz geschnitten, und er trug eine schwere goldene Kette über seinem *Esst-bei-Bobo*-T-Shirt, passend zu seinen Werbezetteln. *Verdammt.* Anne wünschte, sie hätte an passende T-Shirts zu ihren Flyern gedacht. Mentale Notiz: *Die juristische Fakultät bringt echt gar nichts.*

Sie wurde langsamer, als sie sich dem Teenager näherte, gab den Reportern und Touristen die Chance, um ihn herumzuströmen. Als sie neben ihm stand, öffnete sie die Hand. Es lag ein Hundert-Dollar-Schein darin, den sie aus der Kaffeekasse im Büro genommen hatte. Sie ließ ihn aufblitzen. »Möchtest du ein paar Flugblätter für mich verteilen?«

»Klar doch, Clown«, erwiderte er, nahm den Geldschein und den großen Umschlag. Er öffnete den Klebeverschluss, ließ die Flugblätter herausgleiten und las das oberste durch.

Anne konnte nicht anders, als über seine Schulter hinweg mitzulesen. Sie hatte den Text auf rotes Papier gedruckt, und die obere Hälfte bestand aus der Zeichnung, die Judy angefertigt hatte. Den Text hatten sie gemeinsam entworfen.

An alle Reporter!
Hier erfahren Sie, was die Polizei
vor den Medien geheim hält!

Wollen Sie die heißeste Spur im Mord an
Anne Murphy aufdecken?
Suchen Sie diesen Mann!

Sie sehen ihn hier in einer Skizze. Sein Name ist Kevin Satorno, und er ist der Hauptverdächtige im Mord an Anne Murphy, aber das hat die Polizei Ihnen bislang noch nicht gesagt.
Satorno ist ein weißer Amerikaner, 29 Jahre alt, ungefähr einen Meter achtzig groß, 87 Kilo schwer, mit hellblonden Haaren und blauen Augen. Er ist vor kurzem aus einem kalifornischen Gefängnis entflohen, in dem er seit einem Jahr wegen tätlichen Angriffs einsaß: Satorno hat schon damals versucht, Murphy zu ermorden. Suchen Sie ihn und kommen Sie der Konkurrenz zuvor!

Anne hielt das Flugblatt für überaus gelungen. Eine brillante Idee. Die Presse war mindestens so hartnäckig wie die Cops und von Beruf aus aggressiv. Warum sich die Reporter nicht zunutze machen? Sie einem guten Zweck zuführen? Sie für sich, nicht gegen sich, arbeiten lassen?

»Was für eine Scheiße ist das denn?«, wollte der Junge mit jugendlicher Geringschätzung wissen.

»Das ist ein Flugblatt. Du musst es nur jedem Reporter in die Hand drücken, der dir über den Weg läuft. Fernsehen, Zeitung, allen. Jedem, der eine Kamera oder ein Mikro in der Hand hält. Hast du mich verstanden?«

»Was ist mit der Kleinen von Kanal Zehn?« Der Junge nickte in Richtung einer hübschen Frau mitten in der Menge der Pressevertreter. »Die ist super.«

»Super ist gut. Reiche es allen, die super sind. Großen wie Kleinen. Gib dein Bestes. Und sei nicht geizig. Ich werde dich beobachten. Und wenn du deine Sache gut machst, lege ich noch was obendrauf.«

»Ich leg los.« Er marschierte mit den Flugblättern in die Menge.

Anne beobachtete, wie er mit dem Austeilen begann. In den nächsten Minuten sprenkelten leuchtend rote Flecke die Menge und verwandelten sich in ein Mohnblumenfeld. Eine Nachrichtenmoderatorin, orangefarbenes Gesicht dank Fernsehmake-up, nahm sich die Zeit, das Flugblatt zu lesen, und ein Fotograf reichte das Blatt dem Kameramann neben ihm. Reporter steckten die Köpfe zusammen, und Anne schnappte Gesprächsfetzen auf. Alle schienen plötzlich zu reden: »Hältst du das für echt?« »Willst du riskieren, es für unecht zu halten?« »Die *News at Six* stürzen sich bestimmt darauf, die haben genügend Leute.« »Nicht dieses Wochenende! Ich will um drei zu Hause sein. Mein Kleiner hat ein Spiel. Meine Frau bringt mich um!«

Hoffnung wallte in Annes Brust auf, und sie wollte gerade ins Büro zurückkehren, ganz nach Plan. Doch in diesem Moment sah sie ihn.

Kevin?

Ihr stockte der Atem. Sie blieb stehen. Ein blonder Mann las mitten in der Menge das Flugblatt, mit gesenktem Kopf. Er sah wie Kevin aus. Seine Haare waren kurz geschoren. Er hatte Kevins Größe, trug ein schlichtes weißes T-Shirt, und seine Schultern waren breit und kraftvoll. Er stand fast genau gegenüber dem Büroeingang, doch etwas an ihm sagte Anne, dass er kein Reporter war, sie wartete, dass er aufblickte, damit sie sein Gesicht sehen konnte, aber in dem Moment, als er es tat, drehte er sich auch schon um. Sie erhaschte nicht mehr als einen kurzen Blick auf seine Gesichtszüge.

Er ist es, er ist es, er ist es. Ist er es?

Plötzlich setzte sich der blonde Mann in Bewegung. Er bahnte sich einen Weg durch die Menschen, ein heller Kopf in einer Menge aus schwarzen Kameras. Er bewegte sich wie Kevin. Langsam. Mit Bedacht. Immer in Kontrolle. Merkte denn niemand, dass er der Mann von der roten Skizze war? *War* er der Mann von der Skizze? Anne stellte sich auf Zehenspitzen, beobachtete ihn.

Er entkommt!

Langsam löste er sich von der Menschenansammlung. Mit gleichmäßigen Schritten ging er die Locust nach Osten, in Richtung Broad Street, weg von dem Trubel. Anne konnte den Rest seines Körpers nicht sehen, aber er tat, was Kevin getan hätte, wenn man ihm dieses Flugblatt gereicht hätte. Er zog sich zurück, ohne die Aufmerksamkeit auf sich zu lenken. Anne war versucht loszubrüllen, aber sie wollte sich nicht zu erkennen geben, nicht mit den ganzen Medienvertretern um sich herum. Sie war sich nicht sicher genug, ob er es wirklich war. Also hielt sie den Mund. Doch gehen lassen konnte sie ihn auch nicht. Sie wusste, was sie zu tun hatte.

Verfolge ihn. Werde zu seinem Stalker.

Anne zog los, heftete sich dem blonden Mann bis zur Broad Street an die Fersen. Hier gab es keine Presse mehr, dafür aber mehr Touristen. Kinder wedelten mit gestärkten amerikanischen Flaggen, Frauen in kolonialer Aufmachung mit winzigen Megafonen führten Touristengruppen an, und Teenager stürmten an ihr vorbei. Anne kam an dem neuen Gebäude für das Philadelphia Orchestra vorbei und machte einen Bogen um Familien, die auf dem Bürgersteig für Schnappschüsse posierten. Ihr Herz jagte. Ihre Augen waren fest auf den blonden Kopf gerichtet, der sich zielstrebig immer weiter nach Osten schob.

An einer roten Ampel an der Ecke Broad und Locust blieb er stehen, und Anne ging schneller, um ihn nicht zu verlieren. Sie hastete auf die Broad zu, und als sie näher kam, trug eine leichte Brise Streicherklänge an ihr Ohr, dazu das Donnern von Kesselpauken. Auf der Broad musste eine Parade unterwegs sein, das hielt den Blonden auf. Sein Rücken war ihr zugekehrt, und Anne erhaschte endlich einen Blick auf seine Statur. Sein Trizeps beulte sich unter dem T-Shirt hervor, und eine tiefe Kerbe lief seinen Rücken hinunter. Er war muskulöser als der Kevin, den sie kannte, aber vielleicht hatte er im Gefängnis mit Bodybuilding angefangen.

Anne hörte das typische *ringa-dschinga* einer sommerlichen Clowns-Band, und schon paradierte eine Phalanx aus Harlekins mit orangen, magentafarbenen und schwarzen Pailletten an ihnen vorbei. Die fröhlichen Farben der Kostüme spiegelten sich in der Sonne, und riesige Pfauenfedern erhoben sich von ihren kunstvollen Kopfbedeckungen. Die Menge brach in Applaus aus, bis auf den blonden Mann, der sich an den Rand des Bürgersteigs vordrängte.

Anne zwängte sich zwischen den Menschen hindurch, bis sie in der ersten Reihe stand. Die Musik, das Klatschen und die Jubelrufe wurden lauter, aber Anne klinkte alles aus. Die Band aus Clowns fiedelte ausgelassen, während sie an ihr vorbeimarschierte. Die Menge, als sie endlich die Straße überqueren durfte, drängte nach vorn, angeführt von dem blonden Mann. Er überquerte die Broad Street, dann lief er plötzlich los.

Nein! »Bitte lassen Sie mich durch. Ich muss hier durch!«, rief Anne und rannte hinter ihm her, wobei sie gegen die Mauer aus Menschen ankämpfte. Alle versuchten, in der Lücke der Parade die Straße zu überqueren, von Westen nach Osten, und von Osten nach Westen, und rempelten sich dabei gegenseitig an. Anne hielt sich wacker auf den Beinen, aber als sie die andere Seite der Broad erreichte, hatte sie ihn aus den Augen verloren.

Nein! Wo ist er? Anne sah sich hektisch um. Menschen strömten auf die Broad, aber sie rannte in die andere Richtung, gegen den Strom. Nur absolute Profis konnten in Blahniks einen Sprint hinlegen, und Anne zählte dazu. Als die Menge immer dichter wurde, sprang sie in die Luft, um ihn über den Köpfen der anderen zu erspähen.

Da! Ihr Herz tat einen Satz, fast zeitgleich mit ihren Füßen. Er war zwei Häuserblocks vor ihr! Jetzt bog er nach links auf eine Querstraße. Sie rannte ihm nach, zuversichtlich, dass er sie nicht entdecken konnte, da er ja um die Ecke gebogen war. Sie rempelte nur einen einzigen Mann an und entschuldigte sich über ihre Schulter hinweg, während sie weiter auf die Ecke zurannte. Dann blieb sie stehen. Keine Spur von Kevin.

Anne schaute verzweifelt die Straße entlang. Eine junge Frau kam auf sie zu, einen Häuserblock entfernt. Sie musste gesehen haben, wie Kevin auf diese Straße bog. Anne rückte ihre Sonnenbrille zurecht und eilte auf die Frau zu. »Entschuldigen Sie bitte«, sagte sie, »ich suche meinen Freund. Er ist groß und blond, und er trägt seine Haare total kurz, fast wie rasiert. Haben Sie ihn gesehen? Mir war, als wäre er um diese Ecke gebogen.«

»Trug er ein weißes T-Shirt?«

»Ja!« Anne konnte ihr Glück kaum glauben, denn die Frau wies auf das obere Ende der Straße. Der nächste Häuserblock bestand aus einer einzigen fensterlosen Ladenfront, und das Geschäft schien zu brummen. Zahlreiche Leute strömten hinein, und rote, weiße und blaue Luftballons waren an dem Ladenschild befestigt. »Da drin?«

»Ja. Ich glaube, er ist da hineingegangen.«

»Danke!«, sagte Anne. Sie hätte die Frau beinahe umarmt, aber dann fiel ihr wieder ein, dass sie Uncle Sam war. Fremde Frauen zu umarmen stellte somit ein Bundesvergehen dar. Sie hielt die Luft an und marschierte direkt auf den Laden zu.

10

FRANKIE & JOHNNY stand auf dem Schild vor der Ladenfront, in peppig-schwarzen Lettern. Die Fenster waren mit Sperrholzbrettern zugenagelt, die man schwarz bemalt hatte, und die große Eingangstür, ebenfalls schwarz, wirkte nichts sagend. Anne wurde langsamer. Ein Mann, der das Ende einer Gruppe bildete, lächelte ihr zu, als sie direkt hinter ihm den Laden betrat.

Tanzmusik plärrte aus dem pechschwarzen Innern, und der Geruch nach Schweiß und Zigarettenrauch attackierte Annes Nase. Sie erkannte den Song sofort. Die *Weather*

Girls sangen »It's Raining Men«. Als sich Annes Augen an die Dunkelheit angepasst hatten, sah sie, wo sie sich befand. Der Laden war rammelvoll mit Körpern, die sich zum selben Rhythmus bewegten, und alle Körper waren männlich. Brustfrei oder im hautengen Top, sämtlich tätowiert, aber alles Männer, nur ein oder zwei Frauen. Anne drehte sich um und sah durch die Dunkelheit auf die Leute neben der Tür. Auch hier nur Männer. Unsicher verharrte sie an Ort und Stelle. Sie war in einer Schwulenbar, zum ersten Mal in ihrem Leben. Mentale Notiz: *Neues kann zu Anfang beunruhigend sein – und bleibt es dann auch.*

Sie schaltete die Fremdheit aus und versuchte, Kevin in der Menge ausfindig zu machen. Wo war er? Rothaarige, Stoppelhaarige, Braunhaarige, Kahlköpfige und Schüttere; in der Dunkelheit konnte sie seinen blonden Kopf nicht erkennen. Die einzige Beleuchtung stammte von den roten, weißen und blauen Scheinwerfern, die im Rhythmus der *Bumm-bumm*-Musik über die Tanzenden schwenkten. Jedermann bewegte sich, tanzte, tauschte Plätze. Es war fast unmöglich, auch nur einem auf der Spur zu bleiben, und Anne konnte in der Dunkelheit und dem Rauch so gut wie nichts erkennen. Ganz zu schweigen von ihrer Sonnenbrille. Hielt Kevin sich wirklich in einer Schwulenbar auf? Er war nicht schwul, nicht dass sie wüsste. Er war auf sie fixiert.

Verwirrt blieb Anne stehen. Die Bar hatte von draußen wie ein kleiner Laden gewirkt, aber innen schien sie um einiges größer. Die Decke war sechs Meter hoch, und es gab einen Balkon, auf dem Männer wie auf einer Bühne tanzten. Eine lang gezogene Martinibar verlief auf der rechten Seite des Raumes, und vor einem immens großen Spiegel hinter der Bar flackerte ein riesiges Martiniglas in leuchtend roter Neonfarbe. Anne suchte Kevin im Spiegel, aber der spiegelte nur ein anonymes, schwitzendes Gedränge aus Männern wider.

Hatte sie nicht einen Türsteher gesehen? Alle hier sahen wie Türsteher aus. Anne sah durch den Zigarrettenrauch über die Männer hinweg, die in die Bar strömten. Hinter ihnen entdeckte sie einen muskelbepackten Mann in einem hautengen, weißen Top, auf dem das Logo der Bar prangte. Sie zwängte sich zu ihm durch, atmete dabei den Geruchscocktail aus Schokomartini und Paco Rabanne ein. »Entschuldigung«, brüllte sie dem Türsteher zu, um trotz der Musik gehört zu werden, »haben Sie einen großen, blonden Weißen gesehen, der vor einer Minute hier hereingekommen ist? Seine Haar sind kurz, und er ist muskulös. Er trug ein weißes T-Shirt!«

»Ja, jede Menge davon!« Der Türsteher legte seine Hände megafonartig um den Mund. »Warum? Ist er noch minderjährig?«

»Nein, aber ich muss ihn finden«, wollte Anne gerade sagen, als eine neue Gästeschar sich zwischen sie drängte, tanzend, kaum dass sie die Schwelle überschritten hatte. Anne wurde klar, dass Kevin auf dieselbe Weise an dem Türsteher vorbeigekommen sein konnte wie sie – am Ende einer großen Gruppe. Ihr sank der Mut. Aber vielleicht hatte jemand anderes ihn hereinkommen sehen.

Sie kämpfte sich auf die gegenüberliegende Seite des übervollen Eingangs, wo sich eine Aufreihung flacher Fernsehbildschirme bis zur Decke hochzog, die ein stummes Jennifer-Lopez-Video zeigten. Anne trat auf zwei Männer zu, die neben der Tür vor der dunklen Wand standen und die gleichen, weißen Netzhemden zu Jeansshorts trugen.

»Entschuldigen Sie!«, brüllte Anne. Die beiden drehten sich zu ihr um, immer noch im Rhythmus zum *Bummbumm.* »Entschuldigen Sie, haben Sie vor fünf Minuten einen Mann hereinkommen sehen? Ungefähr dreißig, blond, groß, sehr muskulös?«

»Schön wär's!«, rief einer der beiden, und beide lachten. Andere Männer standen in Gruppen am Eingang, alle tranken sie und bewegten sich zur Musik – »I Need a Man« von Grace Jones. Anne näherte sich einer weiteren Gruppe, aber auch hier hatte niemand den Mann gesehen. Sie schob sich zur nächsten. Einer fragte sie, ob sie einen draufmachen wolle, ein anderer erklärte, ihre Sonnenbrille sei so freizeitparkmäßig. Anne stimmte zu, aber ebenso wie Grace Jones brauchte sie immer noch einen Mann. Einen ganz bestimmten blonden Mann.

Anne sah sich um. Das Einzige, das sie einigermaßen deutlich wahrnehmen konnte, war ein Barkeeper neben einer Registrierkasse, ausgeleuchtet von einem Halogenstrahler. Er trug ebenfalls ein weißes Top mit dem Logo der Bar und schüttelte einen funkelnden Martini-Shaker. Anne bahnte sich ihren Weg durch die Menge zur Bar, die rammelvoll war, und lenkte schließlich die Aufmerksamkeit des Barkeepers auf sich. »Ich versuche, hier jemanden zu finden, einen großen Blonden in einem weißen T-Shirt. Es ist wirklich wichtig.«

»Hast du schon die Muskelkönigin gefragt?«, rief er, und als Anne verwirrt aus der Wäsche schaute, übersetzte er. »Den Wachmann.«

»Ich habe keinen Wachmann gesehen, aber den Türsteher habe ich gefragt.«

»Dann versuche es beim Geschäftsführer. Hinten im Büro. Er kann dir vielleicht weiterhelfen.« Der Barkeeper winkte sie weiter und wandte sich seinen lärmenden Gästen zu. Anne stieß sich von der Bar ab, kämpfte sich über die Tanzfläche und fand eine Bürotür neben den Toiletten. Sie klopfte an die schwarze Tür und lachte überrascht auf, als diese sich öffnete. Der Geschäftsführer war ebenfalls als Uncle Sam verkleidet, aber mit einem erstklassigen Bart, einem echten Satin-Zylinder und einem glänzenden blauen Jackett mit kunstvoll gearbeitetem Revers.

»Ich bin neidisch«, sagte Anne. »Sie haben das Jackett.«

»Nein, *ich* bin neidisch! Sie haben die Blahniks.«

Anne lachte. »Aber meine Sonnenbrille ist so freizeitparkmäßig.«

»Darum ist sie ja gerade so großartig!«

Anne nahm sie ab. Bei ihm fühlte sie sich relativ sicher. Er würde sie nicht erkennen, und er würde sie ganz sicher nicht belästigen. »Darf ich Sie eine Minute stören?«, fragte Anne.

»Klar, kommen Sie rein.« Er führte Anne in sein Büro. Ein Headset, wie Madonna es trug, hing um seinen Hals. Er war ungefähr einen Meter siebzig groß, mit silbernen Fäden in seinen kurz geschorenen Koteletten und ein wenig übergewichtig. Mentale Notiz: *Offensichtlich machen nicht alle Schwulen Bodybuilding, und das spricht für sie.*

»Wie heißen Sie?«, fragte er.

Oi. »Sam?«

»Was für ein Zufall«, sagte er lächelnd. Anne sah sich schnell um. Das Büro war mit einem grauen Metallschreibtisch und einem Aktenschrank, einem Computer und einem alten Monitor, Rechenmaschinen, Geldzählern und einem schwarzen Safe mit silbernem Kombinationsschloss mehr als nur voll. Rechnungen, Briefe und Inventarlisten stapelten sich auf dem Schreibtisch. Eine große Stechuhr mit braunen Stempelkarten hing neben der Tür. Seltsam. Anne hatte *Ein Käfig voller Narren* erwartet und sah sich einer prüden Bürolandschaft wie aus dem Bilderbuch gegenüber.

»Ich suche jemanden, der vor ungefähr fünf bis zehn Minuten hier hereingekommen ist.« Ihr gefiel der Geschäftsführer so gut, dass sie beschloss, ihn ins Vertrauen zu ziehen. Weitgehend. »Er ist gefährlich. Ein Mörder. Sein Name ist Kevin Satorno, und er ist aus einem kalifornischen Gefängnis entflohen. Ich weiß, es klingt verrückt.«

»Leider überhaupt nicht.« Der Geschäftsführer nahm es gelassen auf. »Wir haben hier einige Leute aus dem Gefängnis. Ein paar sind auf Bewährung draußen. Andere sind Ex-Sträflinge. Schwulenbars sind ein Magnet für alle möglichen Durchgangsreisenden. Das ist ein Problem für uns und die Stadt.«

»Auch wenn ein Mann gar nicht schwul ist? Ich will damit sagen, ich halte diesen bestimmten Mann nicht für schwul.«

»Das gefällt mir. Niemand will schwul sein, aber unser Geschäft brummt.« Der Geschäftsführer kicherte. »Nicht alle Ganoven, die hier auftauchen, sind schwul – und das müssen sie auch gar nicht sein. Sie kommen als Strichjungen her, nicht aus Vergnügen am Sex. Wenn sie gerade aus dem Knast kommen, haben sie kein Geld. Manche bieten sich für Drinks, Zigaretten oder ein warmes Bett an. Manchmal begleiten sie unsere Gäste auch nach Hause und sind ihnen gefällig.«

»Echt?«, fragte Anne wie ein gebürtiger Philadelphier.

»Klar. Hier drinnen ist es dunkel, und es kommt auch kein Cop auf einen Doughnut vorbei. Und mein Personal ist nicht neugierig. Keiner von uns. Viele Leute wollen sich nicht outen. Jeder, wie er mag, solange er nur sein Geld hierlässt.« Das Handy des Geschäftsführers klingelte in seiner Gürteltasche, aber er ignorierte es. In zwei weiteren Gürteltaschen hingen ein Pieper und ein Walkie-Talkie. »Sind Sie sicher, dass er hier ist? Beim Tanztee?«

Tanztee? Anne hatte auf diesem Tanztee keinen Tee gesehen, außer man zählte Stoli-Wodka dazu. »Ja, ich bin mir ziemlich sicher. Eine Frau auf der Straße sah ihn hineingehen.«

»Wie sieht er aus, der Mann, nach dem Sie suchen?«

Anne wünschte, sie hätte nicht alle roten Flugblätter aus der Hand gegeben, aber wie konnte sie ahnen, dass sie auf Kevin stoßen würde. Sie ratterte ihre Beschreibung herunter, und die Augen des Geschäftsführers wurden groß.

»Moment mal«, sagte er. »Hellblonde Haare, fast platinblond? Kurz geschnitten, fast kahl?«

»Ja«, erwiderte Anne erregt. »Haben Sie ihn gesehen?«

»Nein, aber ich habe von ihm gehört. Ein Freund von mir leitet das *Eagle*, und er hat mir erzählt, dass irgendein Arschloch gestern Nacht einen seiner Gäste verprügelt hat. Hat ihm die Nase gebrochen.«

Annes Herzschlag setzte aus. *Gestern Nacht*. Die Nacht, in der Willa ermordet worden war. »Um wie viel Uhr? Was ist geschehen?«

»Es war nach Mitternacht. Ein gut aussehender, blonder Kerl kam in die Bar. Er fiel allen auf, weil er neu war. Eine Drag Queen spendierte ihm einen Drink, weil sie auf Blonde steht, aber als sie rüberging, um ihn aufzulesen, flippte der Blonde aus. Nannte sie eine Tunte und schlug ihr mitten ins Gesicht.«

»Mein Gott.« Anne spürte, wie sich ihr die Brust zusammenzog. War das Kevin gewesen? Nur eine Stunde nach dem Mord. Vielleicht war er noch aufgewühlt gewesen. Gewalttätig. »Hat man die Polizei gerufen? Gab es eine Anzeige?«

»Nein. Sie haben den Kerl rausgeworfen, sich um die Drag Queen gekümmert, und das war's dann.«

»Nein! Warum haben sie nicht die Polizei verständigt? Ein Gast wurde angegriffen.«

»Ich wüsste nicht, welche Bar das tun würde. Wir jedenfalls nicht. Wir halten die Cops draußen, sind unsere eigene Polizei. Besonders dieses Wochenende. Feiertage sind in unserem Geschäft pures Gold. Nachmittags haben wir diesen Tanztee, dann schließen wir, machen sauber und öffnen in der Nacht wieder. Einen Moment.« Der Geschäftsführer ging zu einem Regal, auf dem elektronische Geräte standen, die Anne zuvor nicht aufgefallen waren: ein Videorecorder, ein weiterer schwarzer Kasten und ein kleiner Schwarz-Weiß-Bildschirm. Es war ein Sicherheitssystem!

Hoffnung keimte in ihr auf. »Sie haben hier eine Videoüberwachung?«

»Natürlich, gerade für Angelegenheiten wie diese. Es ist eine Multiplexanlage. Wir haben drei Kameras in der Bar und eine an der Tür.«

»Ich glaube es nicht!« Anne trat vor den Bildschirm, der in vier kleinere Fenster aufgeteilt war. In der oberen rechten Ecke liefen Zeit und Datum. Das Bilderquartett war grau und schattenhaft, aber sie sah jetzt, dass das untere rechte Viereck auf den Eingang gerichtet war. Die Tür öffnete und schloss sich, und Männer strömten in die Bar. Die Farbe ihrer Haare und Kleider war schwer zu erkennen, aber die Gesichtszüge der Männer waren deutlich sichtbar, wenn auch grobkörnig. »Haben Sie auch eine Bandaufnahme?«

»Die sehen Sie gerade. Sie sagen, der Kerl soll vor fünf bis zehn Minuten gekommen sein?« Der Geschäftsführer drückte auf den Rückspulknopf, und die Männer auf dem Bildschirm flogen aus der Tür hinaus. Die Zeitangabe in der oberen rechten Ecke lief rückwärts. »Und los geht's.«

Anne sah nervös zu, wie das Band anhielt und wieder anlief. Die Tür öffnete und schloss sich, und Scharen von Männern zogen lautlos herein, offensichtlich lachend und redend, in großen und kleinen Gruppen. »Er trug ein weißes T-Shirt.«

»Schätzchen, das tut die Hälfte aller Männer hier. Schauen Sie zu, und sagen Sie mir, ob Sie ihn sehen.«

Anne biss sich auf die Lippen, als eine Gruppe von Männern in T-Shirts und Tops hereintänzelte. Plötzlich stürmten vier auf einmal gleichzeitig herein, und ein fünfter Mann, der sich ein wenig bedeckt hielt, hatte Haare, die auf dem grobkörnigen Videoband wie ein weißer Fleck aussahen. Anne spürte, wie sich ihr Herz verkrampfte. Es war Kevin! »Da! Das ist er!«

»Augenblick mal.« Der Geschäftsführer drückte auf die Pausetaste, und das Bild fror ein. »Welcher ist es?«

Mein Gott. Er ist hier. Anne wies mit dem Finger auf ihn. Das grobkörnige Gesicht auf dem Bildschirm gehörte eindeutig Kevin. Eine Minute lang war Anne unfähig, etwas zu sagen, während der Geschäftsführer das Band noch einmal in Zeitlupe abspielte und es anhielt, als Kevin am besten zu sehen war. »Ist er das? In dem Joe-Camel-T-Shirt?«

»Ja!« Anne starrte auf den Bildschirm. Sie hatte es noch nicht bemerkt, weil sie Kevins Brust bislang nicht gesehen hatte, aber auf dem T-Shirt prankte ein kleiner Cartoon von Joe Camel über der Brusttasche. »Das ist er!«

»Vermutlich macht er die Runde auf der Suche nach einem Ort, an dem er sich verstecken kann. Der Teufel soll mich holen, wenn ich es zulasse, dass er einen von meinen Gästen verletzt.« Damit griff er nach seinem Walkie-Talkie und zog es aus der Gürteltasche. Er drückte den Sprechknopf und gab eine perfekte Beschreibung von Kevin in dem Joe-Camel-T-Shirt ab. »Hört ihr mich? Mike? Julio? Barry? Gebt Bescheid, sobald ihr ihn habt. Gut. Over.«

»Schnappen wir ihn uns.« Anne war bereits auf dem Weg zur Tür, aber der Geschäftsführer runzelte die Stirn.

»Nein, wir bleiben hier. Meine Wachen werden ihn sich vornehmen.«

»Ich habe da draußen keine Wachleute gesehen.«

»Sie sind da, und sie wissen, was sie tun. Für Situationen wie diese sind sie geschult.«

»Ja, klar sind sie das, was soll ich mich da einmischen? Ich bleibe einfach hier und warte.« *Als ob.* Anne hielt ihren Zylinder fest, öffnete die Tür und stürmte hinaus.

»Warten Sie! Was machen Sie denn da?«, rief der Geschäftsführer ihr hinterher. »Ich kann nicht zulassen, dass Sie in meiner Bar herumlaufen und meinen Tanztee vermasseln!«

Anne tauchte wieder in die Dunkelheit ein, aber plötzlich war er an ihrer Seite und packte sie an der Hand, weniger freundlich als zuvor. Die beiden Uncle Sams zerrten aneinander, bis der Geschäftsführer klein beigab, weil er wohl keine Szene machen wollte. Stattdessen begab er sich mit Anne auf die Suche, lenkte sie beide schnell und geübt durch die Menge, inspizierte jeden und sprach in sein Madonna-Headset, das jetzt über der Krempe seines Zylinders hing.

Die Szene in der Bar hatte sich verändert. Jede Menge Männer verstopften die Tanzfläche, aber sie tanzten nicht, sondern beklatschten die Show auf der Bühne. Anne sah nach oben. BESTER-HINTERN-WETTBEWERB stand auf einem Plakat auf einer Staffelei, und eine Reihe halb bekleideter Männer hatte auf der Bühne dem Publikum den Rücken zugekehrt. Sie trugen nur Unterwäsche, eine verrückte Ansammlung von Tigerstreifen, *Stars and Stripes* und Zebrastreifen. Eine Drag Queen im roten Paillettenfummel agierte als Zeremonienmeister. »Wer ist für die Bäckchen von Nummer 1?«, brüllte sie, und die Menge tobte.

Die beiden Uncle Sams suchten nach Kevin, prüften jedes Gesicht, die meisten davon der Bühne zugewandt. Wachleute in schwarzen T-Shirts mit der weißen Aufschrift *Per-*

sonal auf der Brust patrouillierten durch die Menge. Immer wieder sprach der Geschäftsführer in sein Headset.

»Und jetzt wollen wir mal hören, wer für die Bäckchen von Nummer 2 ist!«, rief die Drag Queen, und der Applaus brandete erneut auf. *Stars and Stripes* lagen vor den Tigerstreifen. Ein patriotisches Publikum. Wirklich schade, dass sie nicht zum Militär durften. *Aber wo ist Kevin?*

Plötzlich blieb der Geschäftsführer stehen, legte die Hand an den Ohrstöpsel und wandte sich dann an Anne. »Zum Eingang!«

»Haben wir ihn?«, fragte Anne. Ihr Herz machte einen Satz, während der Geschäftsführer sie fest an der Hand hielt und sie durch die Menge zum Eingang zog.

»Hast du ihn gesehen?«, rief er dem Türsteher zu, mit dem Anne bereits geredet hatte.

»Joe Camel? Ich glaube, ja. Ich habe Julio gesagt, dass er meiner Meinung nach vor fünf Minuten gegangen ist.«

»Glaubst du das nur? Oder erinnerst du dich?«

»Ja, ja. Ich habe ihn gesehen.«

»Lass den Kerl bloß nie wieder rein. Wenn er jemals wieder kommt, dann ruf mich sofort. Und nagel ihn fest.« Der Geschäftsführer wandte sich an Anne. »Tja, er ist weg. Tut mir Leid«, sagte er. Anne schüttelte den Kopf. »Aber der Türsteher ist sich nicht sicher. Vielleicht irrt er sich. Ich habe vorhin schon mit ihm geredet, und er meinte, er habe keinen blonden Mann hereinkommen sehen. Womit er sich irrte.«

»Sie haben nichts von dem Joe-Camel-T-Shirt gesagt«, verteidigte sich der Türsteher lautstark, während der Geschäftsführer seine Hand auf Annes Schulter legte.

»Schätzchen, er ist mein Türsteher, und er weiß, was er tut.«

Nein! »Warum gehen wir nicht in Ihr Büro zurück und

sehen uns das Band noch einmal an? Dann könnten wir überprüfen, ob Kevin wirklich gegangen ist.«

»Nein, könnten wir nicht. Offenbar ist er gegangen, während wir uns die Aufnahme angesehen haben, und wenn das Band abgespielt wird, nimmt es nicht auf. Es ist jetzt Zeit, dass Sie gehen.« Er begleitete Anne zur Tür und öffnete sie, als die Musik mit einer ziemlich überdrehten Version von »The Party's Over« wieder einsetzte.

Anne wollte gerade protestieren, als sie hörte, wie ihr Handy klingelte. Mit einem Mal stand sie vor dem Eingang und blinzelte im hellen Sonnenlicht. Sie holte ihr Handy aus der Tasche und klappte es auf. Im gleißenden Licht war die Rufnummer nicht zu lesen. »Hallo?«, meldete sie sich.

»Anne, Anne!« Es war Judy. »Wo bist du?«

Oi. »Ich bin unterwegs.«

»Anne, bleib dran.« Es herrschte kurz Stille, dann meldete sich eine andere Stimme.

»Murphy! Murphy! WO ZUM TEUFEL STECKST DU?«

Bennie Rosato, ihre ganz persönliche Muskelkönigin. Was sollte sie jetzt tun? Anne sagte nichts, aber das schien Bennie nicht weiter aufzufallen.

»Murphy! Ich will nicht, dass du dich da draußen herumtreibst! Ich kann nicht glauben, dass du und Carrier Flugblätter verteilt habt! Seid ihr verrückt geworden? Du kommst jetzt sofort ins Büro zurück! Geh durch den Hintereingang! JETZT!«

Verdammt! Anne brachte es einfach nicht über sich, Kevin laufen zu lassen, aber sie konnte schlecht Nein zu Bennie sagen.

Da hatte sie eine Idee.

11

Fünfzehn Minuten später fuhr ein kirschroter Mustang lässig auf einen Parkplatz, der im Halteverbot und vor einer unverdächtigen Schwulenbar lag. In dem Wagen saßen vier Frauen auf ihrer jungfräulichen Verfolgungsjagd: Bennie am Lenkrad, Judy auf dem Beifahrersitz und hinten Mary mit Anne. Bennie hatte den Wagen hergefahren, sich aber verspätet, weil dem Mustang das Benzin ausgegangen war und sie an einer Tankstelle halten musste. Die Bar schloss allmählich ihre Pforten, und der Tanztee hatte ohne ein weiteres Anzeichen von Kevin geendet. Anne hatte Bennie alles erzählt, und sie konnte einfach nicht weg, ohne sich davon zu überzeugen, dass er wirklich nicht mehr in der Bar war.

»Ich denke, ich werde dich jetzt noch nicht feuern, Murphy«, sagte Bennie auf dem Fahrersitz. Ein rotes Flugblatt lag zerknittert auf dem Armaturenbrett, vermutlich hatte sie es dort hingeworfen. »Dich auch nicht, Carrier. Das wäre zu simpel. Es käme einfach nur Todesstrafe statt lebenslang Knast gleich, und das widerspricht meiner Grundeinstellung. Kapiert ihr, was ich damit sagen will, Mädels?«

»Du willst, dass wir leiden?«, spekulierte Anne.

»Genau. Vor allem du.«

Anne hielt den Blick auf die Bar gerichtet. Judy und Mary auch. Die schwarze Eingangstür stand offen, und Männer strömten scharenweise heraus. Einige liefen die Straße hinunter oder winkten sich Taxis herbei, aber die meisten blieben erst mal stehen, lachten, plauderten und rauchten in kleinen Gruppen auf dem Gehweg, hielten sich im Schatten, den die Häuser warfen. Es mussten an die zweihundert Männer sein, die sie hatten herauskommen sehen, und

Anne hätte nie vermutet, dass so viele Menschen in die Bar passten.

»Bei ROSATO & PARTNER gibt es nur eine Regel, und die lautet: Ich bin der Brötchengeber«, fuhr Bennie fort. »Ich bin Bennie Rosato. Mir gehört ROSATO & PARTNER. Kapiert?«

Anne nickte abermals. Kein Kevin. *Verdammt!*

»Murphy, ich habe versucht, dir zu erklären, dass ich für deine Taten zur Rechenschaft gezogen werden kann, und daraus folgt, dass in meiner Kanzlei nichts ohne meine Zustimmung geschehen darf. Niemand, der für mich arbeitet, stellt Verrücktheiten an, ohne das vorher mit mir abzuklären. Das liegt daran, dass ich die Gehälter und die Rechnungen zahle, einschließlich der nicht unbeträchtlichen Summen für Miete, Strom, Wasser, Fallsammlungen, Pilot-Stiften und frischen Kaffeebohnen.«

Annes Hoffnungen schwanden. Die Gehwege waren voller unbekleideter männlicher Oberkörper, Tops und kurzen Shorts, aber Kevins Joe-Camel-Shirt war nirgends zu sehen.

»Ich versuchte gerade, Detective Rafferty zu erreichen, als ich erfuhr, dass meine jüngste Partnerin als Uncle Sam verkleidet in einer Schwulenbar herumhing und dort einen psychotischen Killer dingfest machen wollte. Stell dir meine Überraschung vor, als ich das hörte.« Bennie schwieg kurz. »Du solltest nicht nur Nachforschungen über Willa Hansens Familie anstellen, du solltest auch *tot* sein. Das führt mich zu der Annahme, dass du den Sinn meines Vortrags vorhin nicht begriffen hast. Wie ich dir schon einmal sagte, Murphy, ich habe bereits einmal deine Leiche identifiziert.« Bennie schwieg abrupt, und die plötzliche Stille lenkte die Aufmerksamkeit der drei Frauen wieder auf sie.

Anne musterte Bennies Miene im Rückspiegel, deren Augen schmerzvoll blickten. Judy sah sich besorgt um, und Mary ließ den Kopf hängen.

Bennie räusperte sich. »Um die physischen Details geht es hier nicht. Das, was ich sah, was wir alle gesehen haben, lag auf einem sehr kalten Edelstahlschuber und ist das Ergebnis dessen, wozu Kevin Satorno fähig ist, falls er es wirklich war. Er wollte dich nicht nur töten, Murphy, er wollte dich zerstören. Er hat genau in dein hübsches Gesicht gezielt und es zerfetzt. Wenn er die Gelegenheit dazu bekommt, wird er es wieder tun.«

Anne musste schlucken. Es klang, als hätte sich Bennie Sorgen um sie gemacht. Sich um ihr Wohlbefinden *gesorgt*. Das war völlig neu. »Tut mir Leid, ehrlich«, sagte Anne. Sie meinte es auch so.

»Gut.« Bennie sah auf ihre Uhr, und Anne und Judy richteten ihre Aufmerksamkeit wieder auf die Bar. Nach einer Minute wurde Anne bewusst, dass Mary immer noch den Kopf gesenkt hielt, und sie tat etwas, was sie noch nie bei einer Frau getan hatte: Sie griff nach Marys Hand. In diesem Augenblick tauchte ein vertrauter Zylinder am Eingang der Bar auf, inmitten einer Gruppe Partygänger.

»Das ist der Geschäftsführer«, sagte Anne und behielt ihn fest im Auge. Der Geschäftsführer zog einen großen Schlüsselring aus seinen blauen Satinhosen und bedeutete den Leuten, dass nun erst einmal Feierabend war. Die Bar schloss, bis sie später wieder geöffnet würde. Der Geschäftsführer ging wieder hinein, wahrscheinlich um die Eingangstür von innen zu verschließen.

Gottverdammt! »Vielleicht versteckt sich Kevin drinnen«, sagte Anne, ohne rechte Überzeugung. Sie begegnete Judys Blick, die sie zweifelnd ansah. Seit der Sache mit dem roten Flugblatt hatte Anne sie ins Herz geschlossen. Beinahe.

»Ich bin sicher, die werfen alle raus, bevor sie schließen«, meinte Judy. »Falls er also drinnen war, ist er längst über alle Berge. Ich glaube, wir haben seine Spur verloren, Anne. Wenigstens im Augenblick.«

Mary hob eine kleine, manikürte Faust. »Gebt nicht auf! Wir kriegen ihn schon. Er wird den weiblichen Zorn zu spüren bekommen!«

Bennie brachte ihre Partnerinnen mit einer Handbewegung zum Schweigen, dann klappte sie ihr Handy auf. »Ist Detective Rafferty jetzt zu sprechen?«, fragte sie.

Anne dachte bereits weiter voraus. Mary hatte sie auf eine Idee gebracht, als sie sich vorhin im Büro alle getroffen hatten. Anne würde sie weiter verfolgen, sobald sie wieder in der Kanzlei war.

Sie konnte es kaum erwarten.

Bennie und Judy trafen sich mit den beiden Detectives in einem Konferenzraum, um sie über Kevins Auftauchen in der Schwulenbar zu unterrichten. Mary war unterdessen in Annes Wohngegend gefahren, um in Erfahrung zu bringen, ob es für die Vorgänge der vorherigen Nacht doch Zeugen gab. Anne saß an ihrem Schreibtisch, tätigte den letzten ihrer Anrufe für Plan B. Es war nicht ganz einfach gewesen, aber sie war sich ziemlich sicher, Kevin diesmal schnappen zu können, zumal sie wusste, dass er sich in der unmittelbaren Nachbarschaft aufhielt. Sie würde den anderen davon erzählen müssen, vor allem Bennie, weil sie deren Hilfe brauchte.

In der Kanzlei war es still bis auf das Geräusch des Druckers vor Annes Büro, der Blätter ausspuckte, um Plan B voranzutreiben. Annes Blick streifte zu ihrem Bürofenster, und in den Scheiben spiegelte sich ihre neueste Inkarnation. Sie konnte nicht für immer als Uncle Sam herumlaufen, darum hatte sie ihre Haare abgeschnitten und mit »Rich Sable Nr. 67« von Herbal Essences gefärbt. Die Verpackung versprach ein »reiches Dunkelbraun«, aber Anne gefiel es nicht, eine Brünette zu sein. Sie machte sich Sorgen um ihr Kreditsaldo. Bäh.

Mel saß aufrecht auf einem Stapel Zeugenaussagen, und Anne streichelte über seine barthaarigen Wangen. Seine grünen Augen wurden mit jeder Berührung länger und verwandelten ihn in die politisch unkorrekte Chinesenkatze. Annes bevorzugte Katzenrasse. Sie fühlte sich frischer, nachdem sie im Büro geduscht und sich aus dem Ersatzkleidervorrat der Kanzlei bedient hatte: ein khakifarbener Rock von Banana Republic und ein weißes T-Shirt mit der Aufschrift ICH BRINGE MÄNNER ZUM WEINEN. Noch immer trug sie ihre Blahniks, legte aber keinen Lippenstift auf, weil sie sich dem Druck ihrer Freundinnen fügen wollte, jetzt da sie welche hatte. Mentale Notiz: *Fortschritt hat auch seine Kehrseite.*

Plan B war beinahe umgesetzt, und jetzt wollte Anne Willas Familie auftreiben, um sie zu benachrichtigen. Aber wo wollte sie anfangen? Sie nahm einen letzten Schluck kalten Kaffee und loggte sich bei whitepages.com ein, einem Online-Telefonbuch. Sie tippte »Willa Hansen« ein und »Philadelphia«, und sie erhielt zur Antwort: Sorry, unter den von Ihnen eingegebenen Suchkriterien wurden keine Treffer erzielt.

Hmm. Das bedeutete, dass Willa eine Geheimnummer hatte. Anne spürte, wie ihre Energie zurückkehrte. Es war sinnlos, unter Hansen zu suchen, weil sie nicht wusste, wo Willas Familie wohnte. Da fiel ihr etwas ein. Anne griff nach dem Telefon und rief in ihrem Fitness-Studio an. Ein junger Mann nahm den Anruf entgegen, und Anne versuchte es mit der näselnden Stimme, die sie bei einem ihrer letzten Besuche gehört hatte: »Hi, ich bin Jenny, die neue Massagetherapeutin. Ich mache die Hausbesuche.«

»Jenny? Ich habe schon von dir gehört. Ich bin Marc. Willst du mal bei mir einen Hausbesuch machen?«

Anne zwang sich zu einem Kichern. »Hi, Marc. Ich rufe an, weil ich auf dem Weg zu einer der Kundinnen bin, aber ich habe das Blatt mit ihrer Telefonnummer und ihrer Adresse verloren. Ihr Name ist Willa Hansen. Kannst du das nachschlagen?«

»Klar.« Am anderen Ende der Leitung klickte eine Tastatur. »Willa Hansen wohnt in der Keeley Street 2689. Sie hat eine Geheimnummer, aber auf der Anmeldung hat sie sie angegeben. Willst du sie?«

»Ja bitte.« Er las die Nummer vor, und Anne schrieb sie auf. Die Adresse lag in der Nähe des Fitler Square am anderen Ende der Stadt. Anne kannte die Gegend nur, weil sie sich die Haare in einem Salon dort schneiden ließ, wenn sie es nicht gerade selbst tat. »Hast du noch andere Informationen über sie im Computer? Irgendwas in ihrem Mitgliederprofil, das mir nützlich sein könnte? Ich will einen guten Eindruck bei ihr machen.«

»Lass mich mal sehen.« Die Tastatur klickte wieder. »Ich habe nicht viel, Jenny. Ihr Konto zeigt, dass sie eine zweijährige Mitgliedschaft hat, aber sie war noch nie beim Spinning, beim Yoga oder beim Herz-Kreislauf-Training. Sie hat auch das Mitgliederprofil nicht ausgefüllt. Auf dem Antrag hat sie ›single‹ angekreuzt, aber zu den Singlenächten ist sie nie gekommen. Klingt nicht gerade sehr gesellig.«

»Das kann man wohl sagen.« Anne wurde sich der Ironie bewusst. Das hätte mühelos ihr eigenes Mitgliederprofil sein können. »Sonst noch was?«

»Mal sehen. Sie hat ihr Haus gemietet und ist selbstständig. Die Sparte Jahreseinkommen hat sie nicht ausgefüllt, aber das ist ja auch nur optional. Sie zahlt ihre Beiträge sehr spät. Ich schaue mir gerade ihr Foto an, das wir in der Akte haben, aber ich kann mich nicht erinnern, sie je gesehen zu haben, und ich bin schon drei Jahre hier.«

»Großartig. Jetzt muss ich los.«

»Hör mal, Jenny, ich gebe Montagnacht eine Party anlässlich des Feuerwerks. Wenn du …«

»Danke, nein, ich muss mich jetzt sputen.« Anne legte auf und dachte nach. Keeley Street 2689. Sie musste da hin. Irgendwo im Haus musste doch etwas zu finden sein, das ihr mehr über Willas Familie sagte und wie man sie erreichen konnte. Anne würde es Bennie sagen, sobald sie wieder allein war. Dann würde Bennie sich besser fühlen, auch wenn es die gegenteilige Wirkung auf Anne ausübte. Sie war der Grund dafür, dass Willa tot war.

»Miau«, erklärte Mel lautstark. Er stolzierte über den Chipster-Aussagen hin und her und lenkte Anne ab. Sie würde die Aussagen für die Verhandlung auswendig lernen müssen. Vielleicht tat es ihr ganz gut, wenn sie jetzt erst einmal an ihrem Fall arbeitete und vorübergehend nicht an Willa dachte – und auch nicht an Kevin.

Anne hob Mel hoch und nahm das Blatt mit der Aussage von Beth Dietz, der Klägerin. Anne erinnerte sich an Beth als eine sehr reservierte Person, mit dem hochnäsigen Gehabe einer Ingenieurin, das mit ihrem lieblichen Lächeln, den Hippieklamotten und den schäbigen Birkenstock-Sandalen kontrastierte. Beth war schlau genug, um einen Fall zu fabrizieren, ebenso wie ihr Mann. Die Gerichte waren die reale Version der Show *Who Wants to Be a Millionaire?* Und die Antwort lautete: Jeder wollte Millionär werden.

Anne fing an zu lesen.

FRAGE: (Ms. Murphy) Nun, Ms. Dietz, Sie behaupten in Ihrer Klage, dass Gil Martin Sie während einer Besprechung am 15. September letzten Jahres zu sexuellen Handlungen zwang. Bitte schildern Sie mir genau, was bei dieser Besprechung geschah.

ANTWORT: (Klägerin) Nun, ich kam an diesem Abend gegen zwanzig Uhr 15 in sein Büro. Es war ein Freitag. Er forderte mich auf, mich auf die Couch zu setzen, die bei ihm an der Wand steht. Ich hielt das für seltsam, da sein Laptop auf dem Schreibtisch stand, und man an einem Online-Antrag nur am Computer arbeiten kann.

FRAGE: Ich verstehe. Was geschah dann?

ANTWORT: Ich setzte mich, und gleich darauf legte er seine Hand auf meine Taille. Ganz nah an meine Brüste.

FRAGE: Wie nah an Ihren Brüsten?

ANTWORT: Ungefähr zehn Zentimeter darunter. Auf meine Taille. Dann glitt er mit der Hand über meine Bluse und legte sie auf meinen Busen. Ich schreckte zurück und stieß seine Hand von mir.

Anne wusste, dass kein Wort davon der Wahrheit entsprach. Für nichts auf der Welt würde sich Gil Martin mit einer Programmiererin auf seiner Couch balgen, während sein Vorstand im Büro nebenan saß und die Finanzierung für seinen 55-Millionen-Dollar-Gang an die Börse auf dem Spiel stand. Anne kannte Gil seit der Studienzeit, und er hatte immer große Ziele gehabt. Er sah gut aus, war geistreich, hatte einen scharfen juristischen Sachverstand, zeichnete sich aber auch durch technisches Know-how aus. Es war keine Überraschung, als er nach dem zweiten Semester von der Uni abging und Chipster gründete, das zu einem der Spitzenreiter in Sachen Netzanwendungen wurde. Während dieser Zeit heiratete er Jamie, seine

Freundin vom College. Anne war felsenfest überzeugt davon, dass Gil Martin die Wahrheit sagte. Am kommenden Dienstag würde sie das allerdings beweisen müssen. Sie las weiter:

FRAGE: Hat er noch etwas gesagt, oder haben Sie mir schon alles erzählt?
ANTWORT: Er sagte, dass er ständig an mich denken müsse. Er sagte, er wolle mit mir Liebe machen. Und ich müsse mit ihm schlafen, weil er der Brötchengeber sei.
FRAGE: Hat er das genau so gesagt?
ANTWORT: Jawohl. Ich bin der Brötchengeber.

Brötchengeber? Anne dachte über dieses Wort nach. Sie konnte sich nicht vorstellen, dass Gil es benutzte. Es war so altmodisch. Sie kannte niemand, der es benutzte. Doch dann fiel es ihr wieder ein. Im Mustang, bei der Überwachung, hatte Bennie gesagt: »*Ich bin der Brötchengeber.*« Das sagten Leute, die in den Vierzigern waren, nicht in den Zwanzigern. Was hatte das zu bedeuten? Hatte das überhaupt etwas zu bedeuten? Würde es ihr helfen? Sie wandte sich wieder der Aussage-Abschrift zu.

FRAGE: Was geschah dann?
ANTWORT: Er zwang mich zum Beischlaf.
FRAGE: Genau dort, auf der Couch in seinem Büro?
(Mr. Dietz erhebt sich.) Das reicht jetzt! Sie hat die Frage doch eben beantwortet! Warum muss sie es dauernd für Sie wiederholen?
(Ms. Murphys Erwiderung.) Matt, bitte veranlassen Sie Mr. Dietz, sich wieder zu setzen und während der Zeugenaussage zu schweigen.
(Mr. Booker) Mr. Dietz, bitte setzen Sie sich. Bitte.

(Mr. Dietz) Das ist absurd! Er hat sie vergewaltigt! Sie musste ihn vögeln, um ihren Job zu behalten! Kann es denn noch eindeutiger sein? Muss sie es noch in Worte fassen?

(Mr. Booker) Bill, bitte!

(Mr. Dietz) Die suhlt sich doch in diesem Schmutz! Die will jedes besudelte Detail hören, damit sie darüber lachen kann. Sie und dieses Arschloch Martin!

(Klägerin) Bill, bitte. Es ist schon okay. Mir geht es gut.

Anne las diese Stelle noch einmal, an der Bill Dietz während der Aussage vom Hippie zum Psycho mutiert war und in dem stillen Besprechungszimmer herumgebrüllt hatte. Die geschäftsmäßige Courierschrift des Aussageprotokolls, tief auf das zwiebelhautfarbige Papier geprägt, konnte nicht vermitteln, wie er voller Zorn auf die Beine gesprungen war, sich beinahe in seiner ganzen Länge von 185 Zentimetern über den Besprechungstisch gebeugt und mit dem Finger gezeigt hatte, den er Anne dabei beinahe ins Gesicht bohrte. Sie hätte damals um ein Haar laut herausgelacht. Warum störte es sie jetzt so sehr?

Natürlich. Wegen Kevin.

Anne sah den pferdeschwänzigen Bill Dietz mit neuen Augen. Gewalttätige Männer fanden sich überall. Trotzdem legte sie die Mitschrift aus der Hand und nahm den Dietz-Ziehharmonikaordner zur Hand. Sie hatte ihn einen Tag lang in Zusammenhang mit seiner Klage befragt. Er klagte wegen Verlusts der ehelichen Lebensgemeinschaft, was bedeutete, dass er Chipster.com auf Schadensersatz für den Verlust der Zuwendung seiner Frau sowie des Geschlechtsverkehrs innerhalb der Ehe verklagte. Dietz hatte sich die ganze Zeit über beherrscht und selbst die persönlichsten Fragen mit kühler Gelassenheit beantwortet. Anne schlug die Mitschrift seiner Aussage auf, nur um auf Nummer sicher zu gehen:

FRAGE: (Ms. Murphy) Wo sind Sie derzeit angestellt?
ANTWORT: Ich arbeite für Chipster.com, einer Firma für Netzanwendungen.
FRAGE: In welcher Eigenschaft?
ANTWORT: Ich schreibe den Code für verschiedene Netzanwendungen. Ich habe mich auf Cold Fusion spezialisiert, eine Computersprache.
FRAGE: Wie lange arbeiten Sie schon für Chipster?
ANTWORT: Seit fünf Jahren, seit seiner Gründung. Ich gehörte zu einer Hand voll von Programmierern, mit denen Gil Martin die Firma ins Leben gerufen hat. Wir waren damals nur sechs und arbeiteten in seiner Garage.
FRAGE: Und als Programmierer haben Sie sicherlich auch Aktienbezugsrechte erhalten, als Teil Ihres Gehalts?
ANTWORT: Nein, habe ich nicht.
FRAGE: Haben andere Programmierer solche Aktienbezugsrechte erhalten?
ANTWORT: Drei. Im Grunde waren es diejenigen, die Gil noch aus Collegetagen kannte. Er bevorzugt Leute, die er kennt. Ich kannte ihn nicht von früher, und einem anderen ging es genauso, also blieben wir beide außen vor.

Anne gefiel der Ton nicht. Auch wenn Dietz bei der Befragung so geklungen hatte, als würde er einfach eine Tatsache feststellen, grollte er bestimmt; diese Aktienbezugsrechte würden ihre Besitzer zu Millionären machen, sobald Chipster an die Börse ging. War dieser Aspekt wichtig? Hatte er etwas mit dieser hanebüchenen Klage wegen sexueller Belästigung zu tun? War das der Grund für die Klage? Anne hatte sich vorher nie auf Dietz konzentriert, weil er selbst nur Nebenkläger und seine Klage, offen gesagt, reiner Bockmist war. Sie hatte die Klage unter dem Third-Circuit-Gesetz abweisen lassen, aber seine Aussage noch vor der Abweisung zur Offenlegung aufgenommen. Sie blätterte die Aussage von Dietz durch, bis sie zum Kern der Klage kam:

FRAGE: (Ms. Murphy) Also, Mr. Dietz, Sie behaupten, dass Sie infolge der sexuellen Belästigung Ihrer Frau Beth hinsichtlich der Intimität in Ihrer Ehe gewisse Schwierigkeiten hatten. Ist das richtig?
ANTWORT: Ja.
FRAGE: Wann begannen diese Schwierigkeiten?
ANTWORT: Als die Belästigung begann. Am 15. September.
FRAGE: Wie lange dauerten die Schwierigkeiten an?
ANTWORT: Der Heilungsprozess dauert noch an. Die Auswirkungen sexueller Belästigung ähneln denen einer Vergewaltigung. Das Opfer braucht Zeit, bis die Wunden heilen und um Männern wieder zu vertrauen. Beth fühlt sich wegen dem, was geschehen ist, schuldig, obwohl sie das nicht sollte.
FRAGE: Wie genau sahen die Schwierigkeiten in Ihrer Ehe aus, die durch die angebliche sexuelle Belästigung entstanden.
ANTWORT: Beth zog sich von mir zurück. Sie kapselte sich ein und wurde depressiv. Sie schlief schlecht, nahm ab. Sie verbrachte immer mehr Zeit online, vier bis sechs Stunden in der Nacht und am Wochenende. Sie tummelte sich in Chatrooms, nahm an Rollenspielen oder Internetspielen teil. Dumme Spiele. Popcap.com und so was.
FRAGE: Wie genau hat die angebliche sexuelle Belästigung Ihr Sexualleben beeinflusst?
ANTWORT: Sie hatte kein Interesse mehr am Sex, und die

Häufigkeit unseres Beischlafs fiel von einmal die Woche auf weniger als einmal im Monat. Es wurde unbefriedigend. Für uns beide.

Anne las den Rest der Aussage durch, aber sie erfuhr weiter nichts über Bill Dietz. Allerdings war das nicht alles, was sie von ihm hatte. Sie hatte ihm Fragebögen unter Ausfüllpflicht zustellen lassen, das war bei Arbeitsstreitigkeiten so üblich. Sie griff nach der entsprechenden Mappe, öffnete sie und sah seine Antworten auf die Fragen durch. Die einleitenden Fragen beschäftigten sich mit dem persönlichen Hintergrund, und ihr Blick fiel auf die dritte Frage:

Wurden Sie jemals eines Verbrechens angeklagt?

Nein.

Der Wahrheitsgehalt der Antworten wurde von der Unterschrift von Dietz auf der nächsten Seite bestätigt, aber er wäre nicht der Erste, der auf einem solchen Fragebogen log. Bei der Befragung seiner Frau hatte er augenscheinlich die Kontrolle verloren, war beinahe gewalttätig geworden. War das schon früher geschehen? Annes Bauch sagte ihr, dass dem so war. Sie legte die Fragebögen beiseite und loggte sich im Internet ein. Sie wählte eine der speziellen Suchmaschinen. Auf dem Bildschirm erschien eine Headline:

Überprüfen Sie Gerichtsakten und finden Sie Verurteilungen in Zivil- und Strafrechtsklagen sowie Pfändungsbescheide!

Sie tippte »William Dietz« ein. Keine zwei Sekunden später hatte sie ihre Antwort:

Ihre Suche ergab 3680 vorbestrafte Personen mit dem Namen William Dietz.

Das überraschte Anne nicht. Es war ein geläufiger Name.

Sie könnte jeden einzelnen Eintrag durchlesen, was bis Dienstag dauern würde. Oder sie grenzte die Suche geografisch auf Pennsylvania ein. Soweit sie wusste, hatte Bill Dietz zumindest in den letzten Jahren hier gelebt. Schließlich hatte er fast fünf Jahre für Chipster gearbeitet.

IHRE SUCHE ERGAB 427 VORBESTRAFTE PERSONEN MIT DEM NAMEN WILLIAM DIETZ.

Oje. Anne sah auf die Uhr. 17 Uhr 10. Es wurde langsam spät. Ob das wirklich etwas brachte? Sie hatte so viel zu tun, und das war zweifelsohne nur ein Umweg. Sie wusste nicht einmal, warum sie diesen Faden verfolgte. Was, wenn Dietz gewalttätig war? Was, wenn er vorbestraft war? Was, wenn er nur so tat, als wäre er ein sensibler Pferdeschwanzträger? Trotzdem. Wieder sah Anne die Szene bei der Befragung vor sich, die Wut in den Augen von Dietz. Sie begann, die Eintragungen anzuklicken.

82 Eintragungen später war Bill Dietz immer noch nicht aufgetaucht. Anne rieb sich über die Augen. Das war doch dämlich. Sie kam einfach nicht weiter. Ein Blick auf die Uhr. 18 Uhr 5. Ob Bennie sich noch mit den Cops unterhielt? Warum brauchte sie so lange? Anne räkelte sich, angespannt und frustriert. Sie wollte gerade eine Pause einlegen, als sich die Tür zu ihrem Büro einen Spalt breit öffnete.

Bennie streckte den Kopf durch die Öffnung, die Stirn ängstlich gerunzelt. »Du wirst in Besprechungsraum D verlangt. Sofort.«

»Von den Cops? Gibt es ein Problem?«

»Nein, die Cops sind in Raum C.« Bennie glitt herein und schloss die Tür in ihrem Rücken wie in einem Verschwörungsszenario. »Was könnte schlimmer sein als die Cops?«

»Braune Haare«, sagte Anne.

»Denk an Geld.«

»Meine VISA-Rechnung.«

»Denk wie eine Anwältin, nicht wie eine Frau«, verlangte Bennie, aber Anne war bereits auf ihren Pumps.

12

»Was ist los?«

»Gil Martin ist hier«, erwiderte Bennie. »Carrier ist gerade bei ihm.«

»Was? Gil? Hier? Warum?«

»Seit du ermordet wurdest, hat er plötzlich Zweifel, ob wir Chipster noch vertreten sollten. Er ist gekommen, um uns zu feuern. Er scheint zu glauben, dass ich dem Fall nicht gewachsen bin.«

Anne hätte beinahe gelacht. Sie hatte erst zehn Fälle hinter sich, Bennie schon tausend – und ihre Fälle hatte sie in Los Angeles durchgeboxt, wo sogar ein O.J. Simpson davonkam.

»Was hast du ihm geantwortet?«

»Dass er sich keine Sorgen machen soll, dass ich mich mit all meiner Kraft darum kümmern werde. Dass wir als Team agieren, als Familie.«

»Dieser Spruch mit der Familie funktioniert nie«, platzte Anne heraus. Bennie blinzelte, verletzt.

»Tut es nicht?«

»Das sagen große Firmen ständig. Und es stimmt nie.«

»Bei mir stimmt es schon. Ich meine es so.«

»Tja, ich glaube dir, aber die anderen nicht.«

Bennie sah immer noch verletzt aus.

»Na gut, es hängt davon ab, wer es sagt.«

»Nun, der junge Gil hat es mir jedenfalls nicht abgenommen. Wir sind draußen. Er hat bereits Kontakt zu CRAWFORD, WILSON & RYAN aufgenommen. Er kennt da ein paar Leute. Und er denkt auch an BALLARD & SPAHR. Erstklassige Kanzleien. Während wir hier reden, überprüfen sie gerade, ob sie durch die Übernahme des Falles in Interessenkonflikte kommen. Und wir wissen beide, was sie sagen werden.«

»Was sollte ich deiner Meinung nach jetzt tun?«

»Er ist dein Mandant, triff du die Entscheidung«, erwiderte Bennie ohne Verbitterung. »Was willst du tun?«

»Ich wollte ja nicht einmal, dass *du* den Fall übernimmst. Glaubst du etwa, ich möchte ihn an jemand verlieren, der nicht zur Familie gehört?« Anne lächelte – und Bennie ebenso. »Gar keine Frage. Ich sage ihm, dass ich am Leben bin. Und schwöre ihn auf Geheimhaltung ein. Ich will diesen Fall unbedingt behalten.«

»Das verstehe ich, aber es würde mir nicht gefallen, dich tot zu sehen, nur um einen Mandanten zu halten. Selbst wenn Kevin Willa nicht ermordet hat, wissen wir jetzt, dass er sich in der Nähe aufhält. Kannst du Gil vertrauen? Wird er die Tatsache, dass du am Leben bist, für sich behalten?«

»Er wird schweigen.«

»Na gut. Aber lass mich vorgehen, und dafür sorgen, dass die Cops in Raum C bleiben.« Bennie öffnete die Tür einen Spaltbreit und lugte in den Flur. »Dein Mandant ist in D.«

»Danke. Übrigens habe ich Willas Adresse herausgefunden.«

»Gute Arbeit.« Bennie glitt zur Tür hinaus. Anne wartete eine Minute, dann eilte auch sie den Flur entlang. Sie flitzte am Wasserspender vorbei, an einem Aquarell mit der viktorianischen Fassade des Rathauses und an einer endlosen Reihe Ruderbildern, in denen scheinbar immer derselbe knochige Kerl in einem schlecht geschnittenen Top saß. Sie gelangte zum Besprechungsraum D, öffnete die Tür, glitt rasch hinein und schloss die Tür hinter sich.

Gil stand neben Judy und war wie immer tadellos gekleidet. Er trug einen marineblauen Blazer, eine Hose mit Bügelfalte und Gucci-Slipper. Sein jugendliches Gesicht war leicht gebräunt, allerdings hatte der anstehende Börsengang Anzeichen von Stress hinterlassen.

»Hallo, Gil. Ich bin's, Anne«, sagte sie und sah ihm in die Augen. Sie wollte nicht mit seinen Gefühlen spielen. Einen Augenblick lang schien er sie nicht zu erkennen. Seine Stirn runzelte sich, und seine intelligenten, blaugrünen Augen blickten verwirrt. Er fuhr sich mit der Hand rasch durch das glänzende braune Haar, das offenbar teuer geschnitten war, denn es fiel wieder zurück an Ort und Stelle. Anne brachte ein aufmunterndes Lächeln zustande. »Ich bin es wirklich, Gil. Ich bin nicht tot, ich lebe. Es war ein Versehen.«

Gil sah aus, als wollte er lachen, aber es wurde nur ein verunglückter Schluckauf. »Soll das ein Scherz sein?«

»Vielleicht solltest du dich setzen.« Anne wies auf die schicken Stühle mit den hohen Lehnen auf der anderen Seite des Tisches, aber Gil sank bereits auf den nächstbesten Stuhl, seine ganzen ein Meter achtzig kollabierten langsam in den Knien, wie ein Haus, das auf seinem Fundament implodiert. Er konnte seinen Blick nicht von Annes Gesicht abwenden, und sie klärte ihn auf. »Gil, es tut mir Leid, es war ein Missverständnis. Nicht ich wurde gestern Nacht ermordet, sondern eine andere Frau. Es war nicht ich.«

Gil wirkte unsicher, lächelte vorsichtig. »Du bist wirklich Anne Murphy? Dann erzähle mir etwas, das nur du wissen kannst. Aus unserem ersten Semester.«

»Okay, wir trafen uns am ersten Tag, im Seminar über Verträge. Wir wurden alphabetisch platziert, darum saßen wir nebeneinander, Martin neben Murphy. Während ich die

Bedingungen für eine Angebotsannahme memorierte, hast du deinen Gameboy aufgemotzt.«

»Ha!« Gil lachte leise, hatte sich beinahe wieder gefasst. »Du bist es? Ich kann es nicht glauben. Aber ... in den Nachrichten, im Fernsehen, da hieß es ...«

»Sie haben sich geirrt. Ein einziger, großer Irrtum. Die Frau, die getötet wurde, versorgte meinen Kater. Die Cops wissen noch nicht, dass ich lebe. Nur wir hier wissen es. Und jetzt du. So soll es auch bleiben.« Anne wollte nach der Wasserkaraffe greifen, die immer auf dem Tisch stand, aber wegen des Feiertagswochenendes war sie verschwunden. Nur die Gläser standen noch da, umgedreht, auf einer groben Papierserviette. »Möchtest du etwas trinken?«

»Hast du Scotch?« Er lächelte, Anne erwiderte es. Judy ging zur Tür des Besprechungsraumes, und Gil starrte Anne so prüfend an, dass sie nicht sicher war, ob er irgendetwas um sich herum bemerkte. Sie musste ihn rasch wieder mit beiden Beinen auf den Boden bringen. Unter keinen Umständen durfte sie seinen Fall verlieren. »Gil, die Cops wissen, wer meine Katzensitterin ermordet hat, und sie sind jetzt im anderen Besprechungsraum und planen, wie sie ihn schnappen können. Sie werden ihn jeden Moment fassen, aber das ist nebensächlich.« Sie beugte sich über den Tisch, versuchte, ihn für sich einzunehmen, und sobald er ihr wieder in die Augen sah, gelang ihr das auch. »Ich weiß, du musst da ziemlich viel auf einen Schlag verdauen. Aber mir und dir ist nur Chipster wichtig, und ich beabsichtige, dich und deine Firma am Dienstag vor Gericht zu vertreten. Ich kenne die Fakten, ich kenne alle Details des Falles. Du kannst zu diesem Zeitpunkt die Kanzlei nicht wechseln. Das brauchst du nicht.«

»Du bist wirklich am Leben?« Gil fuhr sich wieder mit den Fingern durch die Haare. »Das ist so ... seltsam.«

»Am Dienstag teilen wir es den Cops mit ... bevor wir die Geschworenen auswählen. Aber du musst mir versprechen, dieses Geheimnis übers Wochenende zu wahren. Sogar vor Jamie, okay? Vor jedem.«

»Ich kann mich einfach nicht daran gewöhnen. Es ist so verdammt seltsam.«

»Wem sagst du das.« Anne musste die Situation entschärfen. Sie hatten Geschäftliches zu erledigen. »Ich weiß, wen wir als Geschworene wählen sollten. Ich habe das Kreuzverhör von Beth vorbereitet, denn sie wird die erste Zeugin der Anklage sein. Genauer gesagt, bin ich gerade noch einmal die Aussagen durchgegangen.«

»Aber wo warst du gestern Abend?«

»Ich bin weggefahren, um mich in aller Ruhe auf den Fall vorzubereiten. Du weißt ja besser als ich, was in dieser Stadt am vierten Juli abgeht. Ich wollte nachdenken.«

»Und du hast niemandem davon erzählt? Nicht einmal mir?« Gil runzelte die Stirn. »Was wäre gewesen, wenn ich mit dir hätte reden wollen?«

»Ich dachte nicht, dass du das wolltest, und das hast du ja auch nicht.« Anne errötete. Sie verstand nicht, warum er sie das fragte. Vielleicht lag es am Schock. »Außerdem wusste ich, dass du gestern Abend irgendwo in einem Vorort zu einer Dinnerparty eingeladen warst. Das hast du mir gesagt.«

»Das habe ich. Und ich war auch dort. Jetzt fällt es mir wieder ein. Weißt du, was echt seltsam ist?« Gil lachte plötzlich auf. »Wir haben dir Blumen geschickt! Jamie hat sie ausgesucht! Ein Dutzend Lilien. Sie fühlte sich so elend, als sie die Nachricht hörte. Wir haben es im Fernsehen gesehen. Habe ich das schon gesagt?« Er lachte wieder, sein Unbehagen war deutlich sichtbar. Anne tätschelte ganz spontan seine Hand.

»Es tut mir Leid, dass du und Jamie euch so grämen musstet.« Jamie war Hausfrau und Mutter und der Prototyp einer weichherzigen Frau.

»Du hast gesagt, die Cops wissen, wer der Mörder ist?«

»Ja. Ich habe noch eine Frage, und ich weiß, sie klingt seltsam. Wie würdest du Bennies Beziehung zu mir beschreiben?«

Gil runzelte die Stirn. »Wer?«

»Bennie Rosato.«

»Nein, ich meine, wer hat es getan? Wer hat dich getötet – ich wollte sagen, diese andere Frau? Sie war in deinem Haus?« Gil schien noch immer besorgt, aber Anne wollte nicht näher darauf eingehen. Sie wollte, dass er bei der Sache war.

»Das ist eine lange Geschichte und hat mit dem Fall nichts zu tun.«

»Aber der Killer ist noch auf freiem Fuß?«

»Gil, vergiss es. Das ist Sache der Cops. Sie sind Profis. Überlass es ihnen.«

»Ha! Natürlich. Wie kommt es dann, dass die Cops noch nicht herausgefunden haben, dass du nicht nur am Leben bist, sondern sogar im Nebenzimmer?« Gil lachte und verstummte gleich wieder, als sich die Tür öffnete und Judy hereinkam. Sie schloss die Tür hinter sich, eine Karaffe mit Wasser in der Hand. Sie setzte sich und griff nach einem Glas, das sie mit lautem *Gluck-gluck-gluck* füllte und Gil reichte. Anne dankte ihr, weil Gil das versäumte, und machte sich eine mentale Notiz zu Judys Veränderung. Das Flugblatt, das sie zusammen erstellt hatten, war eine Art Friedensvertrag. Na gut, sie tauschten noch keine Rezepte aus, aber zumindest kämpften sie nicht mehr wie Schlammcatcherinnen gegeneinander an.

Gil trank durstig, während Anne fortfuhr. »Bitte denke

keine Sekunde lang, dass wir uns nicht voll auf diesen Fall konzentrieren, denn das tun wir. Mary DiNunzio, die du ja kennst, hat die heutige Zeugenaussage hervorragend durchgeführt, und Judy hier hat mir sehr geholfen. Bennie weiß mehr über Straffälle, *alle* Straffälle, als ich je wissen werde. Du und Chipster seid bereits in hervorragenden Händen. Es gibt keinen Grund, dich woanders umzuschauen. Also sage BALLARD und CRAWFORD ab. Sag ihnen, sie sollen sich zurücklehnen und zuschauen, wie man so was macht.« Anne lächelte, was ein echtes Grinsen bei Gil auszulösen schien.

»Ich wollte deine Kanzlei eigentlich gar nicht feuern. Das weißt du doch.« Er stellte sein Glas ab. »Ich meine, ich bin ja aus gutem Grund zu dir gekommen. Wir beide kennen uns schon lange, und du warst immer so« – er schien nach dem richtigen Wort zu suchen – »clever. Wirklich clever.«

»Danke.«

»Ich wusste, du würdest dir für mich den Hintern platt arbeiten, und offen gesagt wollte ich, dass mich eine Frau vertritt. Ich dachte, das würde mir bei den Geschworenen Pluspunkte einbringen – in einem Fall von sexueller Belästigung.« Gil schien laut zu denken, versuchte wohl, seine Orientierung wiederzufinden. »Außerdem bist du attraktiv. Ich wusste, die Aufmerksamkeit der Geschworenen wäre dir sicher. Und die der Medien.«

»All diese Gründe treffen immer noch zu.« Anne nickte und war sich vage bewusst, wie Judy neben ihr allmählich böse wurde. *Gil Martin hätte Anne niemals beauftragt, wenn sie nicht so ausgesehen hätte, wie sie aussah.* Tja, jetzt hatte sie die Bestätigung. Hoffentlich machte es Judy wenigstens glücklich.

»Also, ich versuchte, zum Wohl der Firma mit der nötigen Power anzutreten. Wenn man schon eine Frau anheuern will, kann man auch gleich eine rein weibliche Kanzlei anheuern, stimmt's?« Gil breitete die Hände aus. »Wenn schon, dann richtig.«

»Natürlich. Und diesem Prinzip bist du ja auch gefolgt.« Obwohl Gil seine Beweggründe nie artikuliert hatte, waren sie Anne nicht entgangen. Er hatte die Publicity zu seinem Vorteil genutzt; obwohl er der sexuellen Belästigung bezichtigt wurde, hatte er es fertig gebracht, wie ein Vorkämpfer des Feminismus zu wirken. Aber all das würde nicht funktionieren, wenn Anne keinen Geschworenenspruch zu ihren Gunsten gewinnen konnte. »Lass uns kurz über den Fall reden. Beantworte meine Frage: Wie würdest du Bennies Beziehung zu mir beschreiben?«

Neben ihr schaute Judy verdutzt aus der Wäsche, und Gil zuckte mit den Schultern. »Bennie Rosato? Ihr gehört die Kanzlei, nicht wahr?«

»Ja, aber wie nennst du die Person, der ein Unternehmen gehört?«

»Jemand wie mich? Vermutlich ›Besitzer‹.«

»Nicht ›Brötchengeber‹?«

»Das sage ich nie. Das klingt albern. Warum?«

Natürlich. »War nur eine Frage. Jetzt, da du den Schock darüber, dass ich noch atme, überwunden hast, wie kann ich dir da helfen? Möchtest du über irgendetwas reden? Haben dich die Medien in den Wahnsinn getrieben?«

»Das ist irgendwie merkwürdig, findest du nicht?« Gil blickte mit neuen Zweifeln von Anne zu Judy und wieder zurück. »Du willst einfach so tun, als ob nichts geschehen wäre? Als wäre keine Frau ermordet worden? Als laufe dieser Mörder, wer immer es auch sein mag, nicht da draußen herum?«

Anne fühlte sich getroffen. »Gil, ich tue nicht so, als ob. Ich kümmere mich nur gerade um zwei Dinge gleichzeitig. Das nennt man Multi-Tasking.«

»Es geht um meine Firma, Anne. Um meinen Ruf.« Gils Gesichtsausdruck wurde düster. »Die Investoren beobachten mich, die Börsenaufsicht auch. Es geht um Kopf und Kragen. Ich muss den Prozess gewinnen, das habe ich meinem Vorstand versprochen. Ich kann nur weitermachen, wenn ich einhundert Prozent von dir bekomme.«

»Das ist mir klar, und die bekommst du auch.«

»Du willst mit diesem Fall vor Gericht gehen, obwohl diese Mordermittlung noch über deinem Kopf schwebt? Das ist doch wohl eine gewaltige Ablenkung. Und jetzt erzählst du mir auch noch, dass du dich vor der Polizei versteckst …«

»Bis zur Verhandlung ist alles aufgeklärt, Gil.«

»Und wenn nicht?«

»Das ist unmöglich.« Anne wusste, dass sie dabei war, ihn zu verlieren. Sie sah, wie er auf seinem Stuhl zurückrutschte.

»Ich weiß nicht recht«, sagte er nach kurzer Pause. »Ich weiß einfach nicht. Es ist gut, dass du am Leben bist – großartig, genauer gesagt –, aber es ist auch seltsam. Ich darf die Sache nicht auf die persönliche Ebene gleiten lassen. Es geht ums Geschäft …«

»Dann denken Sie auch an Ihr Geschäft, Gil«, unterbrach Judy. Gils Kopf wirbelte angesichts der Schärfe in ihrem Ton herum.

»Wie meinen Sie das?«, wollte er wissen.

»Die ganze Welt weiß, dass Sie von Anne Murphy aus der rein weiblichen Kanzlei ROSATO & PARTNER vertreten werden. Alle wissen auch, dass Anne gestern Nacht brutal ermordet wurde. Wie sieht es aus, wenn Sie die Mädels in dieser Situation feuern? Wie sieht das für die Welt aus, für die Presse und für Ihre potenziellen Anleger? Oder für die Frauen, die in Ihrem Geschworenenteam sitzen?«

Gil schwieg kurz. »Mit der Presse und den Anlegern komme ich zurecht, und mein Anwalt wird dafür sorgen, dass diejenigen, die es uns übel nehmen, nicht als Geschworene aufgerufen werden.«

»Nein, das kann er gar nicht«, entgegnete Judy. »Das hier ist kein Strafrechtsfall, wo die Geschworenen auf Herz und Nieren hinsichtlich ihrer Unparteilichkeit geprüft werden. Bei einem Zivilrechtsfall ist die Befragung reine Routine, vor allem in Richter Hoffmeiers Gerichtssaal. Sie sind zu uns gekommen, weil wir Frauen sind, und aus genau diesem Grund hängen Sie jetzt womöglich an uns fest.«

Gils Augen funkelten. »Das ist Erpressung.«

»Das ist ein Prozess.«

»Moment mal.« Anne unterbrach die beiden, bevor es zu Handgreiflichkeiten kam. »Hör zu, Gil. Du kannst es immer noch nicht fassen, dass ich am Leben bin, dass ich den Fall nun doch vertreten werde. Es kam so völlig überraschend. Warum schläfst du nicht darüber, und wir unterhalten uns morgen noch einmal?«

»Ich weiß nicht recht.«

»Gib mir einen Tag Zeit. Du kennst mich schon lange. Ich habe bislang gute Arbeit für Chipster geleistet und fast jede Eingabe gewonnen. Wir haben sie da, wo wir sie haben wollten. Wenn du mich am Sonntag immer noch feuern willst, dann lege ich dir keine Steine mehr in den Weg. Ich werde dir unverzüglich die Schriftsätze übergeben.«

»Besonnenheit ist der bessere Weg«, fügte Judy hinzu, als ob sie ihr Leben lang Republikanerin gewesen wäre. In roten Clogs.

Gil sah von einer Anwältin zur anderen, mit teilnahmslosem Gesichtsausdruck. »Ich weiß wirklich nicht.«

»Du musst dich nicht sofort entscheiden.«

»Noch eine Sache, Anne.« Gil erhob sich, strich seine

Hose glatt. »Ich werde Jamie alles erzählen. Sie hat mich jeden Schritt dieses Weges begleitet, von Anfang an, selbst durch die Demütigungen dieses Falls. Ich möchte die Sache mit ihr besprechen. Ich vertraue ihr, sie wird nichts weitersagen.«

»Nein«, erwiderte Anne mit fester Stimme. »Du kannst mich sofort feuern, wenn du willst, aber erzähle keiner lebenden Seele davon.«

Gil klopfte resigniert auf den Tisch. »Also gut. Ich rufe dich morgen früh um neun an.«

»Versuche es nach meiner Trauerfeier.«

»Trauerfeier?«, wiederholte Gil, und selbst Judy sah überrascht aus.

Es war Plan B. Anne richtete für sich selbst eine Trauerfeier aus, und sie wusste, Kevin würde eine Möglichkeit finden, daran teilzunehmen. Dann konnte sie ihn ein für alle Mal festnageln. »Ja, morgen Mittag um zwölf hält die Kanzlei eine Trauerfeier für mich ab, im Chestnut Club. Es wäre großartig, wenn du kommen könntest.«

Gil schnaubte. »Du willst, dass ich zu einer Trauerfeier komme und so tue, als ob du tot bist?«

»Es tut mir Leid, es geht nicht anders. Du musst wirklich nicht dabei sein. Aber die Medien werden da sein.«

»Mein Gott, Anne.« Er trat um den Besprechungstisch herum zur Tür. Dort blieb er stehen. »Hör zu, es ist nicht so, dass ich kein Mitgefühl hätte. Ich weiß, der Fall ist dir wichtig. Aber meine Firma steht für mich an erster Stelle.«

»Überlass das ganz mir«, sagte Anne. Sie tat so, als würde es ihr nichts ausmachen, als Gil die Tür öffnete und sie abrupt hinter sich schloss.

Kaum waren die Frauen allein, funkelten Judys Augen wütend auf. »Ich hasse dieses Arschloch!«

»Warum?«

»Fühlst du dich von seinen Worten nicht beleidigt? Dass er dich nur engagiert hat, weil du eine Frau bist?«

Jetzt geht es los. »Judy, ich bin nicht naiv. Firmen lassen sich in Diskriminierungsprozessen von Schwarzen vertreten. Vergewaltiger heuern Frauen an, um sie zu vertreten. Und alle engagieren sie ältere Männer, wenn sie Autorität vermitteln wollen.«

»Das weiß ich.« Judy hob die Stimme. »Die Frage ist, fühlst du dich dadurch nicht beleidigt? Ich bin beleidigt, auch wenn ich weiß, dass so etwas vorkommt.«

Jetzt oder nie. Anne wappnete sich. »Im Grunde stört dich doch etwas anderes, nicht wahr? Denn Gil hat sich ein klein wenig anders ausgedrückt. Er sagte, er habe mich engagiert, weil ich eine schöne Frau bin. Unter uns, er hätte mich doch nie engagiert, wenn ich eine hässliche Frau wäre, richtig?«

»Richtig.« Judy wurde rot.

»Und das wissen wir beide, du und ich.« Anne beugte sich vor, war mit Judy jetzt auf Augenhöhe. »Aber weißt du was? Das beleidigt mich nicht, weil ich die Ironie darin sehe. Denn ich weiß, wie falsch meine Schönheit – meine angebliche Schönheit – ist.«

»Falsch? Wovon sprichst du? Du bist vollkommen! Dein Gesicht, dein Körper, selbst mit deinem neuen Haarschnitt. Die Männer liegen dir zu Füßen. Du siehst wie ein Supermodel aus.«

»Ich wurde mit einer Hasenscharte geboren.«

Judy sah aus, als wüsste sie nicht genau, was das bedeutete, und Anne spürte, es würde ihr gut tun, wenn sie es erklärte, es laut aussprach. Sie hatte das noch nie zuvor getan, außerhalb einer Arztpraxis. Es war ihr schmutziges, kleines Geheimnis. Das und die Tatsache, dass American Express zweimal ihren Kreditkartenantrag abgelehnt hatte.

»Meine Lippe, genau da …«, Anne zeigte auf eine Stelle etwas links von der Mitte, »war bei meiner Geburt bis zur Nase offen. Das ist die häufigste Geburtsstörung, und mein Fall war relativ harmlos, weil es keine Gaumenspalte war, nur ein Spalt in der Lippe. Im Lippengewebe, um genau zu sein.«

»Meine Güte.«

»Genau. Meine Mutter … tja, sagen wir einfach, sie hat nicht besonders gut darauf reagiert. Sie war eine schöne Frau, und sie wollte ein schönes Baby. Eines, das sie zu einem Filmstar machen konnte.« Anne weigerte sich, wie ein Opfer zu klingen, darum machte sie ihre Geschichte kurz. »Ich bekam die notwendigen Operationen – an Lippe, Gaumen, Zahnfleisch – erst im Alter von zehn Jahren. Es erforderte sieben Operationen, bis ich so aussah wie heute, und am Ende fühlte ich mich wie ein Forschungsobjekt im Wissenschaftsunterricht. Wenn ich also heute etwas nur aufgrund meines Aussehens bekomme, dann muss ich innerlich lachen.«

»Das muss furchtbar gewesen sein.« Judy musste schlucken, und Anne zuckte mit den Schultern.

»So ist das also mit meiner Schönheit. Ich weiß nur, dass sich die Welt veränderte, als ich mit einem Mal schön war, und du hast Recht, ich hatte jede Menge unfairer Vorteile dadurch. Männer, Mandanten. Der Manager bei Hertz hält regelmäßig einen Mustang für mich bereit. Der Junge in der Videothek legt die Neuerscheinungen für mich zur Seite. Ich weiß sehr wohl, wie gut man mich behandelt, weil ich die Unterschiede miterlebt habe. Ich bin ein ›vorher/nachher‹-Bild auf zwei Beinen. Und ich habe früher die Ungerechtigkeit, den Groll und die Eifersucht gespürt, ebenso wie du.«

Judys Augenbrauen zogen sich gequält nach oben.

»Darum nehme ich dir deine Gefühle nicht übel, und du

musst sie vor mir auch nicht verbergen. Ich kann deine Gefühle durchaus nachempfinden.« In dem Besprechungsraum wurde es still. Anne hatte noch nie zuvor so intim mit jemandem geredet, aber sie hatte die Atmosphäre einfach bereinigen müssen. »Und ich muss dir noch etwas beichten. Ich habe euch heute Morgen in meinem Haus belauscht, aber es hat mich nicht überrascht. Ich weiß, dass ihr mich nicht mögt. Keine Frau mag mich. Ich könnte mit einer Frau nicht mal hinter vorgehaltener Waffe Freundschaft schließen.«

Judy lachte trocken.

»Ich hoffe nur, du gibst mir eine Chance, jetzt, da du mich besser kennst. Wenn du an die Mandanten, die Männer, die neuen DVDs und die Vorteile denkst, die mein Aussehen mir einbringt, dann denke auch an die andere Seite der Medaille. Denke an Kevin Satorno, der versucht, mich umzubringen. Schönheit ist kein Segen, Judy, glaube mir. Sie ist ein Fluch.«

In diesem Moment wurde die Tür zum Besprechungsraum aufgerissen. Es war Bennie, die vor Aufregung überschäumte. »Meine Damen, wir müssen los. Ich habe gerade einen Anruf von Mary erhalten.«

»Um was geht's?«, fragte Anne.

»Um den Mord an dir. Los, kommt schon.«

13

Anne, mit weißer Baseballmütze und dunkler Oakley-Sonnenbrille, stand neben Bennie und Mary in der hellen winzigen Küche im zweiten Stock. Sie war aus einer Ecke des Schlafzimmers entstanden, indem man einen riesigen Kenmore-Kühlschrank, einen Elektroherd mit zwei Heizplatten und eine Edelstahlspüle im Babyformat installiert hatte. Es roch angenehm nach *Lysol* und frittierten Pommes, und es war unerträglich heiß, obwohl der Tag schon recht weit fortgeschritten war. Ein billiger Ventilator aus Plastik drehte sich auf der Küchentheke, ohne irgendwelche Wirkung zu zeigen.

Mary DiNunzio saß gegenüber von Mrs. Letitia Brown an deren Küchentisch und hielt ihre Hand. »Mrs. Brown, das sind meine Partnerinnen, und sie würden gern dasselbe hören, was Sie mir schon erzählt haben. Über das, was Sie gestern Nacht gesehen haben. Würde es Ihnen etwas ausmachen, es noch einmal zu wiederholen?«

»Überhaupt kein Problem nich. Ich hab gern Damenbesuch.« Mrs. Brown war 77 Jahre alt. Ihre schwarze Haut war seltsam grau, und ihre Augen hinter der Trifokalbrille wirkten milchig. Die Brillengläser drückten sich in ihre Wangen, die mit den Jahren schlaff geworden waren und wie samtige Bühnenvorhänge um ein ruhiges Lächeln hingen. Graue Haare sprossen in ausgedünnten Spiralen von ihrer Kopfhaut, und sie trug ein geblümtes Hauskeid und schwarze Plastiksandalen. Anne wusste, sie würde auch eines Tages in solchen Schuhen enden, und sie freute sich schon darauf. Mentale Notiz: *Im Laufe der Zeit findet sich jeder mit der Realität ab.*

»Erzählen Sie noch einmal, was haben Sie gestern Nacht auf der Straße gesehen?«, bat Mary.

»Viele Leute, und alle spielten und waren fröhlich. Ich hab Leute gesehen, die zum Parkway gingen, zum Feuerwerk. Den ganzen Tag schon kommen und gehen die Leute. Viel zu sehen, ja.« Mrs. Brown winkte mit einer zittrigen Hand zum Fenster über dem Küchentisch, der aus wackeligem Press-Span bestand. Dünne Servietten wurden von

Salz- und Pfefferstreuern aus schwerem Billigglas niedergedrückt, damit sie nicht in der Brise durch das Fliegenglitter weggeweht würden, sicher ein Übermaß an Vorsicht. »Man sieht jede Menge aus diesem Fenster, is besser als fernsehen. Tagsüber schaue ich mir meine Fernsehgeschichten an, und dann komme ich her und schaue aus dem Fenster.«

»Was ist mit dem Haus, nach dem ich Sie gefragt habe? Hausnummer 2257.«

Mrs. Brown befeuchtete die Lippen. Schmale Falten führten zu einem kleinen, ausgedörrten Mund. »Hab gestern Nacht alles gesehen, in dem Haus, was Sie meinen.«

»Welches Haus? Zeigen Sie es uns.«

»Na, das da, die 2257. Meine Augen sind gar nich so schlecht, ich kann die Hausnummer lesen.« Mrs. Brown hob einen Arm und zeigte auf das Fenster. Anne folgte ihrem gekrümmten Finger, nur um sicher zu gehen. Es war Annes eigene Haustür, nur zwei Häuser weiter, auf derselben Seite der Straße. Mrs. Browns Adlerhorst im zweiten Stock ermöglichte ihr einen guten, wenn auch parallelen Blick auf jeden, der vor Annes Tür stand. Obwohl Anne Mrs. Brown nie gesehen hatte, hatte Mrs. Brown Anne zweifelsohne schon oft gesehen.

»Und was haben Sie gestern Nacht gemacht?« Marys Stimme klang weich und gleichmäßig, imitierte unterschwellig den Tonfall und den Sprechrhythmus von Mrs. Brown.

»Was ich immer tue. Bin hier gesessen. Bin hier gesessen und hab meine Bilder angesehen und meine Tassen und meine Bücher.« Mrs. Brown wies zufrieden auf eine Aufreihung von Schulfotos, die lauter Mädchen mit sauber geflochtenen Zöpfen zeigten sowie einen älteren Jungen mit Cornrow-Frisur und einem Allen-Iverson-Pullover. »Alles meine Enkelkinder.«

»Wie niedlich.«

»Und das hier sind meine Bücher.« Mrs. Brown griff nach einem Stapel Kreuzworträtselhefte und schlug eines mit Mühe auf. Auf dem weichen Papier war ein großformatiges Kreuzworträtsel gedruckt, das in zittriger Handschrift mit Kugelschreiber vollständig ausgefüllt worden war. Anne las »zehn senkrecht, Schlafstätte, vier Buchstaben«. Die Kästchen waren nicht mit BETT, sondern mit QOPT ausgefüllt. Anne inspizierte das Rätsel. Jedes Kästchen war sauber mit einem Buchstaben ausgefüllt, geschrieben in krakeliger Handschrift, aber nirgends war ein richtiges Wort zu erkennen.

Mary warf Anne einen Blick zu. »Ihre Tochter und ihr Schwiegersohn wohnen mit den beiden Kindern einen Stock tiefer. Sie waren gestern Abend aus und daher nicht hier, als die Cops vorbeikamen. Mrs. Brown ist zu Hause geblieben. Sie war die ganze Zeit hier oben, was die Cops aber nicht wussten.«

Anne nickte. Sie hatte den Schwiegersohn unten getroffen. Ein frostiger, junger Mann, der seine Schwiegermutter offenbar nicht genug mochte, der sich nicht darum scherte, ob sie lesen konnte oder nicht, oder sich nicht die Mühe machte, mit nach oben zu kommen, wenn eine Gruppe von weiblichen Anwälten ihr einen Besuch abstattete. Außerdem hatten sie unten eine Klimaanlage, aber im gesamten zweiten Stock gab es nur einen einzigen Ventilator. Wie konnte jemand seine Mutter so leben lassen?

»Fahren Sie fort, Mrs. Brown«, bat Mary und ermutigte die Frau mit einem Nicken.

»Ich sitz also hier und schau, wie alle weggehen, meine Tochter und mein Schwiegersohn. Und dann is das Feuerwerk, über den Dächern. Hab alle gesehen, die hoch genug geflogen sind. Dann hör ich einen lauten Knall, ein wirklich lauter Knall.«

»Und das war kein Feuerwerkskörper?«

»Nein. Schüsse.«

»Woher wissen Sie das?«

»Ich *weiß* es. Hm-mm.«

»Haben Sie gesehen, wer geschossen hat?«, hakte Mary nach.

»Nee, bin wohl eingenickt, ja, ein wenig, und dann, dann« – Mrs. Brown hob die Hände vor die Augen, und Anne sah sie schläfrig in einer brütend heißen Sommernacht an ihrem Tisch sitzend – »öffne meine Augen, und da seh ich diesen Mann.«

»Was für einen Mann? Erzählen Sie uns alles, was Sie gesehen haben.«

»Jung, hübsch, weiß. Blonde Haare. Sein Gesicht ganz im Licht vom Haus heraus. Hausnummer 2257. Wie ich ihn ansehe, lässt er die Waffe los, ja, das hat er getan.«

Annes Gedanken rasten. *Es ist Kevin.*

»Und Gott soll mich strafen, wenn er nich geweint hat. Hat wie ein Neugeborenes geweint, als ob sein Herz gebrochen wäre. Dann ist er losgelaufen, is die Straße runter, bis ich ihn nicht mehr sehen konnte.«

Anne bekam einen Augenblick lang keine Luft. Sie hatte immer gewusst, dass es Kevin war, aber auf einmal wurde es so real. Wenigstens würde Bennie jetzt überzeugt sein.

»Wenn ich Ihnen ein Bild von diesem Mann mit der Waffe zeige, könnten Sie mir sagen, ob er es war oder nicht?« Mary wollte das rote Faltblatt aus ihrer Handtasche ziehen, aber Bennie legte ihre Hand auf Marys Schulter und ließ sie innehalten.

»Tu das nicht. Ich will eine mögliche Foto-Befragung durch die Cops nicht gefährden. Wir haben, was wir brauchen.«

Mary steckte das rote Faltblatt in ihre Handtasche zurück. »Mrs. Brown, vielen Dank, dass Sie sich mit uns unterhalten haben. Sie haben uns sehr geholfen. Wir möchten jetzt die Polizei rufen. Würden Sie der Polizei dasselbe sagen, was Sie uns gesagt haben? Die werden diesen Mann fangen und ihn ins Gefängnis stecken.«

»Aber ja, das mach ich gern.«

Bennie klappte ihr Handy auf. »Detective Rafferty, bitte. Hier spricht Bennie Rosato«, sagte sie und musste nicht lange warten. »Ich bin hier bei einer Zeugin des Mordes an Anne Murphy, und sie hat Kevin Satorno bis auf das letzte I-Tüpfelchen beschrieben. Eine der Nachbarinnen. Wollen Sie vorbeikommen, oder sollen wir die Dame zu Ihnen bringen?« Bennie schwieg kurz. »Gut. Wir sehen Sie dann in der Waltin Street 2253 in zehn Minuten.« Sie klappte das Handy zu und wandte sich an Judy. »Carrier, warum begleitest du unsere neue Botin nicht zum Wagen und leistest ihr dort Gesellschaft.«

»Schon verstanden.« Judy dankte Mrs. Brown und wandte sich zum Gehen.

Aber irgendetwas hielt Anne zurück. Etwas in ihr wollte nicht zulassen, dass sie die alte Frau allein zurückließ. Wie eine Tochter, die ihre Mutter nicht einfach so verlassen wollte. Dann wurde ihr klar, dass ihre eigene Mutter möglicherweise ebenfalls in einem unsäglich heißen Zimmer irgendwo in einem zweiten Stock saß und die Zeit totschlug, bis sie starb.

»Was ist, mein Kind?«, erkundigte sich Mrs. Brown mit sanfter Stimme und sah Anne durch ihre unbeholfene Verkleidung aufmerksam an. Ob Sonnenbrille, Baseballmütze oder Lippenstift, Anne versteckte sich schon so lange, wie sie denken konnte.

Alles ist los. »Nichts ist los, danke«, erwiderte Anne.

Sie folgte Judy durch das zweite Zimmer auf diesem

Stockwerk, Mrs. Browns Schlafzimmer, das schwach nach Talkumpuder aus dem Drogeriemarkt roch. Es enthielt ein durchgelegenes Doppelbett, das mit einem dünnen Chenilleüberwurf so ordentlich bedeckt war, dass die weißen Quasten wie die kerzengeraden Grabsteine auf einem Militärfriedhof wirkten. Über dem Bett hing ein großes Holzkruzifix, und auf dem Nachttisch befanden sich ein Zierdeckchen, eine kleine, nachgemachte Tiffany-Lampe, ein vergilbter Wecker und eine alte Bibel, bei deren Anblick Anne einen Kloß im Hals bekam.

Voller Emotionen trat sie auf die Treppe, Emotionen, die sie nicht zuordnen konnte, geschweige denn ausdrücken, verstärkt durch das aufreizende *klack-klack-klack* von Judys Holzclogs auf den nackten Stufen. Als sie in den ersten Stock kamen und dann ins Erdgeschoss hinunterstiegen, das über eine Klimaanlage verfügte und voller moderner Gerüche war, brachte es Anne nicht fertig, sich von dem Schwiegersohn zu verabschieden, denn sie hätte ihn am liebsten erwürgt, auch wenn die Polizei schon auf dem Weg hierher war. Sie eilte zur Haustür, öffnete sie weit und stand von Angesicht zu Angesicht einem Mann gegenüber, der ungefähr in ihrem Alter war, auf der obersten Stufe stand und gerade anklopfen wollte.

»Hallo!« Der Mann grinste und zeigte zahlreiche Zähne. Er trug einen braunen australischen Outback-Lederhut, dessen Krempe auf einer Seite hochgesteckt war, ein weißes T-Shirt, weite Jeans und schwarze Sandalen.

»Äh, hallo«, sagte Anne überrascht.

»Ich bin Angus Connolly. Tut mir Leid, dass ich Ihren Feiertag störe, aber ich würde gern wissen, ob Sie diesen Mann hier gesehen haben.« Er griff in seine Hosentasche und reichte Anne ihr eigenes rotes Flugblatt. »Sein Name ist Kevin Satorno.«

Anne war dermaßen schockiert, dass sie kein Wort herausbrachte. Nicht mal einen Gedanken.

»Ich frage mich, ob Sie diesen Mann gesehen haben. Er ist ein Verdächtiger in dem Mord an einer Ihrer Nachbarinnen in dieser Straße, der letzte Nacht geschah. Nur zwei Türen weiter.« Der Mann drehte sich um und wies auf Annes Haus.

»Wer sind Sie?«

»Ich bin Reporter. Bei *City Beat.*«

»City Beat?« Anne suchte ihn mit den Augen nach einem Presseausweis ab, fand aber keinen. »Davon habe ich noch nie gehört.«

»Wir sind eine freie Zeitung, und wir sind gerade dabei, uns einen Namen zu machen. Beispielsweise stellen wir Nachforschungen in diesem Mordfall an und fragen alle Nachbarn, ob sie diesen Mann gestern Nacht gesehen haben.« Er runzelte die Stirn. »Warten Sie mal, Sie wohnen doch hier, oder nicht?«

»Nein, tut sie nicht«, erwiderte Judy, die hinter Anne auftauchte. »Und sie hat diesen Mann nicht gesehen. Aber ich kenne jemand, der ihn gesehen hat. Die Frau wohnt oben, und sie wird ihre Geschichte den Cops erzählen, die jeden Augenblick hier eintreffen. Sieht so aus, als hätten Sie sich gerade einen Exklusivbericht geangelt, junger Mann.«

»Echt?« Der Mann trat näher, und im selben Augenblick spürte Anne Judys Fingerknöchel im Kreuz, der sie aus dem Weg stupste.

»Gehen Sie nach oben«, fuhr Judy fort. »Bennie Rosato ist auch da. Sie wird all Ihre Fragen beantworten.«

»Bennie Rosato? *Die* Bennie Rosato? O mein Gott!« Der Möchtegernreporter zog ein Handy aus der hinteren Jeanstasche. »Ich brauche einen Fotografen. Sofort!«, rief er, während er ins Haus stolperte.

»Geh schon, Mädel!«, flüsterte Judy und drängte Anne mit ihrem Ellbogen vorwärts. »Willst du etwa, dass dich die Cops *und* die Presseleute wiedererkennen?«

»Nein, natürlich nicht«, erwiderte Anne, aber ihr Herz fühlte sich so voll an. *Was ist nur los mit mir? Warum benehme ich mich so dämlich?* Anne traten Tränen in die Augen, und sie spürte eine Welle der Müdigkeit über sich hinwegschwappen. Vielleicht holte sie alles auf einmal ein. Sie ließ sich von Judy zügig die Straße entlangführen, vorbei an ihrem Haus und den in Zellophan eingewickelten Blumensträußen vor ihrer Treppe. Anne sah noch einmal nach hinten und blieb beim Anblick eines Straußes abrupt stehen. Ein Strauß Gänseblümchen mit einer weißen Schleife. Er war an diesem Morgen noch nicht hier gelegen. Sie ging in die Knie und nahm ihn in die Hand.

»Was machst du denn da?«, fragte Judy zwischen zusammengebissenen Zähnen.

Ein vorbeikommendes Pärchen funkelte Anne mit offener Missbilligung böse an, aber sie konnte nicht anders, als nur die Gänseblümchen anzustarren. Eine rosa Karte war daran befestigt, mit Schreibmaschine beschriftet, als ob der Auftrag für diesen Strauß per Telefon durchgegeben worden war. Darauf standen nur drei Worte:

IN LIEBE, MOM.

14

Bennie lenkte den Mustang durch den Innenstadtverkehr, immer mit einem Auge im Rückspiegel. Mittlerweile hatte Anne genug über Bennie gelernt, um zu wissen, dass sie es nicht allein wegen des Verkehrs tat. Auch Judy warf ihr hin und wieder Blicke auf dem Rücksitz zu, und Marys Hand war mit ihrer rechten Hand verwachsen.

»Macht euch keine Sorgen, Leute, es geht mir gut«, sagte Anne, obwohl sie die Gänseblümchen ihrer Mutter wie eine Schmusedecke umklammert hielt. Mentale Notiz: *Auch wenn man weiß, dass man sich wie ein Trottel benimmt, kann man es trotzdem nicht ändern.*

»Es gibt nichts, worüber wir uns Sorgen machen müssten«, bekräftigte Mary und drückte Annes Hand. »Die Cops bekommen von Mrs. Brown Kevins Beschreibung, und die Story wird heute Abend in den Nachrichten gesendet. Wahrscheinlich steht sie schon im Web. Jedermann in der Stadt wird nach Kevin Satorno suchen.«

»Genau, Anne.« Judy drehte sich auf dem Beifahrersitz um. Das letzte Tageslicht fing sich in ihren sonnigen Haaren, das Tuch um ihren Kopf flatterte im Fahrtwind. »Er wird ganz schön in die Enge getrieben werden. Sie krallen sich Kevin bestimmt noch rechtzeitig, damit wir gemeinsam einen Ausflug zum Feuerwerk machen können.«

Der Mustang kam an eine rote Ampel, und Bennie trat auf die Bremse. »Es gibt nur ein Problem: Möglicherweise kommt er nicht zur morgigen Trauerfeier, falls er dann noch auf freiem Fuß sein sollte.«

»Er wird da sein«, erklärte Anne mit absoluter Sicherheit. Sie standen kurz davor, Kevin zu fassen, und Bennies Reaktion auf Plan B war viel besser ausgefallen, als sie es erwartet hatte, obwohl sie nicht genau wusste, warum. »Er wird einen Weg finden, dabei zu sein.«

Der Mustang fuhr gemächlich durch den Verkehr, und Bennie klopfte mit den Fingern auf das Lenkrad. »Lasst uns darüber nachdenken. Wie wird er es anstellen? Sprich mit mir, Murphy, es war deine Idee.«

»Tja, ich dachte immer, er würde als Trauergast kommen, in irgendeiner halbherzigen Verkleidung, aber langsam bin ich mir da nicht mehr so sicher.« Anne fragte sich, warum Bennie versuchte, sie mit ins Gespräch zu ziehen, und tat ihr den Gefallen, weil das die Höflichkeit erforderte. »Nicht angesichts der Cops und aller Reporter der Stadt, die darauf aus sind, sich durch ihn zu profilieren. Ich denke mittlerweile, dass er auf andere Weise daran teilnehmen wird.«

»Als was?«, fragte Judy.

»Keine Ahnung. Vielleicht mischt er sich unter das Personal?«

»Wie ein Geheimagent.« Judy lächelte. »Fabelhaft!«

»Wer treibt sich alles auf einer Trauerfeier herum, Ladys? Kurzes Brainstorming.« Bennie trat aufs Gas. »Die Feier wird im Chestnut Club in der Stadt stattfinden. Was für Personal läuft da herum? Läuft überhaupt Personal herum?«

»Nun, die Clubleiterin, weil der Club ansonsten geschlossen ist.« Anne hatte die Arrangements für ihre Trauerfeier selbst getroffen und sich am Telefon als Cousine aus Kalifornien ausgegeben. Der Chestnut Club gehörte zu den ältesten Clubs mit Restaurant in Philadelphia, mit Speisesälen auf zwei Stockwerken und Kellnern in weißen Jacketts mit zeitlosen Nehru-Kragen. »Das Catering geben sie außer Haus. Dass keiner vom üblichen Personal anwesend sein wird, macht es Kevin leichter.«

Mary runzelte die Stirn. »Wieso?«

»Tja, Kevin ist schlau. Er hat bestimmt vorhergesehen, dass meine Kanzlei irgendeine Art von Trauerfeier abhalten würde, besonders nachdem ihr die Belohnung ausgesetzt habt. Ich habe in allen Sonntagszeitungen Anzeigen setzen lassen, in denen die Trauerfeier angekündigt wird, auch dass sie für die Öffentlichkeit zugänglich ist. Er wird eine der Anzeigen lesen, herausfinden, wo die Trauerfeier stattfindet und sich dann vielleicht vom Caterer einstellen lassen oder etwas in der Art.«

»Ehrlich?« Mary klang beinahe respektvoll. Anne kannte das Gefühl.

»Ich weiß. Mein Stalker ist ein Genie.«

»Es wird Blumen geben.« Judy dachte laut. »Vielleicht kommt er als Lieferbote für einen Floristen.«

Anne erschauerte. »Durchaus möglich. Kevin ist ein Psycho, der auf rote Rosen abfährt. Er hat mir jeden Tag eine einzelne rote Rose geschickt.«

Der Mustang fuhr jetzt in hohem Tempo die Race Street hinunter. »Es wird wie folgt ablaufen«, erklärte Bennie, und der Wind blies ihr blonde Haarsträhnen ins Gesicht. »Wir müssen alle Anwesenden überprüfen, und jede von uns übernimmt eine bestimmte Aufgabe. Carrier, du filzt die Typen, die Blumen anliefern. DiNunzio, du nimmst dir die Presseleute vor. Lass niemanden zur Trauerfeier hinein, aber prüfe trotzdem ihre Presseausweise. Satorno will sich vielleicht auf diese Weise Zugang verschaffen.«

Mary nickte. »Verstanden.«

»Danke«, sagte Anne, berührt von ihrer Hilfsbereitschaft. »Ich kann das Essen und die Getränke überwachen. Das Küchenpersonal kommt von *Custom Catering*. Sie waren die Einzigen, die an diesem Wochenende noch nicht ausgebucht waren.«

»Ich helfe dir mit dem Essen«, flötete Judy, und Mary lachte.

»Was für eine Überraschung.«

Bennie warf ihnen einen Blick zu. »Carrier, besorge dir eine Liste mit den Namen des Küchenpersonals. Haben wir damit alles abgedeckt?«

Anne versuchte, sich die Feier bildlich vorzustellen. »Klappstühle und ein Rednerpult. Mikrofone. Ich habe alles von der Servicefirma geliehen, die der Club immer engagiert. Ich werde auch die Jungs überprüfen, die die Stühle aufstellen.«

»Okay. Ich denke, das wäre es.« Bennie bog nach links auf die Broad Street und fuhr in Richtung Süden. Die Parade hatte bereits begonnen, aber auf der Straße wimmelte es immer noch von Feiernden, die Bier tranken und auf den Sonnenuntergang und die Lasershow warteten. »Die Cops werden auch da sein, und ich heuere zusätzlich Sicherheitsleute an. Die Jungs von *Rent-a-muscle* und natürlich auch Herb.«

Anne krümmte sich innerlich. »Falls unsere Brüste Schutz brauchen.«

»Sei lieb, Murphy. Er weiß, was er tut, und er war sehr traurig, als deine Brust von uns ging.« Bennie lachte. »Ladys, es ist schon fast dunkel, und ich befehle euch allen, nach Hause und ins Bett zu gehen. DiNunzio, dich setze ich zuerst ab, dann Carrier. Murphy, du schläfst heute Nacht bei mir. Da bist du sicherer.«

Anne sah überrascht auf. So weit voraus hatte sie noch gar nicht geplant. Sie konnte Bennie schwerlich absagen. Aus Filmen wusste sie, dass es für Freundinnen eine große Sache war, beieinander zu übernachten. Dennoch musste sie an Mel denken, so allein im Büro, und dann an Matt. Sie wünschte, sie könnte ihm sagen, dass sie noch lebte. Sie fragte sich, wie seine Nacht wohl aussehen würde.

»Einverstanden, Murphy?« Bennie riss Anne aus ihren Überlegungen.

»Klar, ja. Danke. Aber wir müssen einen kurzen Zwischenstopp einlegen.«

»Genau das habe ich auch gerade gedacht.« Bennie sah

in den Rückspiegel. »Bist du auch nicht zu müde? Du hattest einen furchtbaren Tag.«

»Auch nicht schlimmer als ihrer.«

Judy sah Bennie verwirrt an. »Worüber redet ihr beiden eigentlich? Wo wollt ihr hin?«

Anne ließ Bennie antworten. Es tat zu sehr weh, es selbst auszusprechen.

Der Fitler Square gehörte zu den historischen kleinen Parks Philadelphias, eine viereckige Anlage, umgeben von Ligusterhecken und einem gusseisernen Zaun, mit geschmackvollen Holzbänken um einen Brunnen in der Mitte und frisch erneuertem Ziegelweg. Der Fitler Square bekam nicht halb so viel Aufmerksamkeit wie der nicht weit entfernte Rittenhouse Square, aber Anne fand Fitler viel reizvoller. Er lag an der 26th und Pine Street und gehörte nicht mehr zum Geschäftsviertel, und jedes Mal wenn Anne im Taxi daran vorbeigefahren war, quoll er über vor Müttern mit Kinderwagen und Kleinkindern, die Kekse zerkrümelten oder mit knubbeliger Pastellkreide auf den Gehweg kritzelten.

Aber dieses Viertel, Willas Viertel, hatte sich jetzt ebenfalls für Anne verändert, und an diesem Abend sah alles anders aus, fühlte sich fremd an. Der Fitler Square war beinahe leer, und die schwarzen, viktorianischen Gaslampen, die in jeder Ecke des kleinen Parks in der Dunkelheit flackerten, beleuchteten nur mit Mühe ein eng umschlungenes Pärchen auf einer der Bänke. Der Mustang fuhr um den Square, suchte nach einem Parkplatz und bog dann in die Keeley Street. Anne beugte sich auf ihrem Sitz vor, als sie um die Ecke fuhren und einen freien Parkplatz am Ende der Straße in Beschlag nahmen.

Bennie parkte und schaltete den Motor aus. »Hast du die Tasche?«

»Ja«, erwiderte Anne und nahm Willas Handtasche vom Sitz zwischen ihnen. Es war ein gestreifter Stoffbeutel aus Guatemala, und sie hatte die Tasche aus dem Schließfach im Fitness-Studio, wo Willa ihn gestern Abend hatte liegen lassen. Ein schneller Blick ins Innere hatte gezeigt, dass sich kein Geldbeutel darin befand. Anne ging davon aus, dass Willa ebenso wie sie ihre Börse nicht mit ins Studio nahm, weil sich die Schließfächer nicht absperren ließen. In dem kleinen Beutel befanden sich nur ein Schlüsselbund, eine Sonnenbrille und ein Bio-Apfel, der mit Druckstellen übersät war. Für Anne fühlte es sich merkwürdig an, als sie den Beutel schulterte und der größeren Bennie auf dem Weg zu Willas Haus folgte.

Die Nachtluft wurde von dem *Plopp-plopp* des fernen Feuerwerks punktiert, und die spitzen Absätze von Annes schicken Pantöffelchen klickten über den Gehweg. Müdigkeit und Emotionen holten sie ein, aber sie wischte alles beiseite. Das schuldete sie Willa. Es war schrecklich, dass sie den ganzen Tag gebraucht hatte, um hierher zu kommen. Sie mussten Willas Familie ausfindig machen, bevor dieser Tag zu Ende ging, und ihren Angehörigen die schlimmste Nachricht ihres Lebens übermitteln.

Sie kamen an Hausnummer 2685 vorbei, dann an 2687. Die Reihenhäuser entlang dieser schmalen Nebenstraße erinnerten Anne an Fairmount, es war derselbe Kolonialstil; eine Aufreihung miteinander verbundener Ziegelhäuser, zweistöckig und mit einer Eingangstür, die von jeweils zwei Fenstern flankiert wurde. Die Häuser unterschieden sich nur durch den Anstrich der Fensterläden oder den gelegentlichen Blumentopf aus Ton auf der Vordertreppe. Annes Magen verkrampfte sich, als sie zu 2689 gelangten. Sie öffneten Willas Beutel und tasteten nach den Schlüsseln. Es fühlte sich entsetzlich an, in die Privatsphäre der toten Frau einzudringen. Der Griff in ihre Tasche, der Einbruch in ihr Heim.

»Willst du draußen warten?«, fragte Bennie, aber Anne schüttelte den Kopf.

»Danke, nein. Ich bin diejenige, die es ihr schuldet.«

»So darfst du nicht denken.« Bennies Tonfall wurde weicher, ihren Gesichtsausdruck konnte Anne im Dunkeln jedoch nicht sehen. Die einzige Straßenlampe befand sich am anderen Ende der Straße. Ungefähr so hatte auch Annes Straße gestern Abend ausgesehen, als Willa Annes Haustür geöffnet hatte.

Anne fischte nach Willas Schlüsseln und steckte einen nach dem anderen in das Schloss der Haustür, bis einer passte. Sie öffnete die Tür und trat in die Dunkelheit. *Bitte, Gott, lass es kein Flurlicht geben.* Plötzlich ging ein Licht an. Anne fuhr herum.

»Ist mit dir wirklich alles in Ordnung?« Bennie stand hinter ihr, die Hand auf einem Schalter an der Wand, mit der anderen schloss sie die Tür hinter sich.

»Es geht mir gut.« Anne drehte sich wieder um. Es gab keinen Flur, und das Licht erhellte eine weiße Pergamentkugel mit roten chinesischen Schriftzeichen, die an der Decke des kleinen Wohnzimmers hing. Doch ein Wohnzimmer wie dieses hatte Anne noch nie gesehen. Jeder Zentimeter war mit Zeichnungen bedeckt. Kunstfertige, detailreiche Kreidezeichnungen von Stadtansichten waren mit Reißzwecken an der Wand befestigt, vom Fußboden bis hinauf zur Decke. Skizzen von Ladenfronten auf dem Italian Market. Hochhäuser im Geschäftsviertel. Die Betonumrisse einer Expressway-Kreuzung. Die Lichter an den Bootshäusern entlang des Schuylkill Rivers.

»Wau«, entfuhr es Bennie leise. »Sieh dir diese Bilder an. Es müssen Hunderte sein.«

»Sie war so talentiert.« Anne schmeckte Bitterkeit in ihrem Mund. Dafür würde Kevin bezahlen müssen. Dass er Willa getötet hatte.

»Fällt dir nichts Ungewöhnliches an den Bildern auf?«

»Eigentlich nicht.« Anne besah sich die Zeichnungen. »Sie sind alle in Schwarz und Weiß gehalten.«

»Stimmt. Und auf keinem einzigen sind Menschen zu sehen.«

Anne warf abermals einen Blick auf die Zeichnungen und sah, dass Bennie Recht hatte. Die Reihe an Zeichnungen des Fitler Square konzentrierte sich auf die Gaslampen und die Schatten, die sie warfen, oder auf das knifflige Muster des gusseisernen Zaunes. Es gab keine Babys, keine Mütter, keine Kleinkinder. Eine Studie des Rittenhouse Square zeigte dessen Statuen – einen Frosch, eine Ziege –, aber keinen der Menschen, die diese Statuen so oft als Treffpunkt vereinbarten. Anne wusste nicht gleich, was das zu bedeuten hatte.

»Ich mag Kunst mit Menschen«, erklärte Bennie. »Du kennst ja meine Ruderbilder von Thomas Eakins.«

»Klar.« *Und ich hasse sie.* »Ich liebe sie.«

»Sie sind von einer Ausstellung im Art Museum. Warst du dort?«

»Habe ich verpasst.« *Aber ich war im Lucy-und-Desi-Museum in Jamestown, New York. Zählt das auch?*

Anne sah sich weiter im Wohnzimmer um. Es gab kein Fernsehgerät, auch keinen Videorecorder, nur einen weißen Korbsitz, der im Stil der Sechzigerjahre von der Decke hing, davor ein schnurloses Telefon sowie ein Stereogerät und ein Stapel CDs auf einem weißen Regal. Es sah mehr wie eine Galerie aus, weniger wie ein Wohnzimmer, und enthielt keinerlei Hinweise auf Willas Familie. Dennoch musste Anne einfach noch etwas in diesem Raum verweilen und den schwachen Geruch nach Staub und Blei einatmen. Mehr war von Willa nicht übrig, das und eine falsch identifizierte Leiche, die kalt im Leichenschauhaus lag.

»Los geht's«, sagte Bennie, ging zum Telefon und nahm den Hörer ab. »Wahrscheinlich sind die Nummern ihrer Familie und ihrer Freunde als Kurzwahl einprogrammiert.«

»Gute Idee.« Anne fragte sich, warum ihr nie solche guten Sachen einfielen. Plötzlich fühlte sie sich so passiv, immer einen halben Schritt zurück. »Vielleicht sollte lieber ich es ihnen erklären.«

»Nein, lass mich das machen. Als meine Mutter noch lebte, war sie die erste Kurzwahl. Sie ist es immer noch. Ich bringe es einfach nicht über mich, die Nummer zu löschen.« Bennie drückte den ersten Kurzwahlknopf, lauschte in den Hörer, runzelte dann die Stirn. »Die erste Kurzwahl ist nicht belegt.« Sie drückte den zweiten Kurzwahlknopf. »Die zweite Kurzwahl ist auch nicht belegt.« Sie drückte noch einen Knopf. »Wieder nichts«, sagte sie nach einer Minute, dann legte sie auf. »Offenbar hat Willa ihre Kurzwahlfunktionen nicht genutzt. Dann gibt es also niemanden, den sie ständig anruft. Das ist komisch.«

»Finde ich nicht«, platzte Anne heraus, als müsste sie Willa verteidigen. Sie hatte ihre Kurzwahlnummern auch nicht belegt.

»Wie auch immer. Komm schon.« Bennie berührte Anne am Arm. »Es muss irgendwo etwas geben, das uns helfen kann. Rechnungen, Briefe, alte Geburtstagskarten mit Absenderadressen. Etwas, das uns mehr über sie sagt, oder darüber, wo sich ihre Familie aufhält. Wie alt war sie doch gleich wieder?«

»Sie war in meinem Alter.«

»Sie ist zu jung, als dass ihre Eltern schon gestorben sein könnten.«

»Stimmt«, sagte Anne, die gar nicht mehr klar denken konnte. Vielleicht war sie erschöpft. Oder vielleicht hatte sie einfach keine Ahnung, wie Familien miteinander Kontakt hielten. Sie hatte nie eine Geburtstagskarte von ihrer Mutter bekommen. Und ihren Vater würde sie nicht einmal dann erkennen, wenn sie ihn mit einem Auto überfuhr. Anne folgte Bennie durchs Wohnzimmer in den hinteren Teil des Hauses.

Die Raumverteilung war ähnlich wie bei Anne, eine Kombination aus Esszimmer und Küche, zu einem Raum zusammengeschlossen. Anne sah auf einen Blick, dass man hier über Willas Familie wenig, wenn überhaupt etwas finden würde. Auch hier hingen Skizzen an den weißen Wänden, und der Eichentisch war leer bis auf einen Strauß Trockenblumen. Die Küche war absolut sauber, voll von den Kenmore-Geräten, die Vermieter für gewöhnlich installierten. Das Bemerkenswerteste an dem Raum war ein herrliches, zinnoberrotes Gewürzregal, das über dem Herd befestigt war.

Anne trat näher, las die handgeschriebenen Namen auf den Gewürzgefäßen, die so exotisch waren, dass sie nie davon gehört hatte, geschweige denn damit gekocht: Kreuzkümmel, Kardamom, Kurkuma. Willa musste eine wunderbare, kreative Köchin gewesen sein. Anne spürte einen schrecklichen Stich. Sie war in ein Leben getreten, das wegen ihr geendet hatte.

»Vielleicht hat sie oben ein Büro«, sagte Bennie und wandte sich ab. »Es muss doch einen Ort geben, an dem sie ihre Rechnungen bezahlte. Möglicherweise haben wir oben mehr Glück.« Sie verließ die Küche, und Anne folgte ihr wie betäubt. Bennie schaltete das Licht über der Treppe ein und ging voraus. Skizzen dienten bis in den ersten Stock als Tapete, und Anne dachte voller Respekt, wie viele Stunden es gedauert haben musste, um all diese Szenen zu zeichnen.

Am Treppenkopf befand sich ein winziges Badezimmer, das sie ausließen. Sie gingen gleich ins Schlafzimmer, ein völlig unkonventioneller Raum. Die Wand, die sich normalerweise zwischen Schlafzimmer und Gästezimmer befunden haben musste, war offenbar entfernt worden, und so traten sie in ein L-förmiges Schlafzimmeratelier. Skizzen bedeckten die Wände, die Themen ähnlich wie im Erdgeschoss, aber hier viel größer, als ob der erste Stock eine exklusive Galerie wäre, reserviert für private Besucher.

Ein Doppelbett aus Kiefernholz mit einem Baldachin, drapiert aus langen, weißen Seidenstoffbahnen, in einem ungewöhnlichen Winkel zur Fensterfront. Daneben ein einfacher, weißer IKEA-Kleiderschrank und ein Schreibtisch, bedeckt mit Papieren in sauberen Stapeln. Bennie ging auf den Schreibtisch zu und schaltete eine schwarze Halogenlampe ein. Anne folgte ihr.

»Kein Computer, das ist ungewöhnlich«, meinte Bennie. Irgendwie schien es Anne, als ob sie schlecht über die Tote redeten, darum schwieg sie. »Hier sind ihre Rechnungen.« Bennie ging einen Haufen Umschläge durch, während Anne zusah. VISA, das Elektrizitätswerk von Philadelphia und die Telefongesellschaft; Bennie zog die Telefonrechnung heraus, deren Umschlag bereits geöffnet war, und sah hinein. »Bei der Telefonrechnung wird wohl eine Liste ihrer Anrufe dabei sein. Vielleicht finden wir ihre Familie auf diese Weise. Sie muss ja mal anrufen, auch wenn sie sie nicht als Kurzwahl gespeichert hat.« Bennie zog die Rechnung in dem vertrauten Himmelblau heraus, und sie gingen beide die Liste der Anrufe durch.

»Fast nur die Grundgebühr«, konstatierte Anne. Die Rechnung hätte ein Duplikat ihrer eigenen sein können. »Sie hat den Tarif, bei dem man nur die einzelnen Anrufe bezahlt. Das ist sinnvoll, wenn man nicht viele Anrufe tätigt.«

Bennie schien nach etwas zu suchen. »Sie hat hier oben kein Telefon. Mein Gott!« Sie zog ihr Handy aus der Tasche, klappte es auf und rief die erste Nummer auf der Rechnung an. Eine Ortsnummer. Sie lauschte, dann unterbrach sie die Verbindung. »*Taws*, der Künstlerbedarfsladen, und sie haben geschlossen. Lies mir die nächste Nummer vor.« Anne las sie vor, und Bennie gab sie in ihr Handy ein, dann lauschte sie. »Das Gartenbedarfszentrum von Philadelphia, ebenfalls geschlossen. Hast du eine Ahnung, warum sie dort angerufen hat?«

»Um eine Skizze zu machen?«, spekulierte Anne, aber Bennie wurde allmählich ungeduldig.

»Versuchen wir es mit der nächsten Nummer.« Bennie tippte die Nummer ein, während Anne sie vorlas, lauschte, dann klappte sie das Handy zu. »*Fresh Fields*. Gourmetdelikatessen. Scheiße!« Sie überflog die restlichen Nummern und warf die Rechnung beiseite. »Kein einziges Ferngespräch mit der Familie.«

Annes Blick fiel auf einen Stapel Briefe auf dem Schreibtisch. Vielleicht war ein Brief von Willas Eltern dabei. Offensichtlich war Willa kein Computerfreak gewesen. Möglicherweise war sie in einer Künstlerfamilie aufgewachsen. Anne nahm den obersten Brief zur Hand, aber der Briefkopf stammte von der Mether-Galerie in der Innenstadt. Der Brief war auf die letzte Woche datiert. Sie überflog ihn:

Sehr geehrte Ms. Hansen,

wir schreiben Ihnen in der Hoffnung, dass Sie Ihre Entscheidung, sich nicht von uns vertreten zu lassen, noch einmal überdenken. Wie wir erfahren haben, gehörten Sie zu den talentiertesten Studenten von Bill Hunters Klasse am Moore College of Art, und wir glauben, dass wir für all Ihre Kunstwerke ein wunderbares Heim finden können. Außerdem könnten wir Ihnen ein substantielles Einkommen ermöglichen. Bitte nehmen Sie baldmöglichst unter der oben stehenden Adresse Kontakt zu uns auf.

Anne dachte über dieses Schreiben nach. Die Mether-Galerie gehörte zu den schicksten der ganzen Stadt. Warum wollte Willa ihre herrlichen Zeichnungen dort nicht ausstellen? Wenn sie von einem Treuhandfonds lebte, brauchte sie das Geld natürlich nicht, aber trotzdem. Warum dieses große Talent unter den Scheffel stellen?

»Mit den anderen Rechnungen hatte ich auch kein Glück«, sagte Bennie und öffnete die oberste Schublade. »Hast du etwas gefunden?«

»Noch nicht.« Anne griff nach dem nächsten Brief im Stapel. Es war ein früheres Schreiben von Mether, und sie fand noch zwei weitere von Galerien in SoHo. Anne überflog die Briefe, aber sie ähnelten alle dem Schreiben der Mether-Galerie. Warum hatte Willa darauf nicht wenigstens geantwortet? »Diese Galerien waren alle an ihren Kunstwerken interessiert, aber sie hat ihre Bilder nicht verkauft. Es sieht so aus, als hätte sie nicht einmal zurückgerufen.«

»Hier ist auch nichts.« Bennie wühlte sich durch einen Haufen Briefe und Unterlagen in der obersten Schublade und dachte laut. »Keine Familienfotos. Keine Geburtstagskarten. Sie pflegte offenbar nicht viel zu kaufen. Hier ist eine Mitschrift vom Moore College of Art.« Bennie runzelte beim Lesen die Stirn. »Sie hatte super Noten, aber es gibt keine Kurse nach dem ersten Semester. Wirklich schade. Sie muss ausgestiegen sein.« Bennie setzte sich und öffnete die untere Schublade, gefüllt mit braunen Umschlägen. »Das sieht doch viel versprechend aus!«

»Was?« Anne legte die Galeriekorrespondenz aus der Hand.

»Steuern, alte Belege und so Zeugs.« Bennie tauchte in die Tiefen der Schublade. »Hier ist ein Exemplar ihres Mietvertrages. Und noch andere rechtsverbindliche Unterlagen.«

»Sie hat etwas von einem Treuhandfonds erwähnt.« Anne sah zu, wie Bennie einen Stoß Papiere herauszog und durchlas, den Mund fest zusammengepresst. Anne bekam ein ganz schlechtes Gefühl. »Was ist los?«

»Sie hatte geerbt. Offenbar stammte Willas Familie aus dem Ort Holland in Michigan. Ihre Eltern sind dort vor zwei Jahren gestorben. Das ist ihr Testament. Die Gültigkeit des Testaments wurde dort gerichtlich bestätigt.«

»Nein. Ehrlich?« Anne war traurig, für Willa. Wegen Willa. Sie streckte die Hand nach den Papieren aus, und Bennie reichte sie ihr wortlos. Kalt und weiß, das Papier steif und ungewöhnlich dick, dreifach gefaltet. Anne überging das Anwaltschinesisch und blätterte gleich zum Vermächtnis, um zu sehen, ob Willa Geschwister hatte. Aber es war immer nur die Rede von »unserer Tochter Willa«. Willa war ein Einzelkind gewesen und stand nach dem Tod ihrer Eltern allein auf der Welt. Anne spürte, wie ihr die Tränen in die Augen stiegen. Sie biss sich auf die Lippe.

Indessen ging Bennie weitere Papiere durch, die zusammengeheftet waren. »Sieht so aus, als ob die Eltern einen Autounfall hatten, aus dem Bericht des Testamentsvollstreckers zu schließen. Es wurden teure Krankenhausrechnungen bezahlt, aber beide starben binnen einer Woche nach dem Unfall.« Bennie faltete die Papiere zusammen und suchte weiter in der Schublade. »Ziemlich hart für eine so junge Frau. Sie muss hergezogen sein, um das Moore College zu besuchen, dann starben ihre Eltern, und sie hat das Studium geschmissen. Eine Schande.«

Anne wischte sich über die Augen, als Bennie sich nach vorn beugte und in der Schublade wühlte. Sie wollte Bennie gegenüber ihre Gefühle nicht erläutern. Sie konnte sich ihre Gefühle ja nicht einmal selbst erklären.

»Es war ein großes Vermögen, fast eine Million Dollar. Es ist ein Treuhandvermögen, vernünftig investiert. Ich sollte irgendwann den Treuhänder anrufen.« Bennie las etwas, das wie ein Finanzplan aussah. »Wenn Willa sparsam lebte, was sie offensichtlich getan hat, wäre sie bis an den Rest ihres Lebens versorgt gewesen. Darum hat sie die Zeichnungen nicht verkauft. Sie musste es nicht.«

Nein, das ist es nicht, dachte Anne, behielt es jedoch für sich. »Es gibt also keine Angehörigen, die wir verständigen müssen«, sagte sie stattdessen, und die Worte blieben ihr beinahe im Hals stecken. Es fiel ihr schwer, die überwältigende Trauer in Schach zu halten. Willa lebte allein, in ihrer eigenen Schwarz-Weiß-Welt, und isolierte sich von allen Menschen um sie herum. Die einzige Farbe in ihrem Leben war ihre Haarfarbe, und das konnte sich Anne nicht erklären. Willa hatte nur ihre Arbeit, die ihr Gesellschaft leistete, und nicht einmal die teilte sie mit irgendjemand. Sie führte ein absolut insulares Leben, und Anne spürte, dass es mit dem Tod ihrer Eltern begonnen hatte. Das war eine normale Reaktion auf ein Trauma und für sie auf unangenehme Weise vertraut.

»Tja.« Bennie legte die Dokumente in die Schublade zurück und schloss sie. »Im Moment bin ich ziemlich davon überzeugt, dass niemand Willa Hansen umbringen wollte. Angesichts dessen, was wir heute im Laufe des Tages erfahren haben, halte ich Kevin für den Mörder und dich für das beabsichtigte Opfer. Ich habe mich geirrt. Tut mir Leid, Murphy. Du hattest Recht.«

Sie wurde wegen mir umgebracht. »›Ich hab's dir ja

gleich gesagt‹, werde ich jetzt nicht sagen.« Anne zwang sich ein Lächeln auf die Lippen.

Als sie zu Bennies Haus kamen, war es schon spät. Anne setzte sich an den gemütlichen Esszimmertisch und versuchte, ihr Gefühl der Bedrückung und ihre Müdigkeit abzuschütteln. Bennie war in der Küche und bereitete etwas zu essen für sie beide vor, sowie eine Schale mit Milch für Mel. Der Kater lag zu Annes Füßen, während Bennies Golden Retriever Bear mit feuchter Schnauze Mel beschnupperte und in dem normalerweise makellosen Fell des Katers schleimige Flecken hinterließ. Anne hielt ihre Hand schützend dazwischen. Zum Schutz des Hundes.

»Wie kommen sie miteinander klar?«, rief Bennie außer Sicht, aus der Küche.

»Sie schließen schnell Freundschaft!«, rief Anne zurück. Mel schlug gerade mit seiner Pranke nach Bear, wenn auch mit eingezogenen Krallen, aber das sollte ein kleines Geheimnis zwischen ihnen bleiben. Bear konnte das nicht schrecken. Einhundert Pfund rotgoldenes Fell mit rosa Zunge, die ständig um Mel herumtänzelten, seit Anne ihn das erste Mal auf dem Boden abgesetzt hatte. Dann hatte er sich vor dem Kater als Aufforderung zum Spiel hingelegt und schließlich mit seinen Pfoten die Luft zwischen ihnen gefächelt. Anne wunderte sich, dass Bear sich nach solch einer Instant-Intimität sehnte, und schrieb es einem verstörenden Mangel an Diskretion seitens des Tieres zu. Mit anderen Worten, eine Hundesache.

»Geht es der Katze gut?«, rief Bennie wieder. Aus der Küche hörte man das Klirren von Gläsern, und im Wohnzimmer holte Mel erneut mit seiner Pfote aus, was Bear als Einladung zum Herumtoben fehldeutete. Anne vermittelte sich deutlich der Eindruck, dass Golden Retriever stets davon ausgingen, von allen geliebt zu werden, ungeachtet aller Beweise für das Gegenteil. Sie waren womöglich die Erotomanen der Hundewelt.

»Nur keine Sorge!«, rief Anne zurück.

»Zwei Prozent Fett oder Light?«

»Zwei Prozent sind prima!«

»Ich habe auch eine Dose Thunfisch.«

»Großartig! Danke!« Anne hob den Kater auf ihren Schoß, bevor er seinem neuen besten Freund die Augen auskratzte. Mel verwandelte sich in die Sphinxkatze und wirkte absolut unschuldig. Er war zum Fürchten gut darin.

»Jetzt geht es los«, sagte Bennie und stellte das Tablett auf dem Eichentisch ab. Das Tablett hatte einen Milchglasboden, schicke, blaue Griffe und ein Preisschild, das an der Seite baumelte. Zwölf Dollar 98, Michael Graves Design, Schnäppchenpreis bei *Target*. Anne war zwar keine Detektivin, aber sie sah, dass Bennie nicht oft Gäste hatte. Sie hatte auch gehört, dass Bennie sich von dem Mann getrennt hatte, mit dem sie zusammenlebte. Mentale Notiz: *Vom bloßen Hinsehen kommt man nie darauf, wer einsam ist.*

»Danke.«

»Reicht dieses winzige Ding aus, um die Kreatur zu sättigen?«, fragte Bennie und hob eine weiße Auflaufform mit Milch hoch.

»Klar. Stell es einfach auf den Boden.«

»Niemals. Nicht, solange noch ein Golden Retriever in Philadelphia herumspringt. Essbares auf dem Boden ist leichte Beute.« Bennie stellte die Auflaufform auf den Esstisch, unter Mels beobachtenden Augen. »Murphy, willst du ihm sein Abendessen zeigen, oder soll ich?«

»Er hat es bereits gesehen. Sobald ihm danach ist, wird er sich bedienen.«

»Erstaunlich.« Bennie rollte die Ärmel ihres Arbeiterhemdes hoch. Mit dem Hemd, den abgetragenen Shorts und den leicht angeschmutzten nackten Füßen sah sie aus, als würde sie sich erstaunlich wohl fühlen – nicht nur in ihrem Heim, auch in ihrer Haut. »Ein Hund frisst immer sofort. Siehst du?« Bears Schwanz wedelte wie verrückt hin und her, und er schnüffelte bereits an der Auflaufform. Er hätte sie auf einen Schlag geleert, wenn Bennie sich nicht vorgebeugt und die Form aus seiner Reichweite geschoben hätte. »Ich hoffe, die Katze wartet nicht zu lange damit.«

»Ich garantiere dir, dass Mel warten wird. Und sei es nur, um den Hund zu foltern.« Anne streichelte Mels Kopf, und er schnurrte. Sie griff nach ihrer Limonade und nahm einen großen, kalten Schluck. »Danke für den Drink und deine Gastfreundschaft.«

»Es ist mir ein Vergnügen.« Bennie legte den Kopf schräg, und ein zerzauster Pferdeschwanz fiel über ihre Schulter und auf die Brusttasche ihrer Bluse. »Ich habe nachgesehen, was es zum Abendessen geben könnte. Orangen und drei Eier. Tut mir Leid, ich hatte keine Gelegenheit, etwas Essbares zu kaufen – angesichts der Zeugenaussage und der Nahtod-Erfahrung einer meiner besten Partnerinnen.«

»Ich habe auch gar keinen Hunger. Normalerweise esse ich abends nur Getreideflocken.«

»Wenn es sonst nichts sein soll.« Bennie drehte sich um, ging in die Küche und kam mit zwei Esslöffeln, zwei Schüsseln, einem Viertelliter Milch und einer Schachtel Weizenflocken wieder. Sie stellte alles auf den Tisch und setzte sich auf den Stuhl gegenüber von Anne. Die Lichtschienen, die sich ringförmig über den Raum zogen, warfen ein sanftes Glühen auf ihr Gesicht und ließen ihre blonden Haare funkeln. »Das Essen ist serviert.«

»Großartig!«, sagte Anne, obwohl sie normalerweise keine Weizenflocken mochte. Die Schachtel ragte auf dem

Tisch auf: vierschrötig, rot und erstaunlich selbstgefällig für ein Frühstücksgericht. Seine lange Liste an »Inhaltsstoffen« war ihr zugewandt und vermeldete alarmierende Mengen an Phosphor, Magnesium, Zink und Kupfer. Metalle gehörten ins Installationshandwerk, nicht ins Frühstück, aber Anne griff dennoch nach der Schachtel, schüttelte sich etwas in eine der Schüsseln und tat so, als wäre es Captain Crunch.

»Lass uns nochmal über alles nachdenken«, sagte Bennie und schluckte. »Du hast einen Stalker überlebt, der dich töten wollte, einen Mandanten, der dich feuern wollte, und einen Haarschnitt mit der Büroschere.«

Anne brachte ein Lächeln zustande. »Keins ist wie das andere.« Sie nahm noch einen Löffel voll Weizenflocken, die gar nicht so schlecht schmeckten, weil sie nämlich nach gar nichts schmeckten. Anne suchte auf der polierten Tischplatte nach einer Zuckerschüssel, aber bis auf geflochtene Platzdeckchen aus gelbem Stroh war der Tisch leer. *Vielleicht sind welche von den Strohmatten in der Weizenflockenpackung gelandet.* »Kann ich bitte etwas Zucker haben?«

»Nein«, erwiderte Bennie.

»Ist das ein Witz?«

»In diesem Haus gibt es keinen Zucker. Keinen Zucker und keinen Fernseher. Ist beides schlecht für die Gesundheit.«

Anne hielt das für eine Form von Geisteskrankheit. *Niemals Lucy?* »Kein Zucker?«

»Hast du noch nie von der Zuckerdepression gehört?«

»Das depressive Gefühl, das man bekommt, wenn kein Zucker im Haus ist?«

Bennie lächelte. »Vergiss es.« Sie nahm noch einen Löffel voll Weizenflocken. »Du magst keinen Sport, oder, Murphy?«

»Ich shoppe gern. Das erfordert sehr viel Kraft. Dafür

trainiere ich, indem ich Schokoladenflocken esse. Das *nenne* ich ein Abendessen.« Anne wurde sich vage bewusst, dass sie Bennie zum Lachen bringen wollte, und fragte sich, warum sie das versuchte.

»Ich bewundere dich, Murphy. Ehrlich.«

»Mich?« Anne hätte sich beinahe verschluckt. Vielleicht war wirklich Stroh in den Weizenflocken.

»Ich finde, du verhältst dich in dieser Situation meisterhaft. Ich habe selbst schon einiges durchmachen müssen, aber niemals so etwas. Ich bin stolz auf dich. Es ist einfach entsetzlich, und ich weiß, wie schlecht du dich wegen Willa fühlst.«

»Danke«, sage Anne rasch und merkte, wie ihr das Blut ins Gesicht schoss. »Ich weiß das, was du und die anderen für mich getan habt, wirklich zu schätzen.«

»Kein Problem, aber noch ist es nicht vorbei. Morgen ist der große Tag. Die Trauerfeier.« Bennie aß noch immer Weizenflocken und spülte sie mit Cola Light hinunter. »Wir krallen uns dieses Arschloch. DiNunzio ist härter, als sie aussieht, und Carrier wird mit allem fertig. Das werden sie beide.«

»Da bin ich ganz sicher.«

»Aber ich muss mich entschuldigen, für die beiden und für mich.« Bennie schwieg kurz, sah Anne direkt in die Augen. »Keine von uns war besonders freundlich, als du in die Kanzlei eingetreten bist, und das ist meine Schuld. Ich habe mir nicht die Zeit genommen, dich richtig einzuführen. Mir war nicht klar, wie wichtig das gewesen wäre. Keine von uns hat sich vorbildlich verhalten, und das tut mir sehr Leid.«

»Schon in Ordnung.« Anne schluckte den Frosch in ihrem Hals hinunter. Sie legte den Löffel weg und gelobte sich, nie wieder Platzdeckchen zu essen.

»Nein, es ist nicht in Ordnung. Ich bin eine gute Anwältin, aber jetzt ist mir klar, dass ich keine gute Chefin bin. Mir gelingt es einfach nicht, dass alle miteinander klarkommen, dass alle glücklich sind. Und als Team arbeiten. Normalerweise sorge ich immer nur dafür, dass wir gewinnen.«

»Gewinnen ist gut.«

»Nicht gut genug. Da fällt manches durch die Ritzen – auch Menschen. Wie du?«

»Ich war auch nicht gerade freundlich …«

»Uns trifft aber die Schuld. Vor allem mich. Du bist in unsere Stadt gekommen, in meine Kanzlei. Dein Benehmen war nur allzu verständlich, wenn man bedenkt, was du durchmachen musstest.«

Nütze den Augenblick. »Ich habe eine Frage, Bennie. Du wusstest alles über Kevin. Über meine Vergangenheit.« Anne dachte an den Gänseblümchenstrauß ihrer Mutter. »Wie kommt das?«

»Eine deiner Referenzen, die du bei der Bewerbung angegeben hattest, erzählte mir von Kevin. Dass er versuchte, dich umzubringen, dass du dem extremen Druck standgehalten und ihn ins Gefängnis gebracht hast.«

»Leute, die man als Referenzen angibt, sollen eigentlich nur über ein Arbeitsverhältnis Auskunft geben«, sagte Anne überrascht.

»Sie wollten, dass du diesen Job bekommst. Sie haben versucht, dir zu helfen und dein Leben zu ändern. Und als ich die ganze Geschichte gehört hatte, war ich mir sicher. Ich wusste, du würdest allem standhalten können, was *ich* austeilen würde.«

Anne lächelte. Sie hätte sich gern nach ihrer Mutter erkundigt, aber es war ihr peinlich.

»Den Rest habe ich selbst herausgefunden. Ich habe viele Freunde unter den Strafverteidigern Kaliforniens und habe mich einfach durchgefragt.« Bennie nippte an ihrer Cola. Die Eiswürfel gaben ein Geräusch von sich, das für diese Unterhaltung fast zu festlich wirkte.

»Ich erinnerte mich, dass du im Bewerbungsgespräch sagtest, du hättest keine Familie. Aber du hast nicht erwähnt, dass jemand gestorben ist. Und in deinem Lebenslauf wurde weder die Familie noch der Geburtsort angeführt. Also habe ich den Detektiv, der für unsere Kanzlei arbeitet, darauf angesetzt. Du kennst doch Lou, oder?«

»Du hast mich *überprüfen* lassen?« Anne versuchte, nicht allzu sauer zu klingen.

»Natürlich, und dafür werde ich mich auch nicht entschuldigen. Ich kann nicht einfach eine Person ohne Vergangenheit in meiner Kanzlei einstellen, und die Leute springen schlichtweg nicht aus dem Kopf anderer Menschen. Jeder hat eine Familie, ob man es nun leugnet oder nicht. Nicht nur eine Familie, einen *Kontext*. Wie bei einem Wort – eine Bedeutung in Klammern.« Bennie lächelte über den Rand ihres Glases hinweg. »Und mit etwas Mühe gelang es mir, deinen Kontext ausfindig zu machen.«

»Meine Mutter?«

»Ja.«

»Nicht meinen Vater.«

»Nein.«

Anne spürte, wie ihr Herzschlag schneller wurde. »Wo war sie denn?«

»Südkalifornien.« Bennie setzte ihr Glas ab. »Mehr darf ich nicht sagen. Sie bat mich, dir nichts zu erzählen, und ich habe es ihr versprochen.«

Annes Gesichtszüge versteiften sich. Das Messer vertrauter Wut bohrte sich neben ihr Herz. »Wie nett von ihr.«

»Es tut mir Leid. Ich respektiere ihren Wunsch, auch wenn ich weiß, dass es dich verletzen muss.«

»Es ist mir egal, darum verletzt es mich nicht«, erklärte Anne rasch, und selbst in ihren Ohren klang das lasch. Sie hätte am liebsten geschrien. Warum können Eltern so viel Macht über ein erwachsenes Kind haben? Selbst die *schlimmsten* Eltern?

»Ich glaube, sie ist nicht besonders stolz auf sich selbst, darum wollte sie nicht, dass du es erfährst.« Bennie schwieg kurz. »Ich nehme an, sie hat ein Alkoholproblem.«

»Das bedeutet, sie brachte keine zusammenhängenden Sätze heraus, als du mit ihr gesprochen hast.« Anne wusste genau, wie solche Gespräche abliefen, und ihr Gesicht rötete sich vor Scham. »Sie hat dich nicht um Geld gebeten, oder?«

Bennie sagte weder Ja noch Nein. »Ich komme auch nicht aus einer Bilderbuchfamilie, aber ich vermisse meine Mutter jeden Tag. Tja. Wir machen alle Fehler.«

Mit einem Mal spürte Anne einen Knoten in ihrer Brust. »Hat sie seither Kontakt zu dir aufgenommen?«

»Nein, aber darf ich dich daran erinnern, dass sie die Blumen geschickt hat, mit denen du den ganzen Tag herumgefahren bist?« Bennie lächelte ansatzweise. »Doch es ist dir ja egal.«

»Ich musste erst sterben, bevor ich ihre Aufmerksamkeit erlangte. Sie hat den Auftrag telefonisch erteilt. Die Karte wurde vom Floristen getippt.« Anne starrte auf die restlichen Weizenflocken in ihrer Schüssel und schmeckte eine Bitterkeit in ihrem Mund, die nicht vom Magnesium stammte. »Ich weiß nicht einmal, woher sie meine Adresse hatte.«

»Die habe ich ihr genannt«, sagte Bennie, und Anne sah auf.

»*Du?* Wann?«

»Als ich letztes Jahr mit ihr geredet habe. Als du hergezogen bist.«

Anne verstummte. *Dann verfolgt sie also nicht einmal die Zeitungsberichte über mich.*

»Ich wünschte, ich hätte es nicht getan. Es tut mir Leid.« Bennie seufzte auf. »Wir wünschen uns immer bessere Eltern, als wir haben. Größer, stärker, reicher. Bessere Menschen, zuverlässiger. Aber das sind sie nicht. Sie sind es einfach nicht. Manchmal ist es am besten, wenn man versucht, diese Wahrheit zu akzeptieren.«

»Ich habe das vor langer Zeit schon akzeptiert«, sagte Anne und hasste es, wie sie dabei klang. Sie empfand Mitgefühl für ihr Selbstmitleid – und das umso mehr, als Bennie Recht hatte.

Mentale Notiz: *Vielleicht werden Brötchengeber aus gutem Grund Brötchengeber.*

15

Vor dem Fenster im ersten Stock explodierten Knallfrösche, und Feiertagslaserstrahlen durchschnitten den Nachthimmel, doch Anne ignorierte all das und konzentrierte sich auf den Computermonitor. Sie saß vor der Workstation in Bennies unordentlichem Gästezimmer, in dem alte Sportgeräte, ein weißes Fahrrad und Schachteln mit alten Akten standen. Ursprünglich waren die Akten auf der mageren Bettcouch an der Wand gelegen, bevor Anne sie heruntergehoben hatte. Anne wäre ja ins Bett gegangen, aber sie musste einfach erst ihre Internetsuche über den Hintergrund von Bill Dietz abschließen. Am oberen Rand des Bildschirms stand:

IHRE SUCHE ERGAB 427 VORBESTRAFTE PERSONEN MIT DEM NAMEN WILLIAM DIETZ.

Sie hatte bei 82 angefangen und war jetzt schon bei 112. Anne wusste immer noch nicht, warum sie das machte. Sie wusste nicht, ob sie etwas finden würde, und sie wusste nicht, ob es darauf ankam. Sie wusste nur, dass sie in die Augen von Bill Dietz geschaut hatte und sich an die Bösartigkeit dahinter erinnerte. Das Böse, verkleidet als Besorgnis um die Ehefrau; Missbrauch im Gewand des Schutzes, sogar der Liebe. Sie suchte weiter.

Bei 226 war Anne so weit, zügig einen Bill Dietz nach dem anderen zu eliminieren, in dem koffeingestützten Vergnügen, sich völlig einer einzigen Aufgabe zu widmen: einen Eintrag anklicken, ihn lesen, den nächsten anklicken. Das war einfacher, als ihre Eröffnungsargumentation neu zu entwerfen oder zu raten, welche Verkleidung Kevin in seiner nächsten Inkarnation überstreifen würde. Bei 301 hatte sie immer noch kein Glück gehabt.

»Murphy, es ist schon ziemlich spät«, sagte Bennie plötzlich von der Türschwelle. »Du musst jetzt schlafen.« Sie trat ein, mit Bear im Gefolge, dessen Nägel auf dem Kiefernholzparkett klickten. Bennie trug einen weißen Frotteebademantel, und ihre Haare waren zu einem widerspenstigen Knoten hochgesteckt. Als sie näherkam, sah Anne, dass ihre Augen rot unterlaufen und leicht geschwollen waren.

»Was ist los? Brütest du eine Erkältung aus?«

»Vermutlich bin ich allergisch gegen Katzen. Mein Gesicht juckt, und ich muss dauernd niesen.«

»O nein.« Anne hatte ein furchtbar schlechtes Gewissen. »Wann hat es angefangen?«

»Nach dem Abendessen. Ich habe geduscht, aber das hat nicht geholfen.«

»Soll ich mit Mel lieber gehen?«

»Nein, du kannst nirgends hin. Sperre ihn nur in dieses Zimmer ein. Es gibt aber auch Gutes zu vermelden: Unsere

Augenzeugin Mrs. Brown kommt in allen Nachrichten. Im Fernsehen, im Radio. Die Cops haben bekannt gegeben, dass sie in Zusammenhang mit dem Mord an dir offiziell nach dem flüchtigen Kevin Satorno suchen. Er ist jetzt heiß begehrt.«

»Das wünscht sich jeder Erotomane.«

»Das bringt mich zu meinem nächsten Punkt. Obwohl Satorno noch auf freiem Fuß ist, will ich, dass du wenigstens etwas Seelenfrieden findest. Ich kann uns beschützen, wenn es sein muss. Brich bitte nicht in Panik aus, wenn du das hier siehst.« Bennie schob die Hand in die Bademanteltasche und zog etwas heraus. Es war silbern, und das Licht der Lampe spiegelte sich darin.

»Eine Kaliber .38?« Anne griff nach der Waffe und drehte sie fachmännisch auf ihrer Handfläche. Das Edelstahlgehäuse fühlte sich kalt an, und die Schraffur auf dem Holzgriff war schon etwas abgegriffen, ebenso wie das goldene *Rossi*-Logo. Anne fuhr mit dem Daumen über das Zylinderschloss, woraufhin der Zylinder in ihre Hand glitt. Der Revolver war mit fünf Federal-Kugeln geladen. Sie schloss den Zylinder mit einem zufriedenen Klicken. »Ist ungefähr zehn Jahre alt. Du hast ihn sicher gebraucht gekauft.«

Bennie hob eine Augenbraue. »Ja. Woher weißt du das?«

»Diese Revolver zirkulieren kaum noch. *Rossi* hat sie in Brasilien hergestellt. Die Firma wurde von ein paar Leuten gegründet, die früher für Smith & Wesson gearbeitet haben, darum die große Ähnlichkeit.« Der sperrige Revolver war nur ein billiges Imitat, aber das sagte Anne nicht. Sie mochte den Leuten grundsätzlich nichts Schlechtes über ihre Waffen erzählen. Anne drehte den Revolver noch einmal in der Hand, bewunderte sein Gewicht, wenn auch nicht seine Machart. »Es ist eine ordentliche Waffe. Praktisch. Gut gegen Angreifer. Gut für dich.« Sie reichte die Waffe zurück.

»Dann brichst du jetzt nicht in Panik aus?«

»Wegen einer Waffe? Nur wenn sie auf mich gerichtet ist. Ich bin keine Waffennärrin, aber ich habe eine Pistole gekauft, nachdem Kevin mich angegriffen hat. Ich besitze eine Beretta .32 Semi-Automatik. Passt genau in meine Hand. Sehr süß. Wenn ich den Schlitten zurückziehe, um sie durchzuladen, gleitet er federleicht auf, dass ich mir nicht einmal einen Nagel dabei abbreche. Eine großartige Waffe für eine Frau.« Anne merkte, dass ihre Brötchengeberin ihr merkwürdige Blicke zuwarf. »Ich habe es mit einer Therapie versucht, Bennie«, erklärte sie, »aber die war beschissen, und ich bin auch nicht der Typ für eine Selbsthilfegruppe. Also bin ich viermal die Woche auf den Schießübungsplatz gegangen. Nach einem Jahr konnte ich ein Stück Papier erschießen und fühlte mich dadurch sehr viel besser.«

»Meine Güte, du bist eine interessante Person, Murphy.« Mit einem schiefen Lächeln ließ Bennie ihren Revolver wieder in die Bademanteltasche gleiten. »Ich wollte dich nur wissen lassen, dass eine Waffe im Haus ist – und sie ist geladen. Wir sind sicher. Ich bewahre sie in meinem Nachttisch auf.«

»Warum lässt du sie nicht hier bei mir?«

»Das ist keine so gute Idee. Ich lasse sie lieber in meinem Nachttisch.« Bennie drehte sich zum Computermonitor und betrachtete ihn aus geschwollenen Augen. »Warum machst du mit dieser Suche weiter, wo du doch eigentlich längst im Bett liegen solltest? Was wäre denn, wenn Dietz vorbestraft ist?«

»Das würde sich im Kreuzverhör gut machen, um die Glaubwürdigkeit des Zeugen ein wenig zu erschüttern.«

»Stimmt, aber ich weiß nicht, was dir das bringen soll. Wenn nötig, können wir Lou nach den Feiertagen auf ihn ansetzen. Aber Bill Dietz ist im Chipster-Fall nicht dein Feind.«

»Ich weiß. Seine Frau ist der Feind.«

»Falsch. Du bist die Anwältin. Dein Gegenspieler ist der Anwalt der Gegenseite, Matt Booker.«

»Natürlich.« Anne gelobte sich auf der Stelle, Bennie nichts von ihren Gefühlen für Matt – und umgekehrt – zu erzählen. »So ist es.«

Bennie drückte Annes Schulter. »Tu mir einen Gefallen und geh schlafen. Dich treibt nur noch das Adrenalin an, und morgen ist ein wichtiger Tag für dich. Und jetzt Gute Nacht.« Sie drehte sich um und schlurfte schniefend hinaus. Bear *klick-klickte* hinter ihr den Flur entlang.

Anne holte tief Luft und setzte ihre Suche fort. Sie eliminierte 302 bis 397 und hoffte stets wider allen Anschein, dass die nächste Nummer *ihr* Bill Dietz sein würde. Mit einem tiefen Seufzer klickte sie den letzten Eintrag an und fühlte sich wie bei einem Würfelspiel. Auf dem Bildschirm stand: William Dietz, geboren am 15. März 1980 in Cochranville, Pennsylvania. Mittelschwere Straftat/Diebstahl.

»Nein!«, rief Anne laut und aus vollem Herzen. Wieder nichts. Mel hob rasch mit angelegten Ohren den Kopf.

Plötzlich fühlte Anne sich verloren. Sie hatte sich geirrt. Bill Dietz war nicht vorbestraft. Er war einfach nur ein eifersüchtiger, beschützender Ehemann, der kein Verbrechen begangen hatte, nicht einmal eine mittelschwere Straftat. Sie fühlte sich dumm, nutzlos und völlig leer, leer an Energie und an Emotionen. Nichts lief richtig. Sie war zu erschöpft, um zu denken. Der Tag war zu verrückt gewesen.

Anne stand auf, schaltete die Schreibtischlampe aus, schlüpfte aus ihrem Rock und glitt im T-Shirt zwischen die Laken auf dem Bett. Nach einer Weile wurde es leise im Haus, bis auf das laute Schnarchen aus Bennies Schlafzimmer am anderen Ende des Flurs. Anne nahm an, dass es vom Hund kam, und hoffte, dass Bennie wegen ihr nicht noch richtig krank wurde. Am Fußende des Bettes drehte sich Mel ein paarmal, dann rollte er sich neben Annes Füßen ein, ganz wie zu Hause. Aber es fühlte sich nicht wie zu Hause an. Sie würde niemals mehr nach Hause können. Anne lag im Dunkeln und hatte plötzlich das Gefühl, nirgendwohin zu gehören, zu keinem Menschen zu gehören. Sie hatte ihren Kontext verloren. Es war genau so, wie Bennie in ihrer typischen Direktheit gesagt hatte: *Du kannst nirgends hin.*

Anne schloss die Augen, versuchte, klar zu denken, und nach einer Minute gesellte sich zu dem Schnarchen vom anderen Ende des Flurs noch der Lärm von der Straße. Autos hupten, Menschen lachten und johlten, Knallfrösche gingen hoch. Irgendwo musste eine Party geendet haben, oder sie hatte den Lärm vorher einfach nicht gehört. Sie zog das Kissen über den Kopf, aber das half auch nicht. Es war nicht ihr Bett, und sie vermisste ihr eigenes Kissen mit dem eingewebten Bild, auf dem Lucy Desi küsste, eine Szene aus ihrer Lieblingsserie.

Anne warf sich auf die Seite und versuchte, nicht an ihr Haus zu denken, nicht an Willa, die dort gestorben war. Und nicht an ihre Mutter, deren Gänseblümchen keinerlei Duft verströmten. Und nicht an Mrs. Brown, die ganz allein über ihren Kreuzworträtselheften saß. Und vor allem nicht an Kevin mit seiner Waffe. Würden sie ihn morgen auf der Trauerfeier schnappen? Es musste ihnen einfach gelingen. Nachdem sie ihn heute aus den Augen verloren hatte, war das ihre letzte Chance.

Eine Stunde später schlief sie immer noch nicht. Sie war zittrig und nervös, drehte sich von einer Seite auf die andere und dachte an Matt. An seine Blumen auf ihrer Vordertreppe. An den Ton seiner Stimme im Büro. Wie er ausgesehen hatte, so voller Trauer. Würde er zu ihrer Trauerfeier kommen? Anne wünschte, sie könnte ihm sagen, dass sie noch lebte, und sie wünschte, sie könnte ihn sehen. Sie verspürte das politisch unkorrekte Bedürfnis nach einer starken Schulter, an der sie sich ausweinen konnte, nach einem warmen Brustkasten, in den sie sich vergraben konnte. Anne liebte Männer, und vor Kevin hatte sie viele Verabredungen gehabt, hatte sich ein paarmal verliebt und wieder entliebt und war sehr glücklich gewesen. Gehörte sie nun zu Matt?

Fünfzehn Minuten später war Anne angezogen, schloss Mel im Gästezimmer ein und packte ihre Handtasche, in der ihr Handy und der geborgte Revolver lagen. Es war fast zu einfach gewesen, in Bennies Schlafzimmer zu schleichen und die Waffe aus dem Nachttisch an sich zu nehmen. Das Schnarchen kam Gott sei Dank vom Hund.

Anne lenkte den Mustang durch die Straßen von Philadelphia. Sie wusste, sie ging ein Risiko ein, indem sie sich zeigte, aber es war ein kalkuliertes Risiko. Sie war durchaus imstande, sich selbst zu schützen, und die Chance, auf Kevin zu treffen, ging gegen null. Er würde sich vor den Cops verstecken, sich bedeckt halten und hatte ja immer noch keinen Grund zu der Annahme, dass sie noch lebte. Es war fast zwei Uhr früh, aber auf den Gehwegen wimmelte es vor Menschen. Ganze Gruppen zogen von einem Club zum nächsten, lachend, redend, Händchen haltend. Menschen hielten braune Papiertüten in der Hand, in denen Flaschen steckten, oder schwangen Six-Packs, die von Plastikschlaufen zusammengehalten wurden.

Anne blieb vor einer roten Ampel stehen, betrachtete die Partygänger auf der Straße. Kein Kevin. Die Nacht war schwül, eine gewisse Wildheit lag in der Luft. Alle benahmen sich daneben, besonders Anne. Sie fuhr, obwohl sie nicht fahren sollte, und das aus keinem logischen Grund. Doch jetzt waren die Würfel gefallen. Sie bog mit dem Mustang in den kolonialen Teil der Stadt und in Richtung von Matts Haus. Sie hatte die Adresse von der Telefonauskunft bekommen, hatte sich aber nicht verbinden lassen. Endlich ›Olde City‹, vorbei an der Independence Hall, in der die Unabhängigkeitserklärung unterschrieben worden war. Hier würden sich jetzt die meisten Menschen aufhalten, da Philly die Geburtstagsparty des ganzen Landes feierte. Anne fuhr weiter auf die Innenstadt zu, und bald sausten die kolonialen Ziegelhäuser, von Efeu überwuchert, am Wagenfenster vorbei.

Anne spürte, wie die Sommernacht ihre kurzen Haare zerzauste, und trat aufs Gas. Sie vergaß ihre Mutter und den Chipster-Fall, legte Meter um Meter zwischen sich und Kevin. Sie fühlte sich wie damals, als sie hergezogen war. Hoffnungsvoll. Aufgeregt. Ihr Puls beschleunigte sich. Sie suchte nach einem Parkplatz, aber vergeblich, und parkte schließlich im Parkverbot; selbst zu dieser nächtlichen Stunde feierte man überall weiter. Anne schaltete den Motor aus und wollte gerade aussteigen, als sie sich im Rückspiegel sah. Sie hatte den Lippenstift vergessen. Die Narbe mitten auf ihrer Oberlippe war zu sehen.

Dann ist es eben so.

Anne griff nach ihrer Handtasche, zog den Revolver heraus und steckte ihn in den Bund ihres Rocks, nur für den Fall. Sie setzte die Sonnenbrille auf und stieg mit der Zuversicht desjenigen aus dem Mustang, der eine Waffe bei sich trägt. Sie ging ein paar Häuserblocks weit, bis sie Matts Haus fand, ein Ziegelreihenhaus wie das ihre, nur mit älteren Ziegeln in einer ausgebleichten Melonenfarbe. Die Fensterläden und die Tür waren schwarz gestrichen, und im Erdgeschoss sah man Licht durch die Ritzen in den Jalousien, also arbeitete er noch, wie sie es bis vor kurzem getan hatte. Sie klopfte an die Haustür, und nach einer Minute ging das Außenlicht an, und die Tür wurde geöffnet.

Anne schnappte nach Luft, als sie Matt sah. »Was ist passiert?«, fragte sie erstaunt.

16

Matt sah aus, als hätte er einen Schlag ins Gesicht bekommen. Ein mehrere Zentimeter langer Riss zog sich über seine linke Wange, eine ausgefranste Wunde, noch frisch und rot. Darunter erhob sich eine riesige Schwellung, die sein linkes Auge beinahe völlig schloss. Er trug immer noch sein Oxfordhemd, aber es war mit winzigen Blutspritzern übersät. Sein gutes Auge weitete sich bei Annes Anblick.

Seine Lippen teilten sich ungläubig. Er beugte sich näher und starrte in ihr Gesicht. »Mein Gott, Sie sehen aus wie …«

»Ich bin es. Ich bin es wirklich, Anne. Siehst du es nicht?« Sie nahm ihre Sonnenbrille ab, wollte nicht länger auf seiner Vordertreppe stehen. Ein Pärchen auf der Straße drehte sich bereits nach ihnen um. Anne glaubte nicht, dass es sie erkennen konnte, aber sie wollte kein Risiko eingehen. »Lass mich rein, Matt. Ich erkläre dir alles drinnen. Es war ein Versehen. Ich bin am Leben.«

»Was? Anne? Ein Fehler? Am Leben?«, stammelte Matt verwirrt, also nahm Anne ihn am Arm und schob ihn ins Haus, dann schloss sie die Tür hinter ihnen. Im Wohnzimmer brannte eine Lampe. Nackte Ziegelmauern bildeten die Wände des Raumes, es standen eine schwarze Designer-Couch und -stühle im Zimmer. Gelbe Notizzettel, Kopien von Dokumenten mit dem Chipster-com-Logo bedeckten

den Couchtisch und begruben den Laptop unter sich. Matts Haus war das Hauptquartier des Feindes, aber für Anne war dieser Gedanke fremd. Auch konnte sie ihn nicht als Feind betrachten, gleichgültig, was Bennie sagte. Matt brach bei ihrem Anblick im hellen Lampenlicht in ein freudiges Lächeln aus.

»Mein Gott! Anne, du bist es! Ich kann dich sehen! *Anne*!«

»Gefällt dir meine neue Frisur?«, fragte sie und fuhr sich mit den Fingern durch die Haare, doch bevor sie weiter um Komplimente buhlen konnte, riss Matt sie in die Arme. Er fühlte sich stark und fest an, und Erleichterung strömte durch ihren Körper, breitete sich warm wie Blut aus. Es tat so gut, im Arm gehalten zu werden, selbst von jemandem, der sie nie zuvor im Arm gehalten hatte.

»Du bist nicht tot!« Matt fing an zu lachen, offensichtlich vor Erleichterung. Er drückte Anne fest an sich. Seine Arme waren lang, umschlossen sie ganz und gar. »Ich kann es nicht glauben! Ich lasse dich nie wieder gehen! Ich habe dich. Endlich habe ich dich!«

Anne erwiderte seine Umarmung, ließ ihren Emotionen freien Lauf und spürte, wie eine Träne über ihre Wange rollte. Seit dem Duschen hatte sie nicht mehr geweint, und das schien eine Ewigkeit her. Sie vergrub ihr Gesicht in der groben Baumwolle von Matts Hemd, schmiegte sich gegen seine Brust. Sie wusste nicht, ob sie hierher gehörte, aber sie brauchte jemand zum Anlehnen – wie sehr, wurde ihr erst in diesem Augenblick klar.

»Erzähle mir, was passiert ist. Nein, tu es nicht! Vergiss es! Sprich nicht, *ich* will etwas sagen. Ich muss dir etwas sagen. Ich habe bedauert, es noch nicht gesagt zu haben, in jeder Minute, seit ich hörte, dass du tot bist.« Matt ließ sie los und sah auf sie hinab, wischte die Feuchtigkeit mit einem warmen Daumen von ihrer Wange. »Weine nicht, alles ist gut. Was ich zu sagen habe, ist – ich liebe dich, Anne.«

Wau. Anne musste lächeln, ihre Tränen verebbten. Sie schlang die Arme um seinen Hals und küsste ihn auf den Mund, auf eine Weise, wie sie es schon lange Zeit hatte tun wollen. Sie spürte, wie er den Kuss erwiderte, spürte das Drängen seines ganzen Körpers. Als er sie frei gab, drückte er sie sanft auf die Couch, setzte sich neben sie und strich ihr die ungleichmäßig langen Strähnen aus der Stirn.

»Was ist passiert?«, fragte Matt und brachte trotz seiner geschundenen Wange einen besorgten Ausdruck zustande. »Das ist verrückt. Bist du wirklich am Leben?«

»Gleich vorweg: Du darfst es niemandem sagen! Das ist das am besten gehütete Geheimnis in der Welt, denn ich kann es nicht riskieren, dass Kevin davon erfährt. Er hält mich für tot.«

»Kevin? Du meinst diesen Kerl, den sie in den Nachrichten suchen? Satorno? Hast du darum deine Frisur verändert?« Matt hörte zu, während Anne ihm die ganze Geschichte erzählte, und als sie fertig war, schwieg er einen Augenblick verblüfft, bevor er etwas sagte. »Du bist ein Risiko eingegangen, als du hergekommen bist. Warum hat Bennie dich gehen lassen?«

»Sie weiß nichts davon. Ich bin einfach weggeschlichen. Du lädst mich seit einem Jahr immer wieder ein, da dachte ich mir, es sei an der Zeit, die Einladung einmal anzunehmen.« Anne konnte ihn nicht ansehen, ohne nicht auch seine Verletzung zu sehen – und von nahem wirkte sie noch schlimmer. Der klaffende Riss durchfurchte seine Wange und füllte sich mit frischem Blut. Möglicherweise musste er sogar genäht werden. Anne war darin Expertin. »Was ist mit deinem Gesicht passiert?«

»Das kann ich dir nicht sagen.«

»Warum nicht?«

»Es ist vertraulich.«

»Was soll das denn heißen? Ein vertraulicher Faustkampf?«

Matt winkte ab. »Vergiss es. Warum glaubte die Polizei, dass du …«

»Ein vertraulicher Faustkampf kann nur mit einem Mandanten stattgefunden haben.« Anne dachte kurz nach und kam dann jählings auf die Antwort. »Es war Bill Dietz! Er hat dich geschlagen, nicht wahr?«

»Er wollte es nicht.«

»Dieses Arschloch! Ich wusste es doch!« Anne dachte an all die vorbestraften Männer namens Bill Dietz. Keine tätlichen Angriffe, mit Ausnahme des heutigen auf seinen eigenen Anwalt. Dann hatte sie also doch Recht behalten, was die Wut in Dietz anging. »Warum hat er dich geschlagen?«

»Nun, da es nicht mehr vertraulich ist, kann ich es dir sagen. Aber wir müssen uns hier an bestimmte Regeln halten. Schließlich ist er mein Mandant.«

»Du bist ihm gegenüber noch loyal? Du solltest ihn in den Wind schießen!«

»So funktioniert das nicht.«

Stimmt. »Tja, so sollte es aber funktionieren. Was ist denn nun geschehen?«

»Wir waren nach der Aussage noch in meinem Büro.« Matt schwieg wieder. »Ich sage dir das nur ungern. Es ist nicht unethisch, einfach nur dumm. Und eigentlich stehen wir ganz am Anfang, und ich sollte dir nur die guten Sachen von mir erzählen.«

Am Anfang. Das hörte Anne gern. »Erzähle es mir einfach.«

»Na gut. Bill sagte etwas, das mir nicht gefiel, und nein, ich werde dir nicht sagen, was er gesagt hat, also frage gar nicht erst.« Er fuchtelte mit dem Finger vor ihrer Nase herum. »Und das habe ich ihm auch gesagt, dass mir seine Worte nicht gefielen. Daraufhin erklärte er mir, so dürfe ich nicht mit ihm reden, ich sei nur *sein Sprachrohr,* so ein blöder Ausdruck. Und dann schlug er mich. Ich verstehe es immer noch nicht.« Matt berührte vorsichtig seine Wunde. »Er wollte mich bestimmt nicht verletzen, aber als er seinen Treffer platzierte, trug er einen College-Ring, und der hat die Arbeit für ihn erledigt. Danach fühlte er sich schlechter als ich. Er entschuldigte sich, ebenso wie Beth. Sie haben sogar angeboten, mich ins Krankenhaus zu fahren.«

»Ach, wie nett. Ein Mandant mit Rundum-Service.«

»Das Ehepaar Dietz ist normalerweise sehr nett.«

»Das Ehepaar Dietz ist verlogen und heuchlerisch.«

»Absolut nicht. Gil ist der Lügner.«

Anne seufzte. »Matt, du hast dich mit ihnen angefreundet, und das beeinträchtigt dein Urteilsvermögen. Dietz ist streitlustig. Es würde mich nicht wundern, wenn er seine Frau schlägt. Normale Menschen reagieren nicht mit körperlicher Gewalt. Und dann schlägt er dich auch noch wegen etwas, das du gesagt hast.«

»Das muss nicht heißen, dass er seine Frau prügelt. Er liebt Beth. Er würde alles für sie tun.«

»Das würdest du auch – und du hast es auch schon. Du bist ihr Anwalt. Und seiner!«

»Ich kenne niemand, der nicht gern einen Anwalt schlagen würde. Und die Hälfte davon sind selbst Anwälte! Vielleicht bist du diejenige, die ein zu enges Verhältnis zu ihrem Mandaten hat. Du magst das Ehepaar Dietz einfach nicht.«

»Die wollen einen unschuldigen Mann um sein Geld bringen. Sie schaden seiner Firma und ruinieren seine Aussichten auf den Börsengang. Chipster gehört zu den erfolgreichsten …«

»Anne?« Matt streckte den Arm aus und berührte sie. »Lass uns nicht länger über Beth und Bill Dietz oder über Chipster reden. Mir hat besser gefallen, was wir davor getan haben.«

»Komm schon, was hat Dietz zu dir gesagt? Erzähle es mir einfach. Ich muss es wissen.«

»Nein! Ich werde der Anwältin der Gegenseite *nichts* mitteilen, was meine Mandanten mir anvertraut haben!« Matt wurde ernst. »Du leidest unter Verfolgungswahn, kein Wunder, aber wir dürfen nicht länger über das Ehepaar Dietz sprechen. Einverstanden?«

»Nimm es mir nicht übel, dass ich es versucht habe.«

»Doch, das tue ich. Über die Sache mit diesem Stripper bin ich immer noch sauer.«

»Du hast weniger Humor, als ich dachte.« Anne schmollte, während Matts Arme um ihre Schultern glitten. Sie sank tief in die Kissen auf der Couch, dann spürte sie etwas Hartes an ihrer Hüfte. *Hoppla.* »Einen Moment.« Sie entzog sich ihm, um den Revolver aus dem Bund ihres Rockes zu ziehen und ihn auf Matts Couchtisch zu legen.

»Mein Gott!« Matt rückte schockiert von ihr ab. »Wo hast du *den* her?«

»Der Revolver gehört Bennie.«

»Ist er geladen?«

»Natürlich. Man kann niemanden erschießen, wenn er nicht geladen ist.« Anne berührte Matt am Arm, der noch immer auf die Waffe starrte.

»Gibt es eine Sicherung?«

»Was denn für eine Sicherung, du großer Junge?«, flüsterte sie und pflanzte einen Kuss auf die heile Seite seines Gesichts.

»Eine Sicherung ist so ein Ding, damit Schießeisen nicht von allein losgehen.«

»Das war nur ein Scherz. Es ist ein Revolver, darum hat er keine Sicherung.«

Matt schreckte zurück. »Wird er losgehen?«

»Kann er nicht. Du musst ihn in die Hand nehmen, auf jemanden zielen, den du nicht magst, und abdrücken.«

»Tja, dann ziele mit ihm bitte woanders hin. Ich kann mich nicht entspannen, wenn der Revolver auf uns gerichtet ist.«

»Ist gut.« Anne hatte Mitleid mit ihm, langte nach vorn und drehte den Revolver so, dass sein Lauf direkt auf den Hi-Fi-Turm gerichtet war. »Ich denke, jetzt ist alles gut, außer die Waffe beschließt, dein DVD-Gerät zu erschießen. Würdest du mich jetzt bitte so küssen wie vor einer Minute, damit ich vergessen kann, was für ein großes Baby du bist?«

»Hat dir das gefallen?« Matt grinste auf sie herab, zog sie an sich, und der verletzte Teil seines Gesichts wurde weich. »Mein Gott, du bist so schön, dass es einem schon Angst macht.«

»Nein, eigentlich nicht.« Anne zeigte aus einem Impuls heraus auf ihre Narbe. »Das nennst du attraktiv?«

»Ja und? Im Moment siehst du auch nicht schlimmer aus als ich.«

»Das ist alles. *›Na und?‹*« Anne blinzelte verblüfft. »Bei meiner Geburt war ich entstellt. Ich habe eine Narbe, und im Gegensatz zu deiner Verletzung bleibt sie für immer.«

»Es ist keine Narbe, es ist eine Zielscheibe. Und für meinen Geschmack ist sie nicht groß genug.« Matt bedeckte ihren Mund mit einem Kuss, küsste sie sanft, wieder und wieder, überwand mit jedem Kuss ihre Scham. Sie erwiderte seinen Kuss, ließ sich und ihre Ängste von ihm fortführen. Auch sie ging vorsichtig mit ihm um, achtete darauf, seine Wunde nicht zu berühren, küsste ihn immer intensiver, erkundete ihn.

Anne ließ sich gegen die Lehne der Couch sinken, über der einige Papiere lagen, und spürte, wie er sich auf sie presste. Ihr Körper wurde unter seinem Gewicht ganz warm. Sie ignorierte das Rascheln der Kopien unter sich, und es war ihr völlig egal, welchen Präzedenzfall er zitieren wollte. Sie versuchte nicht einmal, einen Blick auf den Bildschirm seines Laptops zu erhaschen, als er nach hinten langte, um die Lampe auszuschalten.

Mentale Notiz: *Manche Menschen müssen sich zwischen Liebe oder Krieg entscheiden, aber Anwälte können beides haben.*

Als es am Sonntagmorgen dämmerte, waren die Gehwege menschenleer, und nur wenige kleine Trucks und Vans ratterten vorüber, beförderten Eis, Tische und Zelte für die Festlichkeiten in der Stadt. Anne eilte von Matts Haus durch die Straßen der ›Olde City‹, glücklich und mit neuer Energie, nach einer Nacht mit einem Mann, der sie liebte. Noch konnte sie nicht sagen, dass auch sie ihn liebte, aber sie mochte ihn wirklich sehr, und ihre Gefühle wurden zusehends tiefer.

Anne lief schneller, mit einer Hand neben der Tasche, damit der Revolver nicht herausfiel. Na gut, sie erfüllte in Sachen Feuerwaffensicherheit nicht gerade eine Vorbildfunktion, und sie trug auch keine Unterwäsche. Sie hatte keine Zeit gehabt, um nach ihr zu suchen. Sie war früh aufgestanden, um zu Bennie zurückzukehren, damit sie sich keine Sorgen machte. Oder herausfand, dass ihre jüngste Partnerin mit dem Feind schlief.

Sie eilte die gepflasterten Straßen entlang und brach in der schon heißen Luft in Schweiß aus. In Philadelphia hieß es immer: »Es ist nicht die Hitze, es ist die Feuchtigkeit.« Aber dem konnte Anne nicht zustimmen. *Es ist heiß, ihr Dumm-*

köpfe. Sie schob die Sonnenbrille hoch, die ihre Nase hinunterzurutschten drohte, und joggte die letzten beiden Häuserblocks zu der Stelle, an der sie geparkt hatte, wurde erst langsamer, als sie an eine Reihe von Wagen kam, die sie aus der vergangenen Nacht wiedererkannte. Sie ging an einem blauen Minivan vorbei, einem weißen Mercedes 430 und einem blauen Pickup, dem letzten Wagen in der Reihe.

Anne blieb stehen und sah sich verwirrt um. *Verdammt, wo ist mein Wagen?* Auf der Straße war weit und breit kein roter Mustang zu sehen. Genauer gesagt war überhaupt kein Auto mehr dort, wo letzte Nacht noch alles zugeparkt war. Waren schon alle weggefahren? Hatte sie auf der falschen Straßenseite geparkt? Sie sah zu dem grünen Straßenschild. Delancey Street. Genau. Da hatte sie letzte Nacht geparkt.

Verzweifelt sah sich Anne nach dem Mustang um, aber er war nicht zu sehen. Sie drehte sich auf den Fersen und fand sich direkt vor einem Schild mit roten Buchstaben, das ihr in der Nacht zuvor, als sie kopflos zu Matt eilte, nicht aufgefallen war. Darauf stand: PARKEN VERBOTEN. WIDERRECHTLICH GEPARKTE FAHRZEUGE WERDEN KOSTENPFLICHTIG ABGESCHLEPPT.

17

Du Verliererin! Anne sank der Mut. Der Mustang war abgeschleppt worden! Sie verfluchte sich und ihre roten Haarwurzeln. Ihren Mangel an Planung und das Fehlen ihrer Unterwäsche. Was sollte sie jetzt tun? Sie könnte zurückgehen und sich von Matt fahren lassen, aber sie wollte ihre Dummheit nicht vor ihm bloßlegen. Jetzt wusste sie, was er damit gemeint hatte: *Und eigentlich stehen wir ganz am Anfang, und ich sollte dir nur die guten Sachen von mir erzählen.*

Anne kam auf eine Idee, eine bessere als die, einen Fluchtwagen im absoluten Parkverbot zu parken. Früher oder später würde ein Taxi vorbeifahren, und bis dahin könnte sie zu Fuß gehen. Sie würde ungefähr eine Stunde zu Bennies Haus brauchen, wenn sie von einem Ende der Stadt zum anderen ging, aber sie überschrieb ihre Situation mit der Kategorie »Keine andere Wahl«.

Anne marschierte los, in Richtung Westen, die Delancey Street hoch. Unterwegs machte sie innerlich Inventur. Der Mustang war ja nur ein Mietwagen, und sie hatte immer noch ihr Handy und eine nachgemachte Smith & Wesson. Was brauchte eine Frau mehr? Und obwohl sich der graue Himmel allmählich zu einem Wasserfarbenblau aufhellte, befand sie sich in relativer Sicherheit. Kevin würde sich vor den Cops verstecken. Es gab nur ein Problem: Sie würde es jetzt niemals rechtzeitig zu Bennie schaffen. Was tun? Anne zermarterte sich das Hirn nach einer guten Lüge, aber ihr wollte nichts einfallen. Vielleicht hatte der Sex ihre Superkräfte angezapft. Ohne ihre Superkräfte würde sie die Wahrheit sagen müssen. Sie würde zugeben müssen, dass sie nicht nur Hochverrat begangen hatte, sondern auch zu brünstig gewesen war, um auf Verkehrsschilder zu achten.

Anne lief weiter, zog ihr Handy aus der Handtasche und rief Bennies Privatnummer an. »Ich bin's«, sagte sie, als abgenommen wurde.

»Murphy?« Bennie klang verschlafen. »Warum rufst du mich an? Liegst du nicht nebenan im Bett?«

»Ähm, nicht wirklich.« Anne hielt im Gehen Ausschau nach einem Taxi. Die Straße war übersät von Müll und Pappbechern, die noch aus der vorigen Nacht stammten.

Plastikknaller lagen in der Gosse. »Es tut mir Leid, ich dachte, ich würde um diese Zeit schon wieder bei dir sein. Ich rufe an, damit du dir keine Sorgen machst.«

»Warum sollte ich mir Sorgen machen? Wo bist du?« Sie nieste, und Anne krümmte sich innerlich.

»Gesundheit. Es tut mir wirklich sehr, sehr Leid. Ich bin schon auf dem Weg.« Anne biss sich auf die Lippe. Es war lausig, Bennies Freundlichkeit auf diese Weise zu erwidern. Es war schwer. »Ich war gestern Nacht noch bei Matt. In einer Stunde bin ich bei dir, falls ich vorher nicht ein ...«

»Hast du gerade ›Matt‹ gesagt? Matt Booker? Warum? Wolltet ihr einen Vergleich aushandeln?«

»Das kann man so nicht sagen.« Anne wurde rot, aber vielleicht lag das auch an der Hitze – oder der Feuchtigkeit. »Ich habe die Nacht mit ihm verbracht. Ich gehe mit ihm, Bennie. Glaube ich.«

»*Mit Matt Booker? Du gehst mit Matt Booker?* Wie bitte? Wie lange schon?«

»Seit gestern Nacht. Hör zu, ich weiß, es klingt furchtbar, aber das ist eine persönliche Sache, keine geschäftliche.« Plötzlich fiel ihr Matts Verletzung wieder ein, und sie fragte sich, ob sie Bennie davon erzählen sollte. Würde sie Matt hintergehen, wenn sie es tat? Und was war mit Gil? Mentale Notiz: *Es gibt viele gute Gründe, warum man nicht mit dem Anwalt der Gegenseite schlafen sollte.*

»Du und Matt Booker habt was *Persönliches* laufen? Bist du verrückt?«

»Ich weiß, ich hätte es nicht tun sollen.«

»Er ist der Anwalt der Klägerin!«

»Ich war schwach.«

»Mein Gott, ich vergesse doch immer wieder, wie jung du noch bist!«, brüllte Bennie, dann riss sie sich zusammen. »Wir sprechen darüber, sobald wir uns sehen. Aber es gibt noch mehr schlechte Nachrichten. Ich schaue gerade aus meinem Schlafzimmerfenster. Die Presse hat sich vor meinem Haus breit gemacht und wartet darauf, dass ich herauskomme.«

»Letzte Nacht waren sie noch nicht da.«

»Das liegt daran, dass sie nachts schlafen, wie du es auch hättest tun sollen. Kurzum, du kommst hier nicht wieder zurück, ohne dass du oder dein Auto erkannt werdet.«

Das Auto ist nicht das Problem.

»Wir treffen uns im Büro«, erklärte Bennie streng. »Nimm den Hintereingang. Wir müssen uns auf die Trauerfeier vorbereiten. Die findet heute Mittag statt. Es wäre schön, wenn du daran teilnehmen würdest. Du bist schließlich der Ehrengast.«

»Ich weiß. Tut mir Leid.«

»Na gut. Ich sehe dich dann im Büro. Sei vorsichtig.«

»Keine Sorge.«

Bennie schnaubte, dann hängte sie ein.

Anne ließ das Handy wieder in ihre Tasche gleiten und eilte zur nächsten Ecke, wo sie auf ein Taxi hoffte. Es war jedoch keines zu sehen, darum ging zu sie Fuß weiter. Von hier aus würde sie keine Stunde bis zur Kanzlei brauchen. Unterwegs nahm sie eine kostenlose Zeitung aus einem der offenen Zeitungskästen. Es war *City Beat*, die Zeitung, von der sie gestern gehört hatte und deren Auflage sich offenbar auf die Stadt beschränkte. DER FLÜCHTIGE lautete die Schlagzeile, die über einem vergrößerten Fahndungsfoto von Kevin prangte, und Anne war begeistert. Jetzt würde jeder nach ihm Ausschau halten.

Sie las den Artikel im Gehen. Er breitete ihre ganze Vorgeschichte mit Kevin aus, und in einem eingerückten Kasten fand sie das Interview mit Mrs. Brown. Anne suchte nach dem Verfasser des Artikels: Von *Angus Connolly*. Der schlaksige Reporter in dem australischen Outback-Lederhut hatte seinen großen Exklusivbericht bekommen. Sie wünschte ihm alles Gute, dann warf sie die Zeitung in den nächstbesten Abfalleimer.

Als Anne die Kanzlei erreichte, schwitzte sie mächtig. Sie schlich sich die Locust Street entlang, vorbei an einer Horde von Reportern, Fernsehkameras und Nikkon-Fotoapparaten. Dann eilte sie in die Gasse hinter dem Bürogebäude, verbarg ihre Brüste vor dem heißen Herb und floh schließlich über die Treppe in die Kanzlei. Vorbei an der verlassenen Empfangstheke ging sie zu Bennies Büro im hinteren Teil der Kanzlei.

Bennies Tür stand offen. Judy und Mary saßen auf den beiden Besucherstühlen vor dem Schreibtisch, Bennie dahinter. Das Büro war voller Fachbücher, diverser Auszeichnungen und dunkelroter Lepaelloordner, und die drei Frauen beugten sich über etwas, das Anne nicht sehen konnte. Sie begrüßte sie mit schuldbewusstem Blick, und alle drei Köpfe schossen auf einmal in die Höhe. Mary und Judy lächelten, aber Bennie warf ihr einen Blick zu, der eindeutig besagte: Du bist dermaßen in Schwierigkeiten, dass knöchelhoch in der Scheiße zu stecken noch eine Verbesserung wäre.

»Es tut mir so Leid, dass du dir wegen mir Sorgen machen musstest«, beeilte Anne sich zu sagen, und sie meinte es ehrlich. Sie hatte zehn Häuserblocks lang darüber nachdenken können, was für ein Trottel sie gewesen war, und sie war zu dem Schluss gekommen, dass Matt zwar ein wunderbarer Mann war, sie aber nicht zu ihm gehörte. Noch nicht. Dienstag würde sie vor Gericht gegen ihn antreten, und zudem war ein Mann eben nicht immer die Antwort. Anne fühlte sich fast wie eine rückfällige Alkoholikerin. Mentale Notiz: *Der Wiedereinstieg in ein Leben mit Männern ist kacke.*

»Darüber sprechen wir ein anderes Mal. Jetzt gibt es Arbeit zu tun.« Bennies finsterer Blick wurde noch unterstrichen von der Trauerkleidung, die sie trug: ein schwarzes Kostüm mit einer cremefarbenen Bluse und schwarzen Pumps. Ihre lockigen blonden Haare wurden von einem schwarzen Leinenhut gezähmt. »Irgendwann in der Zukunft akzeptiere ich vielleicht deine Entschuldigung. Momentan ziehe ich mich innerlich zur Urteilsberatung zurück.«

Judy lächelte. »Hattest du denn Spaß, Miss Lebenslustig?« Sie trug einen schwarzen Baumwollpulli mit kurzen Ärmeln und einen unsäglichen schwarzen Rock, der ihr bis auf die Schienbeine reichte. Dazu schwarze Clogs mit nachgemachtem Ponyfell.

»Ach, hör auf, Jude«, warf Mary ein. Sie wirkte in ihrem schlichten schwarzen Kleid, das unten weit ausgestellt war, wie eine freundliche Nonne. »Ich finde Matt auch heiß. Anne, du verdienst es, glücklich zu sein, nach allem, was du durchgemacht hast. Natürlich gehe ich davon aus, dass du ihm nichts über den Fall gesagt hast.«

»Danke«, meinte Anne.

Bennie lächelte immer noch nicht. »Übrigens will ich meinen Revolver zurück«, knurrte sie.

»Klar. Tut mir Leid.« Anne zog die Waffe aus ihrer Handtasche, und Mary wurde bleich.

»Ist das wirklich ein *Revolver*?«

Judy zuckte zusammen. »Ist der *geladen*?«

»Nein«, sagten Anne und Bennie gleichzeitig.

Anne reichte Bennie die Waffe. »Ich habe nur eine Kugel gebraucht.«

»Das macht dann zehn Cents«, erwiderte Bennie, und ihre Blicke trafen sich in einem vorübergehenden Waffenstillstand über dem Revolver. Bennie zog die Schreibtischschublade auf, legte die Waffe hinein und drehte den winzigen Schlüssel im Schloss. Dann zog sie ihn heraus und ließ ihn in die Tasche ihrer Kostümjacke gleiten. »Keine weiteren Waffen. Ruhe bewahren.«

Judy schauderte. »Ich wusste gar nicht, dass du einen Revolver besitzt, Bennie.«

»Jetzt weißt du alles. Meine Lieblingsfarbe ist Golden Retriever, mein Lieblingssport ist das Rudern, mein Lieblingshobby ist es, Fälle zu gewinnen. Was am meisten an mir kratzt? Katzen. Und das ist nicht als Wortspiel gemeint.«

»Ich wollte gerade fragen, wie es Mel geht.« Eigentlich hatte Anne sich vor dieser Frage gefürchtet.

»Er hat heute früh nach dir miaut. Ich wollte ihn erschießen, aber jemand hat meinen Revolver gestohlen.«

»Bennie!«, rief Mary.

»War nur ein Witz.« Bennie zog einen Notizblock auf ihrem Schreibtisch zu sich. »Also gut, Kinder, jede von uns hat heute eine Aufgabe zu erledigen, richtig? Carrier, du kümmerst dich um die Blumen. Du hast auch die Liste mit dem Küchenpersonal, stimmt's?«

Judy nickte und sah auf ein Notizblatt auf Bennies Schreibtisch. »In erster Linie sind es Frauen, darum haben wir da gute Karten.«

»Achte darauf, dass wirklich jeder vom Küchenpersonal auf der Liste steht und du jeden Einzelnen abhakst.«

»Mach ich.«

Bennie sah zu Mary. »DiNunzio, du nimmst dir die Presse vor – das ist eine wichtige Aufgabe. Satorno könnte mit einer Kamera vor seinem Gesicht kommen oder als Fernsehmensch verkleidet. Die Presse hat keinen Zutritt. Keine Ausnahmen. Es ist zu riskant.«

»Ist gut.« Mary nickte. »Wie ausgemacht werde ich alle Presseausweise draußen prüfen und die Cops verständigen, falls ich ihn entdecke, ohne dass er es merkt, klar.«

»Genau.« Bennie sah auf ihre Liste. »Murphy, du kümmerst dich um den Ablauf. Du spielst die trauernde Cousine aus Kalifornien. Was ist, wenn deine Mutter auftaucht? Wirst du damit fertig?«

»Das wird nicht passieren, aber falls doch, ignoriere ich sie einfach.«

»Schaffst du das?« Bennies Unterlippe schürzte sich zweifelnd.

»Kein Problem. Ich habe jahrelange Übung.«

»Glaubst du, dass sie dich erkennt?«

»Nein. Nicht mit der neuen Frisur. Außerdem hat sie mich seit dem College nicht mehr gesehen.«

Judy und Mary tauschten Blicke aus, dann lächelte Mary. »In der Verkleidung, die wir für dich ausgesucht haben, wird dich ohnehin niemand erkennen, nicht einmal deine eigene Mutter.« Sie beugte sich zu einer Tüte im rot-weißblauen Freiheitsfarbenmuster, die auf dem Boden stand. In ihr hatten sie gerade gewühlt, als Anne das Büro betreten hatte.

»Was ist das?«, fragte Anne und näherte sich der Tüte, aber Judy hielt sie am Arm fest und drückte sie auf einen Besucherstuhl.

»Gestern Nacht haben wir deine Trauerkleidung gekauft.« Mary griff erregt in die Tüte. »Die Läden hatten noch alle offen, und es gab unzählige Unabhängigkeitstag-Schnäppchenangebote. Sieh dir diese Schuhe an! Sind die nicht süß?« Sie zog ein paar flache Treter aus der Tüte wie ein Zauberer ein Kaninchen aus dem Zylinder.

Igitt. »Wau, die sind toll!«, log Anne. Alte Gewohnheiten verlernte man nicht, es war wie Fahrradfahren.

»Probiere sie an!«, schäumte Mary über. »Es sind Superstriders, echt bequem. Ich trage sie ständig. Fest wie Eisen. Ich dachte mir, du hast Schuhgröße acht, so wie ich.«

»Gut.« Anne hatte ihr ganzes Leben lang noch keine Superstriders getragen, aber sie zog ihre Blahniks aus und schlüpfte hinein. Sie hatten absolut keinen Absatz und bestanden offenbar aus Gummi, aber sie passten ihr wie die Schuhe von Aschenputtel wie angegossen und fühlten sich besser an, als es ihre Pantöffelchen je getan hatten. Anne freute sich unbändig, vielleicht weil sie zum ersten Mal seit Jahren ihre Zehen bewegen konnte. »In diesen Babys kann ich einen Killer schnappen!«

Mary strahlte. »Wir haben dir auch ein Kleid besorgt. Judy, hol es mal raus.«

»Es ist total cool.« Judy schlug die Beine übereinander. »Du wirst es lieben.«

Anne sah, wie Mary ein Kleid hochhielt. Es war im erforderlichen Schwarz, aber ansonsten absolut unkonventionell. Es hatte einen tiefen Ausschnitt, war an der Taille v-förmig geschnitten und hatte einen Rüschchenkragen. Der Rock bauschte sich bis weit über die Knie, und der Stoff knitterte krinolinenartig. Das Kleid war mehr als nur ein modischer Fauxpas, es eignete sich als Halloween-Kostüm.

»Es ist irgendwie dramatisch«, meinte Mary taktvoll. »Aber Judy dachte, dass es dir gefallen könnte. Und es verdeckt dich großflächig, wie es eine gute Verkleidung tun sollte.«

Judy nickte stolz. »Es ist einzigartig. Ich habe es aus einem Laden für Modellschneiderei. Zieh es an, damit wir sehen, ob es passt. Es ist nicht nur ein Kleid, es ist tragbare Kunst.«

Hä? »Kunst ist gut. Ich mag Kunst.« Anne nahm das Kleid, schlüpfte mit dem Kopf voraus hinein und zog es über ihr T-Shirt und ihren Rock nach unten. An der Taille passte es, aber der schwarze Rock glitt zu Boden wie überlaufendes Öl. »Wir müssen den Saum hochtackern, aber ansonsten ist es perfekt. Danke.«

Sogar Bennie strahlte. »Das Beste hast du noch gar nicht gesehen. Das letzte, entscheidende Stück.«

»Noch mehr?« Anne sah furchtsam aus. Mary hielt einen schwarzen Strohhut hoch, dessen Krempe gewaltiger schien als die meisten Strandschirme. Sie reichte ihn Anne, die ihn aufsetzte und sich wie eine Abschlusskönigin im Kreis drehte.

Bennie, Judy und Mary grinsten kollektiv. »Wau!« Mary klatschte in die Hände.

»Ehrfurcht gebietend!«, sagte Judy, dann änderte sich plötzlich ihr Gesichtsausdruck. »Warte, das hätte ich ja beinahe vergessen. Ohne die hier kannst du nicht zur Feier.« Sie griff in ihre Tasche und zog etwas heraus, das in ihre Handfläche passte. Dann öffnete sie ihre Hand. Es waren zwei lange Ohrringe mit winzigen, unregelmäßig geformten Glasperlen, die in wildem Zickzackmuster und Wirbeln rot, schwarz und blau gefärbt waren. Das Sonnenlicht verfing sich in den Perlen, und sie funkelten wie ein Feuerwerk.

»Die sind wunderschön!« Anne war erstaunt. Sie hatte noch nie ähnliche Ohrringe gesehen, dabei gab es kaum eine Boutique, die sie nicht kannte. »Wo hast du die her? Auch aus einem Kunstladen?«

»Nein. Ich habe sie für dich gemacht. Die Perlen sind aus Glas.« Judy reichte sie mit einem verlegenen Lächeln an Anne. »Willkommen in Philadelphia, Anne.«

Anne knipste die Ohrringe fest. Sie war gerührt. Diese Frauen waren ihr gegenüber so großzügig, jede auf ihre Weise. Sie schienen sich wirklich Sorgen um sie zu machen. Annes Hals war plötzlich wie zugeschnürt, und sie brachte kein Wort heraus, darum tat sie, wonach ihr am meisten war, und warf sich den dreien der Reihe nach in die Arme, mit Hut und allem. »Ich danke euch!«, krächzte sie. »Ihr seid die Besten!«

Bennie klopfte ihr auf den Rücken und flüsterte ihr ins Ohr: »Es wird alles gut, Schätzchen.«

Eine Wärme durchflutete Anne, die sie nie zuvor erlebt hatte. Mentale Notiz: *Freundinnen sind wichtiger als Unterwäsche.*

»Also gut, Ladys, jetzt ist Showtime!«, verkündete Bennie und löste die Umarmungsorgie auf. Die drei Trauernden stürmten los, nur eine hinkte etwas hinterher: Anne.

»Bennie, ist das jetzt ein guter Zeitpunkt, um dir zu erzählen, was mit dem Mustang passiert ist?«, fing sie an.

18

Der Chestnut Club war einer von Philadelphias größten viktorianischen Prachtbauten, mit einer gewaltigen, vertäfelten Eingangshalle, einer ausladenden Mahagonitreppe und einem Treppenabsatz mit einem immens großen Buntglasfenster, das William Penn bei Verhandlungen mit den amerikanischen Ureinwohnern zeigte. Der Anwalt der Ureinwohner war nicht zugegen.

Im Innern sah Anne angespannt auf ihre Uhr. Elf Uhr dreißig. Eine halbe Stunde bis zum Beginn der Trauerfeier, und einige wenige Leute trafen schon ein. Es war eine kleine Gruppe, was sie auch erwartet hatte; nicht wegen der Feiertage oder aufgrund der kurzfristigen Einladung, sondern weil bis vor zwanzig Minuten niemand Anne gemocht hatte. Sie schritt durch die Trauernden hindurch, das Gesicht kunstvoll geschminkt, das Gesicht unter dem großkrempigen Hut und einem Schleier nahezu verborgen, die

Sonnenbrille über den Augen. Niemand konnte sie richtig *sehen*, geschweige denn erkennen, aber sie konnte durch das Gittergeflecht des Schleiers ihre Umgebung beobachten.

Anne entdeckte Marge Derrick, eine nette Mandantin aus einem ihrer Vertragsrechtsfälle, und noch eine Vertragsrechtsmandantin, Chery Snyder, sowie Lore Yao, eine reizende Frau, die sie auf einer Benefizveranstaltung für die Free Library kennen gelernt hatte. Die Belegschaft von ROSATO & PARTNER war vollzählig vertreten, und Anne wünschte, sie hätte die Mitarbeiter in das Geheimnis einweihen können, aber Bennie hatte sich dagegen entschieden. Von Kevin keine Spur.

Anne ging zum Vordereingang des Clubhauses und sah nach draußen. Die Presse drängte sich auf der Straße, umsäumt von Schaulustigen und Feiertagsausflüglern. Fotografen hielten ihre Kameras klickend über die Menge, und Fernsehreporter standen etwas abseits und sprachen in Videokameras. Sie ergossen sich vom Gehweg auf die Straße, die allzu wenigen Streifenpolizisten und die Absperrungen hielten sie nicht auf. Auch hier war nichts von Kevin zu sehen.

Anne richtete ihren Blick auf die vier *Rent-a-muscle*-Männer, die Bennie angeheuert hatte. Sie hatten sich in Anzügen unter die Menge gemischt. Eigentlich waren sie wie Anwälte gekleidet, aber ihre breiten Schultern, die sich unter ihren Anzugsjacketts spannten, verrieten sie. Anne entdeckte den australischen Outback-Lederhut von Angus Connolly und sah, wie Mary ihre Kreise zog, Presseausweise prüfte, Gesichter und Ausweise miteinander verglich. Anne konnte Kevin in der Menge nicht ausmachen. Plötzlich spürte sie einen festen Griff auf ihrer Schulter und drehte sich erschrocken um.

Es war Bennie. »Immer mit der Ruhe, Murphy. Es ist alles in Ordnung. Die Küche, die Presse und die Blumenlieferanten sind so weit gecheckt. Vielleicht würdest du dich besser fühlen, wenn du hereinkommst und dich setzt.«

Anne nickte, aber in diesem Augenblick entdeckte sie Matt draußen, in einem dunklen Anzug und hellblauer Krawatte. Nach dem Spießrutenlaufen durch die Presse stieg er die Treppe hoch. Die Schwellung auf seiner Wange war etwas abgeklungen, und Annes Herz machte bei seinem Anblick einen Sprung, doch dann erstarrte sie. Matt war nicht allein. Direkt hinter ihm kamen Bill und Beth Dietz, in Schwarz gekleidet. Anne traute ihren Augen nicht. Warum hatte Matt sie mitgebracht?

»Siehst du das?«, murmelte sie zu Bennie, die es – aus ihrem Gesichtsausdruck zu schließen – eindeutig sah. Bennie presste die Lippen zusammen, und ihre blauen Augen wurden kieselhart. Sie nahm Anne am Ellbogen.

»Es ist Zeit, hineinzugehen«, sagte sie und führte Anne zurück in die Eingangshalle. »Geh schon mal vor. Ich mische mich unters Volk.«

Anne wandte sich in Richtung des großen Saales, während Matt an ihr vorbeiging, ohne sie zu erkennen, im Schlepptau das Ehepaar Dietz. Warum hatte er sie nur mitgebracht? Wegen der Presse? Er musste doch wissen, dass er sie damit in Rage brachte. Sie hielt den Kopf gesenkt und ihre Gefühle in Schach, dann fiel ihr unvermittelt ein Mann auf, der neben ihr ging und sie direkt ansah. Es war Gil Martin.

Anne schreckte zusammen. Sie hatte Gil zwar in ihren Hinterkopf gedrängt, aber dies mochte sehr wohl der Tag sein, an dem sie gefeuert würde. Aus Gils Gesichtsausdruck, der wie immer professionell ernst wirkte, ließ sich nichts schließen. Gil trug einen dunklen Anzug, eine glänzende Hermès-Krawatte und eine neue Gesichtsbräune. Seine Hand berührte sie kurz am Arm.

»Falls du das unter dem Hut sein solltest, dann müssen wir reden«, erklärte er leise.

Verdammt. »Jetzt?«

»Ja. Jamie ist schon bei der Trauerfeier. Wir haben nur eine Minute.«

Anne führte ihn an der Treppe vorbei, an einer Reihe mit altmodischen Telefonkabinen aus Holz entlang und weiter zu der Raucherlounge. Niemand würde sich hier aufhalten, der Raum war zu abgelegen. Sie kam zu der Lounge, drückte die holzvertäfelte Tür auf, und wie vermutet, war der kleine Raum leer. Anne glitt hinein, Gil direkt hinter ihr.

»Gil«, sagte Anne und hob mit ihrer Eröffnungsrede an. »Ich denke wirklich, du solltest ...«

»Stopp.« Gil drückte ihre Schultern. »Du musst mich nicht überzeugen. Ich habe über deine Worte nachgedacht, über den Fall, und, offen gesagt, auch über die Medien. Ich habe schon früher auf dich gesetzt, und ich werde diesen Kurs auch weiterhin beibehalten.«

»Das ist wunderbar.« Anne war so dankbar, dass sie ihn umarmte, mit viktorianischem Hut und allem. Aber genau in diesem Augenblick öffnete sich die Tür zur Raucherlounge mit einem lauten Knarzen, und Anne und Gil blickten aus ihrer Umarmung auf. Gils Ehefrau Jamie stand in einem schwarzen *Chanel*-Kostüm in der Tür, zitterte vor Wut.

»Sogar hier, Gil? Kannst du deine Hose nicht einmal bei einer Beerdigung anbehalten? Obwohl ich *gleich nebenan* bin?« Jamies hübsches Gesicht war krebsrot, ihr bemalter Mund verzerrt. »Wer ist die da? Ach, vergiss es, es ist mir egal! Du hast es versprochen, Gil! Wir hatten eine Abmachung!« Sie drehte sich auf den Fersen um und ließ die schwere Tür hinter sich zufallen.

Anne rückte verblüfft von Gil ab. Diesen Vorfall musste sie erst verarbeiten. Sie hatte immer angenommen, dass Gil und Jamie eine gute Ehe führten. »Wovon redet sie, Gil? Was für eine Abmachung?«

»Ich habe keine Ahnung, wovon sie redet«, erwiderte Gil mit ruhigen, beherrschten Gesichtszügen. »Jamie glaubt immer, ich würde sie betrügen, was ich ganz offensichtlich nicht tue. Haben wir zwei denn eine Affäre? Nein. Sie ist einfach nur verrückt.«

»Das ist doch Bockmist!« Anne war von zu vielen verheirateten Männern angemacht worden, um ihm jetzt zu glauben. Hatte er sie nur benutzt? Sollte Matt Recht haben? War Gil der Lügner, nicht Beth Dietz? »Sagt Beth die Wahrheit? Hast du sie gezwungen, Sex mit dir zu haben?«

»Also bitte!« Gils blaugrüne Augen wurden schmal. »Ich habe mich noch nie jemandem aufgezwungen. Das habe ich gar nicht nötig.«

»Du hattest also eine Affäre mit ihr, richtig?«

»Na gut, in Ordnung. Du bist meine Anwältin und musst das vertraulich behandeln, stimmt's?«

»Gil, sag mir die Wahrheit!«, brüllte Anne. Gil packte sie wütend am Arm.

»Pst, mach hier keinen Aufstand. Na und? Ich und Beth hatten eine Affäre, wir haben es monatelang miteinander getrieben. Aber ich habe sie nicht gezwungen, mich zu vögeln, um ihren Job zu behalten. Sie wollte es. Sie hasst ihren Ehemann. Er ist ein Trottel, und er schlägt sie.«

Mein Gott. Anne rückte ab. Stimmte es? Beruhte die Affäre wirklich auf beiderseitigem Einvernehmen? Dietz *war* ein Trottel und Schläger. Annes Gedanken rasten, aber Gil schien sich bestens unter Kontrolle zu haben.

»Diese Anklage hat keine Berechtigung, Anne. Beth hat mich nur verklagt, weil ich die Affäre beendet habe und sie sich rächen wollte. An meiner Verteidigung ändert sich nichts. Nichts hat sich geändert.«

»Alles hat sich geändert! Ich habe dich mehr als einmal gefragt, ob du eine Affäre mit Beth hattest, erinnerst du dich? Du hast mich angelogen!« Anne konnte nicht fassen, wie leichtgläubig sie gewesen war. Sie hatte ihm geglaubt, weil sie ihm glauben wollte. Er war ihr Mandant, ihr Freund. »Du hast mir gesagt, schon die Frage würde dich beleidigen! Du hast mir das Gefühl vermittelt, mich mies zu verhalten!«

»Ich wollte nicht, dass du von der Affäre erfährst. Es war mir peinlich, und ich hatte Angst, du würdest es Jamie erzählen. Oder du könntest nicht in der Lage sein, es vor ihr zu verheimlichen. Ich sage dir: Ich habe Beth nicht zum Sex *gezwungen*!«

»Von welcher Abmachung hat Jamie gesprochen? Welche Abmachung habt ihr getroffen?«

»Sie bleibt während der Verhandlung und bis zum Börsengang bei mir. Ich will eine absolut weiße Weste. Außerdem bekommt sie zehn Millionen, wenn sie sich erst nach dem Börsengang von mir scheiden lässt. Wenn sie sich jetzt scheiden ließe, bekäme sie gar nichts. Wie würdest du dich da entscheiden? Und sie wird vor Gericht für mich lügen, wenn wir das wollen.«

»Das wollen wir aber nicht!« Anne konnte gar nicht schnell genug denken. Diese Seite von Gil kannte sie nicht. Wie hatte sie nur so dumm sein können? »Ich werde Jamie nicht als Zeugin laden und für dich lügen lassen! Und dich werde ich auch nicht als Zeugen aufrufen! Ich will dich überhaupt nicht mehr verteidigen. Such dir doch einen anderen Dummkopf!«

»Jetzt komm schon, reagiere nicht so emotional.« Gils Tonfall sollte beruhigend wirken, aber Anne verursachte er nur Ekel. Gil wollte sie berühren, um sie zu besänftigen, aber sie wich zurück. Das war ihr alles zu viel. Sie stand vor dem größten Fall ihrer Karriere und stellte mit einem Mal fest, dass sie einen absoluten Widerling verteidigte. Und sie hatte jetzt keine Zeit, sich damit zu befassen. Womöglich war Kevin schon da draußen. Die Trauerfeier konnte jeden Augenblick beginnen.

Anne drehte sich auf den Fersen um, genoss dabei das ziemlich dramatische Wirbeln ihres Rocks, und ließ ihren Mandanten ohne ein weiteres Wort stehen. Sie hatte keine Erklärung für ihr Verhalten, wo sie jetzt doch eine Brünette war. Mentale Notiz: *Impulsivität hat möglicherweise doch nichts mit der Haarfarbe zu tun.*

Anne eilte den Flur entlang, am Eingang vorbei und betrat den Saal, in dem die Trauerfeier stattfand. Der Raum war holzverkleidet, groß und schachtelförmig, mit mehreren Reihen brauner Klappstühle in zwei Blöcken und einem Mittelgang. Nur die ersten sechs Reihen waren belegt. Anne nahm in der hintersten Reihe auf der linken Seite Platz, von wo aus sie den besten Überblick hatte. Sie versuchte, sich wieder unter Kontrolle zu bringen. Das war ihre letzte Chance, Kevin zu erwischen. Sie inspizierte jeden Kopf, jedes Schulterpaar vor ihr. Kein Kevin. Anne sah auf ihre Uhr. Elf Uhr 55. Die Feier würde gleich beginnen. Wo blieb Kevin nur? Würde er überhaupt kommen?

Anne sah sich im Raum um. Judy und Bennie standen ganz vorn an der Seite und sprachen miteinander. Als Mary eintrat, gesellte sie sich zu ihnen. Matt saß rechts, neben dem Ehepaar Dietz. Gil hatte zwei Reihen hinter ihnen Platz genommen, den Kopf gesenkt wie ein Mann mit einem Gewissen. Neben ihm saß Detective Rafferty, in Mantel und Krawatte. Sein kettenrauchender Partner, dessen Rücken sich schwer gegen die Lehne des Klappstuhls drückte, saß an seiner Seite. Die Anwesenden schienen sich zu sammeln, während die letzten Nachzügler eintrafen. Anne versuchte, die Tatsache zu ignorieren, dass ihre Mutter sich nicht die Mühe gemacht hatte, an ihrer Trauerfeier teilzunehmen, dass ihr Liebhaber sie getäuscht, ihr Mandant sie kalt lächelnd angelogen hatte und dass ihr psychopathischer Killer immer noch auf freiem Fuß war.

Ein Blumenlieferant trat ein, und Anne sah, wie Judy zur Tür eilte, um ihn abzufangen, seinen Ausweis prüfte, ihn dann nach vorn winkte, wo er die Blumen neben den anderen abstellte: Lilien, Chrysanthemen und weiße Teerosen. Die weißen Rosen waren ein Geschenk von einem Mandanten, die anderen Blumen stammten von verschiedenen Innenstadtkanzleien, und ein Strauß kam von ihrem Fitness-Studio. Keiner stammte von Freunden, weil Anne keine Freunde hatte, und falls dieser Umstand von den fehlenden Blumen noch nicht genug illustriert wurde, gab es noch den Umstand, dass niemand in der Menge weinte oder auch nur ansatzweise traurig aussah.

Anne spürte ein Echo derselben Leere, die sie in Willas Haus empfunden hatte, beim Betrachten von Willas Schwarz-Weiß-Zeichnungen. Sie wollte nicht länger Willas Weg beschreiten, isoliert und ganz allein für sich, doch das hätte sie beinahe getan. Alles um sie herum war der lebende Beweis dafür. Anne gelobte auf der Stelle, ihr Leben durch ihren Tod verändern zu lassen. Aber zuerst musste sie Kevin ein für alle Mal Einhalt gebieten.

Bennie stand bereits am Rednerpult. »Guten Tag«, fing sie an und nestelte an dem schwarzen Mikrofon, um es in die richtige Position zu bringen. »Ich bin Bennie Rosato, und ich danke Ihnen sehr, dass Sie an dieser Trauerfeier teilnehmen. Heute ehren wir eine junge Frau, die ich sehr bewundere: Anne Murphy. Ich habe sie vor einem Jahr eingestellt, weil ich sie für eine intelligente, gut ausgebildete und fleißige Nachwuchsanwältin hielt. Aber um ehrlich zu sein, habe ich mir in den letzten zwölf Monaten nicht die Zeit genommen, sie wirklich kennen zu lernen. Was ich sehr bedaure.«

Anne bekam einen trockenen Mund. Das war nicht die Rede, die sie im Büro besprochen hatten. Bennie hatte die Vorstellung gehasst, die Leute anzulügen, darum wollte sie ihre Trauerrede allgemein und unpersönlich halten. Vorn an der Seite tauschten Judy und Mary Blicke aus, und die Kanzleibelegschaft unterhielt sich flüsternd auf ihren Stühlen.

»Aber vor kurzem habe ich Anne Murphy etwas besser kennen gelernt«, fuhr Bennie fort. »Und da lernte ich sie zu lieben. Ihre Kühnheit, ihren Mut und ihre Verbissenheit. Ihre Findigkeit, sogar ihre Rücksichtslosigkeit ...«

Plötzlich stand ein junger Mann am entfernten Ende der dritten Reihe auf. »Judy Carrier! Ms. Carrier!«, rief er. »Ms. Carrier! *Sie!*« Er wies mit dem Finger auf Judy, die vorn an der Seite stand. »*City Beat* will die Wahrheit wissen, Ms. Carrier!«

Bennies Mund öffnete sich überrascht, und Judy zuckte entsetzt zurück. Anne war ratlos. War das ein Witz? Wer war dieser Clown? Die Menge wandte sich dem jungen Mann zu, der unablässig weiterbrüllte.

»Ms. Carrier, warum hat man Sie am Tag nach dem Mord in Anne Murphys Auto gesehen? Was haben Sie zu Ihrer Verteidigung zu sagen?« Der Mann war von seinem Klappstuhl aufgesprungen und ging auf Judy zu, bevor die Anwesenden wussten, wie ihnen geschah. Er zog eine winzige Digitalkamera aus seiner Jackentasche. »*City Beat* will die Wahrheit wissen!«

City Beat? Das war doch die Zeitung, die Anne auf dem

Weg ins Büro gelesen hatte. Die Zeitung des Möchtegernjournalisten Angus Connolly, mit dem Outback-Lederhut. Aber dieser Kerl war nicht Angus Connolly, und was um alles in der Welt wollte er von Judy?

Anne erhob sich, sah geschockt zu, wie er Fotos machte. Sie eilte nach vorn. Detective Rafferty sprang von seinem Stuhl auf und stürzte auf den Reporter zu, ebenso sein vierschrötiger Partner.

Plötzlich schrie ein zweiter Mann vom anderen Ende der Reihe: »Judy Carrier! Carrier! Antworten Sie auf unsere Anschuldigungen! Was haben Sie in Anne Murphys Auto gemacht? Sie haben Anne Murphy umgebracht! *City Beat* weiß alles!«

Wie bitte? Anne war perplex. Judys Augen wurden groß, ihre Arme ruderten wie Windräder im Kreis, und sie stolperte nach hinten in die Blumen. Anne rannte zu ihr. Sie sah, wie Gil zum Ausgang eilte, das Ehepaar Dietz direkt hinter ihm. Matt und Bennie versuchten, den zweiten Reporter aufzuhalten, der auf Judy zurannte und irgendetwas bedrohlich in der Hand schwang.

»Judy Carrier!«, rief er. »Sie haben Anne Murphy getötet! Wir haben den Beweis! *City Beat* hat den Beweis! Eine exklusive Undercover-Ermittlung!« Er brüllte, als Bennie ihn packte. Matt und zwei andere Gäste warfen sich auf ihn, aber der junge Mann hörte einfach nicht auf zu brüllen. »Gestehen Sie! Sie hatten ihren Wagen! Wir haben den Beweis! Sie sind am Tag, nachdem Sie sie erschossen haben, damit herumgefahren!«

Mein Gott! Anne erstarrte im Gehen, ihre Gedanken rasten. Diese Amateure glaubten, Judy sei ihre Mörderin!

»Sie haben es getan!«, ereiferte sich der erste Reporter, als Detective Rafferty und sein Partner ihn zu Boden zwangen. »Das dürfen Sie nicht tun! Wir sind die Presse! Wir sind die Presse! Wir haben Rechte! Verfassungsmäßige Rechte!«

Plötzlich war in dem Saal die Hölle los. Menschen sprangen von ihren Sitzen, stolperten über Stühle. Anne wurde zur Seite geschoben, als ihr etwas leuchtend Rotes an der Tür ins Auge stach. Ein Dutzend rote Rosen, in der Hand eines Lieferboten, sein Gesicht über den Rosen gerade noch sichtbar. Seine Haare waren mattschwarz gefärbt, aber seine Augen, seine Nase und sein Mund waren erkennbar.

Es war Kevin.

»Haltet ihn!«, schrie Anne über den Tumult hinweg, aber Kevin war schon im nächsten Augenblick verschwunden. »Haltet ihn! Haltet diesen Mann auf!«, gellte sie, doch ihre Stimme verlor sich in dem Tumult.

»Nein!«, schrie sie erneut, dann drehte sie sich um und lief hinter Kevin her. Dieses Mal würde sie ihn nicht verlieren. Nicht noch einmal, nie wieder. Sie warf sich in die Menge, die auf den Eingang zueilte. Cops rannten in den Saal, blockierten ihr den Weg. Sie packte den kurzen Ärmel eines Polizisten, versuchte vergeblich, seine Hilfe zu erhalten.

»Officer, ich brauche Sie. Kommen Sie mit!« Aber der Cop war bereits an ihr vorbei und übernahm einen der Reporter in Handschellen, die von den Detectives abgeführt wurden. Sie musste es allein durchziehen.

»Weiter! WEITER!«, rief Anne den Leuten zu, die aus dem Saal drängten. Sie fand für den Bruchteil einer Sekunde eine Lücke in der Menge und hastete in den Flur, versuchte, Kevin über die fliehenden Gäste hinweg auszumachen. Plötzlich wurde jemand vor ihr nach hinten gedrängt, und Anne wäre beinahe zu Boden gestürzt. Ein anderer trat auf ihren Saum. Hut und Sonnenbrille wurden ihr vom Kopf gerissen. Kevin war nirgends zu sehen. Sie hatte ihn aus den Augen verloren. *Nicht schon wieder!* Ihr war nach Weinen zumute, nach Schreien. Tränen der Frustration wallten in ihr auf.

»He!«, kreischte sie, während sie auf die Seite geschoben wurde, dann spürte sie, wie sie das Gleichgewicht verlor. Sie kippte nach hinten, hielt sich an einer Handtasche fest, aber die dazugehörige Frau entriss ihr die Tasche. Rücklings landete sie auf dem Teppich, lief Gefahr, niedergetrampelt zu werden. Anne bedeckte den Kopf mit den Händen und rollte sich zur Seite, dann spürte sie, wie Blütenblätter an ihren Händen und ihrem Gesicht klebten.

Rote Rosenblätter.

Anne öffnete die Augen und sah durch das Gewirr an Beinen. Rote Blütenblätter lagen überall verstreut auf dem Teppich. Sie mussten von den roten Rosen stammen, die Kevin bei sich getragen hatte. Er musste sie von sich geworfen haben, als er weglief. Schwarze Pumps blockierten ihre Sicht, und der Pfennigabsatz einer Sandalette hätte beinahe ihr Ohr aufgespießt. Vor ihr rollte eine leere Glasvase. Hinter der Vase lag ein Stück weißes Papier, das sich von dem blutroten Teppich abhob. Daneben eine kleine Karte, die Art, die man an Blumensträußen befestigte. Kevins Karte.

Anne krabbelte auf allen vieren voran, riskierte Leib und Leben. Sie hielt den Blick fest auf die Karte gerichtet, die mit einer Nadel an einer kopflosen Rose befestigt war. Wenn Anne wartete, bis alle weg waren, wäre die Karte ebenso zerfleddert wie der Strauß. Anne war nur noch einen Meter von der Karte entfernt, dann einen halben. Sie streckte die Hand aus, aber ein klobiger Absatz ging auf ihren Zeigefinger nieder.

»Aua!«, Anne schrie auf, dann hechtete sie ein letztes Mal nach vorn.

19

Der Verhörraum im Roundhouse, dem Polizeihauptquartier Philadelphias, war so voll wie ein Zugabteil in einem Marx Brothers Film, aber es ging weitaus weniger lustig zu. Detective Rafferty lehnte an der Wand, ohne Jackett, die gestreifte Krawatte durch das Tohuwabohu im Chestnut Club gelockert. Sein Partner saß neben ihm, war im Zweifingersystem auf Buchstabensuche und haute auf die Tasten der uralten Schreibmaschine. Smith-Corona stand als Schriftzug auf ihr, und sie befand sich auf einem Pressholztisch vor der Wand. Abgesehen von ein paar Stühlen, einschließlich eines schlichten Stahlstuhls, der am Fußboden befestigt war, gab es keine weitere Möblierung in der engen, luftlosen Schuhschachtel von einem Raum. Er war schmutziggrün gestrichen, unglaublich abgenutzt und roch nach abgestandenem Zigarrenrauch. Judy und Mary standen an der Wand neben einem verschmierten Doppelspiegel, während Bennie an Annes Ellbogen Stellung bezogen hatte und als ihre Anwältin fungierte.

Anne saß auf dem stählernen Windsorstuhl. »Nein, ich bin nicht tot«, erklärte sie, was eigentlich irgendwie auf der Hand lag. Oder vielleicht auch nicht. Ihre Stirn zierte die Mädchenversion von Matts gänseeigroßer Beule, und ihre Rippen schmerzten. Zwei Knöpfe waren von ihrem kunstvollen Kleid abgerissen worden, und ihr hochgetackerter Saum hatte sich gelöst. Positiv war zu bemerken, dass sie immer noch die Perlenohrringe trug – und noch etwas anderes, das sie in ihrem Büstenhalter untergebracht hatte.

»Dann ist die Leiche im Leichenschauhaus also die von Willa Hansen?«, sagte der Detective.

»Genau.«

»Die keine Angehörigen hat.«

»Keine engen Angehörigen.«

»Was ist mit Ihrer Familie? Wollen die nicht wissen, dass Sie noch am Leben sind?«

»Ich habe meine Mutter seit zehn Jahren nicht mehr gesehen. Meinem Vater bin ich nie begegnet.«

»So, so.« Detective Rafferty rieb sich das Kinn, auf dem die Bartstoppeln mittlerweile nur so sprossen, obwohl es erst drei Uhr nachmittags war. »Bis Mittwoch hätten wir das selbst herausgefunden, dann kommen nämlich die Testergebnisse zurück. Falsche Identifikationen kommen gelegentlich vor, aber wir haben Mittel und Wege, das zu überprüfen. Allerdings hat das Feiertagswochenende uns da einen Strich durch die Rechnung gemacht.« Rafferty sah Anne an. »Sie haben also so getan, als wären Sie tot?«

Anne wollte darauf antworten, aber Bennie presste ihr die Hand auf die Schulter. »Ich rate meiner Mandantin, diese Frage nicht zu beantworten, Detective.«

»Großer Gott! Warum das, Rosato?«

»Weil ich einen guten Job als Anwältin mache«, erwiderte Bennie. »Ms. Murphy hat sich nur deshalb freiwillig bereit erklärt, mit Ihnen zu reden, weil Sie Judy Carrier in Zusammenhang mit dem Mord an ihr verhören wollten. Wir wissen jetzt alle, dass Ms. Murphy nicht tot ist und dass Kevin Satorno Willa Hansen in dem Glauben erschossen hat, es handele sich bei ihr um Ms. Murphy. Kevin Satorno ist also immer noch Ihr Mörder, Detective. Suchen Sie ihn.«

»Ich habe noch ein paar Fragen an Ms. Murphy, die uns offenbar absichtlich über ihren Verbleib getäuscht hat, was eine vorsätzliche Behinderung der Polizeiarbeit darstellt. Wie übrigens auch Ihr Verhalten und das der anderen Damen hier.«

Bennie zuckte nicht mit der Wimper. »Das entspricht nicht ganz dem Gesetzestext, aber ich habe jetzt keine Zeit, es Ihnen beizubringen. Meine Mandantin wird gern all Ihre Fragen beantworten, wenn ich es ihr erlaube. Fragen Sie nur.«

Der Detective wandte sich an Anne. »Gehen wir es noch einmal durch, Ms. Murphy. Sie haben den Mustang Freitagabend, am ersten Juli, gemietet. Freitagnacht wurden Sie fälschlicherweise als ermordet gemeldet. Dann fuhr Judy Carrier am Samstag mit dem Auto und tankte, wobei sie mit ihrer Kreditkarte bezahlte. Das war am zweiten Juli.«

»Ja.« Anne versuchte, Judy nicht anzusehen, die sich wahrscheinlich am liebsten selbst in den Hintern getreten hätte. Das Auftanken war ihnen zum Verhängnis geworden. *Random, Random, Random.* Das Display auf dem Laufband in ihrem Fitness-Studio kam Anne wieder in den Sinn.

»Ms. Carrier ließ die Kreditkartenquittung, die auf den zweiten Juli ausgestellt war, im Wagen liegen.«

»Ja.«

»Dann parkten Sie am Sonntagmorgen im Parkverbot, und der Wagen wurde abgeschleppt.«

»Ja.« Jetzt trat sich Anne insgeheim in den Hintern.

»Der Hertz-Vertrag wurde im Wagen gefunden und zeigte, dass Sie den Mustang gemietet hatten. Der Tankbeleg mit Carriers Namen darauf wurde ebenfalls gefunden, ausgestellt am Tag nach Ihrer vermeintlichen Ermordung. Sind wir uns einig, was diese Fakten betrifft?«

»Ja. Aber wie sind diese Trottel an den Beleg gekommen?«

»Sie haben einen Tipp vom Abschleppdienst bekommen, der sie verständigte, als der Wagen an der Sammelstelle eintraf.« Detective Rafferty sah in sein dünnes Notizbuch. »Der Besitzer der Sammelstelle für abgeschleppte Autos rief Angus Connolly an, weil der den Artikel in *City Beat* verfasst hatte, und verkaufte ihm die Information samt Fotokopien des Hertz-Vertrags und der Tankstellenquittung. Er hat sich auch mit dem *National Enquirer* und *Hard Copy* in Verbindung gesetzt.« Rafferty sah über seine Nickelbrille auf Anne. »Haben Sie mir diesbezüglich irgendwelche Informationen zu geben, Ms. Murphy?«

»Nein.«

»Dann wissen Sie also nur, dass Sie am Leben sind?«

»Und dass Kevin Satorno mich umbringen wird, sobald er das herausfindet.«

Rafferty schüttelte den Kopf. Sein vierschrötiger Partner tippte im Schneckentempo. Die letzte Zeile, die auf dem weißen Verhörprotokollblatt erschien, das aus der Schreibmaschine rollte, lautete UMBRINGEN WIRD, SOBALD ER …

Bennie legte eine Hand auf Annes Schulter, um sie zu beruhigen. »Wir bitten Sie doch nur um einen weiteren Tag, Detective. Nur ein einziger Tag, dann können Sie diese Nachricht veröffentlichen. Die Welt hält Anne immer noch für tot. Soll sie es einen weiteren Tag lang denken. Wenn Sie diese Information freigeben, verspielen Sie die Chance, Satorno zu ergreifen, und Sie bringen meine Kanzleipartnerin in Gefahr.«

»Ich verstehe nicht, welchen Unterschied ein einziger Tag machen soll.« Rafferty schüttelte immer noch den Kopf, was Anne nicht als schlechtes Zeichen wertete.

Bennie beugte sich vor. »Dann ist das Feiertagswochenende vorbei, das ist der Unterschied. Und es ist ein gewaltiger Unterschied. Wie Sie selbst sagten, liegt die Verzögerung der Testergebnisse nur am Feiertagswochenende. Danach ist der Personalengpass zu Ende. Sobald die Ferien vorüber sind, beruhigt sich der Verkehr, und alle gehen wieder ihrer Arbeit nach. Denken Sie einmal darüber nach, Detective.«

Rafferty hörte auf, den Kopf zu schütteln.

»Wenn die Welt herausfindet, dass Anne lebt, wird die Story explodieren. Besonders nach dem Debakel bei der Trauerfeier, bei der Annes Kollegin vor allen Anwesenden des Mordes beschuldigt wurde. *Hard Copy*, das Gerichtsfernsehen, *CNN*, alle Sender werden in die Stadt strömen, wenn sie nicht schon da sind. Glauben Sie wirklich, dass Sie mit dieser Flutwelle fertig werden, mit nur zwei Streifenbeamten im Dienst?«

»Wir haben noch mehr Beamte.«

»Aber nicht sehr viel mehr, und vergessen Sie nicht, es sind die Feiern zum Unabhängigkeitstag – und das in der Stadt, in der unsere Nation geboren wurde. Die Augen aller sind auf uns gerichtet, Detective. Wollen Sie wirklich, dass Philly gerade jetzt negative Schlagzeilen macht? Was würde das für Ihre Abteilung bedeuten? Wollen Sie wirklich die Aufmerksamkeit der Nation auf den Umstand lenken, dass sie die fehlerhafte Identifikation eines Mordopfers nicht bemerkten?«

Rafferty hörte jetzt aufmerksam zu, und Anne wusste, dass Bennie sämtliche Geschütze ins Feld führte, um den Gegner in die Flucht zu schlagen, eine seit alter Zeit hoch geschätzte Tradition unter Prozessanwälten.

»Detective, wir sind uns alle einig, dass Anne Murphy nur bestrebt war, ihr eigenes Leben zu retten und sich vor einem Mann zu verstecken, der bereits in Los Angeles versuchte, sie zu töten. Wollen Sie sie wirklich wegen Behinderung der Justiz anklagen, Detective? Wollen Sie diese Frau wirklich zum Abschuss freigeben – und das vor den Augen des ganzen Landes? *Am Unabhängigkeitstag? In Philadelphia?*«

Rafferty stöhnte. »Wollen Sie damit sagen, dass mir jetzt

die Frauenrechtlerinnen im Nacken sitzen? Warum heißt es nur immer ›Frauen hier, Frauen da‹?«

»Hier geht es nicht um Frauen, sondern um Opfer.«

»Ich bin kein Opfer«, platzte Anne heraus, und Bennie bellte: »Ruhe!«

Rafferty schüttelte wieder den Kopf. »Es gefällt mir nicht, wenn man mir droht, Rosato.«

»Das gefällt Anne Murphy auch nicht. Und mir übrigens ebenfalls nicht. Ich bitte Sie doch nur um einen einzigen Tag. Am Dienstagmorgen liefere ich Anne ab, und wir treten gemeinsam vor die Presse. Wir halten eine Pressekonferenz ab, auf der wir alle gut aussehen. Wir haben nur die Rechte des Opfers geschützt, bis wir den Täter hatten.«

Raffertys Blick glitt zu seinem Partner, der nach WENN DIE WELT HERAUSFINDET aufgehört hatte, zu tippen. »Was denkst du, Bierdose?«

Anne brauchte keine Erklärung für diesen Spitznamen.

»Dienstag ist übermorgen«, sagte der Kollege. »Heute ist Sonntag, also ist Dienstag in zwei Tagen.«

Bennie schlug ihn nicht nieder. »Es ist direkt nach dem langen Wochenende. Dienstagmorgen, in aller Herrgottsfrühe.«

Rafferty sah aus, als dachte er darüber nach. »Ich weiß nicht, ob ich so etwas überhaupt entscheiden darf.«

Anne wollte gerade *Bockmist* sagen, aber Bennie grub ihre starken Finger in Annes Schulter. »Dann lassen Sie mich mit Ihrem Captain reden. Lassen Sie mich ihm meinen Fall vortragen.«

»Das kann ich nicht. Er ist in der Notaufnahme des Temple Hospitals. Hat sich beim Softball den Knöchel gebrochen.«

»Dann mit dem Lieutenant. Ich rede gern auch mit dem Lieutenant.«

»Der ist am Strand. In seinem Haus in Longport übers Wochenende.«

»Dem Inspector?«

»Der ist gerade auf einem Fest für sozial benachteiligte Kinder, das von der Police Athletic League ausgerichtet wird. Er besucht dreißig solcher Kinderfeste, allein am heutigen Tag. Sackhüpfen und geröstete Marshmellows, Feuerwerk – mit allem, was so dazugehört.«

»Dann arbeiten heute also nur Sie und ich?« Bennie zuckte mit den Schultern. »Dann dürfen Sie es vermutlich allein entscheiden.«

»Mag sein.«

»Die eigentliche Frage lautet doch, was Sie mit diesen Clowns in der Zelle machen werden, diesen so genannten Reportern?« Bennie runzelte die Stirn. »Ich werde sie auf jeden Fall verklagen. Sie haben uns die Chance vermasselt, Satorno zu erwischen, und sie haben Carrier angegriffen. Murphy wäre wegen ihnen beinahe zu Tode getrampelt worden.«

»Stimmt«, fügte Judy hinzu. »Und jetzt denkt jeder in dieser Stadt, dass ich Annes Mörderin bin.«

»Weinen Sie sich bloß nicht bei mir aus.« Rafferty zeigte auf Anne und Judy. »Das habt ihr Mädels euch selbst zuzuschreiben. Ihr habt das Flugblatt verteilt. Ihr habt die Medien aufgestachelt und sie auf die große Story scharf gemacht. Ihr hättet euch denken können, dass daraufhin sämtliche Reporter – und Blödmänner wie diese Kinder – Schlamm aufwühlen würden.«

Judy sah zu Boden, und Annes blasse Haut färbte sich rosa. Leider hatte der Detective nicht ganz Unrecht. Anne war froh, dass sie ausnahmsweise mal nicht für sich eintreten musste. Mentale Notiz: *Der Begriff »Sprachrohr« hat durchaus seine Berechtigung.*

»Das entschuldigt keinesfalls, was diese beiden Männer

getan haben, Detective«, entgegnete Bennie zornig. »Was sollte das eigentlich werden: Verurteilung durch die Regenbogenpresse? Wenn die Jungs Beweise im Mordfall hatten, wie Tankbelege oder Ähnliches, hätten sie damit zu Ihnen kommen müssen.«

»Wie Sie das getan haben?«, schnaubte Rafferty. »Sie hatten Kenntnis davon, dass Murphy noch lebte. Haben Sie uns davon verständigt?«

»Bitte. Ich habe nicht versucht, dadurch Geld zu scheffeln oder berühmt zu werden. Ich wollte nur meine Angestellten schützen, und das ist ja wohl kaum vergleichbar. Außerdem haben wir Sie rechtzeitig verständigt. Wenn Sie diese beiden Arschlöcher nicht anklagen, sollten Sie besser dafür sorgen, dass sie nicht in meine Nähe kommen.« Bennie spuckte beinahe vor Wut. Anne war, als ob sie eine Grizzlymutter als Anwältin hatte.

»Immer mit der Ruhe, Rosato. Es sind noch Kinder. Der mit dem Dschungelhut heult wie ein Baby.« Raffertys hohe Stirn legte sich in Falten. »Die Frage lautet jetzt, was Sie für mich tun werden, wenn ich Ihre Mandantin weiterhin tot sein lasse.«

»Alles. So gut wie.«

»Genau so habe ich mir das vorgestellt.« Rafferty wies mit dem Finger auf Anne. »Sie da, Sie spielen nicht länger Amateurdetektivin. Wir haben unsere Quellen. Wir haben Erfahrung. Wir haben eine Mordkommission, die auf der Suche nach Flüchtigen mit den Bundesbehörden zusammenarbeitet, und wir sind an der Sache dran. Wir haben mit allen Bundesstaaten, mit allen Sendern Kontakt. Wir sind die Cops, nicht Sie, verstanden? Also, hören Sie damit auf, junge Dame!«

»Einverstanden.« Anne fügte nicht hinzu: *Aber ich habe ihn mit einem Strauß Blumen aufgestöbert.*

»Kein Herumschnüffeln mehr, keine komischen Hüte, keine Verarsche mehr, verstanden?« Der Detective beugte sich näher, und sein Hosenbein rutschte hoch, wodurch Anne einen Blick auf ein Knöchelhalfter mit einem Revolver mit dunklem Griff erhaschte. Eine *Smith & Wesson* .38. keine Nachahmung. Anne wünschte, sie würde ein solches Teil besitzen, aber sie wusste, das war in diesem Augenblick nicht der rechte Gedanke.

»Ja, Sir«, sagte sie.

»Es ist zu Ihrem eigenen Besten, Miss Murphy. Die Festnahme eines Flüchtigen ist eine gefährliche Angelegenheit. Wenn ich Sie noch ein einziges Mal bei dem Versuch erwische, dann schließe ich Sie weg. Haben Sie mich verstanden, Frau Anwältin?«

»Verstanden«, sagte Anne. Und natürlich hatte sie verstanden. Das nächste Mal würde sie sich nicht dabei erwischen lassen.

Der Detective beäugte erst Anne misstrauisch, dann Judy und Mary. »Haben Sie es auch begriffen, Ladys?«

»Ja, Sir«, sagte Mary.

»Wir werden brav sein«, ergänzte Judy.

»Ist das ein Deal?«, fragte Bennie, aber sie kannte die Antwort bereits.

Eine halbe Stunde später kämpften sich die vier Frauen durch die Reporter, die sich vor dem Roundhouse versammelt hatten, drängten sich in Trauerkleidung durch die Menschen, Fotoapparate, Videokameras, die Fragen und die Scheinwerfer. Bennie teilte dieses Dickicht mit starker Hand, packte mit der anderen Anne am Ellbogen. Judy und Mary links und rechts bildeten die Abwehrflanke.

Anne hielt den Kopf gesenkt, trug Judys Sonnenbrille und eine kanariengelbe PAL-Baseballmütze, die sie von einem Tisch im Bereitschaftsraum gestohlen hatte. Sie schafften es bis zur Straße, nahmen ein Taxi, hängten den Übertragungswagen eines Nachrichtensenders ab, der die Verfolgung aufgenommen hatte, und landeten schließlich bei ROSATO & PARTNER, wo sie sich in Bennies Büro sammelten. Anne war so selten in diesem Raum gewesen, dass sie sich einfach umschauen musste, obwohl sie eigentlich den anderen beim Kaffeekochen helfen sollte.

Gepolsterte Sessel mit einem Muster in Rosá und Bordeauxrot umgaben Bennies Schreibtisch, der Schreibtischstuhl war aus Kirschholz, bezogen mit butterweichem burgunderrotem Leder. Der Teppich war ein knotiger Berber, und das Büro war sogar noch vollgestopfter als das von Anne: Fachbücher, Dokumente, Fallordner und Korrespondenz quollen aus den Regalen und begruben die große Schreibtischplatte unter sich. Preise und Auszeichnungen von Juristenverbänden auf nationaler und bundesstaatlicher Ebene und von Bürgerrechtsgruppen bedeckten die Wände, und Anne fragte sich, ob sie im Laufe ihres Berufslebens auch nur eine dieser Auszeichnungen einheimsen würde. Doch zuerst musste sie lange genug leben. Das war ihre oberste Priorität. Und das Geheimnis, das *andere* Geheimnis.

»Unser Glück wendet sich zum Besseren, nicht?« Judy kam in das Büro geflitzt und reichte ihr eine Tasse Kaffee, die Anne dankend von ihrer etwas durchnässten Kollegin annahm. Judys schwarzer Rock und ihre Clogs waren blumenwasserdurchtränkt, und sie hatte in dem Durcheinander einen Ohrring verloren. Der verbliebene silberne Tropfenohrring baumelte an ihrem Ohr und funkelte in der Sonne, als sich Judy neben Anne setzte. »Wir sind in der Kaffeeküche übereingekommen, dass die Trauerfeier ein Fiasko war.«

»Es tut mir Leid, Judy«, sagte Anne. »Ich finde es furchtbar, dass dich jetzt jeder für eine mögliche Mörderin hält, wenn auch nur einen Tag lang.«

Judy wischte es beiseite. »Genau. Die Cops werden bekannt geben, dass ich nicht länger unter Verdacht stehe.« Bennie und Mary kamen mit Kaffeekanne und Tassen in den Raum und setzten sich, Bennie in ihren gemütlichen Schreibtischstuhl und Mary neben Judy.

»Aber niemand wird es glauben«, entgegnete Anne, und Mary stieg die Röte ins Gesicht.

»Ich hätte die Leute auf kleine Fotoapparate überprüfen sollen.«

Bennie schüttelte den Kopf und nahm einen Schluck Kaffee. »Er hat so getan, als wäre er ein Gast, das haben beide getan, und wir haben nie daran gedacht, jeden Gast zu überprüfen. Außerdem konnten wir nicht wissen, dass die Presse uns so dazwischenfunken könnte.« Sie nahm noch einen Schluck. »Und ich hätte an den Mietwagen denken müssen, als du mir erzählt hast, dass er abgeschleppt wurde. Jeder hat doch seine Unterlagen im Auto, die Wagenpapiere und alles. Ich habe einfach nicht daran gedacht.«

»Ich auch nicht«, räumte Anne ein. »Hört her, wir sollten uns deshalb nicht verrückt machen. Niemand hat Schuld. So was passiert einfach.« Sie überlegte kurz, ob sie ihnen den Begriff RANDOM erklären sollte, entschied sich dann aber dagegen. Das würde sie bekloppt wirken lassen. So wie die Tatsache, dass sie die Dialoge aus einem Großteil der *I-Love-Lucy*-Folgen auswendig aufsagen konnte. Na gut, aus allen *I-Love-Lucy*-Folgen. Dann fiel ihr das Gespräch mit Gil ein. Dass er die Affäre mit Beth zugegeben hatte, durfte sie den anderen nicht vorenthalten. Sie standen jetzt alle auf derselben Seite, und Freundinnen hatten keine Geheimnisse voreinander, das wusste Anne aus dem Fernsehen. »Mädels, ich muss etwas mit euch besprechen«, fing sie an und erzählte ihnen die ganze Geschichte. Als sie fertig war, hatten die anderen allesamt versteinerte Gesichtsausdrücke.

»Dieser Mann ist ein Schleimbeutel«, erklärte Judy.

»Ein Schwein«, ergänzte Mary.

»Ein Lügner«, erklärte Anne.

»Ein *Mandant*«, konstatierte Bennie.

»Nicht mehr. Ich habe ihm gesagt, dass er sich einen anderen Anwalt suchen soll«, schoss Anne zurück, und Bennie stellte überrascht die Kaffeetasse ab.

»Ach wirklich?«

»Verdammt richtig.«

»Dann bist du gefeuert.«

Autsch.

»Ich mache nur Scherze, aber das hättest du nicht tun sollen.«

»Bennie, Gil hat mich angelogen. Seit fast einem Jahr, immer und immer wieder. Meinst du etwa, ich hätte Gil nicht wegen Beth Dietz ins Kreuzverhör genommen? So naiv bin ich nicht.«

»Dann komm endlich darüber hinweg, dass er dich angelogen hat. Mandanten tun so etwas. *Menschen* lügen nun mal. Sie wollen, dass andere sie für besser halten, als sie in Wirklichkeit sind.«

Anne krümmte sich in dem weichen Sessel. »Er hat seine Frau betrogen.«

»Woher nimmst du das Recht, das zu behaupten? Bist du ihre Anwältin? Geht es hier um einen Scheidungsfall?« Bennies blaue Augen funkelten. »Du bist ein sehr kluges Mädchen, Murphy, also denke analytisch. Denke logisch. Der Mann hat Recht, wenn er sagt, dass dieser Umstand nichts ändert, was die Klage angeht. Und du hast Recht, wenn du sagst, dass du weder ihn noch seine Frau als Zeugen aufrufen willst. Ich werde nicht zulassen, dass du Zeugen zum Meineid verleitest.«

»Ich sollte ihm raten, zur Hölle zu fahren.«

»Nein, so darfst du nicht mit einem Mandanten sprechen. Ich bin sicher, er weiß, dass du nur Dampf ablassen musstest. Jetzt wirst du ihm sagen, wie du diesen Fall vor Gericht gewinnen willst, denn dafür bezahlt er dich. Mach es. Wie ich es machen würde. Nur besser.« Bennie grinste, aber Anne konnte sie kein Lächeln entlocken.

»Was soll ich denn tun, Bennie? Wie kann ich diesen Fall gewinnen? Matt hat absolut Recht. Er hat die Fakten.«

»Matt ist ein Genie«, meinte Judy. »Ein juristisches Genie. Er ist Louis Brandeis mit Haaren, Earl Warren mit Muskeln, Felix Frankfurter. Mit einem Frankfurter Würstchen.«

Bennie und Mary lachten, Anne versuchte, sich das Lachen zu verkneifen. »Vergesst, dass ich das gesagt habe. Und lasst Matt außen vor, okay?«

Judy kicherte. »Anne, als wir sagten, du solltest dafür sorgen, dass er die Hosen runterlässt, haben wir das nicht wörtlich gemeint.«

Anne tat so, als ignorierte sie diese Bemerkung. »Bennie, was soll ich tun? Nicht mit Judy, die ist ein hoffnungsloser Fall, aber mit Gil?«

»Jetzt wird es doch erst interessant.« Bennie nahm ihre Tasse wieder zur Hand. »Du hast ihn konfrontiert, und er sagt, es gab eine Affäre, aber sie geschah in beiderseitigem Einvernehmen. Jetzt zieh ihm alle Einzelheiten aus der Nase: wann sie zusammengekommen sind, wie alles geschah. Wann sie sich getroffen haben, was sie getan haben. Finde heraus, ob sie ihm irgendwelche Karten geschrieben hat, ob es Vermerke ihrer Treffen in einem Kalender gibt, wann sie in Hotels oder Restaurants gingen. Du musst Beweise suchen, dass es eine Affäre war. Wenn du *beweisen* kannst, dass es eine Affäre war, hast du gewonnen.«

Anne schauderte. »Das klingt hässlich.«

»Es ist hässlich.« Bennie nickte.

»Wisst ihr, was an dieser Entwicklung wirklich interessant ist?«, fragte Mary, und alle richteten ihre Aufmerksamkeit auf sie, weil sie es normalerweise den anderen überließ, Theorien aufzustellen. Mary räusperte sich. »Interessant wäre, herauszufinden, was Matt weiß. Mit anderen Worten, hat seine Mandantin ihn angelogen, wie Annes Mandant sie angelogen hat? Hält Matt diese Affäre für einvernehmlich oder für erzwungen?«

»Für erzwungen«, erwiderte Anne rasch. Etwas zu rasch, wie ihr am Blick der anderen klar wurde. Sie wollten Insiderinformationen. Bettgeflüster. Vielleicht sollte man aus diesem Grund das Bett nicht mit dem Anwalt der Gegenseite teilen. »Ich glaube nicht, dass er die Anklage vertreten würde, wenn er wüsste, dass es sich um eine Lüge handelt.«

»Ach nein?«, meinte Judy. »Eine Menge Anwälte würden das tun.«

»Er aber nicht«, erklärte Anne, und alle waren zu höflich, um das in Frage zu stellen. Anne hatte allerdings das Gefühl, es selbst in Frage stellen zu müssen. Und sie fragte sich immer noch, warum Matt das Ehepaar Dietz zu ihrer Trauerfeier mitgebracht hatte.

Mary nickte. »Du hast sicher Recht, Anne. Aber die Frage ist, warum Beth Dietz ihn verklagt hat.«

»Sie hat es nicht verwunden, dass die Affäre aus war«, erwiderte Anne. »Rache. Das denkt Gil zumindest.«

Bennie stand auf und streckte sich. »Okay, Kinder, wir haben viel zu tun. Im Moment ist für uns am wichtigsten, Anne zu beschützen, bis die Cops Satorno geschnappt haben. Wir tun also Folgendes …«

»Ich würde gern duschen, mich umziehen und weiter am Chipster-Fall arbeiten«, unterbrach Anne. Sie dachte an das Geheimnis in ihrem Büstenhalter, und sie trug immer noch keinen Slip. Ganz zweifellos hatte sie ein Unterwäscheproblem. »Kann ich in deine Wohnung und mich frisch machen, Bennie?«

»Nein, ich will dich nicht aus dem Auge verlieren. Du kannst die Dusche im Büro benutzen, wie schon zuvor, und wir haben jede Menge Klamotten hier.«

Verdammt. Anne musste auf ihren neuen Plan B zurückgreifen, aber sie durfte Bennie auf keinen Fall einweihen. Ihre Brötchengeberin würde nie und nimmer damit einverstanden sein, nicht nach dem Gespräch mit den Cops. »Bitte, die Sachen im Büro sind der Inbegriff von fehlgeleitetem Modebewusstsein. Ich verspreche, mich keiner Gefahr auszusetzen. Mary und Judy können mich begleiten. Sie agieren als meine Leibwächter.«

»Du kannst meine Wohnung benutzen, wenn du willst«, bot Mary an. »Ich kann dir auch ein paar Kleider leihen. Wir haben ungefähr dieselbe Größe.«

Judy trank ihren Kaffee aus. »Ich behalte die beiden im Auge, Bennie«, bot sie an.

»Dürfen wir gehen, Mom?«, bettelte Anne.

Trotz Bennies zweifelndem Blick kannte Anne bereits die Antwort. Sie fuhren im Aufzug hinunter und verließen das Gebäude durch den Hinterausgang. In den schwarzen Kleidern kamen sie bei der Hitze fast um. Anne wartete, bis sie sich alle auf den verschwitzten Rücksitz eines Taxis gequetscht hatten und fünf Häuserblocks von der Kanzlei entfernt waren, bevor sie in ihren BH langte.

Und dann machten sich die drei Frauen auf die Suche nach Kevin Satorno.

20

Blumen Schwartz stand auf dem Schild vor der Tür. Die dunkelhaarige Verkäuferin war so schlecht drauf, dass sie kaum aufsah, als die drei Anwältinnen in Schwarz in den leeren Laden einfielen. Sie hatte ein schnurloses Telefon zwischen Kinn und Schulter geklemmt und tippte auf die alte Tastatur einer Kombination aus Computer und Registrierkasse ein. »Wir haben geschlossen«, sagte sie und drückte auf die Enter-Taste. »Ich hatte noch keine Gelegenheit, das *Geöffnet*-Schild umzudrehen, aber wir haben ganz und gar geschlossen.«

»Ich habe nur ein oder zwei Fragen«, erwiderte Mary und pflanzte sich vor der Theke auf. Die drei hatten sich durch das Eliminierungsverfahren darauf geeinigt, dass Mary die Fragen stellen würde: Anne durfte keine weitere Aufmerksamkeit auf sich ziehen, Judy war bereits in den Nachrichten, und Mary hatte das Selbstsicherheitstraining dringend nötig.

Die Verkäuferin grunzte eine Erwiderung, während sie die telefonische Bestellung entgegennahm. Anne nutzte die Gelegenheit und sah sich um. Der Laden bestand aus einem einzigen Raum, eckig wie eine Miederschachtel, und die Luft roch nach Blumen und war leicht gekühlt. Der Boden war mit einem grasgrünen Teppichboden bespannt, eine Grasimitation, und Topfpflanzen säumten den Raum. Vor den Wänden standen Edelstahlschaukästen mit Gerbera in Orange und Gold, Iris im typischen Blau, weißen Gladiolen, rosa eingesprühten Nelken und langstieligen weißen Rosen. Die Ästhetik der Blumen konnte nicht verhindern, dass Anne erschauderte.

Kevin war hier gewesen.

Ihr Blick fiel auf die Theke, auf der Reste von bunten Bändern, etwas Schleierkraut und ein paar Farne lagen. Neben der Kasse stand ein Gestell mit kleinen Grußkarten, von denen viele eine bereits vorgedruckte Nachricht trugen: MEIN BEILEID, ICH DENKE AN DICH, AUF EINE SCHNELLE GENESUNG. Anne entdeckte eine schlichte weiße Karte wie diejenige, die sie vom Boden im Chestnut Club gerettet und in ihren Büstenhalter gestopft hatte. Sie zog eine dieser Karten aus dem Gestell und drehte sie in der Hand, während die Floristin hinter der Theke das Telefon zur Seite legte.

»Wir haben geschlossen, ganz ehrlich«, wiederholte sie. Ihre Augen waren haselnussbraun und fingen das Licht ein, das durch das Schaufenster vor ihr in den Laden fiel. Ihr Make-up war nicht mehr ganz frisch. Sie trug ein weißes T-Shirt und Jeans unter einer großen, weißen Schürze mit dem grünen FTD-Logo. Auf ihrem Namensschild stand RACHEL, in irischem Grün. »Ich habe schon den Kassenabschluss für heute gemacht. Ich kann Ihnen nichts verkaufen.«

»Ich will nichts kaufen«, sagte Mary. »Ich suche nach einem Mann namens Kevin Satorno, der heute rote Rosen an eine Trauerfeier geliefert hat. Entweder arbeitet er für Sie, oder er hat die Blumen hier gekauft und selbst angeliefert. Können Sie mir helfen? Es dauert auch nicht lange.«

»Er heißt Satorno? Dann kann ich Ihnen versichern, dass er nicht hier arbeitet.« Rachel lächelte. »Um hier zu arbeiten, muss man zur Familie gehören. Wenn er kein Schwartz ist, ist er auch kein Angestellter.«

»Dann kennen Sie alle Lieferboten?«

»Gehören alle zur Familie.«

»Keine Aushilfen?«

»So was gibt es unter den Schwartz nicht.«

Mary lächelte. »Na gut, das ist schon eine große Hilfe.

Das heißt, er hat die Rosen hier gekauft und sie mitgenommen.«

»Wie Sie meinen.« Das schnurlose Telefon klingelte erneut, und Rachel nahm es in die Hand. »Nein, 22nd Street! 22nd Street! Nicht 23rd!« Sie hängte ein. »Mein Bruder ist ein Vollidiot. Das ist der Nachteil an einem Familienunternehmen. Die Familie.«

»Haben Sie heute und gestern hier gearbeitet?«

»Ja, ich bin die Schwartz, die zählen kann. Mein Bruder hasst Mathe.«

»Dieser Mann hat ein Dutzend rote Rosen hier gekauft, entweder gestern oder heute. Die Karte stammt zumindest aus diesem Laden, und so sieht er aus.« Mary zog ein halbes rotes Flugblatt aus ihrer Handtasche und zeigte es Rachel. Sie hatten beschlossen, dass es fast so gut war wie Kevins Fahnungsfoto, mit dem Unterschied, dass es nicht wie ein polizeiliches Fahndungsfoto aussah, was unangenehme Fragen vermeiden würde. »Er ist weiß, groß, jung und sieht gut aus. Er hat blaue Augen, und sein Haar war blond, jetzt hat er es aber schwarz gefärbt. Als er zu Ihnen kam, war er entweder blond oder schwarzhaarig. Ich weiß, das ist nicht sehr hilfreich, aber mit mehr kann ich nicht dienen.«

»Sein Gesicht kommt mir jedenfalls bekannt vor.« Rachel reichte ihr das Flugblatt zurück.

»Erinnern Sie sich nicht an ihn?«

»Das ist aussichtslos. Haben Sie eine Ahnung, wie viele Leute in den letzten beiden Tagen hier waren und rote Rosen gekauft haben? Für den vierten Juli kaufen alle rote Rosen, für ihre Partys und so weiter. Es ist die Zeit von Rot, Weiß und Blau. Ich habe überhaupt nichts Rotes mehr auf Lager.« Rachel zeigte auf die Schaukästen. »Sehen Sie die hellblaue Iris? Sie ist traumhaft, aber sie wird hier verrotten. Der vierte Juli ist fast so schlimm wie der Valentinstag.«

»Ich verstehe. Haben Sie irgendwo verzeichnet, was die Leute hier kaufen?«

»Natürlich. Für jeden Verkauf fülle ich ein Auftragsblatt aus, auch für Leute, die persönlich hier vorbeischauen. Wenn Sie das meinen.«

»Stehen auch persönliche Informationen auf diesem Auftragsblatt? Der Name oder die Adresse?«

»Klar. Ich frage jeden nach Name, Adresse und Telefonnummer, aber nicht jeder macht diese Angaben. Rechtlich gesehen müssen sie es auch nicht, aber wir fragen trotzdem. Für unsere Mailingliste.« Rachel blickte abwehrend. »Wenn es allerdings richtig hektisch zugeht, dann habe ich nicht immer die Zeit, das Auftragsblatt auszufüllen. Das macht meinen Dad verrückt.«

Anne suchte mit den Augen die Theke nach den Auftragsblättern ab.

»Dieser Satorno hat möglicherweise nicht seinen richtigen Namen genannt«, fuhr Mary fort. »Vielleicht hat er auch eine falsche Adresse angegeben, aber er hat entweder gestern oder heute Morgen ein Dutzend rote Rosen hier gekauft. Haben Sie eine Möglichkeit, das herauszufinden? Wir müssen ihn finden. Es ist wirklich wichtig.«

»Sein Auftragsblatt heraussuchen?« Rachel wischte sich eine dunkle Haarsträhne aus der feuchten Stirn. »Hören Sie, es tut mir Leid, aber ich muss schließen, und ich habe noch einen Haufen zu tun, bevor ich hier wegkomme. Wissen Sie, wie lange es dauern würde, alle Auftragsblätter für rote Rosen durchzugehen? Sie sind nicht einmal sortiert, sondern alle durcheinander. Ich wollte sie erst am Dienstag aussortieren.«

Anne hielt weiter Ausschau nach den Auftragsblättern. Hinter der Theke, neben einem Regal voller bunter Bänder, befand sich eine Reihe grauer Loseblattsammlungen und

Kataloge. Daneben stieß sie auf Gold: Auftragsblätter. Einige waren auf einen altmodischen Dorn aufgespießt, aber die meisten lagen wild durcheinander. Sie stieß Mary in die Seite, deren Blick die Blätter ebenfalls entdeckt hatte.

»Rachel, ich weiß, Sie haben viel zu tun, aber wir können Ihnen helfen. Wenn Sie uns die Auftragsblätter durchsehen lassen, finden wir ihn vielleicht. Wir sind zu dritt, da würde es in Windeseile gehen, und wir sortieren die Auftragsblätter auch gleich für Sie. Dann müssen Sie es am Dienstag nicht tun. Während Sie den Laden schließen, sehen wir rasch die Auftragsblätter durch. Ihr Dad wird Sie für begnadet halten.«

»Nein. Tut mir Leid. Ich würde ja gern, aber es geht nicht.«

»Das Leben einer Frau hängt davon ab. Sie ist ungefähr in Ihrem Alter und nur durch einen Segen noch am ...«

Anne trat vor. »Es geht um mein Leben«, sagte sie, überrascht angesichts der Verzweiflung in ihrer Stimme. »Bitte, wir halten Sie nicht lange auf, das verspreche ich.«

Rachel sah Anne an, dann seufzte sie tief.

Kurz darauf war das Schild an der Tür auf GESCHLOSSEN umgedreht. Am fernen Ende der Theke standen drei Frauen in Schwarz vor drei Stapeln mit Auftragsblättern. Mary, Judy und Anne gingen die Auftragsblätter dieses Wochenendes durch, aber bislang waren noch keine roten Rosen an einen Kevin Satorno oder jemand mit den Initialen K.S. verkauft worden. Sie hielten auch Ausschau nach verdächtig klingenden Namen, die als Decknamen in Frage kamen.

Anne hatte nur noch zehn Auftragsblätter vor sich und das Gefühl, sich vergeblich all der Mühe unterzogen zu haben. Kevin würde niemals seinen richtigen Namen oder seine richtige Adresse angeben. Er war auf der Flucht, alles andere war blöd. Aber sie wollte gründlich sein und versuchte, sich nicht entmutigen zu lassen. »Wie läuft es bei dir, Mary?«, fragte sie. »Kein Glück?«

»Bislang nicht.«

»Gebt nicht auf!«, sagte Judy, aber Anne sah, dass sie nur noch fünf Auftragsblätter in ihrem Haufen hatte. Es war unrealistisch, da noch auf einen Auftrag von Kevin zu hoffen. Es war reine Zeitverschwendung. Sie konnte sich einfach nicht damit abfinden. Wenn sie ihn jetzt nicht erwischten, wann dann? Bei ihrer Beerdigung? Wie viele vorgetäuschte Feiern konnte sie noch inszenieren?

Anne seufzte. Das war's. Sie hatte ihren Stapel durch. Sie kämpfte Tränen der Enttäuschung nieder. »Würde mir bitte eine von euch sagen, dass sie sein Auftragsblatt gefunden hat«, flehte sie laut.

Mary biss sich auf die Lippe. Sie war ebenfalls mit dem Stapel durch. »Kein Satorno. Kein Name, der auch nur ansatzweise verdächtig klingt. Nur ein Haufen Aufträge für rote Rosen und rote, weiße und blaue Nelken.«

Judy prüfte ihr letztes Auftragsblatt. »Jede Menge Rosen, keine für ihn. Die meisten dieser Aufträge wurden von Frauen erteilt, und er hätte sicherlich kein weibliches Pseudonym gewählt.« Sie wandte sich an Anne. »Vielleicht solltest du dir unsere Stapel nochmal vornehmen, du kennst seine Schrift sicherlich besser als wir. Auf der Karte war ja nicht mehr viel zu erkennen.«

Anne nickte nachdenklich. »Ja, du hast vermutlich Recht. Er hat mir damals auch schon Karten geschickt.« Sie langte nach Judys Stapel, dann blätterte sie Marys Stapel durch und konzentrierte sich diesmal auf die Handschrift. »Ich geb's auf«, seufzte Anne, als sie beim letzten Blatt angekommen war.

Rachel trat aus dem hinteren Büro, ohne Schürze und die Haare mit einem Schmuckband zurückgebunden. Sie hielt eine Tüte in der Hand. »Ich bin jetzt mit allem fertig. Ich habe sogar die Lieferwagen sauber gemacht. Haben Sie ihn gefunden?«

»Nein«, erwiderte Anne mutlos.

»Das tut mir Leid. Wenn ich eine andere Möglichkeit wüsste, Ihnen zu helfen, würde ich es tun.« Rachel schaltete den Computer auf der Theke aus, dann öffnete sie die Tüte. »Ich habe nur noch eine Aufgabe zu erledigen, dann muss ich wirklich los. Meine Familie erwartet mich bei einem Barbecue.«

»Klar, das verstehen wir«, sagte Anne. Sie zermarterte sich das Hirn. Was könnten sie jetzt noch versuchen? Sollten sie alle Adressen überprüfen? Feststellen, ob es echte oder falsche Adressen waren?

»Mein Bruder und meine Eltern sind schon dort.« Rachel griff unter die Theke, zog einen großen, mit Blumenmotiven bemalten Papierkorb hervor und hob ihn mit einem Arm hoch. Anne packte die Tüte an den gelben Zugbändern und hielt sie für Rachel auf. Sie konnte jetzt nur noch weinen. »Danke«, sagte Rachel mit einem dankbaren Lächeln. »Mein Bruder überlässt mir immer den Müll. Schwein.«

»Danke, dass Sie uns helfen wollten.« Anne hielt die Tüte auf, während silbernes Verpackungspapier, grünes Seidenpapier und Pflanzenreste hineinfielen, gefolgt von einem entsorgten Katalog und feuchten Papiertüchern. Dann sah sie es. Eine schlichte weiße Karte. *Ich liebe dich*, stand darauf. Oder nicht? Eine Lawine weißer Freesienblüten begrub die Karte unter sich. Hatte Anne schon Halluzinationen? War das nicht genauso eine Karte wie die, die bei der Trauerfeier übergeben werden sollte? War das nicht Kevins Handschrift?

»Warten Sie!«, rief Anne. Sie schob eine Hand in den Müll, wühlte wie eine Verrückte darin herum, schob Papier,

Karten und Farne beiseite. »Habt ihr das gesehen? Mir war so, als hätte ich eine Karte gesehen wie die, die Kevin geschrieben hat.«

Mary trat zu ihr. »Wie die erste? Noch eine?«

Judy griff nach der Tüte. »Im Müll?«

Anne stöberte im Müll, fischte nach der Karte. »Darf ich die Tüte ausleeren? Bitte? Rachel, bitte? Ich wäre sowas von dankbar, ehrlich!«

Rachel lächelte schief. »Manchmal hasse ich diesen Job.«

»Es tut mir Leid. Aber ich glaube, ich habe etwas gesehen, das er geschrieben hat.« Anne nahm die Tüte und kippte sie auf den Boden, schüttelte so lange, bis sie leer war. Dann kniete sie sich neben den Müll und fing an zu suchen.

Mary hielt die schlichte weiße Karte, die sie mitgebracht hatten, hoch. »So sah sie aus. Und es stand ›Ich liebe dich‹ darauf. Mehr nicht.«

Rachel nahm Mary die Karte aus der Hand und betrachtete sie nachdenklich. »Kommt mir irgendwie bekannt vor. Ich erinnere mich daran. Nicht an den Mann, aber an die Karten erinnere ich mich.«

»An die Karten?«, fragte Judy. »An was erinnern Sie sich? An Karten? Im Plural?«

»Karten!« Anne hätte beinahe geweint, hörte mit halbem Ohr zu, während sie den Müll durchwühlte. Rosenblüten, Gänseblümchenblätter, Kaugummi, Zigarettenkippen und Bestandslisten flogen nur so umher. Da war die Karte! Anne nahm sie zur Hand und hielt sie hoch. »›Ich liebe dich‹ steht da.« Dann fiel ihr Blick auf eine weitere Karte im Müll. *Ich liebe dich.* Wieder in Kevins Handschrift. »Seht euch das an! Da sind noch mehr!« Sie suchte. *Ich liebe dich. Ich liebe dich. Ich liebe dich. Ich liebe dich.* Noch vier Karten, alle in Kevins Handschrift. Dann noch eine. »Es gibt fünf davon! Wartet, nein, es sind sechs!«

»Mein Gott«, flüsterte Mary. Judy beugte sich über den Müll und suchte weiter.

»Hier ist noch eine!«, sagte Judy und zog eine weiße Ich-liebe-dich-Karte hervor. »Das begreife ich nicht. Überall steht dasselbe drauf?«

»Mir kam das gleich ziemlich merkwürdig vor!«, rief Rachel aus. »Jetzt erinnere ich mich wieder. Dieser Typ schrieb die Karte an der Theke, was ja viele Leute tun, aber er schrieb sie immer und immer wieder. Zuerst hielt ich das für süß. Er wollte, dass es perfekt aussieht. Ich habe ihn damit geneckt, aber er hat nicht gelacht. Er schrieb einfach immer weiter. Ist *das* der Mann?«

»Ja!« Anne legte die Karten in einer Reihe auf die Theke. Elf Karten im Gänsemarsch. *Ich liebe dich Ich liebe dich Ich liebe dich Ich liebe dich.* »Wo ist sein Auftragsblatt?«

»O nein, als er im Laden war, herrschte gerade totale Hektik. Er muss zu denjenigen gehören, für die ich kein Auftragsblatt ausgefüllt habe.« Rachels Gesicht umwölkte sich. »Er muss gekommen sein, als es gerade gerammelt voll war. Ich wollte einfach nur die Blumen verkaufen und niemand lange aufhalten. Darum erinnere ich mich vermutlich auch nicht an sein Gesicht.«

»Keine Adresse?« Annes Herz plumpste auf den nachgemachten Grasboden, aber sie wollte nicht, dass Rachel sich mies fühlte. Kevin hatte es wahrscheinlich so geplant, damit er nicht erkannt würde. Oder vielleicht hatte er auch nur Glück gehabt. »Er hätte ohnehin keine richtige Adresse hinterlassen. Haben Sie gesehen, woher er kam?«

»Nein. Tut mir wirklich Leid.« Rachel sah so geknickt aus, dass Anne sie am Arm berührte.

»Ist schon gut. Wissen Sie, ob er mit dem Auto oder zu Fuß kam?«

»Keine Ahnung, aber hier in der Nähe kann man nicht parken. Er muss also gelaufen sein.«

»Erinnern Sie sich, wie er bezahlt hat?«

»Bar, denke ich. Ja, bar.« Rachel kräuselte ihre süße Nase. »Es ist schon komisch, ein- und dasselbe so oft zu schreiben, oder nicht? Also, viele Leute flippen mal aus oder werden obsessiv, aber nicht in dem Maß.«

»Er ist obsessiver als die meisten Leute.« Anne konnte wieder lachen, und plötzlich strahlte Rachel auf.

»Warten Sie! Ich erinnere mich – er hat seinen Stift vergessen! Er hat seinen Stift vergessen! Er schrieb so viele Karten und war so glücklich, als er es endlich geschafft hatte, und dann machte ich die scherzhafte Bemerkung und sah ihn an, und da wurde er sauer. Er ist so schnell gegangen, dass er seinen Stift vergessen hat. Ist das hilfreich?«

»Ich bezweifle es, aber wir wollen mal sehen.« sagte Anne, als Rachel in den großen Stiftehalter griff.

»Ich habe ihn hier hineingetan, zu den anderen.« Unvermittelt kippte sie den Becher auf der Theke aus. Füller, Bleistifte, ein Schraubenzieher und ein Messer ergossen sich auf die saubere Oberfläche und kullerten über den Schreibtisch. Es mussten ungefähr dreißig Stifte sein: rot, grün, blau und weiß, aufgehäuft wie die Malstifte eines Kindes. Dann fiel Anne etwas an den Stiften auf.

»Stifte haben Logos! Vielleicht erkennen wir daran, woher sie stammen.«

Anne hob einen marineblauen Kugelschreiber hoch, drehte ihn und las die eingedruckte Aufschrift laut vor. »Eigentum des besten Opas der Welt!«

Judy las den Aufdruck auf einem violetten Stift vor. »Claritin D-24 Stunden.«

Mary betrachtete argwöhnisch einen schwarzen Stift. »›Ace-Wischtücher‹. Die habe ich auch.«

Anne nahm einen weißen Stift, las die Aufschrift und hatte das Gefühl, von einem Stromschlag getroffen zu werden. Sie warf ihn in die Luft, und er schoss wie eine Leuchtkugel nach oben. »Wir haben ihn!«

21

Anne entdeckte zu ihrer Überraschung, dass ein limonengrüner VW Beetle fast so viel Spaß machen konnte wie ein Mustang Cabrio. Na gut, nicht wirklich, aber sie war so aufgeregt, dass sie endlich Kevin erwischen würden, und sie war wohlwollend gestimmt. Judy saß am Steuer ihres Wagens, Mary thronte auf dem Beifahrersitz, und Anne hüpfte auf dem stoffbezogenen Rücksitz auf und ab, während der *VW* die Auffahrt der Ben Franklin Bridge hochtuckerte. Mentale Notiz: *Kein Fahrzeug mit Gänseblümchen auf dem Armaturenbrett hat Muskeln unterm Motor.*

Anne rollte den weißen Stift, den sie aus dem Blumenladen hatte, zwischen ihren Fingern. Es war ein billiger Plastikkugelschreiber mit der Aufschrift DAYTIMER MOTEL in goldenen Lettern. Darunter standen die Adresse und die Telefonnummer des Motels in Pennsauken, New Jersey. Es war der einzige Motel- beziehungsweise Hotelkugelschreiber in dem Stiftehalter bei *Schwartz* gewesen, und Anne betete, dass Kevin ein Zimmer im *Daytimer* gemietet hatte. Der Beetle erreichte den Zenit der Brücke und musste angesichts einer Verkehrsschlange bremsen.

»Ach herrje, die Leute fahren immer noch an den Strand«, seufzte Judy. Sie hatte die Ärmel ihrer Bluse hochgerollt und ließ den linken Arm aus dem Fenster baumeln.

»Ich hatte gehofft, dass alle, die zum Strand wollen, schon gefahren seien.«

»Verdammt.« Anne beugte sich zwischen den beiden Vordersitzen vor und schätzte durch die Windschutzscheibe den Verkehr ein. »Sieht nicht gut aus. Wie lange werden wir brauchen, was schätzt ihr?«

»Nicht allzu lange«, meinte Judy. »Vor den Mautstellen bilden sich Schlangen, aber es gibt sie nur in eine Richtung, und zwar nicht in unsere, darum werden wir zügig vorankommen.«

»Wir hätten genug Zeit, Bennie anzurufen«, schlug Mary vor. »Ich habe mein Handy dabei. Vielleicht sollten wir es tun.«

»Nein!«, riefen Judy und Anne unisono. Anne mochte Judy immer mehr.

»Du darfst jetzt nicht kneifen«, sagte Anne zu der besorgten Mary. »Wir sind uns doch einig. Wir rufen Bennie an, sobald wir feststellen, dass Kevin im *Daytimer* eingecheckt hat. Warum sollen wir sie damit belästigen, wenn es sich als Schlag ins Wasser erweist? Vielleicht ist das ja gar nicht der Stift, den er zurückgelassen hat. Es besteht einfach nur die Chance, dass er im *Daytimer* abgestiegen ist – und es ist bestenfalls eine geringe Chance.«

Judy nickte. »Anne hat Recht. Außerdem würde uns Bennie das hier nie erlauben. Aber warum sollten wir nicht? Es macht Spaß! Wir dürfen die Schule schwänzen. Ist das nicht cool?« Sie winkte mit dem Arm vor dem Hintergrund des klaren blauen Himmels und den Rundbögen der Brücke. Anne musste indessen ständig an Kevin denken. Sie waren ihm wieder auf der Spur, nachdem sie ihn bei der Trauerfeier verloren hatten. Jetzt würden sie ihn kriegen. Bald war sie ihm so nahe, dass sie ihn erschießen könnte.

»Ist doch schlau von Kevin, in New Jersey zu wohnen,

oder?«, fragte sie beiläufig. »So ist er fern der Stadt und steht nicht im Brennpunkt.«

Judy stimmte ihr zu. »Außerdem erhebt sich dann die Frage, in welche Gerichtsbarkeit er fällt. Die Polizei von Philly ist hier gar nicht zuständig. Sie muss mit dem FBI zusammenarbeiten, und das ist immer problematisch.«

Mary hielt sich die Ohren zu. »Wir sollten nicht darüber sprechen. Das ist nicht richtig. Wir halten uns nicht an Bennies Anweisungen. Sie wird uns feuern.« Mary nahm die Hände von den Ohren und drehte sich zum Rücksitz. »Murphy, lass uns über den Chipster-Fall reden. Du musst jetzt, wo du von der Affäre weißt, ein neues Eröffnungsplädoyer erarbeiten.«

»Das stimmt.« Anne dachte darüber nach, dann griff sie in ihre Handtasche, klappte ihr Handy auf und drückte Gils Kurzwahl. »Los geht's. Ihr seid bitte ruhig.«

»Nicht furzen, Mare«, warnte Judy. Der *VW* blieb neben einer gigantischen Werbetafel für Harrah's-Seereisen stehen, auf dem eine Frau auf einem Flussdampfer stand, so groß wie ein Ozeanriese. In güldenen Lettern stand darüber: ICH BRINGE SIE HIN.

»Gil, ich bin's, Anne.« Sie presste das Handy ans Ohr, um den Verkehrslärm abzuschirmen.

»Anne, wo bist du? Geht es dir gut? Nach dem, was im Chestnut Club geschehen ist, habe ich mir furchtbare Sorgen um dich gemacht.«

Ja klar, deshalb hast du auch nicht angerufen. »Hör zu, wir müssen über unsere neue Verteidigungsstrategie sprechen. Komm heute Abend um sieben in die Kanzlei und bring alle Beweise mit, die du von der Affäre mit Beth hast.«

»Beweise? Was für Beweise?«

»Karten, Briefe, alles.« Anne musste an Ich liebe dich Ich

liebe dich Ich liebe dich denken. Merkwürdig, wie ähnlich sich all diese Beziehungen schienen. »Grußkarten, die an Blumensträußen befestigt waren. Quittungen für Hotelzimmer. Telefonrechnungen. Kalendereinträge. Schriftliche Belege, die zeigen, dass deine Beziehung zu Beth auf beiderseitigem Einvernehmen beruhte – und keine Gegenleistung für eine Fortführung des Arbeitsverhältnisses war. Wir werden die Wahrheit nicht verheimlichen. Wir werden sie beweisen.«

»Anne, nein! Ich will nicht, dass es an die Öffentlichkeit kommt. Nicht jetzt.«

»Du kannst nur auf diese Weise gewinnen. Wir müssen jedem Argument, das Beth' Anwalt sich ausgedacht hat, zuvorkommen. Jedem Indiz für einen sexuellen Übergriff.«

»Beth hat gar nichts! Ich habe ihr nie geschrieben. Hältst du mich für bescheuert?«

Nicht antworten. Das wäre der Beziehung zum Mandanten abträglich. »Was ist mit dieser Bonnar, der Französin. Sie hat bei ihrer Zeugenaussage bereits bestätigt, dass du sie zum Sex gezwungen hast, also werden sie es als ein Muster präsentieren. Wir machen zwar eine Eingabe, um ihre Aussage auszuschließen, aber der Richter wird erst nächste Woche darüber entscheiden, und möglicherweise lässt er sie doch zu. Wenn sie uns damit kommen, bist du erledigt. Und Chipster auch.«

»Aber ich habe sie nicht gezwungen! Ich habe noch nie eine Frau gezwungen! Ich hatte mit Janine Bonnard was am Laufen, aber ...«

Na toll. »Ich weiß, du brichst schon seit Jahren die Ehe. Und genau das wird unsere Verteidigungsstrategie. Fremdgehen ist nicht schön, aber es ist auch nicht ungesetzlich. Wir reden darüber, sobald wir uns sehen. Bring einfach alles mit. Ich muss jetzt los.«

»Und was soll ich Jamie sagen? Dass ich sie in aller Öffentlichkeit demütigen werde?«

Das hast du bereits getan. »Sag ihr, dass sie jeden Tag an der Verhandlung teilnehmen soll. In der ersten Reihe. Und wenn ich sie aufrufe, soll sie die Wahrheit sagen. Sie soll von dem Schmerz reden, den deine Affären ihr verursachten, aber sie soll auch aussagen, dass du eine Frau niemals zum Sex zwingen würdest. Deine Untreue wird uns diesen Fall gewinnen lassen, Gil. Dein Muster, deine Vorgehensweise besteht im Betrügen, nicht in der sexuellen Belästigung.«

»Das wäre furchtbar für Jamie. Und für mich!«

»Nein. Es wird zwar furchtbar für dich, aber ich habe das Gefühl, dass Jamie ihre Leidensgeschichte gern erzählen möchte, und vielleicht rettet sie damit deinen Hintern. Sie wird einen Kontrapunkt zur Klägerin bilden, und die Wahrheit dessen, was geschehen ist, kommt durch sie am besten zutage, weil es so offensichtlich ihren Interessen zuwiderläuft, wenn sie es zugibt. Die Geschworenen werden erkennen, dass du genug bestraft wurdest, und sich für die Verteidigung entscheiden.«

Gil klang eindeutig unglücklich. »Anne, darüber muss ich gründlich nachdenken.«

»Wir reden heute Abend darüber. Ich muss erst sehen, was du alles hast.«

»Soll das heißen, dass du immer noch meine Anwältin bist?«

»Also bis heute Abend.« Anne klappte ihr Handy zu. Sie fühlte sich unwohl. Als sie Gil noch geglaubt hatte, hatte ihr der Fall um einiges besser gefallen. Nun kannte sie die Wahrheit.

Judy sah sie im Rückspiegel an. »Der Verkehr bewegt sich langsam wieder. Das ist ein gutes Zeichen.«

»Lasst uns den bösen Buben schnappen«, erklärte Anne, und Mary brachte ein vorsichtiges Lächeln zustande.

Fünfzehn Minuten später fuhr der Beetle an den Mautstellen vorbei auf den Admiral Wilson Boulevard, der den »Garden State« nicht gerade von seiner besten Seite zeigte. Die vier Fahrspuren führten vorbei an Stripteaselokalen, Alkoholläden, Stripteaselokalen und Alkoholläden. Hin und wieder wurde diese Szenerie von einer Spielhalle unterbrochen oder von einer Stripteasebar, die sich Gentlemen's Club nannte. Anne war sicher, dass sich dort keine Gentlemen aufhielten. Der Beetle bog nach links, dann nach rechts, an Reifenlagern vorbei, einer Schrotthandlung und einer Haltestelle für die PATCO-Expresslinie, einer einspurigen Bahn, die Pendler über die Brücke nach Philadelphia brachte. Nachdem sie sich ein wenig verfahren hatten, fand der Beetle mit seinen verschwitzten Anwältinnen den Parkplatz vor dem *Daytimer.*

Es war ein kleines, geschmacklos gebautes Motel, das wahrscheinlich in den Sechzigern errichtet worden war. Der Eingangsbereich war großzügig überdacht und sollte wohl als Einstellplatz dienen. Die gläserne Eingangstür war mit Sicherheitsbrettern zugenagelt, und rechts davon flackerte ein Neonschild, auf dem ZIMM R FREI stand. So ekelhaft diese Absteige auch war, Anne wäre am liebsten sofort hineingestürmt. »Ich kann nicht glauben, dass wir hier sind. Wir haben ihn!«

Judy fuhr auf einen freien Parkplatz gegenüber vom Eingang und schaltete den Motor aus. »Wau«, sagte sie und sah über die gebogene Kühlerhaube. »Seht euch die Architektur dieser Anlage an. Gefällt mir.«

Anne drehte sich um und erkannte sofort, was Judy meinte. Das Motel war als kurze, gerade Linie entworfen worden, wie ein Bindestrich parallel zum Parkplatz. Es bestand aus Erdgeschoss und erstem Stock, und die beiden Reihen mit nummerierten Zimmern waren vom Parkplatz und der Straße aus problemlos einzusehen. »Von hier aus sehen wir alle Türen und kriegen mit, wann er kommt und wann er geht.«

»He, seht euch die Nummernschilder der Autos an.« Mary betrachtete den Parkplatz. »Sie sind alle von außerhalb. Connecticut. New York. Maine. Virginia. Das ist komisch. Hier gibt es doch nichts zu sehen, keine Touristenattraktion.«

»Es ist ein Ehebrechermotel, du Dummkopf«, erklärte Judy wissend. »Menschen von außerhalb des Staates kommen hierher, um ihre Partner zu betrügen, wahrscheinlich Handelsreisende und solche Leute. Die Ortsansässigen steigen hier nicht ab, weil jemand sie erkennen könnte.«

Anne beugte sich über den Vordersitz. »Kevin hatte also keine Probleme, selbst am langen Wochenende ein Zimmer zu ergattern. Wegen des Unabhängigkeitstages arbeitet niemand, und sogar die Ehebrecher bleiben zu Hause.« Je mehr sie darüber nachdachte, desto mehr Sinn ergab es. »Und er wohnt hier ganz in der Nähe der PATCO-Expresslinie, die zwischen Philly und Jersey verkehrt. So kommt er in die Stadt und wieder zurück, da er wahrscheinlich kein Auto hat.«

»Seht mal!«, rief Mary und wies mit dem Finger auf eine Tür. Ein kleiner, älterer Mann in legerem Anzug verließ ein Zimmer im ersten Stock. Neben ihm tänzelte eine sehr viel jüngere Frau in roten Hotpants und dazu passenden Plateauschuhen. »Ist das eine …«

»Prostituierte«, ergänzte Judy.

Anne war enttäuscht, dass es sich nicht um Kevin handelte. »Was machen wir jetzt? Wir müssen herausfinden, ob er sich hier eingetragen hat und ob er gerade auf seinem Zimmer ist.«

Mary beobachtete den Eingang. »Ich frage mich, ob ich Bennie oder die Cops anrufen soll. Sie sollten jetzt übernehmen.«

»Nein!«, riefen Anne und Judy wie aus einem Mund.

Anne lehnte sich vor. »Mach dir keine Sorgen. Wir wissen doch noch gar nicht, ob er wirklich hier abgestiegen ist, also sollten wir Bennie noch nicht anrufen. Und welche Polizei sollen wir denn verständigen? Die Polizei von Philly ist hier in Jersey nicht zuständig, wie Judy schon sagte, und bei der Polizei von Jersey kennen wir niemanden. Ich wüsste nicht einmal, wo anfangen.«

»Es ist eine FBI-Angelegenheit.« Mary biss sich auf den Daumennagel. »Da können wir anfangen.«

Judy sah zu ihr. »Mare, wie genau stellst du dir das vor? Wir rufen einfach an und sagen: ›Hallo, FBI?‹«

»Ja, vermutlich«, erwiderte Mary, klang aber nicht sehr überzeugt.

»Ich glaube nicht, dass er gerade auf dem Zimmer ist«, sagte Anne und inspizierte mit den Augen das Motel. Bisher hatte noch keine Menschenseele den Vordereingang benutzt. Der Ort wirkte irgendwie verlassen. »Wir wissen, dass Kevin heute Mittag in Philly war, bei der Trauerfeier. Ich nehme an, er ist immer noch in der Stadt. Wahrscheinlich beobachtet er mein Haus oder die Kanzlei, oder er hängt in einer Schwulenbar herum, bis sich die Aufregung durch die Trauerfeier gelegt hat. Und er plant seinen nächsten Schritt. Ein Flüchtiger will immer in Bewegung bleiben, damit er reagieren kann, wenn sich die Situation ändert.«

»Das klingt gefährlich.« Mary drehte sich um, und Anne sah die Angst in ihren braunen Augen.

»Wenn er nicht da drin ist, besteht keine Gefahr. Wir wollen ihn ja ohnehin nicht selbst festnehmen. Wir gehen hinein, sehen nach, ob er hier abgestiegen ist, und rufen die Polizei. Das ist der Plan.« Anne wirkte mit einem Mal entschlossen. »Das ist mein Plan. Du siehst mich hier vor deinen Augen planen.«

Judy grinste. »Ein Plan entsteht nicht erst vor Ort, Anne. Er muss im Voraus feststehen.«

Anne konnte es kaum noch erwarten, ins Motel zu kommen. »Also gut, wir müssen herausfinden, ob er hier abgestiegen ist. Sonst warten wir völlig grundlos.«

»Wie bewerkstelligen wir das?«, fragte Judy und drehte sich zu Anne. »Er wird sich ja nicht unter seinem richtigen Namen eingetragen haben.«

»Na, indem wir ihn am Empfang beschreiben, wie im Blumenladen.«

Judy schüttelte den Kopf, und ihr langer silberner Ohrring baumelte. »Am Empfang wird es dir niemand sagen und dich auch nicht ins Empfangsbuch schauen lassen. Das dürfen die gar nicht, und ich wette, in so einer Ehebrecherabsteige erst recht nicht. Ganz besonders nicht, wenn eine Frau um Auskunft bittet. Du könntest ja die Ehefrau von einem dieser Kerle sein.«

»Und wenn ich ihm Geld gebe? Ich könnte ihm einen Zwanziger zustecken, vielleicht sogar einen Fünfziger.«

»So was funktioniert nur im Film. Wir sind hier in New Jersey.«

Ein Lächeln zog sich plötzlich über Annes Gesicht. »Ich habe eine bessere Idee.«

»Hat das FBI damit zu tun?«, erkundigte sich Mary.

»Ganz im Gegenteil. Aber zuerst muss eine von uns zum Einkaufen. Mary, du wirst dafür auserkoren. Nimm den Wagen. Das Cherry-Hill-Einkaufszentrum liegt keine zehn Minuten von hier entfernt. Judy und ich bleiben hier, damit wir Kevin nicht verpassen, falls er zurückkommt. Wir verstecken uns in einem der Autos, falls eines offen ist.« Anne drehte sich, musterte die Umgebung. »Oder vielleicht auch an der Tankstelle. Und falls Kevin zurückkommt, rufen wir sofort die Cops.«

»Wie sieht deine Idee aus?«, fragte Mary. »Und warum muss ich dafür shoppen gehen? Ich komme gerade vom Shoppen!«

»So läuft das, wenn Frauen gegen das Verbrechen kämpfen«, erwiderte Anne, und obwohl es politisch unkorrekt war, wollte es keine auch nur ansatzweise leugnen.

Eine Stunde später tauchten drei Frauen aus einem limonengrünen VW Beetle auf und wackelten in roten Plateauschuhen über den brüchigen Asphalt des Parkplatzes vor dem *Daytimer* Motel. Sie waren dick geschminkt und trugen rote Hotpants aus Satin sowie bauchfreie rote Tops, die mit blauen und weißen Sternen übersät waren. Statt wie Prostituierte auszusehen, fand Anne, wirkte sie eher wie eine Gynmastikpuppe.

»Ich verstehe nicht, warum wir alle das Gleiche tragen müssen, Mare«, beschwerte sich Judy. Trotz ihres kräftigen Knochenbaus sah sie in Top und Hotpants erstaunlich schlank aus. Das Make-up ließ ihr Gesicht um einige Jahre älter aussehen, also quasi postpubertär. »Ich glaube nicht, dass sich echte Huren im Partnerlook kleiden, wenn sie … auf Freiersuche gehen. Oder wie immer man das nennt.«

»Es ging schneller, drei gleiche Outfits zu besorgen. Und außerdem passt es thematisch zum vierten Juli.« Mary knickte um, fing sich aber schnell wieder. Das Outfit betonte ihre kompakte Figur mit üppigen Rundungen, die Hotpants ließen ihre kurzen Beine sogar länger aussehen. Die Haare hatte sie zu einem Pferdeschwanz gebunden. Ihre Lippen waren blutrot bemalt. Anne hatte das Make-up fachmännisch bei ihnen allen aufgelegt. Mary hatte sich im Gegensatz zu Judy nicht gegen das Prostituierten-Make-up gewehrt.

»Es passt nun mal besser zum Plan.«

»Es ist ein dummer Plan«, sagte Judy.

»Es ist ein guter Plan«, meinte Mary.

»Es ist ein Ehrfurcht gebietender Plan«, erklärte Anne. »Außerdem ist es in den Hotpants nicht so heiß wie in den schwarzen Klamotten.« Sie war kein Fan von bauchfreien Tops, aber sie liebte die Plateauschuhe. »Pfennigabsätze und Knöchelriemen. Ich habe ein Faible für Knöchelriemen. Die Schuhe sehen aus wie ein Paar von Bruno Magli, das ich vor einiger Zeit gesehen habe, nur dass dieses Paar zehnmal teurer war.«

»Achtung, Bordstein!«, rief Mary wie der Ausguck auf der *Titanic*. Der gepflasterte Gehweg vor dem Eingang zum *Daytimer* Motel ragte bedrohlich vor ihnen auf. »Bordsteinkante! Direkt voraus!«

»Köpfe nach oben!«, warnte Judy.

»Nicht nach unten sehen!«, riet Anne. »Haltet euch an den Händen und dann los! Ich zähle auf drei: eins, zwei, drei!«

»Yepee!« Sie gaben sich die Hand und hüpften wie Papiermännchen auf den Gehweg. »Wir haben es geschafft!«

»Ich *liebe* diese Schuhe!«, rief Anne begeistert, und Mary kicherte. »Es gefällt mir, groß zu sein, auch wenn ich nicht gehen kann.«

Judy zog eine Grimasse, als sie die Eingangstür des Motels erreichten, und griff nach dem schmierigen Glasgriff. »Kleider kaufen, über Kleider reden, neue Kleider tragen. Einen psychopathischen Killer zu schnappen verblasst dagegen.«

Die Prostituierten schwankten durch den Eingang.

22

Das *Daytimer* Motel hatte keine Lobby, nur einen kleinen, vertäfelten Raum mit einer Theke aus Holzimitat, die den Zugang zu dem dahinterliegenden Aufzug blockierte. Faltprospekte quollen aus einem Metallgestell neben einem alten, braunen Computer, einem schmutzigen Telefon und einem Stapel kostenloser Zeitungen namens *Pennysavers*, deren Tinte so schwarz war, dass die Blätter schon verschmiert ausgeliefert wurden. Der Mann hinter der Theke ging auf die achtzig zu, hatte dunkle Augen hinter einer schmierigen Brille und trug ein weißes Polohemd, das schon bessere Tage gesehen hatte. Sein grauer Bart umgab ein obszönes Grinsen, das in dem Moment auftauchte, als Anne – die Anführerin ihres Geschwaders aus Unabhängigkeitsprostituierten – durch die Tür marschierte.

Mit den Hüften wackelnd, trat sie auf ihn zu, holte aus den paar Schritten bis zur Theke das Maximum heraus, dann beugte sie sich vor und bot dem Angestellten am Empfang eine üppige Aussicht auf ihre *Stars and Stripes*. »Ich suche nach einem Mann«, gurrte sie. »Das heißt, ich und meine Freundinnen suchen nach einem Mann. Es wurde uns gesagt, dass er hier wohnt.«

»Der Mann hat echt Glück«, meinte der Angestellte und musterte sie von Kopf bis Fuß.

»O ja, und wie viel Glück.« Anne klimperte mit ihren Augenlidern. Bei Matt hätte das nicht viel bewirkt, aber der war ja auch nicht alt genug, um sich an Betty Boop zu erinnern. »Wir sind eine Art Geschenk zum vierten Juli. Ein paar Freunde von ihm wollen ihn mit uns beglücken. Sie haben den Namen des Mannes auf eine Karte geschrieben, aber die habe ich verloren. Ich Dummerchen.«

»Armes Schätzchen.«

»Der einzige Weg, wie wir diesen Verbindungstypen finden und ihm sein ... Geschenk geben können, wäre, dass Sie uns helfen. Werden Sie das für uns tun?«

»Bitte, helfen Sie uns«, sprang Mary als Flirt-Rückendeckung ein.

»Wenn Sie uns nicht helfen, kriegen wir kein Geld«, schmollte Anne. »Wir müssen aber doch unseren Lebensunterhalt verdienen. Wir brauchen das Geld. Es wäre schrecklich.«

»Furchtbar«, fügte Mary hinzu.

Judy beugte sich vor. »Dann müssten wir Jura studieren.«

Der Angestellte lachte keckernd und befeuchtete die Lippen. »Klar, ich würde euch gern helfen, wirklich gern. Aber wie soll ich den Typen finden, wenn ihr seinen Namen nicht wisst?«

»Wir wissen, wie er aussieht. Er ist jung, hat ganz kurze Haare und ist ziemlich groß. Vielleicht einsneunzig, sehr muskulös. Er hat blaue Augen, und er ist ein Weißer. Ich habe vergessen, ob er blonde oder schwarze Haare hat. Er färbt sie sich gern um, wie ein Rockstar. Er muss erst vor kurzem hier abgestiegen sein, längstens vor einer Woche. Vielleicht ist er heute auch ausgegangen.«

»Schon kapiert.« Der Alte tippte etwas in seine schmutzig graue Tastatur und sah prüfend auf den Bildschirm eines uralten 286er PCs. Seine Augen wanderten langsam von links nach rechts, während er die Schrift auf dem Bildschirm las, und er drückte mit einem dreckigen Fingernagel auf die Enter-Taste. »Und ihr glaubt, dass er hier wohnt?«

»Ja, das glauben wir.« Anne nickte, ebenso wie die anderen. *Das glauben wir alle,* besagte dieses Nicken.

»Komm schon, Schätzchen.« Der Alte hatte aufgehört,

auf die Tasten einzuhämmern. Jetzt sah er hinter dem Bildschirm skeptisch zu Anne hinauf. »Ihr habt mich mit dieser College-Verbindung doch angelogen, oder etwa nicht?«

Anne versuchte, nicht nervös auszusehen. »Warum fragen Sie das?«

»Weil der Mann, den ihr beschrieben habt, nach dem Kerl in 24 klingt, aber der war in keiner Verbindung. Er hat vor fünf Tagen eingecheckt. Seine Haare waren blond, aber dem Haarschnitt nach zu urteilen, würde ich eine Million Dollar wetten, dass er gerade aus dem Knast kam, von wegen aus dem College.«

»Ach, ehrlich?« Annes Herz machte einen Sprung. Einen Plateauschuhsprung. Das musste Kevin sein. »Vielleicht ist das der Mann, mit dem wir feiern sollen. Vielleicht wollten uns die Jungs, die uns engagiert haben, das lieber nicht sagen. Nicht dass ich ihm einen Strick daraus drehen würde – wenn er seine Zeit abgesessen hat.«

»Genauso denke ich auch.« Der Alte zeigte auf den Bildschirm. »Hier ist er. Kommt euch der Name Ken Reseda bekannt vor?«

»Ja!«, erwiderte Anne und konnte ihre Erregung nicht verbergen. Kevin war in Reseda in Kalifornien geboren, das wusste sie aus seiner Akte. Ken Reseda musste einfach Kevin Satorno sie. »Das ist er. Sie sind wirklich spitze!«

»Tja, ich weiß nicht.« Der Alte lächelte unter seinem Graubart. »Einen Ex-Knasti rieche ich aus einer Meile Entfernung. Ihr würdet überrascht sein, was man alles lernt, wenn man die Leute beobachtet. Ich kriege hier viel zu sehen. Bin jetzt seit 25 Jahren im Hotelgewerbe. Mir gehört das Motel, wisst ihr.«

»Das habe ich gleich angenommen. Der Laden ist so gut geführt.«

»Und gemütlich«, fügte Mary hinzu.

Judy beugte sich vor. »Fast wie in dem verdammten Ritz.«

Anne unterdrückte ein Lächeln. »Wissen Sie zufällig, ob Mr. Reseda momentan auf seinem Zimmer ist?«

»Ich war heute Vormittag nicht hier, aber ich prüfe es mal nach.« Der Mann sah auf den altmodischen hölzernen Kabuff hinter sich, dann drehte er sich um. »Sein Schlüssel ist nicht da. Ihr hattet Recht. Er muss heute Morgen ausgegangen sein.«

»Ach, das ist schon in Ordnung. Würde es Ihnen etwas ausmachen, uns einen Zweitschlüssel für Mr. Resedas Zimmer zu überlassen und unser kleines Geheimnis zu wahren? Dann können wir ihn überraschen, wenn er zurückkommt.«

»Ich denke, das lässt sich machen, meine Liebe«, sagte der alte Mann und zwinkerte. Er griff hinter die Theke und holte einen Ersatzschlüssel aus seinem Kabuff.

»Und könnten Sie kurz auf seinem Zimmer durchläuten, wenn er zurückkommt, solange wir oben sind?« Anne wusste, sie gingen ein Risiko ein, aber sie wollte nicht im Wagen bleiben und Schmiere sitzen. »Wir brauchen eine kleine Vorwarnung, damit wir ... uns vorbereiten können.«

»Uns die Nase pudern«, ergänzte Mary.

Judy beugte sich vor. »Ich muss den Käfig bauen.«

»Ist gut. Hier ist der Schlüssel. Und sobald ich ihn sehe, rufe ich durch.« Der Mann ließ den Schlüssel etwas außerhalb Annes Reichweite baumeln, mit einem lüsternen Grinsen im Gesicht. »Besteht die Möglichkeit, dass ich von euch Mädels als kleines Dankeschön auch ein Geschenk bekomme? Bei mir funktioniert immer noch alles einwandfrei.«

Anne lachte – oder versuchte es zumindest. »Ich bin bestimmt nicht Ihr Typ.«

Mary kicherte unterstützend. »Und ich bin zu teuer.«

Judy beugte sich vor. »Mir macht es Spaß, Leute zu verklagen.«

Das lüsterne Grinsen des Alten löste sich in Luft auf, und er reichte Anne den Schlüssel mit einem nervösen Blick auf Judy. »Sie ist ein wenig abgedreht, nicht?«, flüsterte er.

»Und wie«, bestätigte Anne, dann schwankten die drei zum Aufzug.

Der winzige Aufzug wartete bereits mit offener Tür auf sie. Als sich die Türen hinter den dreien schlossen, fingen sie an zu lästern. Judy wischte sich eine frisch eingegelte Locke aus den Mascara-Augen und sah mit verletztem Blick zu Anne. »Du hast ihm gesagt, ich sei abgedreht!«, klagte sie vorwurfsvoll.

»Das war reine Taktik, damit er uns durchließ.« Anne konnte es kaum erwarten, nach oben zu gelangen. Sie beobachtete, wie der Stockwerksanzeiger langsam auf die Eins wechselte.

Mary sah zunehmend besorgt aus. »Sollen wir da wirklich allein hoch? Sollten wir nicht lieber erst Bennie anrufen und ihr alles erzählen? Wir haben ausgemacht, dass wir es tun würden.«

»Immer mit der Ruhe, das Zimmer ist doch leer«, sagte Anne. »Außerdem würde sie uns nur aufhalten wollen.«

»Mir gefällt das nicht«, erklärte Mary, aber Anne packte ihre Hand, als sich die Aufzugstüren ratternd öffneten.

»Komm schon, uns wird nichts passieren.« Sie standen auf einem überdachten Balkon mit einem Automaten vor den ehemals weißen Gipswänden, die im Laufe der Zeit grau geworden waren. Anne führte sie nach rechts, weil es keine andere Wahl gab. Vom Balkon blickte man auf den Parkplatz des Motels, auf die Tankstelle und auf ein Reifenlager. »Los geht's.«

»Ich bin nicht abgedreht«, murmelte Judy und wankte

hinterher. »Ich will keine abgedrehte Hure sein, ich will eine normale Hure sein.«

»Warum hast du dann diesen Käfig erwähnt?« Anne sah auf den Zimmerschlüssel mit der 247. Sie befanden sich vor 240. Kevin war jetzt so nahe, zumindest sein Zimmer. Die Plateauschuhe schlurften über den schmutzigen Fliesenboden, als sie an 240, 241 und 242 vorbeistapften. Judy schmollte noch immer.

»Keine Ahnung. Mir tun die Füße weh.«

»Tja, es tut mir Leid, wenn ich dich beleidigt habe. Ehrlich.« Anne konnte sich keinen Streit mit Judy erlauben, nicht so nahe an Kevins Zimmer. Ihr Magen verkrampfte sich.

Mary bildete die Nachhut. »Dich mochte er am meisten, Jude. Das habe ich gleich an der Art gemerkt, wie er dich ansah.«

»Glaubst du? Er meinte, ich sei abgedreht.«

»Deshalb bin ich mir ja so sicher«, bestätigte Mary. »Männer lieben abgedrehte Frauen. Verrückte, abgedrehte Mädels. Darum habe ich auch nie eine Verabredung. Ich bin zu katholisch.«

Judy hob eine Augenbraue. Anne schwieg, denn sie hatten die Tür erreicht. Sie steckte den Schlüssel ins Schlüsselloch und öffnete. Ihr Herz pochte heftiger. Obwohl Kevin bestimmt nicht auf dem Zimmer war, öffnete sie die Tür behutsam. Es ekelte sie plötzlich, sein Zimmer zu betreten, seine Welt, sein Leben. Als die Tür weit offen stand, tauchte Judy neben ihr auf. Mary gesellte sich zu ihnen und musterte die bizarre Szene.

Das Zimmer war klein, das Badezimmer lag gleich links, aber alle Möbel waren mit Papier bedeckt. Unzählige Ausschnitte aus Zeitungen, Schlagzeilen, Notizblätter, Karten, sogar stapelweise Fotos lagen auf dem durchgelegenen

Doppelbett vor der Wand und auf dem prunklosen Schreibtisch mit dem tragbaren Fernsehgerät. Mehrere Messer und Kleberoller waren auf dem dünnen, ausgetretenen, braunen Teppich neben einigen Zeitungsausschnitten verstreut.

Anne hatte sofort das Gefühl, als ob sie diesen Raum schon einmal gesehen hatte, dann fiel es ihr wieder ein. Sie musste an die Fotos von Kevins Schlafzimmer in seiner Wohnung ins Los Angeles denken, die bei seiner Verhandlung als Beweisstück A gezeigt worden waren. Sein Motelzimmer war eine Kopie seines Schlafzimmers in Los Angeles. Am meisten schockierten sie die ausgebreiteten Straßenkarten, auf denen ihre Wohnung und ihr Büro markiert waren, sowie Orte, an denen sie aß oder einkaufte. Anne hatte den Eindruck, als wäre sie in eines der Beweisstücke seiner Verhandlung getreten, und diese Erkenntnis ließ sie erstarren. *Es geschah ein zweites Mal.*

Mary schloss die Tür hinter ihnen, eilte zum Fenster und schob den hauchdünnen Vorhang etwas beiseite. »Ich bleibe hier und halte Ausschau, falls er zurückkommt.«

Judy ging an Anne vorbei zum Bett. »Was ist das für Zeug. Juristische Unterlagen?«, fragte sie und nahm ein Papier hoch. »Tatsächlich. Das ist unser letztes Schriftstück in Sachen Chipster.« Sie ging es erstaunt durch, dann legte sie es zur Seite und nahm einige andere Papiere zur Hand. »Das sind all unsere Eingaben im Chipster-Fall. Kopien der Klageschrift, die Erwiderung, sogar die Beweismitteleingaben und die komplette Prozessliste. Er hat unsere kompletten Unterlagen – als wären es öffentliche Dokumente.«

Anne zwang ihre Füße, sich in Bewegung zu setzen und zum Schreibtisch zu gehen. Zeitungsausschnitte über Chipster.com bedeckten die Resopaloberfläche, jeder sorgfältig aus einer Zeitung ausgeschnitten. NACKTER MANN VOR GERICHT lautete eine Schlagzeile, und Anne krümmte sich innerlich. Sie ging die Artikel durch, und es war, als ob Kevin wirklich alle Zeitungen abgegrast hätte; er besaß jeden noch so kleinen Artikel über ROSATO & PARTNER, er hatte die Beschreibungen der Anwälte sowie die des Ehepaars Dietz. Anne nahm eine zur Hand. Es war ein Farbausdruck, aus dem Internet. Wie hatte Kevin denn das fertig gebracht? Sie schob die Zeitungsausschnitte beiseite. Darunter war ein Laptop begraben, angeschlossen an einen portablen Drucker.

Judy hatte sich zwischenzeitlich zum Bett vorgearbeitet und hielt ein weiteres Stück Papier in der Hand. »Seht euch das an. Es ist eine Straßenkarte, übersät mit Kringeln.« Sie schaltete die billige Lampe neben dem Bett ein und studierte die Karte. »Annes Haus, die Kanzlei, das Gericht. Krank, aber ordnungsliebend.«

Anne schauderte. »Ich will das alles nicht noch einmal durchleben.«

Judy sah auf, ließ die Karte in ihrer Hand in vorgefaltete Abschnitte zusammenfallen. »Ich bin mir nicht sicher, ob es hier noch um dich geht«, sagte sie. Ihr Gesicht unter der Maske aus Make-up war ernst. »Das Haus von Beth Dietz in Powelton Village ist ebenfalls umkringelt, und neben einem Kringel mitten in der Fifteenth Street steht ›Beth isst hier zu Mittag‹.«

»Wie meinst du das?« Anne ging zum Bett, wo Judy ein Foto des Ehepaars Dietz in der Hand hielt, wie es nach der Vorverhandlung das Gerichtsgebäude verließ.

»Es gibt hier jede Menge Fotos von Beth. Sogar eines von einer Website, die Leuten hilft, ehemalige High-School-Freunde zu finden. Er muss sie gründlich recherchiert und sich mit einem falschen Namen angemeldet haben.«

»Ich kenne diese Website«, sagte Anne und betrachtete die Zeitungsfotos. »Du hast Recht. Es gibt fast so viele Fotos von Beth Dietz wie von mir. Mich hat er über diese Website auch recherchiert.«

Judy wollte gerade ein Foto auf das Bett zurücklegen, als sie erstarrte. »O mein Gott, seht euch das an.« Sie nahm ein weiteres Foto von Beth Dietz zur Hand und zeigte es den anderen beiden. Auf diesem Foto hatte er ein rotes Herz um ihr Gesicht gemalt.

Anne erstarrte. Sie hatte es bis zu diesem Augenblick vergessen. »Das hat er mit meinen Fotos auch immer gemacht.«

Judy drehte sich zu ihr. »Was geht hier vor sich, Anne? Hat er sich jetzt in Beth verliebt, weil er dich für tot hält? Sieht aus, als würde er die Seiten wechseln.«

»Es ist bekannt, dass Erotomanen ihre Obsessionen gelegentlich auf eine andere Person verlagern.« Anne spürte, wie ein Schauder ihren Rücken hochkroch. »Wenn er glaubt, dass er mich getötet hat, dann lässt er mich vielleicht los. Möglicherweise heftet er sich von nun Beth Dietz an die Fersen.«

»Also liebt er jetzt sie.«

Anne nickte. »Ja, aber für einen de Clérambault, stellt sich das anders dar. Genau umgekehrt, erinnert ihr euch? Kevin ist ein Erotomane, also glaubt er, dass Beth Dietz ihn liebt.«

»Aber sie ist verheiratet«, sagte Judy verwirrt.

»Darauf kommt es nicht an«, erklärte Anne. »Er ist von einer wahnhaften Idee besessen. Keine Realität kann seinen Wahn zerstören, außer einer Unterlassungsverfügung. Und wir wissen, dass das Ehepaar Dietz nicht gerade die beste Ehe der Welt führt. Vielleicht weiß Kevin das auch. Er hat mich lange Zeit beobachtet, bevor er mit mir ausging. Das stellte ich allerdings erst bei der Verhandlung fest. Monatelang hatte er mich ohne mein Wissen verfolgt.«

»Kann das selbst dann passieren, wenn er ihr nie begegnet ist?«, wollte Judy wissen. »Ich meine, ich bezweifle, dass Beth Dietz jemals mit Satorno geredet hat.«

»Das macht keinen Unterschied. Die Stalker von Madonna und von Martina Hingis waren Erotomanen. Auch der von Meg Ryan. Auch der Mann, der die Fernsehschauspielerin Rebecca Schaeffer tötete, litt an de Clérambault.«

»O Gott, wie schrecklich«, sagte Mary. Sie trat zu den anderen beiden und tätschelte Annes Schulter, aber Anne war sich nicht sicher, ob Mary sie trösten wollte oder auf diese Weise Trost von ihr suchte.

Anne blickte sich in dem Raum um, erkannte, was genau auf Beth Dietz zukommen würde. Sie sah alles so deutlich, als wäre sie Hellseherin. Es würde mit E-Mails anfangen, gefolgt von Besuchen, dann Rosen, kurzen Notizen und Karten, Anrufen und Geschenken und schließlich dem überraschenden Klopfen an der Tür zu jeder Tages- und Nachtzeit. Und es könnte mit einer Waffe enden. Anne bemühte sich krampfhaft, nicht die Fassung zu verlieren. »Solange Kevin Satorno auf freiem Fuß ist, ist das Leben von Beth Dietz in Gefahr. Die Frage ist nur, was wir jetzt tun sollen.«

»Wir sagen es der Polizei«, erwiderte Judy. »Gar keine Frage.«

»Wir sagen es auch Beth Dietz«, fügte Mary hinzu. »Gar keine Frage.«

Anne hielt wie ein Verkehrspolizist die Hand hoch. »Korrektur. Wir sorgen dafür, dass die Cops es Beth erzählen. Und ich werde auch mit Matt sprechen. Bis Dienstag spiele ich noch die Tote. Wir können nicht zulassen, dass Kevin momentan in Rage gerät – das ist sowohl für mich als auch für Beth zu gefährlich.«

»Einverstanden«, sagte Judy. Mary schüttelte den Kopf.

»Das ist seltsam. Auf einmal wollen wir das Leben von

Beth Dietz retten, die gerade unseren Mandanten verklagt. Die Grenze zwischen Gut und Böse verlagert sich.«

»Ja, wirklich seltsam«, bestätigte Anne und musste wieder an das RANDOM-Programm auf dem Laufband denken. »So erleichtert ich auch bin, dass Kevin mich möglicherweise aufgegeben hat, würde ich ihn nicht mal meinem ärgsten Feind wünschen.«

Judy lächelte. »Du weißt, was du bist, Murphy?«

»Eine Närrin?«, mutmaßte Anne.

»Eine Hure mit einem goldenen Herzen«, erwiderte Mary, und alle lachten.

Wenige Minuten später hatten die drei Anwältinnen die Tür zu Kevins Motelzimmer abgeschlossen, wackelten den Balkon entlang und quetschten sich in den Aufzug. Mary klappte ihr Handy auf, wie sie es vereinbart hatten, und drückte die Kurzwahl für die Kanzlei. »Bennie, rate mal«, sagte sie. »Wir haben Kevins Hotelzimmer gefunden. Er ist in einem Motel namens *Daytimer* in Pennsauken unter dem Namen Ken Reseda abgestiegen.«

Der Aufzug war so winzig, dass Anne Bennie am anderen Ende der Leitung schreien hörte. »WOHER WEISST DU DAS? DU SOLLTEST DICH DOCH UM MURPHY KÜMMERN! WO IST SIE?«

Mary wand sich. »Wir sind hier alle zusammen. Es ist irgendwie eine lange Geschichte. Wir haben dich gleich angerufen, als wir uns sicher waren. Auf seinem Zimmer gibt es Hinweise dafür, dass er jetzt Beth Dietz im Visier hat. Willst du die Cops anrufen, oder sollen wir das tun?«

Der Aufzug öffnete sich im Erdgeschoss, als Bennie brüllte: »WO BIST DU, DINUNZIO? SAG MIR, DASS DU NICHT IN JERSEY BIST!«

»Ich? Wo ich bin?« Mary wackelte am Empfang vorbei. »Äh, in der Autowaschanlage?«

Judy gab zur Unterstützung Autowaschgeräusche von sich. »*Ffffsch, Pssssch, Sssssch*!«

In der Autowaschanlage? Anne konnte es nicht glauben. Das war die lahmste Ausrede, die sie je gehört hatte. Es war die lahmste Ausrede in der gesamten Anwaltskammer. Es war ihr fast peinlich, dass diese Ausrede in ihrem Beisein ersonnen wurde. Diese Mädels brauchten dringend ihren fachmännischen Rat, aber im Moment war nicht die Zeit für eine Lektion im Lügen. Sie reichte auf dem Weg nach draußen dem überraschten Alten am Empfang den Schlüssel zurück. »Danke für Ihre Hilfe!«, hauchte sie und kostete ihre Rolle nochmals aus.

»Warum geht ihr schon? Reseda ist doch noch gar nicht zurück.«

»Er ist total abgedreht«, erwiderte Anne und wackelte hinter den anderen beiden zur Tür hinaus. Sie überlegte noch, den Alten zu bitten, Kevin nichts von ihrem Besuch zu erzählen, aber Kevin würde ohnehin verhaftet werden, sobald er die Lobby betrat.

Endlich hatte sie ihn.

23

Auf dem Weg in die Stadt herrschte so gut wie kein Verkehr. Der Beetle sauste die steile Auffahrt zur Ben Franklin Bridge hoch. Ein Wind blies über den Delaware River, und die gegelten Haare der drei Insassinnen wurden heftig herumgewirbelt. Anne durchlebte ein absolutes Hochgefühl, als sie sich der Mitte der Brücke näherten.

Sie hatten es geschafft. Sie hatten Kevin gefunden. Er würde verhaftet, vor Gericht gestellt und für immer weggesperrt. Der Albtraum war endlich für sie vorbei – und auch für Beth Dietz, die gar nicht wusste, dass er für sie angefangen hatte. Endlich Trauer um Willa und Gerechtigkeit für sie. Morgen war Montag, der vierte Juli, mit dem Feuerwerk und rülpsenden Ketchupflaschen. Und Anne hatte eine neue Liebe, eine, die sich echt anfühlte, wie man in Philadelphia zu sagen pflegte. Sie lächelte innerlich. Es gab nur eine Sache, die sie bedauerte. »Ich wünschte, wir hätten bleiben und zusehen können, wie sie ihn verhaften.«

Marys Haare wehten in alle Richtungen. »Ich auch, aber Bennie hat darauf bestanden, dass wir in die Kanzlei kommen, und zwar pronto. Sie hat umgehend die Cops verständigt, und die sind jetzt unterwegs. Außerdem müssen wir in die Kanzlei zurück, damit du dich mit Gil treffen kannst. Wir sind schon spät dran.«

»Darüber hinaus wären wir womöglich wegen Erregung öffentlichen Ärgernisses verhaftet worden«, fügte Judy hinzu. Beim Fahren blickte sie immer wieder in den Innenspiegel und wischte sich das Make-up mit einer Dunkin'-Donuts-Serviette aus dem Gesicht.

Anne beugte sich nach vorn. »Ich frage mich, wie sie ihn festnehmen. Vermutlich werden sie in Zivil das Motel überwachen, damit er nicht wieder entwischt.«

»Genau.« Judy trat aufs Gas. Der Wagen erreichte den höchsten Punkt der Brücke, und die gesamte Stadt breitete sich zu ihren Füßen aus. Die Skyline funkelte festlich, und der spitze Turm des Liberty Place war mit roten, weißen und blauen Neonlichtern geschmückt. Das Dach des Mellon Center war in Rot gebadet. Vereinzelte Feuerwerkskörper wurden an den Uferbänken gezündet, und einer dieser Ersatzkometen zog seine Bahn in der Abenddämmerung und hinterließ eine glitzernde Spur.

Anne machte ein besorgtes Gesicht. »Sag mir, dass sie ihn schnappen werden, Judy.«

»Sie werden ihn schnappen«, versicherte Judy. »Er ist schlau, aber so schlau auch wieder nicht. Cops aus Philly und Jersey, sogar das FBI wird da sein. Wenn sie ihn nicht schnappen, bekommen sie es mit Bennie Rosato zu tun.«

Anne fühlte sich ein wenig getröstet. »Aber eine Million Dinge können noch schief gehen. Ich wünschte, ich hätte bleiben können. Dann hätte ich mich besser gefühlt, die Sache wäre endlich abgeschlossen.«

Judy fing ihren Blick im Rückspiegel auf, dann bog sie auf die rechte Fahrspur in Richtung Abfahrt zur Stadt. »Wenn sie ihn schnappen, kommt es in den Nachrichten. Bennie meinte, sie ruft uns über Handy an, sobald sie ihn in Gewahrsam haben.«

Mary drehte sich um. »Du wirst frei sein, Anne. Endlich wirst du ihn los sein.«

»Yepee!«, gellte Judy, und Anne lächelte.

»Vermutlich habt ihr Recht. Es fällt mir nur schwer, das zu glauben.« Sie atmete die frische Luft vom Delaware ein. Judy machte sich mit einer Hand auf dem Boden des Wagens zu schaffen, während sie weiterfuhr, was den Beetle aus der Spur scheren ließ und gefährlich nah an den Rand der Brücke brachte. Anne hielt sich alarmiert an der Handschlaufe fest. »Judy, was machst du denn da?«

»Obacht, Ladys!«, sagte Judy. Sie wühlte nicht länger im Fußraum, sondern streckte ihre Hand aus dem Fenster und ließ ihre roten Plateauschuhe an den Knöchelriemen baumeln. »Ich werde auch frei sein!«

»Judy, tu es nicht!«, rief Anne.

»Hör auf! Nein!«, schrie Mary, aber es war bereits zu spät.

»Lebt wohl, ihr grausamen Schuhe!«, brüllte Judy und

ließ die Plateauschuhe los. Die Schuhe schossen wie Trägerraketen auseinander, dann wirbelten sie einen Augenblick nach oben und schließlich, als hätten sie begriffen, dass sie bloßes Schuhwerk waren, fielen sie in einem hohen Bogen über den Rand der Ben Franklin Bridge und über dreißig Meter tief hinab in den Delaware River.

»Du hast sie getötet!«, klagte Anne, während Judy sich vor Lachen ausschüttete.

Mary sah aus dem Rückfenster. »Das war nicht angebracht, Judy. Es waren völlig neue Schuhe.«

»Sie waren dämlich!«, rief Judy. »Ich bedauere nur, dass ich nicht zusehen kann, wie sie ertrinken. Wie Anne habe ich das Gefühl, dass sonst die Sache nicht richtig abgeschlossen ist.«

Annes Laune hob sich wieder. »Ich wette, ihr Abtauchen klingt wie das Geräusch in einer Autowaschanlage«, meinte sie lachend und machte »*Fffffsch, Psssch, Sssssch!*«

Als auch Judy in das Geräusch einfiel, musste Mary einfach lächeln. »Ich werde euch Mädels niemals erziehen können«, seufzte sie.

»Anne!«, rief Gil, als er das Besprechungszimmer bei ROSATO & PARTNER betrat. Er sah Anne aufmerksam an, betrachtete jeden Stern auf ihren Brüsten, dann verweilte sein Blick auf ihren Hotpants und den Plateauschuhen. »Verdammt! Du siehst heiß aus! Und die Schuhe absolut ...«

»Bitte«, sagte Anne, das Gesicht so rot wie die Hotpants. Sie waren so spät zu dem Treffen gekommen, dass sie keine Zeit mehr zum Umziehen gehabt hatte. Mentale Notiz: *Zieh dich nicht wie eine Hure an, wenn du dich mit Mandanten triffst, die die Ehe brechen.*

Gil konnte nicht aufhören zu grinsen, als er sich auf den

Stuhl ihr gegenüber setzte. »Ich fasse es nicht. Sieh dich nur an, Frau! Du bist so verdammt schön! Immer schon gewesen.«

»Tja, danke.« Anne setzte sich vor ihre Schriftsätze, um wenigstens einen Hauch von Legitimität zurückzugewinnen. Ihr fiel auf, dass Gil, der ein Freizeitjackett und Krawatte trug, einen großen, braunen Umschlag in der Hand hielt. »Du hast also Beweise für die Affäre mitgebracht? Großartig. Kann ich sie sehen?«

»Ich habe den Beweis in meiner Hose.« Er lachte, Anne verzog jedoch keine Miene. Machte er einen Scherz? Warum sprach er so? Das hatte er noch nie zuvor getan. Es gefiel ihr nicht, wie er sie anlächelte, außerdem konnte sie riechen, dass er getrunken hatte.

»Kommst du von einem Barbecue oder etwas in der Art, Gil?«

»Von etwas in der Art. Einer Party.« Gil schien den Umschlag, den er auf den Tisch gelegt hatte und der sich in der polierten Tischplatte spiegelte, vergessen zu haben. »Ich muss dir einfach sagen, wie toll es ist, mit dir zu arbeiten, Anne. Du bist hervorragend.«

»Danke schön.«

»Du bist eine großartige Anwältin. Du bist so …« Er suchte nach dem richtigen Begriff. »Du bist so draufgängerisch. Zäh. Hast Mumm. Und das bei einer so schönen Frau.« Seine Augen funkelten. »Wirklich umwerfend schön. Das habe ich immer schon gedacht, schon während unseres Jurastudiums.«

»Prima.« Anne ließ ihn plappern, während sie nach dem Umschlag griff und ihn zu sich zog. Sie hatte keine Zeit zu verlieren, fühlte sich unruhig und nervös. Sie hatten von den Detectives immer noch keinen Bescheid über Kevins Verhaftung erhalten. Bennie und die anderen harrten am

Telefon aus. Anne hielt den Umschlag hoch. »Darf ich ihn öffnen?«

»Klar!« Er wedelte mit der Hand. »Weißt du, ich und die Jungs, du erinnerst dich doch noch an die Jungs aus der Pokerrunde im Studentenwohnheim?«

»Sicher. Sie haben gepokert.« Anne hatte keine Ahnung, wovon er da faselte. Sie riss den Klebeverschluss auf und langte hinein.

»Wir waren alle scharf auf dich. Ich hatte ein Foto von dir, das aus dem Jahrbuch. Ich hielt dich immer für die umwerfendste Frau, die ich je gesehen hatte.«

Anne tastete nach dem Inhalt des Umschlags, aber es waren keine Papiere darin, nur etwas Dünnes, Scharfkantiges.

»Ich wusste, ich war nicht dein Typ. Computerfreak. Student des Ingenieurwesens. Ich war schlau, aber du spieltest in einer ganz anderen Liga. Tja, jetzt nicht mehr. Jetzt bin ich ziemlich erfolgreich, oder etwa nicht?« Gil wedelte mit der erhobenen Faust. »Freaks an die Macht!«

Aber Anne hörte nur mit halbem Ohr zu. In dem Umschlag befand sich eine CD, sie zog sie heraus und hielt sie hoch. In der silbernen Oberfläche spiegelte sich das Licht in zuckenden Regenbogenstreifen. Sie drehte die CD, suchte nach einem Aufdruck. War es eine Musik-CD, oder waren Daten darauf gespeichert?

»Es würde mir wirklich gefallen, wenn du für mich arbeitest, Anne. Ich kann dir einen großen Job anbieten, einen großen, großen Job als Anwältin für Chipster. Anfangsgehalt dreihunderttausend im Jahr – dazu Aktienoptionen. Wenn wir an die Börse gehen, wärst du auf einen Schlag steinreich.«

Anne hielt die CD hoch. »Was ist das?«

Gil grinste schief. »Du musst zuerst antworten. Wann willst du anfangen? Wir beide – ich und du – können Chipster wirklich nach oben bringen!«

»Du hast getrunken.«

»Schuldig im Sinne der Anklage!« Gil hielt eine Hand hoch. »Und? Willst du meine Firmenanwältin sein? Und ich wäre gern dein Lover.«

Annes Magen drehte sich. »Gil, konzentriere dich bitte.« Sie ließ die CD wie eine fliegende Untertasse über die Tischplatte kreiseln.

»Ich versuche, diesen Fall für dich zu gewinnen, obwohl du alles tust, um das zu verbocken. Zuerst hast du mich hinsichtlich deiner Affäre mit Beth Dietz angelogen, dann bringst du mir eine CD mit, obwohl ich dich um Beweise gebeten hatte. Was soll das?«

»Du brauchst diesen Fall nicht für mich zu gewinnen, Anne. Das habe ich schon ganz allein bewerkstelligt. Die CD *ist* der Beweis, meine Herzallerliebste.«

Anne ignorierte »meine Herzallerliebste«. Gil versetzte sich zusehends in eine peinliche Lage, und es war der Glenlivet, der aus ihm sprach. »Wie kann eine CD der Beweis für eine Affäre sein?«

»Ist sie nicht, dennoch ist sie ein Beweisstück. Ein hammerharter Beweis.«

»Wofür?«

»Für Fehlverhalten. Für Diebstahl. Für Industriespionage.« Gil nahm die CD zur Hand und lugte mit einem blaugrünen Auge durch das eingestanzte Loch in der Mitte. »Buh!«

»Gil, was machst du da?«

»Du unterschätzt mich, Anne.« Er legte die CD auf den Tisch, plötzlich ernst. »Du dachtest, ich hätte alles verbockt – übrigens eine interessante Wortwahl –, aber das sieht man nicht gleich. Ich verwische meine Spuren. Ich plane meine Schritte. Das muss man, wenn man im E-Business Erfolg haben will, weißt du. Die Konkurrenz ist mörderisch. Einer muss immer bluten, und man muss verdammt gut aufpassen, dass man das nicht selber ist.«

»Was ist auf dieser CD?«

»Also schön. Lass mich dich kurz mit unserer Firmengeschichte vertraut machen. Als ich Chipster gründete, war ich nicht allein, sondern da waren noch ein paar andere gute Männer – tut mir Leid, meine Hübsche –, und einer von ihnen war Bill Dietz.«

Anne erinnerte sich, das am Vortag in der Zeugenaussage gelesen zu haben.

»Dietz stieß etwas später dazu. Er kam von einer anderen Internetfirma namens Environstar. Dietz war schlau und arbeitete hart, machte viele Überstunden und hatte gute Ideen, wenn man bedenkt, was für ein Arschloch er war. Aber vor allem schrieb er gute Codes.«

»Weiter.«

»Chipster gelang also der Durchbruch, und wir entwickelten unser Produkt, unsere Web-Anwendung, zum Teil auf dem Code, den er geschrieben hatte. Aber ein Jahr später teilte Dietz mir mit, dass er den Basiscode von *Environstar* gestohlen hatte.« Gil hielt die CD hoch. »Das hier ist der Code, den er gestohlen hat.«

»Hat Environstar ihn strafrechtlich verfolgen lassen?«

»Nein, die hatten den Code selbst gestohlen und damit ihre Firma gegründet. Jeder stiehlt Software – und zwar deshalb, weil Software nie ganz fertig ist, sie durchläuft nur hunderte von Versionen von 1.0 bis 37.9. Und im Laufe der Zeit wechseln die Leute den Job. Aber darum geht es gar nicht. Es geht um mich, nicht um Dietz. Zeig mir, dass du ein schlaues Mädchen bist, und sage mir, was ich als Nächstes getan habe.«

Anne dachte kurz nach. Letzte Woche hätte sie noch eine andere Antwort gegeben, aber nun sah sie Gil mit neuen

Augen an. Und lernte, zu planen – im Voraus. »Du hast nichts getan. Du hast den Basiscode weiterhin verwendet, ihn weiter entwickelt und ein Vermögen gescheffelt. Du hast deine Firma auf einem geklauten Code aufgebaut.«

»Ja! Mein Gott – schön und schlau! Ein echter Schlager!« Gil beugte sich über den Tisch. »Ich mag Frauen, die intelligent sind. Ich bin nicht wie die anderen.«

Nein, du bist schlimmer. »Warum hast du Dietz keine Aktienbezugsrechte gewährt?«

»Weil er etwas später dazustieß und genau genommen keiner der Gründer war. Und ich musste ihn auch nicht auf diese Weise an das Unternehmen binden.«

Anne begriff allmählich. »Nein, du wusstest ja bereits von dem gestohlenen Code. Darum hattest du ihn in der Hand. Falls er deine Firma verlassen wollte, würdest du ihn bloßstellen.«

»Ich liebe es, wenn du Tacheles redest. Kannst du auch schmutzig reden, Anne? Das habe ich mich oft gefragt, mitten in der Nacht.« Als Gil sich noch weiter über den Tisch beugte, stand Anne auf und ging um ihren Stuhl herum. Sie hasste sich für ihr sexy Outfit.

»Gil, was hat die CD mit dem Chipster-Fall zu tun?«

»Der Fall wird sich in Luft auflösen. Ich habe es endlich geschafft, an die CD zu gelangen, indem ich den richtigen Programmierer bestach. Und nun habe ich den Beweis, den ich brauche. ›Adios, Beth‹ und ›Hallo, Börsengang‹.« Gil leckte sich über die Lippen. »Ich habe Dietz gleich nach unserem heutigen Gespräch angerufen und ihm gesagt, dass seine Frau ihre Hunde zurückpfeifen soll, sonst gehe ich an die Öffentlichkeit – mit der CD.«

»Wenn du ihn bloßstellst, wirst du ebenfalls zur Rechenschaft gezogen, vielleicht sogar strafrechtlich.«

»Der durchschaut meinen Bluff nicht, dazu hat er viel zu

viel Angst. Ich kann mir die heißesten weiblichen Anwälte der Stadt leisten. Er kann sich gar nichts leisten.«

Anne ignorierte das. »Und wie soll das den Fall aus der Welt schaffen?«

»Beth weiß nicht, dass ihr Mann den Code gestohlen hat. Sie haben sich erst kennen gelernt, als er schon bei Chipster war.«

»Woher weißt du, dass sie es nicht weiß? Vielleicht hat er es ihr gesagt.«

»Nein, sie hätte mich nie verklagt, wenn sie es gewusst hätte. Das wäre zu riskant gewesen. Und sie hätte es auch im Laufe unserer kleinen Affäre erwähnt, was sie aber nicht getan hat. Jetzt wird er ihr die ganze Wahrheit und nichts als die Wahrheit sagen, und sie wird begreifen, dass es keine gute Idee war, mich aus Rachegelüsten heraus zu verklagen.«

Anne blinzelte. »Gil, dadurch hast du aber nicht gewonnen. Sie wird die Klage einfach zurückziehen.«

»Nein, nein, nein.« Gil wedelte mit dem Zeigefinger und erhob sich. »Das will ich nicht. Das ist nicht das, worum ich meinen alten Freund Dietz gebeten habe. Ich will, dass der Prozess fortgeführt wird, aber die Klägerin plötzlich an Gedächtnisverlust leidet. Verhandlungsamnesie, sobald sie in den Zeugenstand tritt. Dann will ich, dass du ihr in ihren lausigen Hintern trittst, damit die Geschworenen mich freisprechen. Damit mein guter Name wiederhergestellt wird, damit ich vor meinem Vorstand gut dastehe. Ich will nicht einfach nur eine Einigung. Ich will *gewinnen.*«

»Meinst du etwa, dass sie ihre eigene Klage scheitern lässt? Wie ein Boxer, der bei einem Boxkampf buchstäblich das Handtuch wirft?«

»Genau. Guter Vergleich. Mein Gott, ich bin so froh, dass du nicht tot bist. Du musst meine Firmenanwältin werden. Und dieses entzückende Top tragen. Und die Schuhe. Die Schuhe sind …«

»Das kannst du dir abschminken.«

»Na gut, du hast gewonnen. Kein Top. Ha!«

»Hör auf, Gil. Das ist nicht komisch.« Anne schüttelte den Kopf. »Nein, ich werde bei dieser Farce nicht mitmachen. Ich spiele keine Rolle in einer Inszenierung. Ich tue es einfach nicht.«

»Das musst du aber. Du kannst dich jetzt nicht mehr aus dem Fall zurückziehen.« Gil ging langsam um den Tisch herum, rückte Anne immer näher. »Wir sitzen beide im selben Boot, und es fährt immer weiter flussaufwärts, Baby.«

»Wie kannst du nur so sicher sein, dass Beth darauf eingeht?«, fragte Anne und unterdrückte einen Anflug von Angst, als Gil sich neben sie setzte.

»Ich verlasse mich da ganz auf Bill. Er ist das Hirn dieser Aktion. Sie ist nur die Möse.« Plötzlich beugte Gil sich zu ihr und grabschte ungelenk nach den Sternen auf Annes Brust.

»Das reicht! Verschwinde!«, brüllte sie und hechtete zur Seite. Sie eilte um den Tisch herum zur Tür. »Mach, dass du rauskommst!«

Gil jedoch schien sie nicht gehört zu haben. »Meine Güte, was Dietz alles über dich gesagt hat! Er sagte: ›Ich bin begeistert, dass diese kleine Hure tot ist!‹«

»Ich will das nicht hören!«, rief Anne, aber ihre Gedanken rasten. Darum musste es bei dem Streit zwischen Dietz und Matt gegangen sein. Deshalb war Matt zusammengeschlagen worden. *Wegen ihr.* Anne zeigte auf die Tür des Besprechungszimmers. »Verschwinde! Sofort!«

Gil erhob sich, stolperte über ein Stuhlbein und hielt sich an der Lehne fest, versuchte, sein Gleichgewicht wiederzufinden. »Dietz hat das auch zu seinem Anwalt gesagt. Sie haben sich deswegen sogar geprügelt. Dietz sagte, er hätte dich gern selbst erschossen, wegen dem, was du seinem kleinen Frauchen angetan hast. Das ist der Mann, auf dessen Seite du dich gerade stellst.«

»Verschwinde! Oder willst du, dass ich schreie, damit meine Freundinnen angelaufen kommen?«

»Nur keine rohe Gewalt!« Gil reckte die Hände empor. In diesem Augenblick wurden die Türen des Besprechungszimmers aufgerissen, und eine zornentbrannte Bennie stand auf der Schwelle. Anne hoffte, dass sie auf Gil wütend war und nicht auf sie.

»Verlassen Sie auf der Stelle meine Kanzlei, Mr. Martin«, befahl sie mit grimmiger Miene.

Nachdem Bennie sichergestellt hatte, dass Gil das Gelände verlassen hatte und auch wirklich in einem Taxi saß, erholten sich die vier Frauen im Empfangsbereich der Kanzlei, während Anne die Geschichte mit Gil und der CD erzählte. Die anderen hörten gespannt zu, drapiert auf den weichen, marineblauen Sesseln und dem kleinen Sofa. Judy trug jetzt ihren Jeansoverall, während Mary noch immer in ihrem Prostituiertenoutfit steckte, allerdings mit nackten Füßen. Ihre Plateauschuhe formten einen pornografisch anmutenden Hügel auf dem Orientteppich.

»Das ist eine interessante Situation, sehr interessant«, sagte Bennie, als Anne geendet hatte. Sie schlug ihre muskulösen Beine in den Shorts übereinander. »Übrigens bist du gefeuert.«

Anne hoffte, dass sie wieder einmal scherzte. »Habt ihr schon etwas von Kevin gehört? Ist er schon verhaftet worden?«, überging sie die Bemerkung.

»Rafferty sagte, dass sie nach wie vor das *Daytimer* beobachten. Sie können vorerst nichts tun, als zu warten. Sobald er zurückkommt, krallen sie ihn sich. Und dann ruft Rafferty umgehend an.«

Anne gefiel das gar nicht. Gil war verrückt geworden und Kevin immer noch auf freiem Fuß. »Was ist mit Beth Dietz? Haben die Cops sie schon informiert?«

»Rafferty hat es mir versprochen. Sicher wissen wir das aber erst, sobald er wieder anruft.«

Anne seufzte, ließ sich in einen Sessel vor dem glänzenden Couchtisch fallen. »Und was mache ich jetzt? Wie soll ich Chipster verteidigen? Soll ich Chipster überhaupt verteidigen? Der Mann ist ein Schwein!«

»Ein Schleimbeutel!«, sagte Judy.

»Ein Lügner«, ergänzte Mary.

»Ein Mandant«, erklärte Bennie mit fester Stimme.

Anne sah sie von der Seite an. »Ich habe gerade ein Déjà-vu, Bennie. Wir haben diese Unterhaltung schon einmal geführt.«

»Vermutlich werden wir sie so oft führen, bis du es begriffen hast, Murphy. Deine Verpflichtung als Anwältin besteht darin, deinen Mandanten umfassend und mit all deinen Fähigkeiten zu vertreten. Nichts Unwahres zu sagen und anderen nichts Unwahres zu entlocken. Du musst seine Fürsprecherin sein.«

»Aber er wollte meine Sterne packen!«

Bennie schien ungerührt. »Dann übernehme ich eben Chipster, wenn du deiner moralischen Verpflichtung gegenüber deinem Mandanten nicht nachkommen kannst. Gil Martin ist immer noch ein Mandant meiner Kanzlei – und bleibt es auch.«

»Die Ohrringe haben ihn verrückt gemacht«, meinte Judy.

Bennie bedeutete allen, ruhig zu sein. »Murphy, wirst du ihn nun verteidigen, oder soll ich übernehmen?«

Anne hasste es. In dieser Situation konnte sie einfach nicht gewinnen. »Ich behalte diesen Bastard.«

»Dann gib auch dein Bestes. Tatsache ist, wir wissen nicht genau, ob Beth Dietz bei dieser Gaunerei mitmachen wird oder nicht. Vielleicht tut sie es ja nicht.«

Anne nickte. »Falls ihre Ehe wirklich so schlecht ist, ist es ihr vielleicht schnuppe, wenn ihr Mann von Gil verpfiffen wird. Wenn sie sich mit der Klage tatsächlich an Gil wegen der beendeten Affäre rächen will, dann lässt sie sich möglicherweise nicht davon abbringen.«

»Es sei denn, Dietz bringt sie dazu«, erklärte Judy nüchtern. »Womöglich bedroht er sie. Wir wissen, dass er gewalttätig sein kann.«

Mary sah ernst in die Runde. »Dann gehen wir das Risiko ein, dass eine Frau zur Zielscheibe von Gewalt wird. Jetzt, da wir wissen, dass Beth Dietz auch von anderer Seite Gewalt droht, von Kevin Satorno.«

Bennie runzelte die Stirn. »Wir sind nicht dafür verantwortlich. Beth Dietz kann kein Mitleid von mir erwarten, wenn sie bei einem Mann ausharrt, der sie schlägt. Sie verklagt meinen Mandanten, und auch wenn er ein Riesentrottel ist, stehe ich auf seiner Seite. Das ist verdammt noch mal meine Pflicht, und dafür bezahlt er mich auch.«

Anne schnaubte. »Hast du ihn nicht gerade aus deiner Kanzlei geworfen?«

»Es gibt da eine feine Grenze. Er wollte sich über eine meiner Partnerinnen hermachen. Das werde ich nicht zulassen. Du solltest dich jetzt aber auf den Prozess konzentrieren.«

Anne runzelte die Stirn. »Wir wissen wirklich nicht, wie sie sich entscheiden wird.«

»Stimmt«, erwiderte Bennie. »Du musst auf alles gefasst sein. Wie jede gute Prozessanwältin musst du während des Prozesses die Augen offen halten und rasch deine Strategie ändern. Du schaffst das. In den vergangenen zwei Tagen hast du das ja schon unter Beweis gestellt. Nur einmal hat dich dein Urteilsvermögen im Stich gelassen.«

»Matt«, kam Anne Bennie zuvor.

Alle Blicke richteten sich auf Anne, drei intelligente Augenpaare mit verschiedenen Schminkgraden. Marys Blick war voller Verständnis, der von Judy leicht amüsiert. Aber Bennies Blick war von einer hellblauen Deutlichkeit, unter der Anne zusammenzuckte. »Ich hoffe, du kannst es dir verkneifen, dich heute Nacht mit ihm zu treffen.«

O nein. Jetzt kam es darauf an. Matt hatte zwei Nachrichten auf ihrem Handy hinterlassen und sie gebeten, die Nacht bei ihm zu verbringen. Einen Anruf hatte sie schon erwidert und ihn gebeten, Beth vor Kevin zu warnen. Sie würde nichts lieber tun, als in sein Bett zu krabbeln, sich in seine langen Arme zu schmiegen und sich sicher und beschützt zu fühlen. Könnte sie diese Gefühle vor den anderen eingestehen? Ging es die anderen überhaupt etwas an? Über Nacht hatte sie sowohl Freundinnen als auch einen festen Freund. Mentale Notiz: *Sobald man erstmal ein Privatleben hat, wird das Leben echt hart.*

»Ich treffe mich heute Nacht nicht mit ihm«, erklärte Anne. Es war richtig, es so zu tun. Beziehungsweise es nicht zu tun. »Ich bin lernfähig. Noch grün hinter den Ohren, aber lernfähig.«

Bennie funkelte sie an. »Eine hervorragende Entscheidung. Der Ausschluss aus der Anwaltschaft konnte gerade noch mal abgebogen werden. Du lernst wirklich dazu, Kleine.«

Anne verbeugte sich. »Aber wo soll ich die Nacht verbringen? Bei dir kann ich nicht bleiben, Bennie. Ich muss Mel aus deinem Haus schaffen, ehe deine Nase explodiert. Vermutlich könnte ich in einem Hotel absteigen.«

»Das wäre nicht sicher.« Mary erhob sich voller Tatendrang aus ihrem Sessel. »Ich weiß ein großartiges Versteck. Unser sicheres Haus!«

Bennie strahlte. »Eine grandiose Idee! Warum ist mir das nicht eingefallen?«

Anne war verwirrt. »Wohin gehen wir? Was für ein sicheres Haus?«

»Das wirst du schon noch sehen«, sagte Mary. »Aber wir können nicht in dieser Aufmachung dorthin. Man würde uns umbringen.«

Und das soll sicher sein?, dachte Anne.

24

Es war schon dunkel, als Anne und Mary das rechteckige Reihenhaus irgendwo in dem Labyrinth aus Ziegelhäusern in South Philadelphia erreichten. Sie öffneten die Fliegengittertür mit dem großen D in Laubsägearbeit, und Vita und Mariano »Matty« DiNunzio sammelten sich um sie, gurrten wie ein Paar alter Großstadttauben. Anne hatte kaum Gelegenheit, die Kopierpapierschachtel, in der sich Mel befand, vor der durchgesessenen Couch abzustellen. Auf dem vorderen Fenstersims stand eine vergilbte Plastikfigur der Jungfrau Maria, die zwischen zwei winzigen, gekreuzten Flaggen, einer amerikanischen und einer italienischen, die Straße beobachtete.

»Kommt herein, kommt herein!«, rief Marys Vater. Er packte Mary, umarmte sie wie ein Papa-Bär und schaukelte sie hin und her. »Ach, wie ich mein kleines Mädchen liebe!« Er war klein, kahl, über siebzig und trug ein weißes T-Shirt, dunkle Bermudashorts und einen schwarzen Gürtel, der überflüssig war, aber dafür zu seinen Slippern passte. Während er Mary im Arm hielt, lächelte er vor Freude, und seine braunen Augen hinter der Nickelbrille schmolzen wie *Hershey*-Schokolade. »Unser Baby ist wieder zu Hause! Unser Mädchen! Schau, Vita, unser Baby, sie ist zu Hause!«

Marys winzige Mutter hatte sich um Anne gewickelt und streichelte sie mit einer papierdünnen Hand, die schwach nach Zwiebeln roch. »Du sein Anna? *Che belissima!* So ein hübsches Mädchen! Noch hübscher als auf Foto!« Mrs. DiNunzio war ungefähr im selben Alter wie ihr Mann. »*Madonna mia*, sie das Gesicht von einem Engel haben, Matty! Sieh sie dir an! Das Gesicht von einem Engel!«

»Wau. Meine Güte. Danke.« Annes Laune hob sich umgehend, neue Energie wallte in ihr auf, und sie musste einfach dauernd lächeln. Sie liebte sogar ihren neuen Namen. Es war großartig, wenn die Leute zu feiern anfingen, nur weil man zur Tür hereinkam. Anne hatte sich schon lange nicht mehr so gut gefühlt, etwa seit 28 Jahren nicht. Mentale Notiz: *Ich möchte Italienerin werden.*

»Sie sein eine solche Schönheit, es sein schon fast eine Sünde! Ein Gottessegen!« Hinter ihrer dicken Trifokalbrille schienen die kleinen, braunen Augen von Mrs. DiNunzio riesig. Ihr ausgedünntes, weißes Haar war kunstvoll frisiert und unter ein rosafarbenes Haarnetz gesteckt. Baumwollfäden aus dem Haarnetz hingen in ihren Nacken. Sie trug ein geblümtes Hauskleid und eine große, geblümte Schürze. Aber Anne spielte nicht die Mode-Polizei; sie war viel zu sehr damit beschäftigt, umarmt zu werden und eine angenehme, wenn auch eigenartige Duftmischung aus Raumspray und Basilikum einzuatmen. Mrs. DiNunzio trat jetzt bewundernd einen Schritt zurück. »Du sehen aus wie Filmschauspielerin in Kino oder Fernsehen. Schau, Matty, sie ...«

»Sie ist eine Schönheit, ganz genau!«, gab Mr. DiNunzio

ihr Recht und umarmte Mary noch inniger. »Sie sieht aus wie eine Prinzessin! Wir kümmern uns um sie. Um euch beide!«

»Niemand dir werden in meinem Haus etwas antun!«, erklärte Mrs. DiNunzio und sah plötzlich mit feuchten Augen zu Anne auf. Mary hatte ihren Eltern von Annes Situation erzählt. Für den Bruchteil einer Sekunde blitzte noch etwas anderes als Mitgefühl in den vergrößerten Augen der alten Frau auf, dann verschwand es wieder. »Ein Gottessegen! Du bleiben bei uns, und alles wird sein gut!«

»Danke schön«, sagte Anne erneut, weil ihr nichts Besseres einfiel, aber Mrs. DiNunzio schien keine Notiz davon zu nehmen. Ihre Augen waren abrupt dunkel geworden, und grimmige, kleine Falten zeichneten sich auf ihrer Stirn unter dem rosafarbenen Haarnetz ab.

»Du arbeiten auch für *Benedetta Rosato*! Diese *Hexe*, sie sein eine böse Frau!« Mrs. DiNunzio wedelte mit dem Zeigefinger. Anne fielen die wulstigen Gelenke an ihren Fingern auf. Auf der Herfahrt hatte Mary Anne erzählt, dass ihre Mutter an Arthritis litt, weil sie jahrelang im Keller dieses Hauses, Marys Elternhauses, Lampenschirme genäht hatte. Marys Vater war Fliesenleger gewesen. Und alle beide hassten sie Bennie. »Sie nur machen Scherereien! Waffen! Verrückte Männer! Das sein alles Schuld von Benedetta Rosato! Sie sich nicht kümmern um meine Maria! Und nicht um dich! Sie sein eine böse ...«

»Ma, fang bitte nicht damit an.« Mary tauchte aus der Umklammerung ihres Vaters auf und legte einen Arm um ihre Mutter. »Lass uns nicht auf Bennie einhacken, okay? Wie ich schon am Telefon sagte, kann Anne in meinem alten Zimmer schlafen, in Angies Bett ...«

»Ist sich gut, ist sich gut, ist sich kein Problem.« Mrs. DiNunzio tätschelte Annes Wange. Ihre Wut verrauchte so schnell, wie sich ein Sommergewitter auflöste. »Das Bett sein fertig. Saubere Handtücher, saubere Laken, alles sauber auf dem Bett, alles bereit für dich. Aber zuerst wir essen, dann wir gehen zu Bett. Willkommen, Anna!«

»Danke schön.« *Zum vierten Mal?* Was sollte man sonst sagen, wenn die Leute so nett zu einem waren? »Hat Mary es Ihnen erzählt? Ich habe auch eine Katze.«

»Sein gut, eine Katze! Ich mögen Katzen!« Mrs. DiNunzio lugte hinter Anne, und Mr. DiNunzio schlurfte zu der Schachtel und hob den Deckel an. Mel streckte mit einem unglücklichen Miauen den Kopf heraus, und alle lachten. Mrs. DiNunzio klatschte entzückt in die Hände und faltete sie dann. »*Madonna mia!* Was für hübsche Katze!«

»Was für ein hübsches Kätzchen!« Mr. DiNunzio hob Mel aus der Schachtel. Die Pfoten des Katers hingen ungelenk nach unten, bis Mr. DiNunzio Mel gegen seine Brust drückte. »Vita, schau, er ist so ein netter Kater.« Mel miaute, zeigte dem Publikum seine Liebekatzennummer. Mr. DiNunzio strahlte mit ebenmäßigen dritten Zähnen. »Siehst du, Vita? Er mag uns.«

»Er sein eine nette Katze, er es hier mögen!« Mrs. DiNunzio lächelte, ihr Kopf wackelte leicht. »Willkommen, Annas Katze!«

Mr. DiNunzio küsste Mels Stirn und sah zu Anne. »Wie heißt er?« Als Anne ihm den Namen nannte, runzelte er die Stirn. Zuerst dachte Anne, er hätte sie nicht gehört, aber Mary hatte ihr gesagt, dass er sein Hörgerät jetzt immer trug. Es ruhte behaglich in seinen etwas haarigen Ohren. »Mel?«, wiederholte er. »Ist das ein guter Name für ein Kätzchen, Anna? Ich habe noch nie gehört, dass man ein Kätzchen wie einen Menschen nennt. Joe. Oder Dom.« Sein Ton war nicht kritisch, nur ehrlich verwirrt, und das war Anne jetzt auch.

»Ich habe ihm diesen Namen nicht gegeben. Er hieß bereits so, als ich ihn aus dem Tierheim holte.« Anne lächelte. »Es ist schon ein dummer Name, wenn ich so darüber nachdenke.«

»Wie wäre es, wenn wir ihn ›Annas Kater‹ nennen, wie?«

Anne lachte. Sie und Mel waren offenbar neu getauft worden. »Sehr gern.«

»Komm schon, Vita. Lass uns für Annas Kater etwas Milch besorgen.« Mr. DiNunzio schlurfte aus dem Wohnzimmer, Mel immer noch im Arm. »Kommt Mädchen. Anna. Komm und iss etwas. Hast du schon gegessen, Mare?«

»Nein, noch nicht. Füttert uns endlich, Pop. Wir sind schließlich schon ganze fünf Minuten hier.« Mary umarmte ihre Mutter auf dem Weg in die Küche. »Was ist los, Ma? Liebst du mich nicht mehr?«

»Freches Mädchen!«, schimpfte ihre Mutter mit leisem Glucksen. Sie drehte sich um und nahm Anne bei der Hand. Gemeinsam gingen sie durch das unbeleuchtete Esszimmer und traten in eine kleine, helle Küche. Der Duft frisch gekochten Kaffees und einer dampfenden Tomatensoße stieg Anne in die Nase. Mrs. DiNunzio eilte zum Herd und rührte die Soße mit einem abgesplitterten Holzlöffel.

Anne trat hinter sie. »Brauchen Sie Hilfe, Mrs. DiNunzio?«, fragte sie und schnupperte in den Topf. Der reiche Duft von gekochten Tomaten und Knoblauch ließ sie merken, wie hungrig sie war. Sie konnte sich nicht erinnern, wann sie das letzte Mal etwas gegessen hatte, und gute Hausmannskost wie hier hatte sie überhaupt noch nie gehabt. Die Tomatensoße war dick und rot, ungleichmäßig große Fleischbällchen hüpften unter der Oberfläche, und Würstchen, die sich an den Enden einrollten, wurden von dem sanften Rühren des Holzlöffels nach oben getrieben.

Anne versuchte, das Rezept zu erraten, aber es musste in den Genen verborgen sein.

»Du dich setzen, Anna, setzen!« Mrs. DiNunzio scheuchte sie mit dem Löffel von sich.

Mary packte Anne am Arm. »Lass dir das nicht einmal im Traum einfallen, ihr zu helfen, Anne, sonst verhaut sie dich mit dem nächstbesten Kochlöffel. Meine Mutter ist überaus territorialbewusst. Es ist *ihre* Küche, stimmt's, Pop?«

»Stimmt, mein Püppchen. Und wenn ich hier fertig bin, setze ich mich auch.« Mr. DiNunzio war zum Kühlschrank gegangen, der mit Fotos übersät war, zog einen gewachsten Milchkarton heraus und goss etwas in eine Untertasse, die er auf den uralten Linoleumboden vor Mel stellte. Der Kater schleckte sofort los. »Katzen vertraut meine Frau mir an. Alles andere füttert sie selbst. Geh schon, setz dich, Anna.«

Anne wollte gerade zum fünfundfünfzigsten Mal »Danke« sagen, beließ es dann aber doch bei »Ich gebe auf«. Mary und sie setzten sich an den Tisch mit einer goldgetupften Resopalplatte. Eine schwere Lampe aus bernsteinfarbenem Glas hing an einer goldfarbenen Kette über dem Tisch, weiß gestrichene Schränke standen auf der einen Seite des kleinen Raumes, und auf der anderen hingen verblasste Fotos mehrerer Päpste, eines von Frank Sinatra und eine kolorierte Aufnahme von John F. Kennedy. Mit einer Reißzwecke war ein Kirchenkalender an der Wand befestigt, den ein gewaltiges Bild von Jesus Christus mit braunen Löckchen vor einem tiefblauen Hintergrund zierte, den Blick himmelwärts gerichtet. Mentale Notiz: *Fang an, etwas anderes als Schuhe anzubeten.*

»Anna, Maria, der Kaffee sein fertig.« Mrs. DiNunzio legte den soßenverschmierten Holzlöffel auf eine Untertasse, dann drehte sie das Gas unter dem Topf kleiner. Sie nahm eine eingedellte Edelstahl-Espressokanne von dem anderen Brenner und trug sie zum Tisch, wo sie die dampfende Flüssigkeit in vier Tassen verteilte.

»Danke, Mrs. DiNunzio. Das sieht unglaublich gut aus.« Anne schnupperte das Aroma, das aus ihrer angeschlagenen Tasse hochstieg, und versuchte sich zu erinnern, ob sie jemals gesehen hatte, wie Kaffee auf einem Gasbrenner zubereitet wurde. Es erinnerte an die Zeit, als noch auf einem Holzherd gekocht wurde. Alle anderen tranken ihren Kaffee schwarz, aber Anne tat etwas Sahne und Zucker vom Tisch hinein. Der Kaffee war teuflisch heiß und schmeckte noch besser als Starbucks. »Wau! Der ist köstlich!«, meinte sie verwundert.

»*Grazie!* Du trinken!« Mrs. DiNunzio ging wieder zum Herd, wo sie die Kaffeekanne abstellte, dann kehrte sie an den Tisch zurück und ließ sich auf einem Stuhl nieder. Sie rührte ihren Kaffee jedoch nicht an, und ihre dunklen Augen waren sorgenvoll getrübt. »So, Anna, die Polizei suchen nach diesem Mann? Nach Mann, der dir will wehtun?«

Mary warf Anne einen Ich-mach-das-schon-Blick zu. »Ja, Ma, und bald ist wieder alles in Ordnung. Mach dir nur keine Sorgen.« Mrs. DiNunzio ignorierte sie, sah Anne weiter mit einer Intensität an, die Anne nicht allein ihrem Herkunftsland zuschrieb.

»Ich sehen Schwierigkeiten. Du haben Schwierigkeiten, Anna, große Schwierigkeiten.« Mrs. DiNunzio beugte sich auf ihrem Stuhl vor und griff Annes Hand. »Du mir deine Schwierigkeiten erzählen. Ich dir helfen.«

»Was soll ich Ihnen denn erzählen?«, fragte Anne ebenso unsicher wie gerührt. Sie hatte sich noch nie so umsorgt gefühlt. Es war, als ob Mrs. DiNunzio auf sie gewartet hätte, nur um sie unter ihre Fittiche zu nehmen. Aber Annes

Probleme waren nicht von der Art, bei der Mrs. DiNunzio hätte helfen können, außer sie besaß einen Raketenwerfer. »Mein Problem ist dieser Mann, Kevin Satorno. Die Polizei kümmert sich um seine Festnahme. Sobald sie ihn verhaftet haben, wird man uns anrufen, keine Sorge.«

»Nein, nein, nein.« Mrs. DiNunzio schnalzte mit der Zunge, als ob Anne sie missverstanden hätte. »Nicht er, er nicht sein Schwierigkeit.«

»Ma«, unterbrach Mary. »Du musst nicht alles wissen. Das würde dich nur unnötig aufregen. Wir können allein ...«

»Pst, Maria!« Mrs. DiNunzio brachte ihre Tochter mit einem erhobenen Zeigefinger zum Schweigen, und auch die letzte Spur eines Lächelns verschwand aus ihrem Gesicht. »*Cara*, du haben Schwierigkeiten. Ja, Anna. Es tun deinem Kopf weh. Es tun deinem Herz weh. Ja. Ich das sehen. Ich das wissen.«

Anne wusste nicht, was sie darauf erwidern sollte, außer dass sie tatsächlich unter schlimmen Kopfschmerzen litt. Und in letzter Zeit hatte sie des Öfteren gedacht, dass sich ihr Herz niemals wieder erholen würde.

»Aaah!« Mary ließ die Stirn theatralisch auf ihre Hände sinken. »Ma, du bringst mich vor den anderen Kindern in Verlegenheit. Ich bin doch gerade dabei, einen guten Eindruck zu machen.«

»Mare, unterbrich sie nicht.« Mr. DiNunzio erhob sich plötzlich und nahm seine Kaffeetasse. »Wenn deine Mutter sagt, dass Anna Schwierigkeiten hat, dann hat sie Schwierigkeiten. Und jetzt verschwinden wir von hier. Das geht nur Anna und deine Mutter etwas an. Deine Mutter weiß gewisse Dinge. Sie kann Anna helfen.«

Brauche ich Hilfe? Anne fühlte leichte Panik in sich hochsteigen. Die Stimmung in der Küche schlug rasch um.

Mr. DiNunzio entfloh mit seinem Kaffee, und auch Mary stand auf den Beinen. Sogar Mel schleckte nicht länger seine Milch, sondern nahm vor seiner Untertasse die Alarmbereitschaftskatzenhaltung an.

Anne wandte sich an Mary. »Was geschieht hier, Mary?«

»Meine Mutter hat übersinnliche Kräfte. Sie ist eine Art Actionheld mit Röntgenblick. Sie denkt, dass du ihre Hilfe brauchst und dass sie dir helfen kann. Spiel einfach mit. Lass sie tun, was sie tun will.«

»Was will sie denn tun?«

»Das wirst du schon sehen. Das ist so eine italienische Sache. Du darfst der Welt da draußen aber niemals davon erzählen.« Mary tätschelte Annes Schulter. »Wir haben alle das Schweigegelübde abgelegt, die ganze Rasse, mit Ausnahme von dieser Moderatorin Maria Bartiromo, die immer noch nicht glaubt, dass sie Italienerin ist. Kein italienisches Mädchen kapiert den Börsenmarkt. Das ist wider die Natur. Dafür sind wir nicht gemacht.«

Wie bitte? Anne lachte verwirrt auf. Sie sah zu Mrs. DiNunzio, die ihre Hand drückte wie ein Arzt, der einem eine schlechte Nachricht überbringen muss. »Mrs. DiNunzio, was ...«

»Anna, jemand dir wollen Böses. Jemand dich *hassen*. Dieser Jemand dir wünschen alles Schlimme. Du stehen unter *Malocchio*!«

»Mal*was*io?«, fragte Anne.

»*Malocchio!* Das sein böser Blick!«

Mary folgte ihrem Vater aus der Küche. »Ja, sie meint es ernst, Anne. Das hier ist South Philly, das Land der Zaubersprüche und Flüche. Aber mach dir keine Sorgen. Meine Mutter weiß, wie man dem bösen Blick entgegenwirken kann. Dieses Wissen wurde ihr am Weihnachtsabend von ihrer Mutter weitergegeben, die ebenfalls ein Superheld war. Spiel einfach mit, und bitte sag ihr nicht, dass es so etwas wie Geister nicht gibt. Sie ist im Besitz eines Holzlöffels – und sie wird ihn *benutzen*!«

»Ich stehe unter dem bösen Blick?«, fragte Anne ungläubig. *Ich habe keinen bösen Blick, ich habe einen Stalker.* »Mrs. DiNunzio …«

»Keine Sorge, ich ihn machen weg«, erklärte Mrs. DiNunzio und drückte neuerlich Annes Hand, überraschend stark, eher die eines Onkologen als eines Allgemeinmediziners. »Ich es machen besser für dich, Anna. Jetzt.«

Waren diese Leute durchgeknallt? »Mrs. DiNunzio, das ist wirklich sehr nett von Ihnen, aber Sie können in Hinblick auf diesen Mann nichts machen.« Mentale Notiz: *Vielleicht bleibe ich doch besser Irin.*

Aber Mrs. DiNunzio hatte sich bereits vom Tisch erhoben und stand vor der Spüle, wo sie Leitungswasser in eine durchsichtige Plastik-Schüssel gab. Dann drehte sie den Hahn zu, nahm eine golden glänzende Flasche Olivenöl von einem Regal über dem Herd und brachte beides an den Tisch zurück, wo sie die Schüssel und das Olivenöl zwischen sich und Anne stellte. Dann setzte sie sich, die Augen hinter der dicken Trifokalbrille in weite Ferne gerichtet.

»Mrs. DiNunzio …«

»Pst!« Mrs. DiNunzio hielt eine Hand hoch, dann sah sie Anne an, und ihr Blick wurde weicher. »Du leiden unter *Malocchio*. Das ich wissen. *Vide!* Sieh her!« Mrs. DiNunzio nahm die Flasche mit dem Olivenöl und goss drei kleine Tropfen in die Schüssel mit Wasser, einen über den anderen. Schließlich trieb ein großer Tropfen auf der Oberfläche des Wassers, und Mrs. DiNunzio betrachtete ihn aufmerksam. In der warmen Küche wurde es leise, bis auf das gelegentliche *Plopp* der Tomatensoße auf dem Herd. »Warte, Anna.«

»Worauf? Auf das Öl?«

»*Si*, wenn du verfolgt von *Malocchio*, dann sich das Öl trennen wird.« Mrs. DiNunzio wies auf die Schüssel, und tatsächlich spaltete sich das Öl in zwei Tropfen auf, die voneinander wegtrieben. »Da du sehen! *Malocchio!*«

Was ist das? Chemie auf Italienisch? »Mrs. DiNunzio, Wasser und Öl trennen sich immer ...«

»Anna, du haben ganze schlimmes *Malocchio*. Du haben Schwierigkeiten. In dir drin, nicht?« Ihre Augen blickten so freundlich, und ihre leise Stimme war so besorgt, dass Anne unwillkürlich spürte, dass an ihren Worten etwas dran war, ungeachtet der dummen Schüssel, in der die Öltropfen trieben.

»Na gut, ich gebe es zu, ich habe Schwierigkeiten«, erwiderte Anne zu ihrem Erstaunen, jedoch so leise, dass Mary es nicht hören könnte, falls sie im Esszimmer lauschen sollte.

Mrs. DiNunzio wies auf Annes Lippe, direkt auf die Narbe. »Ich sehen, du haben – *come si dice?*« Ihre Stirn legte sich in Konzentrationsfalten.

»Eine Hasenscharte.«

»*Madonna mia!* Geschenk Gottes!«

»Ein Geschenk?«, platzte Anne heraus. »Es ist ein Fluch!«

»*No, no.*« Mrs. DiNunzio wedelte bedächtig mit einem Finger. »Gott, er haben dir ein Geschenk gemacht. Du sein so schön, Anna, die Menschen werden sein eifersüchtig. Sie werden dich *hassen*. Gott das wissen. Das sein ein Geschenk von Gott, und du ihm müssen dafür danken.«

Sonst noch was?, dachte Anne. Sie konnte sich keinen Gott vorstellen, der Kindern aus reiner Güte Hasenscharten verpasste, geschweige denn einem rothaarigen Mädchen. Warum? Um sicherzustellen, dass es auch ja keiner übersah?

»Pst.« Mrs. DiNunzio drückte ihre Hand. »Du schließen die Augen, Anna. Ich dir helfen. Niemand dir mehr wehtun.«

Anne konnte sich nicht überwinden, die Augen zu schließen. Das war doch absurd, oder? So etwas wie Geister oder den bösen Blick gab es nicht.

»Du schließen die Augen, Anna!«, befahl Mrs. DiNunzio, und Anne merkte, wie sie diesem Befehl Folge leistete. Sie schloss die Augen und konzentrierte sich auf die Wärme von Mrs. DiNunzios Hand, die auf ihrer eigenen lag. Sie atmete den wunderbaren Geruch nach Knoblauch und Zwiebeln ein und überließ sich der Weichheit des Plastikkissens auf ihrem Stuhl. Hörte auf das Blubbern der Tomatensoße. Dann murmelte Mrs. DiNunzio leise auf Italienisch, in gleichmäßigem und beruhigendem Sprechrhythmus. Anne konnte die Worte nicht verstehen, und sie versuchte es auch gar nicht. Plötzlich spürte sie eine warme Fingerspitze, in Öl getunkt, auf ihrer Stirn.

»Was machen Sie da?«, flüsterte Anne.

»Pst! Ich schlagen das Zeichen des Kreuzes. Dreimal. Pst!« Mrs. DiNunzio nahm ihren Sprechgesang wieder auf, wahrscheinlich hob sie damit den Zauber des bösen Blickes auf. Anne konnte nicht anders, als dem mütterlichen Tonfall von Mrs. DiNunzios Stimme zu lauschen und zu spüren, wie das Öl sich warm über ihre schmerzende Stirn ausbreitete. Sie fühlte sich in dieser Küche irgendwie gesegnet, und das war eine bemerkenswerte Schlussfolgerung für jemanden, der nicht an Gott, den bösen Blick oder nur an Mütter glaubte.

»Jetzt öffnen Augen, Anna«, flüsterte Mrs. DiNunzio und drückte ein letztes Mal ihre Hand.

Anne tat wie geheißen und sah Mrs. DiNunzio an, deren dunkle Augen sie wie in einer liebevollen Umarmung zu sich zogen. Sie erwiderte Annes Blick eine Minute lang, dann drückte sie wortlos noch einmal ihre Hand.

»Jetzt alles besser sein, Anna?«, erkundigte sich Mrs. DiNunzio nach einem Augenblick. Es klang gar nicht wie eine Frage, und es war auch keine Bestätigung erforderlich. Im nächsten Moment griff sie sich in den Nacken und öffnete eine lange Goldkette, die Anne zuvor nicht bemerkt hatte. Sie zog sie aus ihrer Schürze hervor und reichte sie Anne. »Anna, du nehmen Kette. Sie sein für dich. Nimm sie.«

»Nein, Mrs. DiNunzio!« Anne konnte es nicht fassen. Gab die Frau jetzt auch ihren Schmuck weg? Es war eine lange Goldkette mit einem goldenen Talisman. »Das kann ich unmöglich annehmen Ich kann mir diese Kette nicht von Ihnen schenken lassen.«

»Nimm! Nimm! Sieh her!« Mrs. DiNunzio nahm den Talisman zwischen ihre gekrümmten Finger. Ihre Fingerspitzen glänzten immer noch ölig. Der Talisman funkelte im Licht und war wie eine Pfefferschote geformt. »Sein für dich! Ein *Cornu*, ein Horn. Nimm es! Es dich werden schützen, vor *Malocchio*!« Sie wollte die Kette Anne in die Hand drücken, doch diese schob sie von sich.

»Nein, ich kann nicht. Wirklich nicht.«

»Nimm es! Ein Geschenk von mir. Von mir für dich, Anna!« Mrs. DiNunzios Stimme klang erregt. Sie ließ die Kette vor Anne auf den Tisch fallen, wo sie mit kaum hörbarem Klirren liegen blieb. »Du sie brauchen, Anna!«

»Mrs. DiNunzio, ich kann nicht …«

»NIMM SIE SCHON!«, rief Mary aus dem Esszimmer, und Mrs. DiNunzio lächelte.

»Ich kann nicht, Mary!«, rief Anne zurück.

»NIMM SIE, SONST LÄSST SIE UNS NICHT WIEDER IN DIE KÜCHE.«

»Bitte, nimm es!« Mrs. DiNunzio langte über den Tisch,

nahm die Kette und zog sie mit finaler Bestimmtheit über Annes Kopf. »*Perfetto*, Anna. Nun du sein sicher.«

»Ich danke Ihnen sehr«, sagte Anne gerührt. Sie sah auf die Goldkette hinunter, die im Küchenlicht schimmerte, und hielt das ölige Horn in ihrer Hand. Anne verstand nicht genau, wie ein Talisman den bösen Blick abwehren konnte, aber es rührte sie sehr, dass Mrs. DiNunzio ihr die Kette geschenkt hatte. Sie konnte die Tränen nicht zurückhalten.

»MEIN KAFFEE WIRD KALT!«, schrie Mary, und alle lachten.

»Okay, Maria!«, rief Mrs. DiNunzio zurück und lächelte, offensichtlich erleichtert. »Jetzt alles sein besser. Keine Sorgen mehr.«

Mary kam händeklatschend in die Küche. »Dann behalte die Kette! Das ist gut für dich. Es ist eine Art italienischer Versicherung. *Prudential* ist nichts dagegen.«

Anne blinzelte sich die Tränen aus den Augen, und als sie wieder sprechen konnte, brachte sie nur einen Satz heraus: »Du hast echt Glück, Mary. Weißt du das?«

»Und wie ich das weiß.« Mary trat näher und küsste ihre Mutter auf die Wange. Hinter ihr schlurfte ihr Vater in die Küche, seine Kaffeetasse in der Hand.

»Wie geht es deinen Kopfschmerzen, Anna?«, erkundigte er sich. Anne musste kurz nachdenken. Sie spürte gar nichts. Ihr Kopf war erstaunlich klar.

»Sie sind weg!«, erwiderte sie. Das war die Wahrheit, und außer ihr schien niemand überrascht.

»Anne, wach auf«, rief Mary. Ihre Stimme hallte laut in Annes Ohren wider. »Es ist Morgen. Du musst aufwachen. Anne?«

Anne hielt die Augen geschlossen. Sie war furchtbar schläfrig. Das Kissen war so weich. Ihr Magen war immer noch voll mit Spagetti, Würstchen und Chianti. Sie würde jetzt nicht aufstehen.

»Anne, Anne!« Mary schüttelte sie sanft, aber hartnäckig. »Wach auf, es ist wichtig!«

Anne öffnete ein Auge und nahm ihre Umgebung in sich auf. Das Schlafzimmer war klein, sauber und sparsam eingerichtet. Die Wände kremweiß gestrichen. Lateinauszeichnungen aus der High School und religiöse Statuen füllten ein weißes Regalbrett. Ein Streifen Sonnenlicht kämpfte sich durch den Spitzenvorhang. Es musste Morgen sein. Dreißig Zentimeter neben ihrer Nase stand ein Nachttisch, und darauf glühten die roten Zahlen eines Digitalweckers. 6:05 Uhr. Anne stöhnte. »Es ist viel zu früh.«

»Wach auf! Du musst dir das hier ansehen!« Marys Tonfall war dringlich, und sie hielt eine Ausgabe der *Daily News* hoch. »Sieh her!«

»Was ist?«, wollte Anne fragen, aber die Frage blieb ihr im Hals stecken, als sie die Schlagzeile sah. Ihre Augen wurden riesengroß. Sie nahm die Zeitung in die Hand und richtete sich auf. »Das darf nicht wahr sein!«

»Ist es doch! Ich habe Bennie angerufen. Es steht auch schon im Internet. Sie kommt in fünf Minuten her.«

»Vielleicht ist es wieder nur eine lausige Berichterstattung? Das Werk von Dumpfbacken?«

Anne blinzelte ungläubig die Titelseite an. Ihre Kopfschmerzen meldeten sich zurück. Dann fiel ihr mit einer Welle der Angst alles wieder ein. Sie waren gegen zwei Uhr eingeschlafen, nachdem sie Bennie zum zehnten Mal angerufen hatten, um zu fragen, ob man Kevin schon verhaftet habe. »Hat Bennie heute Nacht wegen Kevin angerufen? Haben sie ihn verhaftet?«

»Nein. Die Cops haben ihn nicht erwischt. Er ist nicht ins Motel zurückgekehrt. Er ist immer noch irgendwo da draußen. Das versuche ich dir ja die ganze Zeit zu sagen. Du bist in Gefahr, Anne. Wir müssen dich hier wegbringen.«

Anne konnte ihren Blick einfach nicht von der Zeitung abwenden. Sie erinnerte sich an die Schlagzeilen an jenem Morgen – waren es wirklich erst drei Tage? –, als all das hier angefangen hatte. Aber die Schlagzeile von heute war noch schlimmer. Anne musste sie immer wieder lesen:

MURPHYS MUTTER: »DAS IST NICHT MEINE TOCHTER!«

Unter der Schlagzeile war ein Foto von Annes Mutter. Und sie stand vor der städtischen Leichenschauhalle.

25

Das private Besprechungszimmer des Polizeichefs im Roundhouse war groß und rechteckig und verfügte über einen langen Walnussholztisch mit einer schützenden Tischplatte aus glänzendem Glas. Eine amerikanische Flagge lehnte zusammengerollt in einer Ecke an der Wand, und in einer anderen Ecke sah Anne die blaue Polyesterflagge des Commonwealth of Pennsylvania, die sie aus den Gerichtssälen kannte. Eine Klimaanlage kühlte den Raum, aber vielleicht waren es auch nur ihre Emotionen.

Zehn Lederstühle mit hoher Lehne standen rund um den Tisch, spiegelten sich verschwommen auf der Glasplatte. Anne, Bennie, Mary und Judy setzten sich auf die linke Seite. Auf der rechten Seite nahmen der stellvertretende Polizeichef, Deputy Commissioner Joseph Parker sowie Detective Sam Rafferty, dessen Partner und ein junger Schwarzer im Anzug Platz, der sich als anwaltlicher Vertreter der Stadt vorstellte. Der Anwalt schüttelte allen die Hände und machte sich Notizen auf einem frischen Notizblock, kaum dass er an seinen Platz zurückgekehrt war. Anne rief sich in Erinnerung, dass es sich hier nicht um einen Krieg handelte, auch wenn auf der gegenüberliegenden Seite des Tisches eine Schlachtlinie in Form von aufgereihten Dokumenten aufgebaut war, sich der Anwalt in Erwartung eines Rechtsstreites Notizen machte, und die Frau, die jetzt den Raum betrat und sich stumm ans Kopfende des Tisches setzte, die mutmaßliche Klägerin war, eine gewisse Terry Murphy. Annes Mutter.

Zweifelsohne war das ihre Mutter, obwohl Anne sie schon so lange nicht mehr gesehen hatte. Sie schien kleiner, als Anne sie in Erinnerung hatte, vielleicht einen Meter fünfundfünfzig. Die vielen Jahre des Pillen- und Alkoholkonsums hatten eine Frau zerstört, die einst bezaubernd genug gewesen war, um Dutzende Männer zu betören und sich berechtigte Hoffnungen auf Kinoruhm zu machen. Ihre Wangen waren eingefallen, die Haut war verwelkt, und das Blau ihrer Augen schien verwässert, was durch den allzu dick aufgetragenen Eyeliner nur noch hervorgehoben wurde. Ihr Mund wirkte durch die üppige Schicht Lippenstifts größer, und sie trug ein T-Shirt im gleichen Ton mit tiefem Ausschnitt, weiße Capri-Hosen und weiße Sandaletten. Etwas an diesen Schuhen gab Anne einen Stich.

Sie sah zu, wie ihre Mutter den Polizeibeamten die Hand gab, eine kleine Hand mit lackierten Fingernägeln. Ihre Mutter nickte mit einem leichten Zittern, als ob sie frisch von ihrem zigsten Aufenthalt in einer Reha-Klinik käme. Ihre schulterlangen Haare waren offenbar erst vor kurzem tiefschwarz gefärbt worden, um den ergrauten Haaransatz zu kaschieren. Sie schüttelte auch Bennie, Judy und Mary die Hand und sah Anne erst ganz zuletzt an.

»Hallo, Anne«, sagte ihre Mutter mit dünner Stimme,

aber Anne erwiderte nichts, weil sie nicht wusste, wo sie anfangen sollte und wie sie, wenn sie erst einmal angefangen hatte, wieder aufhören konnte.

Der stellvertretende Polizeichef räusperte sich. »Meine Damen und Herren, ich möchte zuerst unsere Gäste begrüßen und ihnen dafür danken, dass sie sich an diesem Feiertag hierher bemüht haben, um über ein Thema zu sprechen, das für uns alle wichtig ist.« Er war schwarzhaarig und untersetzt, mit kahlen Schläfen, hatte dunkle, freundliche Augen und ein sanftes Lächeln. Ein unseliges Doppelkinn wölbte sich über dem engen Kragen seines steifen weißen Hemdes. Schulterstreifen, eine goldene Anstecknadel in Form eines Adlers und eine Polizeikrawattennadel wiesen ihn als einen hohen Polizeibeamten aus. Er fuhr fort: »Der Polizeichef hätte an unserem Gespräch gern selbst teilgenommen, aber wie Sie vielleicht wissen, befindet er sich derzeit nicht im Lande.«

»Er ist in Irland, habe ich gehört«, warf Bennie ein. Anne lehnte sich gegen das kalte Leder der Stuhllehne. Sie war froh, Bennie die Leitung zu überlassen, weil bei diesem Gruppentreffen klar war, dass nichts Bedeutendes beschlossen würde, und trotz ihrer neu gefundenen Selbstkontrolle war es Anne peinlich, im selben Raum wie ihre Mutter zu sein.

»Vor allem«, fuhr der stellvertretende Polizeichef fort, »möchte ich mich jetzt und hier bei Mrs. Murphy für das mangelnde Urteilsvermögen der Detectives Rafferty und Tomasso entschuldigen. Im Zuge der Ermittlungen, die – wie ich Ihnen versichern darf – immer noch andauern, kam mir zu Ohren, dass diese Detectives zugelassen haben, dass bestimmte falsche Informationen hinsichtlich des Aufenthaltsortes Ihrer Tochter unkorrigiert blieben. Dafür und für den Kummer, den Sie dadurch erlitten haben, möchte ich

Ihnen, Mrs. Murphy, versichern, dass es unserer Abteilung wirklich von Herzen Leid tut.«

Terry Murphy nickte huldvoll, aber das bereitete den Entschuldigungen kein Ende, die – wie Anne wusste – nur für die Akten gedacht waren und ausschließlich auf Anraten eines Anwaltes abgegeben wurden, der zweifelsohne einen höheren Rang bekleidete als der, der jetzt am Tisch saß und sich Notizen machte. Die Männer wussten, dass Annes Mutter unter diesen Umständen die Stadt und das Polizeipräsidium wegen emotionalen Stresses auf Schadensersatz verklagen konnte. Doch Anne wusste, dass ihr vermeintlicher Tod ihrer Mutter mitnichten Kummer bereitet hatte.

»Ich versichere Ihnen, Mrs. Murphy, dass diese Detectives ihrer Abteilung, der Mordkommission, und dieser Stadt bisher stets hervorragend gedient haben. Ihr Vorgehen geschah nicht nur auf Bitten Ihrer Tochter hin, sondern auch in dem treuen und verständlichen Glauben, dass sie Ihre Tochter dadurch vor weiterem Schaden bewahren könnten. Ich bin sicher, dass Sie das nachvollziehen können, Mrs. Murphy.«

»Ja, natürlich«, erwiderte ihre Mutter und nickte. Anne erkannte die Spur eines pseudo-englischen Akzents, fast so schlimm wie der von Madonna. *Netter Versuch, Ma. Gehört das zu deiner heutigen Rolle?*

Der stellvertretende Polizeichef lächelte verbindlich. »Es bleibt jedoch unbestritten, dass das Vorgehen der Detectives unorthodox war und auch gegen gängige Polizeiverfahren verstößt, obwohl sie in gutem Glauben handelten. Wir werden im Laufe des Tages vor die Presse treten, um unsere Position in dieser Angelegenheit klarzustellen. Ich versichere Ihnen, Mrs. Murphy – und das werden wir auch der Presse mitteilen –, dass unsere Abteilung überlegt, disziplinarische Maßnahmen gegen die Detectives aufgrund ihres Verhaltens einzuleiten.«

Detective Rafferty senkte den Kopf, eine Geste, die von Aufrichtigkeit zeugte, die ihrer Mutter fehlte.

Anne konnte nicht länger an sich halten. »Wenn Sie erlauben, Deputy Commissioner Parker«, sagte sie und hob den Zeigefinger. »Sie haben sehr richtig darauf hingewiesen, dass Detective Rafferty und sein Partner ihr Vorgehen …« Sie wurde sich des Polizeijargons bewusst und fing noch mal von vorn an. »Die beiden haben die Tatsache, dass ich noch am Leben bin, nur deshalb verschwiegen, weil ich sie inständig darum bat – und um zu verhindern, dass ein weiterer Anschlag auf mich ausgeübt wird. Ich denke, das beweist ein hervorragendes Urteilsvermögen ihrerseits und darüber hinaus auch ein großes Herz.«

»Danke«, sagte der stellvertretende Polizeichef, und der städtische Anwalt kritzelte wie von Sinnen. Rafferty sah auf, ein leichtes Lächeln zog sich über sein Gesicht. Anne erwiderte das Lächeln.

»Ich hoffe sehr, dass die Abteilung keine disziplinarischen Maßnahmen gegen diese beiden Detectives anstrebt. Falls Sie eine Verlautbarung dieses Inhalts erstellen möchten, für interne Zwecke oder zur Weitergabe an die Presse, dann wäre ich dabei gern behilflich.«

»Hervorragend. Das würden wir zu schätzen wissen«, sagte der stellvertretende Polizeichef, und für den städtischen Anwalt war Weihnachten. Sobald er wieder in seiner Kanzlei war, würde er wahrscheinlich eine Zusammenfassung seiner Mitschrift an sie schicken, die die computergenerierte Unterschrift des leitenden Anwalts der Stadtverwaltung tragen und ihr Angebot bestätigen würde. Die Stadt und die Polizei waren soeben freigesprochen worden, und das war gut so. Anne wollte verdammt sein, wenn ihre Mutter auch nur einen Penny aus ihrem vermeintlichen Tod ziehen würde.

Bennie nickte zustimmend. »Ich stimme ganz und gar mit meiner Partnerin überein, und meine Kanzlei wird in einem separaten Schreiben diesen Umstand nur zu gern bestätigen, falls Sie das wünschen.«

»Ein Schreiben von Bennie Rosato *zu Gunsten* der Polizei?« Der stellvertretende Polizeichef gluckste leise, sein schwerer Brustkasten bewegte sich auf und ab.

»Lob, wem Lob gebührt, Sir.« Bennie lächelte und beugte sich über die funkelnde Tischplatte. »Da wir das geklärt hätten, erzählen Sie mir doch bitte, welche Schritte die Mordkommission unternimmt, um Kevin Satorno hinter Gitter zu bringen.«

»Wir haben jeden verfügbaren Mann auf ihn angesetzt und halten engen Kontakt mit dem FBI und den zuständigen Behörden in New Jersey. Das *Daytimer* steht weiterhin unter Beobachtung. Wie haben Sie Satorno übrigens ausfindig gemacht?«

»Das ist jetzt nicht wichtig«, wehrte Bennie ab. Der stellvertretende Polizeichef drängte sie nicht, offenbar als Dankeschön für den netten Brief, den sie schreiben wollte. »Aber können Sie Ms. Murphy überhaupt Schutz bieten? Wir sind sicher, dass Satorno sie beobachtet, um zu beenden, was er angefangen hat, damals an der Westküste und vor kurzem hier.«

»Momentan können wir nicht viel tun. Die Polizei stellt Einzelpersonen normalerweise keinen persönlichen Schutz zur Verfügung, und wegen des Unabhängigkeitstages sind wir auch extrem unterbesetzt.« Der stellvertretende Polizeichef schwieg kurz. »Aber sobald wir nach den Feiertagen wieder mehr Leute zur Verfügung haben, sollte es möglich sein, einen Streifenwagen vor ihrem Haus oder der Kanzlei zu postieren.«

»Das könnte zu spät sein. Sie braucht sofort Schutz. Sie

sind also nicht in der Lage, das Leben eines Menschen zu beschützen? Das kann ich kaum glauben. Was wäre, wenn morgen ein Prominenter in die Stadt käme?«

»Unglücklicherweise befinden sich bereits zahlreiche Prominente in der Stadt. Wir haben eine Abteilung, die sich um den Schutz von Würdenträgern kümmert, aber die verfügbaren Kräfte sind bereits im Dauereinsatz. Der Generalsekretär der Vereinten Nationen bekommt heute einen Preis überreicht, und halb Hollywood nimmt am Abend an dem Feuerwerk vor dem Art Museum teil. Unsere Kapazitäten sind also voll erschöpft.« Er wandte sich an Anne. »Ms. Murphy, wenn Sie meinen Rat wollen, dann sollten Sie am besten ein paar Tage Urlaub machen und die Stadt verlassen, bis wir Mr. Satorno in Gewahrsam genommen haben.«

Anne hatte das erwartet. »Danke nein. Ich habe Arbeit zu erledigen, und ich will mein Leben weiterleben. Morgen habe ich einen Gerichtstermin. Ich kann mich nicht verstecken, und das will ich auch gar nicht.«

Der Deputy Commissioner blickte mitleidsvoll. »Dann lassen Sie Ihren gesunden Menschenverstand walten, von dem Sie meiner Meinung nach jede Menge besitzen, und überlassen Sie uns die Polizeiarbeit, Ms. Murphy.«

»Ich verstehe, Sir.« Anne erhob sich langsam. Ihre Hände hinterließen Fingerabdrücke auf der Tischplatte. Bennie und die anderen beiden erhoben sich wie aufs Stichwort ebenfalls. »Wenn sonst nichts anliegt, sollten wir uns jetzt wohl an unsere Arbeit machen.«

Auf der anderen Seite des Tisches hievte sich der stellvertretende Polizeichef aus dem Stuhl hoch. »Wir wollen Sie nicht aufhalten. Danke, dass Sie gekommen sind. Sobald wir Mr. Satorno aufgegriffen haben, werden wir Sie anrufen. Wenn Sie Geleitschutz durch die wartenden Medien auf

Ihrem Weg zum Parkplatz wünschen, lasse ich Sie von meinem Fahrer begleiten.«

Anne sah Bennie an, die darauf antwortete. »Das ist nicht nötig, aber danke. Um wie viel Uhr findet Ihre Pressekonferenz statt?« Die drei Partnerinnen folgten ihr zur Tür, und der stellvertretende Polizeichef beeilte sich, die schwere, holzvertäfelte Tür zu öffnen. »In zwei Stunden. Ich werde den Pressevertretern dasselbe sagen, was ich Ihnen sagte. Mit Ihrer Erlaubnis möchte ich auch gern Ihre Haltung bekannt geben.« Als Bennie nickte, sah er zu Terry Murphy, die noch am Tisch saß. »Mrs. Murphy ist sich ihrer Haltung noch nicht sicher, aber sie hat sich freundlicherweise bereit erklärt, mit uns an der Pressekonferenz teilzunehmen.«

Kameras, Scheinwerfer, Aufmerksamkeit? »Warum überrascht mich das nicht?«, murmelte Anne leise, aber nicht leise genug, denn ihre Mutter drehte sich auf dem Stuhl um. Ihr Gesicht zeigte eine professionelle Maske des Schmerzes.

»Liebling?«, rief sie. »Können wir uns kurz unterhalten?«

Anne jedoch war schon verschwunden, war ohne sich umzudrehen durch die Tür gegangen. Genauso wie ihre Mutter vor zehn Jahren. Es ihr heimzuzahlen fühlte sich gut an – nein schlecht –, aber Anne hatte schließlich Wichtigeres zu tun. Zum Beispiel ihr Leben zu retten.

Die Frauen marschierten den leeren Flur entlang zum Aufzug, drängten sich in die Kabine und fuhren wortlos nach unten. Anne spürte, wie die Blicke aller auf ihr ruhten, und das genoss sie. Sie machten sich Sorgen um sie. Sie sorgten sich um ihre Sicherheit, sie sorgten sich um ihr Befinden. Bennie, Mary und sogar Judy waren ihr jetzt echte Freundinnen, und umgekehrt. Aber das bedeutete, dass sie nicht länger in ihrer Nähe bleiben durfte. Anne durfte sie keiner Gefahr aussetzen.

Die Aufzugstüren öffneten sich im Erdgeschoss, und sie stiegen aus. Anne sah durch die gläsernen Doppeltüren des Eingangs die Pressemeute. Anne ärgerte sich nicht länger über ihre Anwesenheit. Sie würde sich die Presse zu Nutze machen. Diesmal würde sie sich etwas Besseres als Flugblätter einfallen lassen.

»Keilformation einnehmen, Mädels«, befahl Bennie, übernahm die Führung und sammelte ihre Kanzleipartnerinnen wie Küken hinter sich. Dann sah sie nach hinten und runzelte die Stirn. »Murphy, wo sind dein Hut und deine Sonnenbrille?«

»In meiner Tasche. Das war meine letzte Verkleidung, von nun an bin ich wieder ich selbst.«

»Nein, bist du nicht. Setz sie auf. Sofort.«

Mary berührte Annes Arm. »Anne, du solltest dich wirklich verkleiden, sonst kommst du im Fernsehen und in den Nachrichten. Und zwar so, wie du jetzt aussiehst, mit neuer Frisur und neuer Haarfarbe.«

Aber Anne war bereits aus der Formation ausgeschert. Sie eilte zu den Doppeltüren, bevor die anderen sie aufhalten konnten. Auf der anderen Seite verlangten die Reporter bereits heftig nach ihr. Brüllten Fragen. Schossen Fotos.

»Murphy, nein!«, rief Bennie, aber es war zu spät.

Anne trat hinaus in das Sonnenlicht.

Allein – allerdings mit einer wirklich guten Idee.

26

»Ich kann nicht glauben, dass du das getan hast!« Bennie brüllte Anne vom Beifahrersitz in Judys Beetle aus an, und ihre Stimme hallte in dem kuppelförmigen Innenraum wider. Judy saß am Steuer, fuhr vom Parkplatz und dann auf Bennies Geheiß hin in Richtung Kanzlei. »Hast du auch nur die geringste Ahnung, was du gerade getan hast, Murphy?«, brüllte Bennie weiter. »Jetzt weiß Satorno, wie du aussiehst!«

»Tut mir Leid, ich habe wohl nicht richtig nachgedacht«, sagte Anne und hoffte, dass es sich ehrlich anhörte. Sie hatte sich dafür entschieden, sich schlecht aussehen zu lassen. »Ich bin es so müde, mir von Kevin mein Leben vorschreiben zu lassen. Ein einziges Mal wollte ich selbst entscheiden.«

»Das war aber nicht besonders schlau, oder?«, polterte Bennie so laut, dass sich Mary und Judy gleichzeitig duckten, was Bennie nicht aufhielt. »Du wolltest selbst entscheiden? Hier die Nachricht des Tages: Du bist die Frau, die er töten will, und jetzt weiß er, wo er dich finden kann, bevor die Feiertage um sind und die Cops mehr als drei Leute zur Verfügung haben! Du wirst tot sein, wenn du so weitermachst! Hast du den Verstand verloren, Murphy?«

»Können wir irgendwo anhalten?« Anne wischte ihre kurzen Locken mit einer matten Geste aus dem Gesicht. »Ich glaube, mir wird vom Fahren übel.«

Mary bot ihr eine halbe Flasche Wasser an. »Möchtest du etwas trinken?«

»Danke nein, aber mir ist wirklich nicht gut. Mein Kopf fühlt sich ganz leicht an.« Anne ließ sich nach links sinken, ahmte Lucys vorgetäuschte Erkrankung in *Lucy Gets a Pa-*

ris Gown nach, Episode 147 vom 19. März 1956. »Können wir kurz anhalten?«

Bennie drehte sich um, die Haare wehten ihr ins Gesicht. »Du musst anhalten, Murphy? Wir suchen uns gleich einen Ort zum Anhalten, damit ich aussteigen und dich besser anbrüllen kann!« Ein Minivan voller Kinder, die mit winzigen amerikanischen Flaggen wedelten, fuhr vorbei, und auch deren Mutter brüllte sie vom Beifahrersitz aus an. »Mir reicht es mit dir! Fahr an die Seite, Carrie! Sofort!«

»Bennie, beruhige dich!«, sagte Judy. »Ihr ist schlecht.«

»Sofort!«, befahl Bennie. Der Beetle zuckelte bis zur nächsten Ampel, fuhr dann auf den Gehweg, wo Judy ruckartig bremste und den Motor ausschaltete. Sie öffnete die Tür und stieg aus. Bennie riss ihre Tür auf und kletterte aus dem Wagen. »Alle raus! Sofort!«

»Danke, Mädels«, meinte Anne schwach. Sie stieg langsam aus, ließ sich Zeit, um die Umgebung in Augenschein zu nehmen. Sie hatten neben einem kleinen Dreieck aus großstädtischer Grünfläche geparkt, direkt an der Straße. Eine arg mitgenommene Holzbank stand mitten auf dem Gras, das mit Zigarettenkippen, Flaschenscherben und zerrissenen Resten rot-weiß-blau gestreifter Fahnen übersät war. Bennie hatte sich neben der Wagentür aufgebaut und kochte.

Hervorragend. Anne würde schnell vorgehen müssen. Der Plan hatte es in sich, aber bei Lucy hatte er in mehr Episoden funktioniert, als sie zählen konnte. Anne nahm den ganzen rothaarigen Mut zusammen, den sie aufbringen konnte, ging zu Judy, blieb dann abrupt stehen und wies in vorgetäuschtem Entsetzen über die Schulter ihrer Freundin. »O mein Gott! Judy, da ist Kevin!«, schrie Anne auf. »Da drüben!«

»Kevin? Wo?« Judy wirbelte auf der Stelle herum, ebenso wie Mary und Bennie.

In der nächsten Sekunde riss Anne Judy die Wagenschlüssel aus der Hand, sprang wieder in den Beetle, rammte den Schlüssel ins Zündschloss, drehte ihn um, trat auf das Gaspedal und fuhr los. Der Beetle schlingerte anfangs, die Tür auf der Fahrerseite schwang in den Angeln, aber Anne brachte es fertig, nicht herauszufallen, während sie Gas gab und in Richtung Expressway und Parkway davonpreschte. Sie sah in den Rückspiegel. Bennie war nur noch ein kleiner Umriss auf einem grünen Fleck in der Ferne, Mary und Judy standen neben ihr. Es hatte funktioniert! Mentale Notiz: *Lucy Ricardo hätte eine tolle Anwältin abgegeben.*

Anne trat aufs Gas und hoffte, dass die anderen es verstehen würden. Sie waren ihr zu wichtig, um sie weiter in Gefahr zu bringen. Wegen ihr hatte bereits Willa sterben müssen. Sie würde es nicht ertragen, wenn noch eine von ihnen starb. Anne lenkte den Beetle durch die Außenbezirke.

Ein älterer Mann in einem Kombi warf ihr einen Blick zu, offensichtlich verärgert darüber, dass sie zu schnell unterwegs war, aber sie winkte ihm gelassen zu. Sie wollte heute so viel Aufmerksamkeit wie möglich auf sich ziehen, sich so öffentlich wie möglich geben. Um bemerkt zu werden, *gesehen* zu werden. Die Zeitungen hatten ihr Foto und würden bald ihre Berichte vom Roundhouse bringen. Die Leute würden sie erkennen. Man würde häufiger davon berichten, wann und wo sie gesichtet wurde, als von Elvis seinerzeit, würde ihr Fragen stellen, sie ins Gerede bringen. Man würde jederzeit wissen, wo sie sich gerade aufhielt – und genau das war ihr Plan.

Anne wollte den Unabhängigkeitstag in der Stadt der brüderlichen Liebe so öffentlich und augenscheinlich feiern wie nur möglich, weil sie keine Sekunde daran zweifelte, dass Kevin sie irgendwann im Laufe dieses Tages finden würde. Sie war es Leid, ständig vor ihm davonzulaufen, und weigerte sich, das auch nur einen einzigen Tag länger zu tun. Sie würde sich von Kevin erwischen lassen. Und dann würde sie ihn ihrerseits erwischen.

Anne wechselte die Spur, atmete freier. Sie tat das Richtige. Nur so konnte sie diesen Albtraum beenden. Sie wollte selbst den Lockvogel spielen. Wenn sie es nicht tat, würde sie den Rest ihres Lebens auf der Flucht verbringen. Voller Angst und ständig in Gefahr. Sie würde nicht wieder umziehen. Sie würde sich behaupten, würde Kevin ans Tageslicht spülen und ihn festnageln. Bennie und die Mädels hätten ihr das nie erlaubt, deswegen musste sie es allein durchziehen. Na ja, nicht völlig allein.

Anne bog auf die Arch Street, fuhr in Richtung ihres Hauses, geriet in stockenden Verkehr. Je näher sie der City Hall kam, desto voller wurden die Straßen. Es staute sich vor allem rund um das Tourist Center und vor der Party am Parkway. Anne fuhr nach Westen, bog nach rechts auf die 22nd Street, dann nach links, fädelte sich in den Verkehr zu ihrem Viertel ein und bog schließlich auf die Waltin Street.

Absperrungen säumten den Rinnstein, mit weißen Schildern, auf denen HEUTE STRASSENFEST, 15 – 17 UHR stand. Anne erinnerte sich dunkel an eine Benachrichtigung, die man ihr wegen des Straßenfestes zugeschickt hatte, aber sie hatte sich seinerzeit nicht die Mühe gemacht, etwas dazu beizutragen. Dieses Straßenfest war dann wohl heute. Merkwürdig, dass man es trotz des Mordes an ihr abhielt. Mentale Notiz: *Feiern die Menschen, wenn man dich umgebracht hat, ist es Zeit, ein paar Veränderungen vorzunehmen.*

Anne nahm sich die Zeit, aus dem Fenster zu schauen und sich den Leuten zu zeigen. Im Schritttempo erreichte sie das obere Ende ihres Häuserblocks, fuhr weiter und erinnerte sich wieder daran, wie sie mit ihrem Uncle-Sam-Zylinder hier entlangmarschiert war. War das erst zwei Tage her? Das schien kaum möglich. Als sie nur noch vier Häuser, dann drei von ihrem Zuhause entfernt war, sah sie das gelbe Absperrband der Polizei, das in der Brise flatterte. Die Leute flanierten auf dem Bürgersteig vorbei, blieben neugierig stehen, gingen dann weiter und ließen sich nicht weiter ihren Feiertag ruinieren.

Anne parkte in zweiter Reihe vor ihrem Haus und blockierte den Verkehr. Wie könnte man wirksamer die Aufmerksamkeit auf sich ziehen? Sie hoffte, dass alle Nachbarn aus dem Fenster sahen und sie bemerkten. Kevin könnte in der Gegend sein, in der Annahme, dass sie zu ihrem Haus zurückkehren würde. Sie musste hinein. Sie schwang die Wagentür auf und sprang aus dem Beetle, woraufhin ein Mann in einem weißen TransAm, der direkt hinter ihr stand, auf die Hupe drückte.

Anne winkte ihm fröhlich zu. »Dauert nur eine Minute!«, rief sie, wühlte in ihrer Handtasche nach den Schlüsseln und lief zu ihrer Treppe. Die Blumensträuße lagen noch immer da, die in ihren Zellophanhüllen langsam verwelkten. Anne nahm sich nicht die Zeit, sie anzuschauen. Sie riss das polizeiliche Absperrband herunter, steckte ihren Schlüssel ins Schloss und stählte sich dann für den Eintritt.

Die Haustür glitt auf, und ein beißender Gestank begrüßte Anne, aber sie ignorierte ihn, schloss und verriegelte die Tür hinter sich. *Er wird dafür bezahlen, Willa.* Sie eilte durch den Flur, ohne sich umzusehen, und lief die Treppe hinauf in ihr Schlafzimmer. Sie rannte zum Schrank, lauschte dem wütenden Hupkonzert der blockierten Autos vor ihren Schlafzimmerfenstern.

Anne öffnete die Lamellentür, griff nach dem obersten Regal, schob die Stapel Winterpullis beiseite und fummelte nach ihrer Prada-Schuhschachtel. Sie ertastete sie mit den Fingerspitzen, zog sie mühsam hervor, aber am Ende fiel die Schachtel auf den Boden, und der Deckel sprang ab. Anne kniete sich nieder, entfernte das weiße Seidenpapier – und da lag sie, sicher und wohlauf.

Ihre kleine, schwarze Halbautomatik, die Beretta Tomcat. Es war eine schicke, kleine Waffe im italienischen Design, die *Armani* der Handfeuerwaffen. Anne hob sie aus der Schachtel, spürte ihr schweres, tödliches Gewicht in der Handfläche. Sie drückte auf den geriffelten Knopf am Griff und zog das Magazin heraus. Es roch nach Waffenreinigungsmittel und war voll geladen. Anne schob das Magazin wieder hinein, verriegelte das Sicherheitsschloss und ließ die winzige Waffe in ihre Handtasche gleiten. Sie wollte gerade wieder die Treppe hinunter, als ihr noch etwas anderes einfiel. In ihren *Blahniks* konnte sie nicht rennen, aber sie würde rennen müssen. Warum nicht ausnahmsweise mal vorausdenken? Sie wühlte auf dem Boden ihres Schrankes, fand ein Paar rote Leinen-Espadrilles und glitt hinein. Dann fiel ihr Blick auf die Sommerkleider, die im Schrank hingen.

Warum nicht? In ihren eigenen Kleidern würde sie leichter zu erkennen sein, und zum ersten Mal im Leben wusste sie genau, was sie tragen wollte. Sie ging ihre Sachen durch, schob die Kleiderbügel mit den Bürokostümen über die Stange. Da war es, ganz hinten. Das Kleid, das sie bei ihrer ersten und einzigen Verabredung mit Kevin getragen hatte. Sie hatte es seitdem nicht wieder angezogen, aber irgendetwas hatte sie davon abgehalten, es wegzuwerfen. Es war ein Teil ihrer Geschichte. Nun würde es ein Teil ihrer Zukunft werden. Anne zog sich aus, nahm das weiße Leinenkleid vom Bügel und schlüpfte hinein. Das gerade geschnittene, ärmellose Kleid fühlte sich kalt an, und Anne verdrängte die schlimmen Erinnerungen, die mit ihm verknüpft waren.

Sie beschloss, die Beretta in die rechte Seitentasche ihres Kleides zu stecken, weil sie dann freier war und sich auch ohne Handtasche bewegen konnte. Dann ging Anne zu ihrer Kommode, steckte noch etwas Kleingeld ein und eilte wieder nach draußen.

Hup! Hup! Eine richtiggehende Hup-Orgie war auf der Straße in Gang. Anne eilte die Treppe hinunter. Sie hasste es, noch einmal durch den Flur zu müssen, und riss die Haustür so hastig auf, dass sie einen alten Mann auf dem Gehweg erschreckte. Er wirkte in seinen grauen Shorts, dem weißen T-Shirt und der Sandalen-Socken-Kombination in Schwarz vage vertraut und ging mit einem beigefarbenen Mops Gassi, der für so einen winzigen Hund mächtig an der Leine zog.

Die Augen des alten Mannes, vom grauen Star umwölkt, wurden groß. »Miss Murphy! Sie leben?«

Anne stieg die Treppe hinunter, eilte auf ihn zu und stützte ihn am Arm. Sein Oberarm hing aufgrund des fortgeschrittenen Alters recht schlaff herab. »Bin ich, Sir. Haben Sie schon die Zeitung gelesen? Es war ein furchtbarer Irrtum. Ich habe mich gar nicht in der Stadt befunden.«

»Tja, sehr bemerkenswert! Wissen Sie, ich wohne nebenan. Hausnummer 2259. Mein Name ist Mort Berman.« Mr. Berman schüttelte den Kopf. »Es tat mir so Leid, als ich von Ihrer Ermordung hörte! Sie waren so eine nette, ruhige Nachbarin. Es war schon merkwürdig, trotz allem das Straßenfest abzuhalten, aber wir dachten, wir könnten Ihrer dadurch am besten gedenken. Und jetzt sind Sie am Leben! Wollen Sie nicht vorbeischauen?«

»Danke, Mr. Berman, das tue ich gern.« Die blockierten Autos hupten unentwegt. Der Mann in dem weißen *Trans Am* zeigte Anne einen sehr aggressiven Vogel und eine andere, vulgäre Geste. Sie hoffte nur, dass Mr. Berman das nicht sah. »Tut mir Leid, ich muss jetzt wirklich los. Schönen Unabhängigkeitstag!«

»Also, dann heute Nachmittag auf dem Straßenfest!«, rief er ihr noch zu, als Anne in den Beetle sprang und den Gang einlegte.

Ihre Gedanken bewegten sich weitaus schneller als der Verkehr. Sie sah auf die lila-rote Uhr im Wagen. 9 Uhr 48. Noch früh. Gut. Sie war Bennie einen Schritt voraus – und Kevin auch. Die Zeitungen würden ihr Foto vom Verlassen des Roundhouses nicht so schnell veröffentlichen können, und in der Zwischenzeit konnte sie eine Menge erledigen. Sie ahnte, dass Kevin erst im Dunkeln zuschlagen würde, weil das sicherer für ihn war. Also blieb ihr genügend Zeit, den Lockvogel zu spielen. Alles war möglich, jetzt da sie sich der Gefahr stellte. Wenigstens hatte sie die Beretta zu ihrem Schutz. Und den Talisman an der Goldkette, den Mrs. DiNunzio ihr geschenkt hatte. Anne war bereit für Kevin und jedes andere Schreckgespenst.

Kommt und zeigt euch.

Anne gab Gas und fuhr nach links in Richtung Westen. Sie wusste, wo sie nach Kevin Ausschau halten konnte, damit er sie entdeckte. Zwanzig Häuserblocks weiter war sie am Ziel. Powelton Village war ein innerstädtisches Wohngebiet zwischen der Drexel University und der University of Pennsylvania. Die Architektur unterschied sich auffallend von der Innenstadt; an Stelle von Ziegelreihenhäusern, die das Zentrum von Philly ausmachten, gab es hier große, einzeln stehende, viktorianische Steinhäuser mit geschindelten Türmen, Fensterbrüstungen in amerikanischer Gotik und Veranden mit Rundbögen. An einigen der größeren Häuser hatten die Bewohner griechische Buchstaben angebracht, und Anne nahm an, dass es sich bei ihnen um Verbindungshäuser der nahe gelegenen Universitäten Drexel und

Penn handelte. Sie fuhr an den Verbindungshäusern vorbei und bog dann rechts ab.

Moore Street 3845. Sie erinnerte sich sehr gut an die Adresse. Dort wohnten Beth und Bill Dietz. Immerhin bestand die Möglichkeit, dass er hier war und Beth' Haus beobachtete, und wenn dem so war, wollte Anne, dass er sie sah. Vielleicht konnte sie sogar ein Unglück verhindern. Sie hatte überlegt, ob sie vorher anrufen sollte, aber sie hätte zu viel erklären müssen, und sie wollte nicht um eine Erlaubnis fragen, die sie nicht bekommen würde.

Der Beetle tuckerte die Straße entlang, und Anne rutschte gespannt auf dem Fahrersitz vor. Große, schmale Häuser säumten die Straße wie Bücher auf einem Regal. Amerikanische Flaggen wehten an den Veranden, und der Geruch nach gegrillten Hamburgern hing in der Luft. Die Straßen waren weniger belebt als in der Innenstadt. Wenn Kevin Beth Dietz beobachtete, hatte er es hier schwerer, ein Versteck zu finden. Ebenso wie Anne.

Sie fand einen Parkplatz neben dem Haus der Dietz', diesmal nicht im Parkverbot, was sie als gutes Omen auffasste. Vielleicht hatte sie Glück und konnte erfolgreich mit dem Feuer spielen. Anne stieg aus, ging zuerst die Straße entlang und wieder zurück, für den Fall, dass Kevin sie beobachtete. Das zweistöckige Gebäude war aus großen, dunklen Steinquadern errichtet und war nur so breit wie ein Raum. Die grün gestrichene Veranda wurde nicht von einer Flagge geziert. Anne ging zur Haustür unter der viergeteilten Fensterscheibe und klopfte.

Nach dem zweiten Klopfen öffnete Beth Dietz die Tür. Sie trug Shorts aus Jeansstoff, eine bestickte Folklorebluse und den Ausdruck des Entsetzens in ihrem hübschen Gesicht. »Ich habe gelesen, dass Sie am Leben sind, aber Sie zu sehen …« Sie stockte mitten im Satz, die Augen erstaunt aufgerissen. »Tja, aber was machen Sie hier? Sie vertreten Gil Martin und haben hier nichts zu suchen, und mein Mann kann jede Minute nach Hause kommen.« Sie sah besorgt die Straße hinunter, warf das lange blonde Haar in den Nacken. Anne gewann sofort den Eindruck, dass Beth Dietz nervös war.

»Ich weiß, das scheint etwas unangemessen, aber ich möchte mit Ihnen über Kevin Satorno sprechen, nicht über den Fall.«

»Bitte, Sie müssen sofort gehen. Mein Mann ist jeden Augenblick zurück.« Beth wollte die Tür schließen, aber Anne stemmte sich dagegen.

»Hat die Polizei Ihnen mitgeteilt, dass Kevin Satorno jetzt Sie verfolgt? Er ist ein Stalker. Hat Matt es Ihnen gesagt?«

»Ich habe keinen Stalker. Wenn dem so wäre, würde ich es wissen.«

Das klang vertraut. Anne hatte das auch einmal gedacht. »Nein, er beobachtet Sie, und das sollten Sie ernst nehmen. Er glaubt, dass Sie ihn lieben. Die Cops haben keine Ahnung, wie sie mit ihm fertig werden sollen. Ich mache mir Sorgen …«

»O bitte!«, höhnte Beth. »Sie machen sich Sorgen um mich? Sie haben das vergangene Jahr damit zugebracht, mir das Leben schwer zu machen.« Sie versuchte erneut, die Tür zu schließen, aber Anne schob ihre Espadrille dazwischen.

»Hat bei Ihnen in letzter Zeit häufig das Telefon geklingelt, ohne dass sich dann jemand meldete? Ich gebe Ihnen einen Rat: Ändern Sie Ihre Telefonnummer nicht, sonst wird er aggressiv. Lassen Sie sich einen zweiten Anschluss legen, und besorgen Sie sich einen Anrufbeantworter für den ersten. Bewahren Sie das Band als Beweisstück auf.« Anne sah, wie Beth eine Sekunde lang zögerte, und zu ihrer eigenen Überraschung spürte sie Mitgefühl in sich aufsteigen. Sie und Beth steckten in der gleichen Zwangslage, auch wenn sie vor Gericht auf verschiedenen Seiten standen. Und sie verurteilte Beth nicht für die Affäre mit Gil; Bill Dietz hätte jede Frau in die Arme eines anderen Mannes getrieben. »Ich weiß, es klingt merkwürdig, aber wir haben viel gemeinsam. Es ist durchaus möglich, dass Kevin uns in diesem Augenblick beobachtet.«

»Hören Sie, Sie wissen, dass mein Mann Sie nicht leiden kann, schon gar nicht nach unserer Zeugenaussage. Sie sollten jetzt wirklich gehen. Er wird gleich mit unserem Anwalt zurück sein.« Beth sah ängstlich die Straße hinunter, und Anne wurde klar, dass sie sich mehr vor ihrem Ehemann fürchtete als vor Kevin.

»Matt ist bei Ihrem Mann? Dann hat er Ihnen also von Kevin Satorno erzählt.«

»Sie sind nur kurz weggegangen, um Holzkohle zu kaufen. Bitte, gehen Sie.«

»Lassen Sie mich ins Haus, nur eine Minute. Wir sind beide in Gefahr.«

»Bitte, bitte, gehen Sie!« Beth' Blick blieb auf das Ende der Straße fixiert, und plötzlich flackerte in ihren Augen nackte Angst auf. Anne sah über ihre Schulter. Ein schwarzer Saab fuhr auf das Haus zu. Beth stöhnte auf. »Jetzt sieht er Sie doch noch.«

»Wenn das Ihr Mann ist, werde ich mit ihm reden. Ich kann nämlich erklären ...«

»Nein!« Beth drückte mit aller Kraft gegen die Tür und hätte beinahe Annes Finger eingequetscht. »Verstehen Sie denn nicht? Sie bringen mich nur noch mehr in Schwierigkeiten.«

Anne fühlte sich hin und her gerissen. Sie hatte nicht das Recht, hier zu sein, aber es gefiel ihr nicht, dass eine Frau von ihrem Mann verprügelt wurde, wenn außerdem ihr Leben in Gefahr war. »Kevin ist irgendwo da draußen, Beth! Er hält nach mir Ausschau. Und nach Ihnen.«

Plötzlich hörte Anne, wie eine Wagentür zugeschlagen wurde, und als sie sich umdrehte, sah sie, dass Bill Dietz den Saab in zweiter Reihe geparkt hatte und mit wehendem Pferdeschwanz ausgestiegen war. Er war allein; Matt saß nicht in dem Wagen. Dietz machte mit seinen langen, dünnen Beinen große Schritte und erreichte in null Komma nichts die Veranda.

»O nein«, stöhnte Beth, und Anne wich zurück. Beinahe reflexartig riss sie die Hände hoch, als Dietz auf sie zustürmte und sich vor ihr aufbaute.

»Mr. Dietz, ich kann alles erklären.«

»Anne Murphy!?«, brüllte Dietz. »Für wen zum Teufel halten Sie sich, dass Sie es wagen, uns hier aufzusuchen?« Sein Brustkasten unter dem dünnen, gelben Surferhemd bebte, und seine tiefe Stimme donnerte. »Sie sind doch tot, oder nicht? Offenbar spielen Sie gern Spielchen mit den Menschen, wie? Wo liegt eigentlich Ihr Problem?«

Annes Mund wurde trocken. »Ich bin hier, um mit Ihrer Frau und Ihnen über den Stalker zu reden, Kevin ...«

»Haben Sie ihr nicht schon genug wehgetan? Uns beiden? Was soll das hier? Sind Sie verrückt oder einfach nur ein Miststück?« Dietz atmete seine Wut direkt in Annes Gesicht, und ihre Haut brannte röter als bei der Zeugenaussage.

»Ich versuche, Beth zu helfen ...«

»Ach, jetzt heißt es schon ›Beth‹? Bei der Zeugenaussage haben Sie sie nicht ›Beth‹ genannt! Sie haben sie eine Hure genannt!«

»Bill, nicht. Bitte!«, flehte Beth von der Tür. Auf dem Gehweg eilte eine Mutter mit zwei kleinen Kindern rasch am Haus vorbei.

Anne wich keinen Zentimeter und fragte sich, wie viel seiner Wut auf Gils Masche mit der CD zurückzuführen war. Dietz saß in der Falle, und das wusste er auch. Gil hatte die Falle aufgebaut, nicht sie, aber das konnte sie nicht sagen. Anne wurde allmählich wütend. »Ich habe Ihre Frau niemals beschimpft, und ich bin auch nicht wegen des Falls hier! Ich bin hier, weil …«

»Ist mir doch scheißegal, warum Sie hier sind! Sie sind ein Miststück, das andere Menschen manipuliert. Sie treiben es mit meinem Anwalt – das ist wirklich die Höhe! Sie benutzen ihn, um an uns heranzukommen! Ihn können Sie vielleicht täuschen, aber mich nicht – Sie kleines Flittchen!«

»Wie bitte?«, fragte Beth flüsternd, und Anne lief rot an.

Matt hat es Dietz erzählt. Sie schämte sich, fühlte sich verraten, zu einer Erwiderung genötigt. »Ich benutze Matt nicht, und er hat niemals …«

»Sie sind die Hure, nicht meine Frau! Glauben Sie, dass ich mir diese Scheiße von ihm gefallen lasse? Oder von Ihnen? Ich habe ihn gefeuert, und ich werde mich bei der Anwaltskammer über Sie beschweren! Sie werden sich beide dafür verantworten müssen! Und jetzt verschwinden Sie von meinem Grund und Boden.«

O nein. Annes Gedanken rasten. Sie hatte die Hand von Dietz nicht kommen sehen, als er sie ihr ins Gesicht schlug. Ihre Wange explodierte vor Schmerz. Anne stolperte nach hinten und packte das Verandageländer, um nicht die Stufen hinunterzufallen. Ihre Schulter schmerzte mit einem Mal.

»Bill, nein!«, schrie Beth und packte ihren Mann. »Hör auf! Komm ins Haus!«

»Gehen Sie mir aus den Augen!«, bellte Dietz und schüttelte Beth ab.

Anne richtete sich auf. Sie dachte an die *Beretta* und verwarf den Gedanken wieder. Sie sprang von der Veranda und rannte los.

27

Anne hastete den Gehweg entlang zu Judys Wagen. Ihr Atem ging stoßweise, und ihre Knie schlotterten. Sie sah hinter sich. Dietz verfolgte sie nicht. Die Veranda war verlassen und die Haustür geschlossen. Dennoch sprang Anne in den Wagen, fummelte nach dem Schlüssel und rammte ihn ins Zündschloss. Sie drehte den Schlüssel um, trat aufs Gas und schoss aus dem Parkplatz, ein Auge fest auf den Rückspiegel geheftet. Einen Häuserblock weiter griff sie nach dem Handy, klappte es auf und gab Matts Handynummer ein.

Komm schon, Matt, geh ran! Das Klingeln hörte auf, und eine mechanische Stimme meldete sich. »Der Verizon-Kunde, den Sie angewählt haben, ist derzeit nicht erreichbar …« Anne verließ die Moore Street, als der Signalton erklang.

»Matt, ruf mich auf dem Handy an!«, rief sie in ihr Telefon. »Ich hatte soeben eine Auseinandersetzung mit Dietz. Warum hast du ihm von uns erzählt? Ich hörte, dass er dich gefeuert hat. Ruf mich an, sobald du kannst.« Anne beendete die Verbindung und warf das Handy auf den Beifahrersitz. Erst zwei Häuserblocks weiter und nachdem sie im Rückspiegel nur normale Menschen in Autos ausgemacht hatte, konnte sie wieder frei durchatmen.

Annes Herz schlug langsamer, aber der Schmerz in ihrer Schulter wurde stärker, und ihre Wange brannte. Sie sah in den Spiegel. Ihr Wangenknochen war dick geschwollen, doch die Haut war nicht aufgeplatzt. Sie fühlte sich wütend, verängstigt und verwirrt. An einer Ampel versuchte sie, das Geschehen zu rekonstruieren. Matt hatte Dietz von ihrer gemeinsamen Nacht erzählt – in einem Anflug von was? Von Ehrlichkeit? Gewissensbissen? Vertraulichkeit? Anne schüttelte den Kopf, als die Ampel auf Grün sprang. Es geschah immer wieder, dass Verteidiger sich mit ihren Mandanten anfreundeten, aber in diesem Fall war das lächerlich. Mentale Notiz: *Männer haben Intimität womöglich doch besser drauf, als Dr. Phil glaubt.*

Anne fuhr neben einen Minivan, an dessen Antenne eine amerikanische Flagge wehte, und ging das Szenario noch einmal durch. Dietz versuchte aufgrund der CD, das Verfahren zu torpedieren, doch davon wusste Matt nichts. Als Matt ihm von der Affäre mit Anne erzählte, ergriff Dietz die Gelegenheit, Matt zu feuern. Nun würde Dietz seiner Frau zu Hause die Neuigkeit erzählen und die Schuld auf sie beide, Matt und Anne, abwälzen. Wie hatte sie nur zulassen können, in eine solche Lage zu geraten?

Anne ordnete sich hinter dem Minivan ein, schaltete die Klimaanlage auf maximal und ließ sich von ihr die brennende Wange kühlen. Dann fiel ihr Kevin wieder ein. Vielleicht hatte er zugesehen, zugehört, abgewartet. Eine Welle der Angst schoss durch sie hindurch, aber sie zwang sie mit ihrem Willen in die Schranken. Sie musste Kevin aus seinem Versteck locken, sonst würde sie ihn nie erwischen. Anne suchte mit den Augen die Straße ab. Dann traf es sie schlagartig: Falls Kevin die Szene auf der Veranda belauscht hatte, dann wusste er jetzt, dass Anne mit Matt geschlafen hatte. Das würde ihn in Rage und auch Matt in Gefahr bringen. Annes Gedanken rasten. Matt war in West Philly ohne Auto gestrandet. Wo waren er und Dietz hingefahren? Was hatten sie gekauft?

Anne raste mit dem Wagen zum Ende des Häuserblocks, dann weiter zum nächsten. Es war ein reines Wohngebiet, weit und breit kein Laden in Sicht. Eine junge Mutter mit zwei Kindern wartete darauf, die Straße überqueren zu können, Anne hielt an und rief: »Wissen Sie, ob es hier in der Nähe einen Supermarkt gibt? Einen Laden, in dem man Holzkohle kaufen kann?«

»Den Minimart an der Tankstelle. Fünf Häuserblocks weiter und dann rechts. Die haben Holzkohle, wenn sie nicht schon ausverkauft ist.«

»Danke!« Anne winkte ihr zu und folgte der Richtungsangabe zum Minimart, einem leuchtend weißen Gebäude mit Tanksäulen davor und einem vollen Parkplatz. Matt war nicht zu sehen, aber Anne parkte trotzdem, schaltete den Motor aus und sprang aus dem Beetle. Sie eilte in den Laden, vorbei an einer Pyramide aus Holzkohle. Anne blickte sich rasch um. Auch hier war er nicht zu sehen. Falls er hier gewesen war, war er längst weg. Sie wollte gerade zurück zum Ausgang, als sie einen schäbigen Schwarzweißfernseher auf einem Regal hinter der Kasse entdeckte. Die Szene auf dem Bildschirm ließ sie abrupt stehen bleiben.

Das Bild zeigte ihre Mutter, neben dem stellvertretenden Polizeichef. Das musste die Pressekonferenz sein. Anne klinkte den Lärm im Laden aus und beugte sich über die Theke näher zum Fernsehapparat.

»Um auf Ihre Frage zu antworten«, sagte ihre Mutter gerade, »ich freue mich ungemein, dass meine Tochter am Leben ist, und ich werde weder jetzt noch zu einem späteren Zeitpunkt eine Klage gegen die Polizei, die Stadtverwaltung oder die Gerichtsmedizin anstreben.«

Anne blinzelte überrascht. Ihre Füße juckten und wollten weiter, aber sie stand wie festgewurzelt. *Ihre Mutter lehnte Geld ab?*

Aus dem Off fragte ein Reporter: »Mrs. Murphy, warum hat man Sie nicht gerufen, um die Leiche Ihrer Tochter zu identifizieren?«

Anne wartete mit angehaltenem Atem auf die Antwort.

Ihre Mutter senkte den Kopf, und als sie wieder aufsah, standen Tränen in ihren Augen. »Ich wurde nicht gerufen, um Anne zu identifizieren, weil sie keine Ahnung hatten, wo ich mich aufhielt. Ich habe in der Vergangenheit einige furchtbare Fehler gemacht, aber der größte war, meine Tochter vor langer Zeit zu verlassen.«

Anne staunte über das, was sie da hörte. Sie wollte gehen, sie wollte bleiben.

»So schrecklich es auch klingt, erst durch die Nachricht von Annes Tod wurde mir klar, was ich an ihr verloren hatte. Mir bietet sich jetzt eine Gelegenheit, die nicht viele Eltern bekommen – eine zweite Chance. Ich kann nur hoffen, dass sie mir erlauben wird, meine Fehler wiedergutzumachen. Anne, wenn du draußen bist, dann sei versichert, dass mir Leid tut, was ich dir angetan habe.« Ihre Mutter blickte voller Ernst in die Kamera.

Anne spürte, wie sich ihr Brustkorb zusammenzog. »Quark!«, hörte sie sich reflexartig sagen. Der Kassierer warf ihr einen Blick zu.

Sie eilte zum Ausgang, rannte vor dem Fernsehgerät davon, versuchte, das Bild zu vergessen. Es war zu wenig, und es kam zu spät. Solange sie sich erinnern konnte, hatte ihre Mutter ihre diversen Süchte auf unbedeutende Agenten geschoben, die ihr Talent nicht erkannten. Schon als Kleinkind wurde Anne vom Babysitter zur Nachbarin, zu irgendeiner Fremden gereicht und durch eine Reihe von Wohnungen geschleift, und später saß sie für gewöhnlich allein mit ihren Hausaufgaben vor dem Fernseher. Es war gar nicht so schlimm. Sie stellte sich einfach vor, sie würde in der East

68th Street Nummer 623 leben, in einer bescheiden möblierten Wohnung in New York, mit einer Ziegelwand, weiß gestrichen, und einem Kaminsims, auf dem sich zwei chinesische Figuren, eine Uhr und hin und wieder eine Schachtel Phillip-Morris-Zigaretten befanden. Ihre Mutter war Lucy Ricardo, ihr Vater ein gut aussehender kubanischer Bandleader, und sie waren alle sehr glücklich, bis der kleine Ricky auftauchte. Niemand brauchte einen jüngeren Bruder.

Anne sprang in den Beetle und startete den Wagen, die Erinnerungen jedoch konnte sie nicht abschütteln. Ihrer Mutter war sie nicht einmal wichtig genug gewesen, um sich um die Operation ihrer Hasenscharte zu kümmern. Eine Fremde hatte sich ihrer angenommen; eine Nachbarin, die früher als Krankenschwester gearbeitet hatte, verschaffte ihr eine kostenlose Operation in einem Lehrkrankenhaus. Nie war Annes Mutter für sie da gewesen. Anne hatte sich Kredite für das College und das Jurastudium besorgt und würde sie bis ans Ende ihrer Tage zurückzahlen müssen. Ihr Herz verhärtete sich.

Als Anne den Parkplatz verließ, überlegte sie, ob sie zu Matts Haus fahren sollte, aber angesichts der Tatsache, dass es im Herzen des historischen Viertels lag, würde das zu viel Zeit in Anspruch nehmen. Sie sah auf die Uhr. 13 Uhr 15. Die Sonne stand hoch und heiß am Himmel, überall waren Menschen, und die Stadt vibrierte vor Festivitäten anlässlich des vierten Juli. Anne beschloss, sich wieder ihrem großen Ziel zu widmen und eine öffentliche Spur zu hinterlassen, um Kevin auf sich aufmerksam zu machen.

Eine Stunde später hatte Anne einen halbwegs legalen Parkplatz gefunden und bahnte sich ihren Weg durch die Menschenmenge auf dem Benjamin Franklin Parkway. Sie wischte sich die kurzen Locken aus der Stirn, zeigte ihre Narbe, genoss die Freiheit, ohne Verkleidung und ohne Lippenstift unterwegs zu sein.

»He, sind Sie nicht die Frau, die man für tot gehalten hat? Die Anwältin?«, fragte ein Mann mit einer roten Budweiser-Kappe. Er hielt ein kleines Mädchen an der Hand und war mit dem Strom all der anderen auf dem Weg zur Party auf dem Parkway.

»Äh, ja.« Anne lächelte ihn zufrieden an. Es freute sie, dass ihr Bild sich herumsprach, und der Mann strahlte, als ob er eine Berühmtheit getroffen hätte. Anne hoffte, er würde möglichst vielen davon erzählen, dann wurde sie vom Andrang der Menschen weggespült. Arbeiter hissten ein Plastikspruchband mit der Aufschrift RIESENSANDWICH NUR EIN DOLLAR auf einem gigantischen weißen Zelt am Eakins Oval, und Anne blieb kurz stehen, um abermals Matt anzurufen. Doch sie erreichte ihn immer noch nicht. Der Geruch nach gegrillten Hamburgern und Hühnchenkebabs waberte durch die Luft, und sie kramte etwas Geld heraus. Anne fühlte sich als Teil all der Besucher an diesem vierten Juli: Sie schlug einfach die Zeit tot, bis es dunkel wurde und das Feuerwerk begann. Sie sah auf die Uhr. 15 Uhr 15. Zeit für die Party in ihrer Straße.

Anne wurde langsamer, als sie die Waltin Street erreichte, die blau-weiße Absperrungen für den Verkehr blockierten. Im gesprenkelten Sonnenschein der ahorngesäumten Straße tummelten sich mindestens sechzig Erwachsene und zahlreiche Kinder, zum Teil mit Hunden. Sie suchte die Menge nach Kevin ab. Er hatte die Schilder mit der Aufschrift STRASSENFEST 15 BIS 17 UHR sicher gesehen. Womöglich beobachtete er sie gerade, wartete nur auf seine Chance. Anne bahnte sich ihren Weg um die Absperrungen am Kopfende der Straße, wo ein älterer Mann in einem makellosen Polohemd und gebügelten Hosen offenbar Ausweise kontrollierte.

»Ms. Murphy, Sie müssen nicht beweisen, dass Sie in dieser Straße wohnen«, sagte er. Er strahlte, als er sie sah. »Ich erkenne Sie! Ich habe Sie im Fernsehen gesehen!«

»Danke, Mr. …«

»Ich bin Ihr Nachbar Bill Kopowski, von Haus Nummer 2254, das mit den roten Fensterläden.« Er wies mit dem Finger. »Wir waren uns nicht sicher, ob wir das Straßenfest abhalten sollten, aber wir haben es dann doch getan. Meine Frau Shirley und ich waren sehr besorgt. Sie müssen sie kennen lernen!« Mr. Kopowski berührte mit zittriger Hand eine mollige Frau, die neben ihm stand. Sie drehte sich um, und ihr Seniorengesicht erstrahlte, als sie Anne sah.

»Meine Güte, Sie sind es wirklich!«, rief Mrs. Kopowski. Sie trug ein beigefarbenes Leinenkleid mit einer Bernsteinkette.

»Ja. Hallo«, sagte Anne. Sie streckte die Hand aus, aber Mrs. Kopowski hatte sie schon in die Arme geschlossen und drückte sie fest an ihren weichen Busen. Sie roch nach Lavendelseife.

Die Köpfe der Menge drehten sich einer nach dem anderen nach Anne um. Die Nachbarn strömten zu ihr, plauderten und lachten. »Ms. Murphy!«, rief ein Mann mittleren Alters im Madrashemd und Bermudashorts. »Wir haben uns noch nicht kennen gelernt, aber ich wohne gegenüber von Ihnen, in 2258.«

»Hi …«, wollte Anne gerade sagen, als eine Frau mit einer blauen Schaumstoffkrone rief: »Anne Murphy! Anne Murphy! Sie sind nicht tot! Ich habe Ihre Mutter im Fernsehen gesehen. Es war bewegend, wirklich bewegend!«

Alle redeten gleichzeitig mit Anne, stürmten mit Fragen auf sie ein, dass sie mit den Antworten gar nicht nachkam.

Plötzlich spürte sie eine Hand auf dem Rücken. Anne drehte sich erschreckt um, und sie erkannte einen weiteren lächelnden Nachbarn, begeistert, dass sie noch lebte, besorgt, dass so etwas Schreckliches in ihrer Straße passiert war, begierig nach weiteren Einzelheiten. In kürzester Zeit hatte die Menge sie völlig in Beschlag genommen, sie als Nachbarin aufgenommen, die sie nie gewesen war. Man begrüßte sie mit offenen Armen und warmem Bier. Zum ersten Mal verstand sie, wie viele Menschen von einem Mord betroffen waren und wie sehr die Tat jeden einzelnen Anwohner der Straße erschüttert hatte. Die ganze Zeit hielt sie in der Menge Ausschau nach Kevin, aber falls er unter ihnen war, hatte sie ihn noch nicht entdeckt. Sie sorgte sich um Matt und hätte zu gern gewusst, wo Bennie und die Mädels jetzt waren. Früher oder später würden sie sie finden, und Anne hoffte, es würde erst so weit sein, wenn sie Kevin aus seinem Versteck gelockt hatte.

»Ms. Murphy, Ms. Murphy! Bitte ein paar Fragen!«, rief ein Mann hinter Annes Rücken, und sie spürte, wie sie grob angestoßen wurde. Sie drehte sich um und sah direkt in die Linse einer Videokamera. Ein Reporter tauchte neben der Kamera auf, ein untersetzter Mann in weißem T-Shirt und Jeans. Sein Bierbauch wölbte sich über eine goldene Gürtelschnalle. »Ms. Murphy, erzählen Sie uns mehr über Kevin Satorno? Möchten Sie einen Kommentar abgeben? Ms. Murphy?«

»Ich werde keine Fragen beantworten«, erklärte Anne, bemüht, die Fassung nicht zu verlieren. Die Presse war auch da. Es war nur logisch, dass einige zum Straßenfest kommen würden. Diese Crew hatte Glück gehabt und sie gefunden. War das auch ihr Glück?

»Kommen Sie schon, lassen Sie es raus. Stimmt es, dass Sie mit Satorno verlobt waren?« Die Kameralinse fuhr auf

Anne zu, und ihre Nachbarn blickten grimmig. Ein alter Mann, von dem sie wusste, dass er ein pensionierter Chemiker war, bahnte sich einen Weg auf den Reporter zu und schwenkte einen knochigen Finger vor der Kamera.

»Sie sind hier nicht eingeladen, Sir!«, rief er, und seine altersschwache Stimme tremolierte. »Das Fest ist nur für Anwohner. Wir haben eine Erlaubnis. Wie sind Sie bloß an Mr. Kopowski vorbeigekommen? Er hat in der Ardennenschlacht gefochten!«

Mr. Berman baute sich neben ihm auf. »Sind Sie Reporter? Sie haben hier nichts zu suchen! Gehen Sie lieber, bevor wir die Cops rufen. Einer von Ihnen hat gestern einen Blumentopf von meiner Treppe gestoßen!«

Anne hatte nur ihren Plan im Kopf. »He, Kumpel!«, rief sie dem Reporter zu. »Warum fragen Sie mich nicht, was ich als Nächstes tun werde, da ich jetzt doch nicht tot bin? Wie es die Spieler nach dem Superbowl immer gefragt werden.«

»Sie fährt nach Disneyworld!«, fiel Mr. Simmons, ein weiterer Nachbar, ein. Andere Nachbarn kamen näher, umringten den Reporter und den Kameramann.

»Ja, fragen Sie sie, was sie als Nächstes machen wird!«, rief Mr. Monterosso.

Ein anderer brüllte: »Genau! Druckt zur Abwechslung mal was Positives!«

Ein dritter Nachbar rief: »Das zeigen Sie doch bestimmt nicht im Fernsehen, oder? Sie bringen nie angenehme Dinge, nicht mal an Feiertagen.«

Der Reporter wandte sich grinsend Anne zu. »Na gut, Ms. Murphy, was haben Sie vor? Fahren Sie nach Disneyworld?«

»Philly am vierten Juli verlassen? Niemals!«, antwortete Anne in die Kamera, in der Hoffnung, dass das Interview ausgestrahlt würde. Sie dankte Gott, dass Bennie fernsehen hasste. »Heute Abend werde ich den Geburtstag unseres Landes feiern – und zwar auf typische Philly-Manier! Ich werde ein Riesensandwich im Riesensandwich-Zelt essen und mir dann das Feuerwerk vor dem Art Museum ansehen! Und ich wünsche allen einen wunderschönen Feiertag!«

Die Nachbarn jubelten, lachten und johlten, und Mr. Berman wedelte mit seinem Krückstock wie ein Tambourmajor. »So, Mr. Reporter, jetzt haben Sie Ihre Geschichte. Ziehen Sie los und senden Sie sie! *Ziehen Sie Leine!*«

»Ja! Verschwinden Sie! Sie wohnen hier nicht! Es ist nur für Waltin-Street-Bewohner!«, brüllte Mrs. Berman, und ein Teenager, die tätowierte Tochter eines Psychologieprofessors, stimmte einen Sprechgesang an.

»Auf der Waltin Street gibt's heut 'nen großen Beat. Auf der Waltin Street gibt's 'nen großen Beat.«

Alle Nachbarn fielen ein und schlugen den Reporter und den Kameramann mit ihrem Chor in die Flucht.

Anne sang am lautesten von allen, brüllte mit voller Kraft, nicht damit Kevin Satorno zuhörte, sondern weil sie sich dadurch besser fühlte, glücklich, als Teil einer ganz besonderen Gruppe, einer Gruppe, die einen Häuserblock bewohnte, der zu vielen weiteren Häuserblocks in dem historischen Straßennetz Philadelphias gehörte, in dem die Vereinigten Staaten von Amerika gegründet worden waren. Ben Franklin hatte dieses Straßennetz entworfen, wie ihr mit neu gewonnenem Stolz einfiel. Mentale Notiz: *Beim Patriotismus geht es im Grunde um Zugehörigkeit, und Anne gehörte genau hierher.*

Doch langsam wurde es Zeit, aktiv zu werden.

28

Die Sonne stand noch immer relativ hoch, glühte aber in einem abendlichen Orangeton und machte sich allmählich an den Abstieg. Die Luft hatte eine drückende Feuchtigkeit angenommen, und Annes Kleid klebte ihr an der Haut. Sie sammelte Müll von der Straße und zwischen den geparkten Wagen auf und stopfte ihn in eine Mülltüte, wobei sie jede Person, an der sie vorbeikam, genau inspizierte. Obwohl nichts darauf hinwies, dass Kevin sie beobachtete, wuchs ihre Anspannung zusehends.

Anschließend half sie ihren Nachbarn, Flaschen fürs Recycling zu sammeln, Picknicktische aus Aluminium zusammenzuklappen und die Reste eines Nudel-Paprika-Salats in Folie zu packen. Sie schleppten gemeinsam die Absperrungen von der Straße, um der Stadt ihre Enklave zu öffnen, die die Waltin Street ein paar Stunden lang gebildet hatte. Sogleich strömten mehr Fußgänger durch ihre Straße, auf dem Weg zum Parkway, um sich den besten Platz für das Feuerwerk zu sichern. Die Leute führten Strandstühle, eingerollte Sisal-Matten und Decken mit sich. Ein Kind, das seinem Vater hinterherlief, hielt ein paar Räucherkerzen, die die Luft mit ihrem Geruch erfüllten.

Anne sah auf ihre Uhr. 19 Uhr 15. Die Zeit verstrich im Nu und riss sie mit sich. Sie hatte einen Plan der Festakte auf dem Parkway gesehen. Es fing mit einer »Lesung der Unabhängigkeitserklärung durch Prominente« an, dann kam der Verkauf der Riesensandwiches für je einen Dollar und schließlich um 21 Uhr das Feuerwerk. Sie wollte noch eine Weile auf der Waltin Street bleiben und dann zum Riesensandwich-Zelt gehen. Es war beinahe Zeit.

Anne beugte sich zu Boden, hob ein zerknautschtes Einwickelpapier auf und warf es in ihren Müllbeutel. Als sie sich aufrichtete, spürte sie das Gewicht der *Beretta* in ihrer Tasche. Sie hatte die Waffe in dem Hochgefühl des Straßenfestes beinahe vergessen. Nachdenklich hielt sie inne. Gab es eine Alternative? Nein. *Wenn das heute Nacht nicht endet, wird es niemals enden. Erst wenn ich tot bin.* Sie warf den Müll in die Tüte und wollte gerade zu einem ausrangierten Pappbecher gehen, als ihr Handy klingelte.

Auf dem Display leuchtete Matts Handynummer auf. Bennies zahlreiche Anrufe hatte Anne nicht erwidert, aber diesen Anruf würde sie annehmen. Sie drückte den Sprechknopf. »Matt?«, fragte sie und senkte ihre Stimme. »Wo bist du? Ich habe versucht …«

»Ich habe deine Nachrichten erhalten.« Seine Stimme klang nervös. »Wie geht es dir? Alles okay mit dir?«

»Ja, bestens. Ehrlich.« Anne hielt sich das andere Ohr zu, um ihn besser zu verstehen, und suchte sich eine ruhige Ecke. Sie erzählte ihm kurz von dem Debakel mit dem Ehepaar Dietz, ließ jedoch den tätlichen Angriff aus. Es bestand keine Notwendigkeit, seinen Beschützerinstinkt noch mehr herauszufordern. »Warum hast du Dietz von uns erzählt? Was geht diese Leute das an!«

»Ich hatte keine andere Wahl. Beth wollte mir einfach nicht glauben, dass Satorno hinter ihr her ist. Sie hat mich nicht ernst genommen. Ich glaube, es lag nur daran, dass Bill es mir nicht abkaufen wollte. Er hat großen Einfluss auf sie.«

»Ach.«

»Deshalb musste ich Bill erzählen, was dir passiert war, damit er mir endlich glaubte. Er fragte mich, woher ich all das weiß, und da habe ich die Karten auf den Tisch gelegt. Ich sah keine andere Möglichkeit, Beth klar zu machen, in welcher Gefahr sie steckt.«

»Es tut mir so Leid«, meinte Anne kleinlaut. Matt hatte sich zwischen der Sicherheit seiner Mandantin und seinem eigenen Ruf entscheiden müssen, und er hatte eine Entscheidung getroffen, die sie bewunderte. Wie hatte sie nur wütend auf ihn sein können? »Und jetzt hast du auch noch das Mandat verloren. Was wirst du jetzt tun?«

»Die Akte abschließen und sie weitergeben. Ich denke, sie werden jetzt zu Epstein wechseln. Sei auf der Hut, Anne. Du bekommst es jetzt mit erstklassigen Anwälten zu tun.«

»Ach was.« Anne biss sich auf die Lippe. »Kann ich dir helfen, oder habe ich es schon genug für dich vermurkst?«

»Nein, du bist doch nicht schuld. Ich bin schuld. Ich gebe zu, nachdem Dietz mich gefeuert hat, habe ich erstmal meine Wunden geleckt. Ich wünschte, ich hätte mit Beth allein geredet. Aber jetzt ist alles wieder in Ordnung. Er war auch mein Mandant, und er hat von Anfang an für Beth gesprochen. Ich mache mir viel mehr Sorgen um dich. Bennie hat mich zu Hause angerufen. Sie meinte, du seist ausgerissen. Sie sucht dich. Sie war wohl auch in deiner Straße, aber da fand ein Straßenfest statt, und irgend so ein alter Kerl wollte sie nicht hineinlassen. Nicht einmal Mary konnte ihn überreden, ebenso wenig wie Judy.«

Anne lächelte. Mr. Kopowski kannte keine Gnade.

»Sie hat sogar bei der Polizei angerufen und sie gebeten, nach dir zu suchen. Wo bist du, Anne? Du solltest nicht allein sein. Nicht solange Satorno noch auf freiem Fuß ist. Ich will dich sehen. Ich will bei dir sein.«

Anne durfte das nicht zulassen. Sie hatte schon genug Leute in diesen Albtraum mit hineingezogen. »Es geht mir gut, Matt. Ich brauche niemand, der mir die Hand hält.« Menschen liefen auf dem Gehweg an ihr vorbei, ihre Nachbarn winkten ihr zu, als sie sich auf den Weg zum Feuerwerk machten.

»Dieser Kerl ist ein Killer«, sagte Matt. »Er könnte dich jetzt, in diesem Augenblick, beobachten. Wo bist du? Ich höre Menschen im Hintergrund.«

»Ich sitze in einem Taxi auf dem Weg zu dir. Bleib zu Hause und warte auf mich.« Es war eine gute Idee und würde ihn für eine Weile ruhig stellen. »Hast du den Piepston gehört? Mein Akku ist fast leer.«

»Nein, hab ich nicht. Ich mache mir Sorgen, dass du etwas Verrücktes tun könntest. Bennie meinte, dass du auch eine eigene Waffe besitzt. Ist das richtig?«

»Nein, Waffen sind Furcht einflößend. Sie gehen von allein los, wusstest du das? Schon wieder ein Piepston. Ich komme, so schnell ich kann. Der Verkehr ist höllisch. Warte auf mich!« Anne unterbrach die Verbindung, und plötzlich tauchte eine weitere Nachricht auf der Anzeige auf. NICHT ANGENOMMENER ANRUF, stand da in blauen Lettern. Wahrscheinlich wieder Bennie! Anne wollte sehen, von welchem Apparat aus sie angerufen hatte. Die letzten beiden Anrufe von ihr stammten von ihrem Handy, und eine mobile Bennie war eine Bedrohung für Annes Plan. Sie wählte die Nummer ihrer Voicemail und lauschte.

Es war Gil. »Anne, es tut mir wirklich Leid, was ich gestern Abend getan habe.« Seine Worte klangen undeutlich und genuschelt. »Ich hätte dich niemals anbaggern sollen, weißt du. Jamie hat mich rausgeworfen, und ich frage mich, ob wir uns heute Abend sehen könnten, nur um zu reden ... Scheiße! Jetzt schau dir das an! Ich bin in der Bar an der Ecke Sixteenth und Parkway, du kennst sie doch, und wen sehe ich auf dem Bildschirm? Dich! Verdammt, du siehst toll aus! Ich liebe deine ...«

Wütend unterbrach Anne die Verbindung und löschte die Nachricht. Gil war nur fünf Häuserblocks entfernt, und er hatte den Bericht über das Riesensandwich-Zelt gesehen.

Sie konnte nur hoffen, dass er sich nicht einmischen würde. Sie schaltete das Handy aus und steckte es wieder in ihre Tasche. Anne sah zum Himmel auf, der sich verdunkelt hatte. Die Sonne ging hinter den Ahornbäumen unter. Ihre sterbenden Strahlen fluteten den Himmel in einem leuchtenden Orange. Es war an der Zeit, aktiv zu werden.

Anne packte die Mülltüte, verschloss sie mit der Zugschnur und stellte sie zu den anderen am Kopfende einer kleinen Gasse. Sie machte sich auf den Weg zum Parkway, blieb nur kurz vor ihrem Haus stehen, betrachtete die Blumen auf der Vordertreppe. Wieder sah sie das Bild hinter der Eingangstür vor sich. Die grausame Obszönität eines Mordes. Der Gestank des Todes. Willa war dort gestorben, und nun würde sie ihren Mörder seiner gerechten Strafe zuführen.

Sie schloss sich der Menge an, die zum Parkway strömte, musterte im Gehen die Leute ringsumher, rief sich Kevins neue dunkle Haarfarbe ins Gedächtnis, die Form seines Kopfes und hielt nach dem geringsten Anzeichen von ihm Ausschau. Gott allein wusste, was er für Kleidung trug. Etwas Unauffälliges. Anne sah sich um. Sie hatte den Eindruck, von dreihundert Flaggen-T-Shirts umringt zu sein. Keiner von ihnen war Kevin.

Während sie in der Menge immer weiter ging, ließ sie die Hand in ihre Tasche gleiten, umfasste die Beretta, um sich sicher zu fühlen. Auf dem Ben Franklin Parkway sah man vor lauter Menschen keine Häuser mehr. Die acht Fahrspuren des Boulevards lagen unter einem Himmel in verschwommenem Rosa, Aquamarinblau und den herrlichen Amethysttönen. Die Dämmerung hatte eingesetzt.

Die geometrische Skyline der Stadt war für den Feiertag in Rot, Weiß und Blau getaucht. Die Leuchtschrift auf dem *Peco*-Gebäude wünschte in einer unablässigen Schleife aus

Lichttupfern einen FRÖHLICHEN UNABHÄNGIGKEITSTAG. Die abendliche Luft war angefüllt mit Gesprächen, Gelächter und Kinderstimmen, es roch nach Insektenspray und Bier. Rechts von Anne lag das Art Museum, ein gewaltiges klassisches Gebäude, das für gewöhnlich in dezentes bernsteinfarbenes Licht getaucht war, jetzt aber in einem grellen Rot-Weiß-Blau leuchtete. Laser fuhren über den Nachthimmel. Die gewaltige Kalksteintreppe, die Rocky Balboa im Kinofilm hinaufgelaufen war, lag versteckt hinter einem Stahlgerüst mit Bühne und einer ganzen Reihe von Bühnenscheinwerfern. Eine Vorgruppe spielte auf der Bühne, ihre elektrischen Gitarren kratzten durch die Lautsprecheranlage im Geäst der Bäume.

Anne sah auf ihre Uhr. Zwanzig Uhr. Es war beinahe dunkel. Sie beschleunigte ihre Schritte, als sie über das Baseballfeld des Parkway lief, das nun mit Decken, Klappstühlen und unzähligen Menschen gefüllt war, die ungeduldig auf das Feuerwerk warteten. Anne bahnte sich ihren Weg durch die Verkaufsstände, die Limonade, Hotdogs, Zuckerwatte, Süßigkeiten und Softeis anboten. Wer jetzt noch ein Riesensandwich für einen Dollar zum Abendessen wollte, musste sich in die Schlange vor dem Zelt einreihen. Auch Anne lief darauf zu, während ein Trommelsolo durch die Lautsprecher donnerte und in der Nachtluft widerhallte.

Sie konnte die Straße nur mühsam überqueren, da sich Menschenmassen vor der Bühne drängten, die auf den Auftritt der Prominenten warteten. Nach der Unabhängigkeitserklärung gab es das Feuerwerk, zu dem eine Million Menschen erwartet wurden, und es war beinahe unmöglich, sich einen Weg durch die Menschen zu bahnen, die Schulter an Schulter standen. Anne nahm ihre Hand nicht von der Beretta in ihrer Tasche. Endlich überquerte sie den Parkway zum Eakins Oval, einer Anlage aus Rasen, Gärten und Brunnen, der vor dem Art Museum lag.

Jetzt wurde die Unabhängigkeitserklärung vorgelesen, und selbst im Straßendialekt eines Rap-Stars klangen die Worte herrlich: »Wenn es im Lauf menschlicher Begebenheiten für ein Volk nötig wird, die politischen Bande, wodurch es mit einem anderen verknüpft gewesen, zu trennen und unter den Mächten der Erde eine gesonderte und gleiche Stelle einzunehmen …«

Anne reckte den Hals über die Menge, um ihren Weg zu erkundschaften. Sie erhaschte einen Blick auf die dunkle Statue von George Washington auf dem Rücken eines Pferdes. Er ritt in der Mitte des größten Rundbrunnens im Eakins Oval, flankiert von zwei kleineren Rundbrunnen, deren Wasserfontänen rot, weiß und blau angestrahlt wurden. Das weiße Plastikvordach des Riesensandwich-Zeltes lag direkt dahinter, und darunter drängelten sich die Menschen. *Verdammt.* Wie sollte Kevin sie in diesem Gewimmel finden? Und konnte sie in einer Menschenmenge wirklich eine Waffe ziehen? Plötzlich kamen ihr Zweifel an ihrem Plan, aber jetzt ließ er sich nicht mehr ändern. Sie würde die Waffe gesichert zur Hand nehmen, wenn sie sich Kevin gegenüber sah.

Jetzt sprach eine junge Filmschauspielerin ins Mikro: »Wir halten diese Wahrheiten für ausgemacht, dass alle Menschen gleich erschaffen worden, dass sie von ihrem Schöpfer mit gewissen unveräußerlichen Rechten begabt worden, worunter sind Leben, Freyheit und das Bestreben nach Glückseligkeit …«

Anne gewann neuen Mut. Schönere Worte waren niemals geschrieben worden. Sie hatte ein Anrecht auf Glück, Freiheit und Leben. Sie hatte einen großartigen Job, eine nette Nachbarschaft, Freundinnen und eine neue Liebe. Sie hatte ein Anrecht auf all diese Dinge, und Kevin wollte sie ihr wegnehmen. Anne steuerte um eine Familie auf einer Decke herum, legte einem kleinen Jungen ihre Handfläche auf den warmen Scheitel, lief dann weiter, stolperte in der Dunkelheit über ausgezogene Turnschuhe und Pumps, teilte die Menge, die den prominenten Sprechern wie hypnotisiert lauschte.

Ein Broadwayschauspieler intonierte: »Sobald eine Regierungsform diesen Endzwecken verderblich wird, ist es das Recht des Volkes, sie zu verändern oder abzuschaffen, und eine neue Regierung einzusetzen, die auf solche Gegensätze gegründet, und deren Macht und Gewalt solchergestalt gebildet wird, als ihnen zur Erhaltung ihrer Sicherheit und Glückseligkeit am Schicklichsten zu seyn dünket …«

Verdammt richtig! Anne tat nichts anderes, als für ihre künftige Sicherheit Sorge zu tragen. Das Sandwich-Zelt lag keine hundertfünfzig Meter vor ihr, und sie suchte die Umgebung nach Kevin ab, während sie sich ihren Weg zum Zelt bahnte. Sie konnte kaum etwas sehen, da mittlerweile die Nacht angebrochen war. Das einzige Licht kam von den altmodischen Straßenlampen neben den Brunnen im Eakins Oval und von den Lasern, die über den Himmel fuhren.

Ein blondes Nachwuchssternchen bemühte sich um koloniale Empörung: »Die Geschichte des jetzigen Königs von Großbritannien ist eine Geschichte von wiederholten Ungerechtigkeiten und gewaltsamen Eingriffen, welche alle die Errichtung eines absoluten Tyrannen über diese Staaten zum geraden Endzweck haben. Um dies zu beweisen, wollen wir der unparteiischen Welt folgende Facta vorlegen: er hat seine Einstimmung zu den heilsamsten und zum öffentlichen Wohl nöthigsten Gesetzen versagt …«

Anne pflügte sich ihre Bahn zum Zelt. Kevin entgegen, wie sie hoffte. Auch er hatte sich geweigert, Gesetzen zu folgen. Sie konnte so einfach nicht weiterleben. Sie war nervlich am Ende. Sie hatte einen merkwürdigen Geschmack im Mund, fühlte sich verschwitzt. Ihre Knie waren weich, aber sie kämpfte sich weiter voran.

Ein distinguierter Oscar-Preisträger erklärte gerade: »Er ist der Verwaltung von Gerechtigkeit verhinderlich gewesen, indem er seine Einstimmung zu Gesetzen versagt hat, um gerichtliche Gewalt einzusetzen …«

Die Litanei der Ungerechtigkeiten setzte sich fort, und für Anne hatte sie nicht der König von England begangen, der war nur ein Synonym. Schnappe den Schurken und sperre ihn für immer weg. Verschaffe dir und Willa Gerechtigkeit.

»Entschuldigen Sie bitte«, sagte Anne zu einem Mann, der ihr im Weg stand. Ihr Zorn auf die dicht gedrängte Menge wuchs. Kevin war irgendwo hier draußen, das wusste sie. Sie konnte ihn spüren, eine dunkle Schwingung. Sie reckte den Kopf hoch, damit er sie sehen konnte.

Noch dreißig Meter, dann zwanzig. Das Sandwich-Zelt lag direkt vor ihr. Anne hetzte voran, unbeeindruckt von der Menge, rempelte die Leute an, die ihr im Weg standen. Sie hörte das Stimmengewirr im Sandwich-Zelt, roch das Gemisch aus Gewürzen und gebratenem Fleisch, Zigarettenrauch und Bierdunst.

Anne gelangte zur Schlange am Ausgang des Sandwich-Zeltes, reihte sich ein und versuchte, so auszusehen, als hätte sie Spaß. Ihre Hand hatte sie fest um die Beretta geschlossen, während sie die Menge inspizierte. Von der Schlange vor dem Zelt aus hatte sie einen besseren Überblick. Alle standen mit dem Gesicht zur Bühne, gafften, wiesen mit den Fingern, machten Fotos. Sie betrachtete so viele Gesichter wie möglich, studierte Gesichtszüge unter Philly-Mützen, Schaumstoffkronen, Ballonmützen und Hüten mit Miniaturausgaben der amerikanischen Flagge. Niemand bewegte sich, mit Ausnahme der Leute, die zum Sandwich-Zelt unterwegs waren.

Die Lesung ging weiter: »Indem wir, derohalben, als Repräsentanten der Vereinigten Staaten von America, im General-Congreß versammelt, uns wegen der Redlichkeit unserer Gesinnungen auf den allerhöchsten Richter der Welt berufen, so verkündigen wir hiermit feyerlich, und erklären, im Namen und aus der Macht der guten Leute dieser Colonien, dass diese Vereinigten Colonien freye und unabhängige Staaten sind und von Rechtwegen seyn sollten ...«

Sie war ein gutes Stück in der Schlange vorangekommen, aber Anne konnte noch nicht in das Zelt hineinsehen. Wann war die Unabhängigkeitserklärung eigentlich zu Ende? Sie hatte die Abfolge nicht mehr im Kopf. Das Feuerwerk würde gleich im Anschluss beginnen. Wann würde Kevin zuschlagen? Ihr Herz pochte schneller. Sie fühlte sich ausgeliefert, verletzlich, trotz der vielen Menschen. Wo waren die Cops?

Die Schlange bewegte sich jetzt schneller vorwärts, und Anne erhaschte auch einen Blick in das Zelt hinein. Eine Armee aus Menschen, vielleicht fünfzig, in weiße Uniformen gekleidet und mit Papierschiffchen mit *Stars-and-Stripes*-Muster auf dem Kopf, teilte in Windeseile die Riesensandwiches aus, sammelte jeweils einen Dollar ein und warf das Geld in eine Tonne, deren Inhalt dem Kinderkrankenhaus gespendet werden sollte. Zwei Cops standen hinter der Tonne, die Arme in den kurzärmeligen Sommeruniformen verschränkt. Großartig!

Die Verlesung der Unabhängigkeitserklärung schien langsam zum Ende zu kommen. »Und zur Behauptung und Unterstützung dieser Erklärung verpfänden wir, mit festem Vertrauen auf den Schutz der Göttlichen Vorsehung, uns unter einander unser Leben, unser Vermögen und unser geheiligtes Ehrenwort.«

Die Menge applaudierte und jubelte. Auch die Polizisten drehten sich um und klatschten, ebenso wie die Menschen in der Sandwichschlange. Ausgelassenheit breitete sich unter den Leuten aus, alle freuten sich auf das Feuerwerk. Der Lärm war ohrenbetäubend, aber Anne ließ sich nicht ablenken. Denn dort drüben, jenseits des Meeres aus Köpfen, stand ein einzelner Mann, der nicht klatschte. Ihr Blick richtete sich unverzüglich auf ihn.

Er war groß und trug ein dunkles T-Shirt. Sie erkannte seine Kopfform, obwohl er sich jetzt den Schädel kahl rasiert hatte. Sein geschorener Kopf schimmerte bleich im Licht der Straßenlaterne. Sein Gesichtsausdruck wirkte entschlossen, seine Schultern muskulös und durchtrainiert. Plötzlich drehte er sich zum Zelt, und ein Strahl blutroten Lichtes durchschnitt sein Gesicht, erhellte es.

Der Mann war Kevin Satorno. Und es wurde Zeit für Annes ganz persönliche Unabhängigkeitserklärung.

29

Bumm! Eine weiße Chrysantheme explodierte zu voller Blüte und verblasste im Nachthimmel zu einem funkelnden Skelett über dem Art Museum. Die Menge rief Oooh und Aaah und klatschte. Die Explosion hallte in Annes Herzen wider, aber sie hielt den Blick fest auf Kevin gerichtet, damit sie ihn nicht aus den Augen verlor. Sein rasierter Schädel war auf den Zelteingang gerichtet. Er hielt nach ihr Ausschau.

Anne unterdrückte einen Schauder und ließ ihre Hand in

die Tasche gleiten. Ihre Finger fanden den Griff der Beretta, warm von der Hitze ihres Körpers. Sie zwang sich, Ruhe zu bewahren, scherte rechts aus der Schlange aus, so dass die Schlange zwischen ihr und Kevin lag. Alle sahen zum Feuerwerk auf, außer ihm. Sie würde sich von hinten an ihn heranschleichen müssen.

Feuerwerkskörper schossen zischend in die Luft, explodierten mit lauter Erschütterung, breiteten sich über den Himmel aus, zerbarsten zu einer glitzernden roten, weißen und blauen Gischt. Sie hinterließen sengende weiße Lichter, die wie brandstiftende Feen in der Luft hingen und mit einem Donner detonierten, bei dem sich die kleinen Kinder die Ohren zuhielten.

Anne blieb in Bewegung. Sie ging langsam die Schlange entlang, um in ihrem weißen Kleid nicht Kevins Aufmerksamkeit zu erregen. In der Nacht stach ihr Kleid förmlich heraus. Gott sei Dank hatte sie ihn zuerst gesehen. *Krawumm! Krawumm!* Mit kakophonem Zischen gingen die Feuerwerkskörper los. Heulende Schnörkel in Rot, Grün und Blau erhoben sich spiralförmig ins Firmament. Die Farben tönten die Gesichter der Umstehenden, dann senkte sich wieder Dunkelheit über sie.

Anne war jetzt bei dem Zelt, das sie auf der Rückseite umrunden wollte. Die Menschen standen reglos, fasziniert von der Show am Himmel. Kevin drehte den Kopf, suchte die Schlange nach ihr ab. Seine Augen verengten sich zu Schlitzen. Sein Mund war eine zusammengepresste Linie der Entschlossenheit. Anne spürte, wie ihr Herz pochte.

Sie sah zu den Cops hinein. Sie standen noch immer neben der Bargeldtonne in Position. Anne überlegte kurz, ob sie zu ihnen laufen und sie auf Kevin aufmerksam machen sollte, aber sie war nicht sicher, ob sie sie schnell genug überzeugen konnte, bevor er sich aus dem Staub machte oder vielleicht jemanden verletzte. Sie hatte eine bessere Idee. Sie würde sich von hinten anschleichen, Kevin die Waffe in den Rücken bohren und ihn dann zu den Polizisten dirigieren. Sobald sie sich erfolgreich angeschlichen hätte, könnte sie um Hilfe rufen. General George Washington, der nur knapp über hundert Meter entfernt auf seinem Bronzepferd ritt, wäre stolz auf sie gewesen.

Krawumm! Die Luft roch nach Rauch.

Wenig später hatte Anne das Zelt umrundet und pirschte sich von hinten an Kevin heran. Gleich hatte sie ihn. Sie stand beinahe hinter ihm, zwischen sich nur eine Hand voll in den Himmel starrende Menschen. Nur noch zehn Meter. Dann sechs. Drei.

Anne pochte das Blut in den Ohren. Sie packte den Griff der Beretta so fest, dass sich die Rillen in ihre Handflächen pressten. Ihre Hand zitterte, aber das ignorierte sie. *Bumm!* Palmen aus Feuerwerkskörpern funkelten grün am Himmel, und die Menge lachte. Sie war Kevin jetzt so nah, dass sie die Unebenheiten auf seinem Kopf erkennen konnte. Eine Gruppe übermütiger Teenager tanzte noch zwischen ihnen; sie trugen blaue Footballjacken, winkten mit Heinekens-Flaschen in der Hand und gaben mit ihren Zigarren an.

Peng! Peng! Feuerwerkskörper schossen wie rote Pompoms über ihren Köpfen in die Höhe und explodierten zu rot glitzernden Herzen. Die Teenager jubelten, hoben ihre grünen Bierflaschen, und Anne fädelte sich durch sie hindurch. Der Zigarrenrauch wehte in Richtung Kevin, umhüllte seinen Kopf.

Anne stählte sich. Ihr Herz schien stehen zu bleiben. Sie fühlte sich seltsam, gleich einer ganz anderen Person, wie jemand, der tapferer war als sie selbst. Langsam zog sie die Beretta aus ihrer Tasche.

Knall! Knall! Ein Rudel weißer Lichter detonierte so hektisch, dass die Teenager begeistert johlten. Anne war schon fast an ihnen vorbei, als Kevin sich in Bewegung setzte und auf das Zelt zuging. Noch besser. Dann hatte sie ihn dort, wo sie ihn haben wollte. Die beiden uniformierten Streifenbeamten standen noch an der Bargeldtonne, ihre blauen Mützen hoben sich umrissartig vor dem Licht im Zelt ab. Die Zeit war gekommen. *Los geht's.* Sie zog ihre Beretta und hielt sie neben ihrer Hüfte.

»He, du Hübsche, wohin so schnell?«, wollte einer der Footballjünglinge wissen. Er stellte sich ihr in den Weg, blockierte ihr die Sicht auf Kevin.

»Aus dem Weg, bitte!« Anne wollte ihm ausweichen, aber er packte sie am Arm und wirbelte sie so schnell herum, dass sie beinahe die Waffe fallen ließ.

»Warum so eilig, Schätzchen? Willst du dir nicht mit mir das Feuerwerk ansehen?«

»Lass mich in Ruhe!« Anne riss sich los und rannte an ihm vorbei.

Aber Kevin stand nicht mehr dort, wo er sich noch vor einem Augenblick befunden hatte. Sie sah sich panisch um. Er war verschwunden. Eingetaucht in die Menschenmenge vor ihr, die zu dem Feuerwerk aufsah. Hatte sie ihn etwa verloren? *Nein!*

Anne mischte sich in das Gedränge um das Zelt. Sie durfte Kevin nicht verlieren, nicht jetzt. Sie musterte die Menschen um sich herum, aber er war nicht da. War er auf die andere Seite der Schlange gegangen, wie sie es getan hatte? Sie ließ die Beretta wieder in die Tasche ihres Kleides gleiten.

Kra-WUMM! Kra-WUMM! Silberne Streifen zogen sich über den Himmel. Das Feuerwerk näherte sich dem großen Finale. *Kra-WUMM! Kra-WUMM!* Der Himmel schien in einer Schnellfeuerdetonation zu explodieren. *Kra-WUMM! Kra-WUMM!*

Anne eilte zum Zelt, suchte überall nach Kevin. Nach seinem kahl geschorenen Kopf, seinem schwarzen T-Shirt. Die Menschen standen wie festgewurzelt und jubelten. Kein Kevin. Anne hätte vor Enttäuschung am liebsten aufgeschrien. Sie dachte fieberhaft nach. Zeit für Plan B. Sie hatte Kevin aus den Augen verloren, aber er würde sich ihr *nicht* entziehen können. Sie drehte sich um und sah zu den Cops. Jetzt würde sie es ihnen sagen. Sie würden Verstärkung rufen. Kevin konnte nicht weit gekommen sein.

Plötzlich wurde Anne von hinten gepackt, ihr rechter Arm auf den Rücken gerissen. Sie wollte schreien, als sie eine heiße Stimme an ihrem Ohr, an ihrer Wange vernahm.

»Wenn du schreist, stoße ich dir ein Messer ins Herz.« Es war Kevin.

Anne erstarrte vor Angst. Ihre Schulter brannte vor Schmerz. Sie fühlte das Messer an ihrem Rücken. Mit der Linken kam sie nicht an ihre Waffe. Sie wusste nicht, was sie jetzt tun sollte. Ihre Fersen verloren den Bodenkontakt, als Kevin sie am Arm hochriss und sie nach vorn stieß, weg vom Zelt und den Polizisten. Das Messer rutschte über ihre Rippen. Anne kämpfte gegen ihre Panik.

Kevin zerrte ihren Arm noch höher. »Du kommst mit mir. Diesmal entkommst du mir nicht. Jetzt gehörst du mir. Endlich.«

Tränen der Angst wallten in ihr auf. Er würde ihr noch den Arm brechen. Das Feuerwerk explodierte in einem furiosen Finale. *BUMM! BUMM! BUMM!* Der Himmel verwandelte sich in einen Baldachin aus weißem Licht, Rauch und Donner. Anne betete zu Gott, dass dies nicht das Letzte sein würde, was ihre Augen sahen.

Kevin presste seine Wange gegen ihre, trieb sie mit seinem Messer vorwärts. »Du Miststück. Jede Nacht habe ich von dir geträumt. Ich habe mir jede Minute dein Foto angesehen. Ich habe dir geschrieben, dich angerufen, dir Geschenke gekauft. Blumen, Schmuck, Gedichte, Pralinen. Ich habe dir alles gegeben, was ich hatte. Ich habe mich dir ganz verschrieben, mich dir völlig hingegeben.«

Anne versuchte, den Geschehnissen einen Sinn zu geben. Sie musste überleben. Die Messerspitze bohrte sich jetzt schmerzhaft in ihren Rücken.

Sie versuchte, nicht in Panik auszubrechen, während Kevin sie durch die Menge auf die Straße trieb, hin zu den Wohnhäusern, Baumgruppen und Büschen am dunklen Rand des Parks. Niemand war mehr in der Nähe. Bäume nahmen die Sicht. Vielleicht konnte sie an ihre Waffe kommen. Einen Schuss wagen, ohne jemand anderen zu verletzen.

Kevins Atem wurde heißer. »Ich habe dein Gesicht geliebt. Ich habe deinen Körper geliebt. Ich habe jeden Zentimeter an dir geliebt. Ich hätte alles für dich getan. Alles, Anne.«

Kra-WUMM! Kra-WUMM! Kevin führte sie an den Büschen vorbei, ging mit ihr an der Rückseite eines Wohnhauses entlang auf den Expressway zu. Anne spürte das Gewicht der Beretta in ihrer Tasche. Bei jedem Schritt schlug sie gegen ihren Oberschenkel. Ob sie mit der Linken die Waffe erreichen würde?

»Du hast nur mit mir gespielt, du elendes Miststück!« Kevins Stimme zitterte vor aufgestauter Wut, die sich jetzt Bahn brach. »Du hast mich weggeworfen! Du hast mich ins Gefängnis gesteckt! Weißt du, wie es dort ist? Weißt du, was ich dort mitmachen musste? Nur wegen dir, du verdammtes Miststück! Ich hasse dich! Ich hasse dich wie die Pest!«

Anne klinkte seine Worte aus, sie lähmten sie nur. Sie hatte sich schon einmal vor ihm gerettet. Das könnte ihr wieder gelingen. Sie zwang sich, auf den richtigen Augenblick zu warten. Er würde kommen. Sie würde an ihre Waffe gelangen.

Kra-WUMM! Kra-WUMM! Rote, weiße und blaue Lichtfetzen peitschten durch die Blätter der Bäume.

»Ich würde dich zu gern töten, Anne. Ich würde es sehr lange hinauszögern, jede einzelne Minute genießen. Es wäre der beste Sex meines Lebens.«

Anne spürte, wie eine Welle reinen Entsetzens über sie hinwegschwappte. Kevin zwang sie zu einem abgelegenen Stück am Expressway, übersät mit Müll und Unrat. Sie befanden sich jetzt fast auf der Rückseite des Gebäudes. Hier konnte sie niemand mehr sehen. Ihre Augen füllten sich mit Tränen. Ihr Bauch sagte ihr, dass dies ihr letzter Moment auf diesem Planeten sein würde. Sie hatte nichts mehr zu verlieren. Hier konnte niemand außer ihr verletzt werden. Sie griff nach ihrer Tasche, aber Kevin presste das Messer von hinten in ihr Fleisch. Anne stieß einen verzweifelten Schrei aus, den niemand hören konnte. »Hilfe!«

Kra-WUMM! Kra-WUMM! Kra-WUMM!

»Anne? Anne! Bist du das?«, rief jemand, nicht weit hinter ihnen.

»Hilfe!«, schrie Anne erneut, genau in dem Moment, als sie spürte, wie sich Kevins Körper nach der Person umdrehte. Sie ergriff die Gelegenheit und fuhr mit der Hand in die Tasche. Sie packte die Beretta.

Anne wehrte sich gegen seinen Griff, hielt die Waffe an ihr Bein, wartete ab. Sie war eine gute Schützin, aber nicht gut genug, um über ihre eigene Schulter hinweg zu schießen. Sie entsicherte die Waffe mit dem Daumen, presste sie nach unten. Sie hatte das Klicken nicht gehört, aber die Beretta war zweifelsohne geladen und feuerbereit.

Die Stimme des Mannes erklang erneut, direkt hinter ihnen. »Anne! Anne, geht es dir gut?« Es war Gil! Er musste gerade die Bar verlassen haben.

Kra-WUMM! BUMM! BUMM! Feuerwerkskörper detonierten wie Bomben.

»Gil!«, schrie sie. Kevin hatte sich ihm zugewandt, lockerte seinen Griff. Anne spürte, wie sich die Messerspitze aus ihrem Rücken löste, feucht vor Blut. Sie ergriff die Chance, um sich Kevin zu entreißen, auf den Fersen herumzuwirbeln und die Waffe auf ihn zu richten. »Keine Bewegung!«, schrie sie. »Ich werde sie benutzen, ich schwöre es!«

In dem Moment stürzte sich Kevin mit seinem gezackten Jagdmesser auf Gil. Gil gelang es, Kevin am Handgelenk zu packen. Doch noch immer war das Messer in seiner Hand. Anne zielte auf Kevin, aber die beiden Männer rangen miteinander, und sie durfte nicht riskieren, Gil zu erschießen. Kämpfende Männer waren etwas anderes als eine Schießscheibe aus Papier.

»Anne, schieß doch!«, rief Gil.

Sie trat näher an die Kämpfenden heran, um besser zielen zu können, und plötzlich langte Gil nach der Waffe und entriss sie ihr. Kevin stürzte auf ihn, schwang drohend das Messer, und im selben Augenblick ging die Waffe los, der Schuss lautlos inmitten des andauernden Böllerns. Dann noch ein Schuss aus der Halbautomatik, und noch einer. Und jetzt konnte Anne es hören.

BUMM! BUMM! BUMM!

Anne schrie auf. Kevins Hals explodierte in einer Fontäne aus Blut. Er fiel nach hinten auf den Boden, gewichtslos wie eine Strohpuppe. Sie eilte zu ihm. Er lag auf dem Boden, die Beine gekrümmt, der Körper reglos. Sein Mund stand weit offen, die Augen starrten blicklos.

»Nein!«, hörte sich Anne schreien, ohne zu wissen, warum. Heißes Blut spritzte auf ihr Kleid und benetzte ihre Hände und Arme. Es hatte keinen Sinn mehr, die 911 zu rufen. Ein Blick auf Kevin sagte ihr, dass er tot war.

»Jetzt ist alles gut«, sagte Gil immer wieder, seine Hand auf ihrer Schulter.

Anne hörte ihn aus weiter Ferne, und Tränen, die sie sich nicht erklären konnte, rannen ihr über die Wangen.

30

Im Verhörraum des Roundhouses warfen die Neonlichter an der Decke harte Schatten und ließen die Gesichter der Anwesenden maskenhaft wirken. Anne hatte ihre Aussage gemacht und saß nun wie betäubt auf einem ungepolsterten Stuhl, ihr weißes Kleid mit getrocknetem Blut gesprenkelt. Ihr Rücken brannte an der Stelle, an der die Wunde mit fünf Stichen genäht worden war.

Anne war erleichtert, dass ihr Albtraum mit Kevin endlich vorüber war, aber sie wünschte, er hätte nicht mit diesem grausigen Tod geendet. Ihre Schultern fielen erschöpft in sich zusammen, und sie fühlte sich unsäglich ausgelaugt. In ihrem Kopf hämmerte es, und sie spürte in sich einen verschlungenen Knoten an Emotionen. Es würde viel Zeit brauchen, um diesen Knoten zu entwirren.

Judy und Mary standen hinter Annes Stuhl wie zwei Wachen, die Gesichter betroffen und traurig, auch wenn die Schlacht gewonnen war. Matt, sein Gesicht von Blutergüssen entstellt, stand neben Anne und hatte einen Arm um ihre Schulter gelegt, während Gil seine Aussage vor einem ernst blickenden Detective Rafferty abgab. Der untersetzte

Partner Raffertys tippte dazu im Zwei-Finger-System, und Parker, der stellvertretende Polizeichef, lehnte in einer gestärkten Uniform mit verschränkten Armen an der Wand, als wäre er bei solchen Verhören immer zugegen.

»Ich sah, dass er Anne in seiner Gewalt hatte«, berichtete Gil gerade. »Er hatte eine Hand in ihrem Rücken, und ich dachte mir, dass er wohl eine Waffe oder ein Messer in der Hand hielt.« Bennie stand hinter ihm, den Kopf zur Seite gelegt. Sie vertrat Gil bei dieser Ermittlung, was Anne als Zeugin des Tathergangs nicht gestattet war.

SAH DASS ER, tippte der Detective. Rafferty beugte sich vor, stützte sich mit dem Ellbogen auf einem Bein ab. »Woher wussten Sie, dass es Satorno war?«

»Das sind wir doch schon durchgegangen«, meinte Gil müde. Sein leichtes Leinenjackett war zerrissen, das Revers blutbefleckt. Anne hoffte inständig, dass die Polizei Gil nicht wegen fahrlässiger Tötung anklagen würde. Er sollte nicht auch noch dafür bestraft werden, dass er ihr Leben gerettet hatte.

Bennie klopfte ihrem Mandanten auf die Schulter. »Sie sollten Ihre Antwort einfach wiederholen.«

»Na gut, dann sage ich es noch einmal. Ich wusste, dass es Satorno war, weil ich sein Foto im Fernsehen und in den Zeitungen gesehen hatte.«

»Sie konnten sich an sein Aussehen erinnern, obwohl Sie nur ein Foto aus der Verbrecherkartei gesehen hatten?«

»Natürlich. Schließlich hat er versucht, meine Anwältin zu ermorden, nicht wahr? Als sein Foto durch sämtliche Medien ging, habe ich mir sein Gesicht eingeprägt.«

»Ich verstehe.« Rafferty rieb sich das stoppelige Kinn. »Und wie kommt es, dass Sie zufällig dort waren, Mr. Martin?«

»Wo?«

»Am Sandwichzelt.«

»Tja, zuerst war ich in einer Bar am Parkway. Chase's Taverna, okay?«

»Waren Sie allein?«

»Ja«, erwiderte Gil.

»Haben Sie in der Bar mit jemand geredet, der sich an Sie erinnern würde, Mr. Martin?«

»Nur mit einer Blondine, die Cosmopolitans trank, aber ich kenne ihren Namen nicht.«

»Wollten Sie sie abschleppen?«

»Ist das wichtig?«, schoss Gil zurück, was ihm einen missbilligenden Blick von Bennie einbrachte.

»Möglich«, erwiderte Rafferty.

»Na gut, ja. Ich habe versucht, sie abzuschleppen.« Gil hob ihm seine Handgelenke entgegen. »Legen Sie mir ruhig Handschellen dafür an.«

Allmählich musste Anne ihr Bild von Gil korrigieren: Kaum hatte Jamie ihn vor die Tür gesetzt, versuchte er schon, eine Blondine abzuschleppen. Nachdem er zuvor Anne angebaggert hatte. Und dann war da noch die Affäre mit Beth. Irgendwann würde sie Gil zu einer Therapie raten, aber erst, nachdem der Chipster-Fall abgeschlossen war.

»Was ist mit dem Barkeeper?«, wollte Rafferty wissen.

»Ich habe nicht versucht, sie aufzureißen.«

Rafferty lachte nicht. »Was mich interessieren würde, ist, ob der Barkeeper sich an Sie erinnert?«

»Ja. Sie heißt Jill. Jill und Gil, darum erinnere ich mich an sie. Ja, wir haben uns unterhalten. Sie wird sich auch erinnern. Wir haben über diese Namensähnlichkeit gelacht.«

»Was geschah dann?«

»Dann sah ich in dem Fernsehgerät über dem Tresen, wie Anne gerade erzählte, dass sie gegen 21 Uhr im Riesensandwichzelt sein würde. Also bin ich dorthin gegangen. Als ich ankam, war es gedrängt voll, und ich wusste, der Versuch, sie zu finden, würde aussichtslos sein, also bin ich wieder gegangen. Als ich in Richtung Innenstadt lief, habe ich sie zufällig gesehen. Mit ihrem weißen Kleid stach sie mir sofort ins Auge. Dann bemerkte ich, was vor sich ging.«

JILL UND GIL tippte der untersetzte Detective. Rafferty stieß einen Seufzer aus, der etwas Endgültiges an sich hatte, und sah dann Bennie an. »Ms. Rosato, natürlich muss ich das erst mit meinen Vorgesetzten besprechen, aber ich denke nicht, dass wir Mr. Martin eines Verbrechens beschuldigen werden.«

»Das ist die richtige Entscheidung, Detective«, sagte Bennie. Falls sie sich Sorgen gemacht hatte, ließ sie es sich nicht anmerken. Sie legte eine Hand auf die Lehne von Gils Stuhl und nickte dem stellvertretenden Polizeichef zu. »Sir, ich kann nur betonen, dass Sie diese Angelegenheit professionell und einfühlsam geregelt haben, und das werden wir auf der morgigen Pressekonferenz auch gern wiederholen.«

»Danke. Ich lasse Sie durch die Meute vor der Tür eskortieren. Mein Fahrer bringt Sie nach Hause. Die Pressekonferenz findet um zehn Uhr morgen Vormittag statt. Bis dahin ist auch der Inspector zurück.«

»Ich werde da sein.« Bennie warf einen Blick auf Anne. »Ms. Murphy ist leider verhindert, sie hat einen Termin bei Gericht.«

»Ich weiß, ich lese Zeitung«, sagte der stellvertretende Polizeichef und lächelte Anne mitfühlend an.

Anne brachte ebenfalls ein Lächeln zustande und erhob sich mit wackeligen Knien von ihrem Stuhl.

Detective Rafferty sah sie an. »Haben Sie nicht etwas vergessen, Ms. Murphy?«, fragte er, und nach einer Sekunde wurde klar, was er meinte. Er streckte ihr seine Hand entgegen, die Handfläche nach oben. »Es ist ja nicht so, dass Sie einen Waffenschein hätten.«

»Uups.« Anne griff in die Tasche ihres Kleides, zog die Beretta heraus und reichte sie dem Detective. Vermutlich würde sie sie nie wieder brauchen, dennoch fühlte sie sich ohne die Waffe unwohl.

Rafferty hob eine Augenbraue. »Wann genau beschließt eine Frau eigentlich, eine Beretta in ihrem Kleid zu tragen?«

»Wenn sie ihre Handtasche zu Hause lässt«, klärte Anne ihn auf, was das erste Lächeln dieses Tages in das Gesicht des Detectives zauberte. »Soll das heißen, dass Sie mich nicht wegen unerlaubten Waffenbesitzes drankriegen wollen? Sie lassen es mir noch einmal durchgehen?«

»Nur, weil Sie Irin sind«, erwiderte Rafferty lächelnd.

Matt nahm Anne sanft am Arm. »Lasst uns von hier verschwinden.« Anne ließ sich von ihm, zusammen mit den anderen, zur Tür führen. Sie seufzte erleichtert auf.

Endlich ist es vorbei. Alles. Sie würde sich nie wieder Sorgen machen müssen, nie wieder über ihre Schulter schauen müssen. Sie brauchte ihre Waffe nicht mehr. Kevin war weg, aus ihrem Leben verschwunden. Sie fühlte sich noch immer zittrig.

In der Lobby des Roundhouse mit ihren holzvertäfelten Wänden und Schaukästen aus Glas, in denen alte Streifenwagenmodelle zur Schau gestellt wurden, wandte Anne sich an Gil und umarmte ihn. »Ich weiß nicht, wie ich dir dafür danken kann, dass du mein Leben gerettet hast«, sagte sie, überrascht, dass auch Gil feuchte Augen hatte.

»Denk nicht mehr darüber nach.« Seine Großspurigkeit war verschwunden, ersetzt durch ein warmes Lächeln, das von Herzen kam. »Ich hatte einfach Glück, dass ich vorbeigekommen bin.«

»Nein, ich hatte Glück.« Anne streckte die Arme nach

Bennie aus, die neben Gil stand, und umarmte sie wie die Mutter, die sie nie hatte. »Ich danke dir so sehr für alles«, sagte sie. Bennie umarmte sie ebenfalls.

»Ich bin froh, dass du in Sicherheit bist.«

»Tut mir Leid, dass ich davongelaufen bin.«

»Erinnere mich nicht daran.« Bennie hob in gespielter Grimmigkeit eine Augenbraue. »Und erzähle bloß niemandem, dass ich auf dieses Schau-mal-da-drüben reingefallen bin.«

Anne lachte, Judy und Mary schlossen sich ihr an. Mary breitete die Arme aus und umarmte Anne. »Die Liebe siegt«, sagte Mary und drückte Anne fest. »Ich bin so froh für dich, und ich freue mich sehr, dass es dir gut geht.«

»Grüße deine Eltern von mir«, bat Anne. »Ich komme nächsten Sonntag zum Abendessen, um meine Talismanhalskette persönlich zurückzugeben.«

»Abgemacht!« Mary umarmte sie erneut. »Du kannst die Kette als Pfand behalten, bis meine Eltern sich entschließen, dir deine Katze zurückzugeben.«

Anne lachte, wollte sich gerade die Feuchtigkeit aus den Augen wischen, als Judy sie so heftig in die Arme schloss, dass Anne beinahe das Gleichgewicht verloren hätte. Dann trat Judy einen Schritt zurück. »Du hast immer noch die Ohrringe.« Judy grinste geschmeichelt.

»Natürlich. Ich liebe sie.« Anne fühlte sich überwältigt, dass sie in Mary, Bennie und Judy so gute Freundinnen gefunden hatte. Noch fühlte sie sich viel zu bewegt, um es auszusprechen. Darum würde sie sich in naher Zukunft kümmern müssen.

Matt legte besitzergreifend und mit einem Lächeln den Arm um Anne. »Danke, Bennie. Dank euch allen. Dass ihr euch so gut um sie gekümmert habt.«

Gil, der etwas abseits der Umarmungsszene stand, sah

von Anne zu Matt und wieder zurück. Mit Schrecken bemerkte Anne seinen kalten Blick. Sie hatte es ganz vergessen. Gil wusste nichts von ihr und Matt. *O nein.* Sie fühlte sich schrecklich, nach dem, was er für sie getan hatte. Sie sah ihren Mandanten an. »Es tut mir Leid, Gil. Du weißt es wohl noch nicht, aber ich gehe mit Matt.«

»Nein, das wusste ich nicht.« Gils Mund war eine schmale Linie.

»Ich schwöre dir, das wird den Prozess nicht beeinflussen.« Peinlich berührt, spürte Anne, wie sich ihre Wangen röteten. Sie bemerkte auch Bennies Blick auf sich, der nicht gerade von Mitgefühl zeugte. Anne musste auf der Stelle eine Entscheidung fällen. Sie dachte daran, dass auch Matt an diesem Tag seinen Mandanten verloren hatte. »Es tut mir Leid. Wenn du einen anderen Anwalt engagieren willst, kannst du das selbstverständlich tun, dann beantragen wir eine Vertagung.«

Matt räusperte sich. »Gil, nur für die Akten, Anne hat sich bei der Vertretung Ihrer Firma in keiner Weise etwas zu Schulden kommen lassen.«

Gil ignorierte ihn, brachte aber ein Lächeln für Anne zustande. »Anne, ich werde dich nicht feuern, nicht nach all dem, was du für diesen Fall durchgemacht hast. Und ich weiß, du wirst dich von einer persönlichen Beziehung nicht beeinflussen lassen. Hier geht es ums Geschäft, und ich bin sicher, dass du deinen Job gut machen wirst.«

»Danke. Ich werde dich nicht enttäuschen.« Anne holte tief Luft. Sie konnte sich nicht auf das konzentrieren, was morgen vor Gericht passieren würde, nicht, solange noch Blut an ihrem Kleid klebte. Es war Zeit für einen Neuanfang. Sie verspürte einen Wunsch, den sie lange nicht verspürt hatte. »Ich möchte nach Hause«, hörte sie sich sagen.

»Aber das ist ein Tatort«, warf Mary ein. »Komm mit zu

mir. Meine Eltern bringen dich gern noch eine weitere Nacht unter, und ›Annas Kater‹ ist auch da. Du kannst so lange bleiben, bist du eine neue Wohnung gefunden hast.«

Bennie blinzelte. »Oder du kommst zu mir. Vorausgesetzt, die Katze bleibt bei Marys Eltern. Bei mir kriegst du Getreideflocken zum Abendessen.«

Judy lachte. »Bei mir bist du noch nie gewesen. Willst du nicht mal was Neues ausprobieren?«

Matt drückte sie an sich. »Anne, komm mit zu mir nach Hause. Du kannst doch nicht in dein Haus zurück, nicht nach dem, was dort geschehen ist.«

Anne sah erst Matt an, dann die anderen, die sich um sie geschart hatten. In ihren Gesichtern las sie Besorgnis und Liebe. Ihre Zukunft begann in diesem Moment, und sie würden alle ein Teil davon sein. Aber so dankbar Anne auch war, sie wusste, wohin sie jetzt gehörte.

»Danke, aber ich will nach Hause. In mein Haus, in die Waltin Street.«

Und zum ersten Mal waren ihre Worte und ihre Gedanken eins.

31

Keine Stunde später – Anne war von einem mit überhöhter Geschwindigkeit fahrenden Streifenwagen zu Hause abgeliefert worden – trug sie Jeans, ein rosafarbenes Top und gelbe Gummihandschuhe und riss den blutbefleckten Teppichboden vom Boden des Eingangsbereichs. Eigentlich hätte sie schlafen oder ihr Eröffnungsplädoyer vorbereiten sollen, aber beides gelang ihr nicht. Der Teppich roch nach Blut und Schmerz, und sie wollte ihn los sein. Er klebte jetzt nur noch an einer Seite fest am Boden. Anne biss die Zähne zusammen, schloss die Augen und zerrte kräftiger. Plötzlich gab der Teppich nach, und sie fiel nach hinten auf ihren Hintern.

»Aua!«, grunzte sie. Ihre Schultern, die genähte Wunde auf dem Rücken und ihr Hintern schmerzten, aber sie rappelte sich wieder auf die Füße und schleifte den Teppich ins Wohnzimmer. Sie versuchte, nicht auf die Blutflecke zu schauen, damit sie nicht wieder zu weinen anfing. Sie hatte in der Dusche geweint, als sie nach Hause gekommen war, dann hatte sie sich gestählt und an die Arbeit gemacht.

Anne ging auf die Knie und rollte den Teppichboden auf, dann zog sie eine Mülltüte aus der orangefarbenen Schachtel auf dem Couchtisch und stopfte den Teppich hinein. Sie hob die Tüte auf und trug sie nach draußen auf die Straße.

Anne schluckte den Kloß in ihrem Hals hinunter, stand mit den Händen auf den Hüften da und betrachtete den Eingangsbereich, der jetzt von einer Deckenlampe angestrahlt wurde. Braune Schlieren zogen sich über die Wände und die Eingangstür. Die Fußleisten waren ebenfalls blutverschmiert. Plan B bestand darin, die Wände im Flur zu waschen und neu zu streichen. Sie konnte sie unmöglich so lassen, nicht einmal für eine Nacht. Es war schaurig und schrecklich, den Eingangsbereich zu säubern, aber es musste getan werden. Außerdem war es katharsisch: Anne würde sich besser fühlen, wenn sie einen furchtbaren Teil ihres Lebens zu Ende brachte. Sie bekam neuen Aufwind und vermutete, dass der Himmel ihn schickte.

Sie ging in die Küche und zog einen Gummihandschuh aus, um sich eine Hand voll Captain Crunch zu genehmigen, während sie den blauen Wischeimer in der Spüle mit einem Gebräu aus Reinigungsmittel und Lessol und heißem Wasser füllte. Als das Wasser stieg, bildete sich sprudelnd

Schaum und ließ den dicken rosafarbenen Schwamm tänzeln. Anne drehte den Wasserhahn ab, nahm den Eimer und kehrte ins Wohnzimmer zurück, wo sie das Radio auf einen Klassiksender einstellte. Das passte zu ihrer Stimmung und zu ihrer Aufgabe.

Ein einsamer Gitarrenspieler zupfte eine altspanische Weise. Annes Gedanken wanderten zu ihrem Vater, dem Gitarrenspieler, den sie nie kennen gelernt hatte, dann zu ihrer Mutter. Sie fragte sich, ob sie sie wieder sehen würde, unterdrückte jedoch das Ziehen in ihrer Brust. Die Vergangenheit war abgeschlossen. Sie musste jetzt mit dem Rest ihres Lebens fortfahren. Es war an der Zeit, mit dem Neuanfang zu beginnen. Sie schlurfte mit dem schweren Eimer in den Eingangsbereich.

Anne stellte den Eimer ab und ließ sich von der Gitarrenmusik beruhigen. Sie machte sich daran, die dunklen Schlieren von den Wänden zu wischen. Immer wieder musste sie den Brechreiz unterdrücken, der in ihr aufstieg. Sie hatte bereits drei volle Eimer Seifenlauge, eine ganze Flasche Lysol und mehrere Kleenexrollen aufgebraucht, als es an der Tür klingelte.

Anne hielt erschreckt inne. Ihr Herz flatterte. Als es das letzte Mal geklingelt hatte, war ein Killer vor der Tür gestanden. Das Klingeln hallte durch das Haus. Anne sagte sich, dass sie albern war. Es gab nichts mehr, vor dem sie Angst haben musste. Kevin war tot; sie hatte mit eigenen Augen gesehen, wie er getötet worden war, und wenn ihr dieser Anblick auch keine Befriedigung verschafft hatte, so doch Sicherheit. Oder etwa nicht?

Es klingelte erneut. Anne ließ den Schwamm ins Wasser fallen, richtete sich auf und sah durch den Spion. Es war Matt! Alles war in Ordnung.

Anne löste eilig die Kette und öffnete die Tür in die warme Sommernacht. Matt stand auf der oberen Treppenstufe, in einem schwarzen T-Shirt, Jeans und mit einem Lächeln im Gesicht. Er balancierte seinen Aktenkoffer flach auf der Hand wie ein Tablett. Darauf standen eine Flasche *Merlot* und zwei Weingläser.

»Ich konnte nicht schlafen und wusste, du würdest es auch nicht können. Du hast gesagt, dass du noch einmal ganz von vorn anfangen willst, also habe ich dir ein Einweihungsgeschenk mitgebracht.« Matt nahm die Flasche und Gläser von der Aktentasche und gab Anne einen flüchtigen Kuss auf die Lippen, gefolgt von einem warmen, innigen Kuss, gegen den sie sich nicht wehrte, auch wenn ihre Handschuhe vor Seifenlauge tropften.

»Holla. Komm doch herein«, sagte sie und schloss die Tür hinter ihm, als er über die Schwelle trat und auf Zehenspitzen über die nassen Dielenbretter schritt.

»Du bist gerade beim Saubermachen?« Er verzog beim Lächeln nur leicht das Gesicht, denn die Schwellung war noch nicht abgeklungen.

»Ja. Ich bin eben mit dem Putzen fertig.« Anne betrachtete ihr Werk. Dunkle Wasserflecken zierten die weißen Wände an zahlreichen Stellen. »Zwei Schichten Farbe, und alles ist wieder normal.«

»Aber sicher.« Matt stellte die Weingläser auf den Boden und zog einen Korkenzieher aus seiner Hosentasche. »Ich kann nicht glauben, dass du das selbst machst. Du hättest doch einen Putzdienst anheuern können. Ich dachte, du würdest dich auf die Verhandlung vorbereiten, würdest dir etwas Nettes ausdenken, wie du deinen Gegnern in den Hintern treten kannst.«

»Nein, das hier war wichtiger.« Anne streifte sich die nassen Gummihandschuhe von den Händen und hängte sie über den Eimerrand.

»*Was?* Was ist mit der Frau passiert, die alles tun würde, um zu gewinnen – unter anderem einen Stripper zu engagieren?« Matt lachte, als er das Metallsiegel von der Weinflasche entfernte, dann den Korkenzieher ansetzte und den Korken mit einem festlichen *Plop* herauszog. »Erzähl mir nicht, dass du dich geändert hast.«

Anne dachte kurz nach. »Zur Hölle, nein!«

»Gelobt sei der Herr.« Matt grinste und reichte ihr ein leeres Weinglas. Er goss beiden etwas *Merlot* ein, dann stellte er die Flasche ab und hob sein Glas. »Auf dich und darauf, dass du dich nicht ändern mögest. Niemals.«

Anne hob ihr Glas. »Und auf dich …«

Ein Handy klingelte. Beide griffen sie automatisch zu ihren Taschen, aber Anne hatte ihr Handy in der Handtasche im Wohnzimmer. Matt zog sein Handy aus dem Aktenkoffer. »Verdammt«, fluchte er, »wo du mir doch gerade sagen wolltest, wie toll ich bin.«

»Du kannst das ohnehin besser«, erwiderte sie, während er das Handy aufklappte und sich meldete. Sie sah, wie seine blauen Augen aufleuchteten.

»Ach wirklich? Na gut. Immer mit der Ruhe. Ich verstehe, wir reden gleich darüber. Ich bin schon auf dem Weg.« Matt klappte das Handy aufgeregt zu. »Das war Bill Dietz.«

»Der Kandidat für ein Wut-Management-Seminar.« Anne nippte an ihrem Wein. Der Gedanke an Bill Dietz hatte ihr die Laune verdorben. Sie nahm einen größeren Schluck. »Was will er denn?«

»Er will mich sehen. Er meinte, es sei wichtig. Vielleicht will er mich wieder engagieren.« Matt leerte sein Glas.

Anne hatte gemischte Gefühle. »Dietz hat uns beide tätlich angegriffen. Warum hältst du immer noch zu ihm?«

Matt wirkte hin- und hergerissen. »Er hat mir gerade gesagt, dass er es bedauert, dich gestoßen zu haben. Er hat die Kontrolle verloren.«

»Ach?« Anne nahm einen großen Schluck *Merlot.* Er schmeckte hervorragend. Sie konnte sich nicht erinnern, wann sie das letzte Mal eine richtige Mahlzeit zu sich genommen hatte.

»Es tut mir Leid, dass ich dich gerade jetzt allein lasse, aber ich muss zu ihm.«

»In deinen Schuhen möchte ich nicht stecken.« Anne nahm einen letzten Schluck und leerte das Glas. »Wenn du wieder zum Anwalt der Gegenseite wirst, dann können wir uns erst nach Abschluss des Falles wieder sehen. Ich bin jetzt eine Brünette, und wir Brünetten sind nicht so locker wie die Rothaarigen.«

»Tja, na gut. Was sein muss, muss sein.« Matt beugte sich zu ihr und küsste sie zum Abschied. »Geht es dir gut? Du siehst zumindest so aus.«

»Es geht mir mehr als gut.« Anne goss sich noch ein Glas *Merlot* ein, hob die Flasche hoch und imitierte eine angetrunkene Lucy Ricardo. »Die Antwort auf alle Probleme liegt in dieser kleinen, alten Flasche.«

»Vitametavegamin!«, erwiderte Matt lächelnd. Anne traute ihren Ohren nicht.

»Du kennst Vitametavegamin?«, fragte sie verblüfft. »Aus ›Lucy Does a Television Commercial‹? Episode 30 vom 5. Mai 1952?«

Matt lachte. »Die Daten kenne ich nicht, aber ich kenne die Episoden. Lucy in der Schokoladenfabrik, beim Traubentreten, beim Eierzerschlagen, mit den Küken – nenn mir irgendeine Folge, ich habe sie bestimmt gesehen. Meine Mutter war auch verrückt nach Lucy.«

»Ich glaube, ich habe mich verliebt«, hauchte Anne. Matt warf ihr eine Kusshand zu, bevor er die Tür öffnete und hinausstürmte. Sie blieb mit einer Flasche *Merlot*, einem Eimer Seifenlauge und einem Prickeln im Bauch zurück.

Anne zog die Kette wieder vor und fing an, Gummihandschuhe, Schwamm und Eimer einzusammeln und sich auf das Anstreichen vorzubereiten. Sie war gerade fünf Minuten zugange, als es erneut an der Tür klingelte. Ha! Matt musste etwas vergessen haben. Vielleicht den Rest ihres Trinkspruchs? Irgendwo in der Ferne explodierte ein verspäteter Knallfrosch.

»Schon unterwegs, Matt!«, rief sie und lief zur Tür. Sie legte die Kette zurück, ohne durch den Spion zu schauen.

Doch als sie die Tür öffnete, stand nicht Matt vor ihr.

32

Auf der obersten Stufe stand Beth Dietz, und sie sah aus, als ob sie geweint hätte. »Darf ich … hereinkommen?« Schluchzer erstickten ihre Stimme, und sie zitterte in ihren Shorts und der Bluse. »Bill und ich, wir haben uns gerade über diesen Stalker Kevin gestritten. Ich habe in den Nachrichten gehört, dass er tot ist.«

»Klar, kommen Sie herein. Wir sollten darüber reden.« Anne hatte ein seltsames Gefühl im Bauch, als sie Beth hereinließ. Sie schloss hinter ihr die Tür und legte reflexartig die Kette vor. Aber als sie sich umdrehte, weinte Beth nicht mehr, sondern hielt eine schwarze Waffe auf sie gerichtet.

Mein Gott. Anne brauchte eine Sekunde, um das zu verarbeiten. Dann stieß sie einen Schrei aus.

»*Halt sofort die Klappe!*« Beth presste die Waffe gegen Annes Brust, drückte sie damit gegen die Tür. Die Waffe war kalt und hart. Der Lauf bohrte sich in ihr Brustbein. Anne schnappte nach Luft.

»Was machen Sie da, Beth?«, fragte sie heiser. Sie versuchte, nicht in Panik zu geraten. Die Knie wurden ihr weich.

»Seit wann schläfst du mit Gil, Anne? Ich will es wissen!«

»Beth, bitte, legen Sie die Waffe weg.« Annes Zunge schmeckte noch nach Wein, aber die Wirkung war verflogen. »Wenn Sie darüber reden wollen, dann reden wir darüber. Aber nicht mit einer Waffe …«

»*Wage* es nicht, mir zu sagen, was ich tun soll!«, bellte Beth, ihre weiße Haut mit roten Flecken gesprenkelt. Ihr blonder Zopf löste sich langsam auf, ihre Lippen zitterten vor Wut. »Sag mir, seit wann du Gil vögelst. *Dich* hat er doch die ganze Zeit gewollt!«

»Nein, nie.« Anne schüttelte ungläubig den Kopf. Sie erinnerte sich an die Szene im Besprechungsraum, als Gil betrunken war. Dann an seinen Anruf an diesem Abend. »Ich habe nie etwas für Gil empfunden. Ich habe niemals …«

»*Lügnerin!*«, brüllte Beth. »Er hat ständig von dir geredet, und als wir uns trennten und ich die Klage einreichte, hat er ausgerechnet dich als Anwältin angeheuert!« Die Waffe bohrte sich schmerzlich in Annes Brust, ließ sie vor Angst atemlos werden.

»Nein, bitte …« Anne kamen die Tränen. Sie stellte sich vor, wie die Kugel in sie eindrang, sich durch ihr Fleisch bohrte und dann in ihr Herz. Sie sah die Diele vor sich, abermals blutgetränkt.

»Ich habe ihn geliebt, und du hast ihn mir weggenommen!«, schrie Beth Dietz. Ihre Gesichtszüge waren wutverzerrt. »Er hat dir doch gar nichts bedeutet! Ich hätte Bill für ihn verlassen, aber *dich* hat er gewollt! Und dabei bist du auf Matt scharf! Bill hatte Recht: Du bist ein *Flittchen!*«

Anne bemühte sich krampfhaft, die Kontrolle zurückzugewinnen. Sie musste etwas tun. Sie versuchte nachzudenken.

»Ich war am Freitag hier!«, tobte Beth weiter. »Ich wollte dich für das, was du mir angetan hast, töten – und ich habe es auch getan, *ich habe dich getötet!* Doch dann stellte sich heraus, dass nicht du es warst, die die Tür geöffnet hatte! Und dann rettet dir Gil auch noch das Leben, ich habe es im Fernsehen gesehen! Jetzt liebt er dich mehr als je zuvor!«

Die Erkenntnis zuckte durch Annes Gehirn. Kevin war gar nicht der Mörder. *Beth* hatte Willa getötet. Ihre Gedanken rasten. Kevin musste Annes Haus in dieser Nacht beobachtet haben. Er hatte gesehen, wie Beth Willa erschoss, und geglaubt, sie hätte Anne erschossen. Er musste hergelaufen sein, voller Schock die Mordwaffe in die Hand genommen und sie dann wieder fallen gelassen haben. *Mein Gott.* Es war Beth gewesen!

»Diesmal wirst du sterben«, erklärte Beth mit ruhiger Stimme. »Leb wohl.« Sie hob die Waffe und zielte zwischen Annes Augen.

»Nein!«, schrie Anne und schlug mit beiden Armen gegen die Waffe. Die Waffe ging mit einem ohrenbetäubenden *Peng* los.

»Du Miststück!«, zischte Beth wütend.

»Hilfe!«, schrie Anne und stieß Beth zu Boden. Sie sprang über Beth hinweg zur Treppe, nahm zwei Stufen auf einmal, als ein zweiter Schuss erklang. *Peng!*

»Hilfe! Hilft mir denn niemand! Bitte!«, schrie Anne, während sie die Treppen hochsprang. Wohin lief sie eigentlich? Was sollte sie tun? Sie hatte keine Waffe mehr, die hatte sie abgegeben. War genug Zeit, um die 911 zu wählen? Es stand ein Telefon im Schlafzimmer. Anne gelangte in den ersten Stock, Beth ihr auf den Fersen. Sie hastete zu dem beleuchteten Schlafzimmer, bevor Beth noch einmal schießen konnte.

»Hilfe!«, schrie Anne, aber niemand kam. Wo waren ihre Nachbarn? Mr. Berman? Mr. Monterosso? Der ganze Rest?

Anne erreichte das Schlafzimmer, stürzte sich auf das Telefon auf dem Schreibtisch, aber schon hörte sie Beth' Tritte auf der Treppe. Ihr Blick fiel auf den gewichtigen Laptop, sie packte ihn, wirbelte herum und schleuderte ihn Beth ins Gesicht, als diese im Türrahmen erschien.

»Aaaah!« Beth' Hand fuhr zu ihrer Nase. *Peng!* Die Waffe ging erneut los. Anne spürte die Hitze einer Kugel, die an ihrer Wange vorbeiflirrte. Das Geräusch entsetzte sie. Beth beugte sich vor, hielt sich die Nase. Blut floss durch ihre Finger.

Anne rannte an ihr vorbei und um ihr Leben. Sie schoss schreiend aus dem Schlafzimmer, auf die Treppe zu, hechtete nach unten zur Haustür. Eine Sekunde später war das Poltern von Tritten auf der Treppe zu hören.

Anne stürzte auf die Haustür zu. Doch sie würde es nicht rechtzeitig schaffen. Ehe sie die Kette entriegelt hätte, wäre sie tot. Sie musste kämpfen. Anne sah sich hektisch um. Der Schrubber dort in der Ecke. Perfekt!

Anne packte ihn und schleuderte ihn gegen Beths Schienbeine, als diese mit der Waffe in der Hand auf sie zurannte. Beth schrie laut auf, knickte ein und ließ die Waffe fallen. Mit einem Hechtsprung warf sich Anne auf sie. Als Beth sich aufrichtete, heftig aus der Nase blutend und immer noch vor Wut heulend, hatte Anne die Waffe auf sie gerichtet.

»Du erschießt mich ja doch nicht!«, rief Beth und spuckte Blut.

Anne spürte, wie sie vor Wut zitterte. Sie hatte Kevin

nicht erschossen, aber nur weil sie während des Kampfes nicht richtig hatte zielen können. Jetzt konnte sie es. Sie sah auf den Lauf der Waffe, ein alter *Colt*-Revolver. Nicht gesichert. Feuerbereit.

Anne spürte eine Woge aus Adrenalin. Sie konnte Beth töten. Sie *sollte* Beth töten. Plötzlich schien das eine gute Idee. Der beste Plan B, den Anne je gehabt hatte. Keine Lucy-Episode hatte diesen Fall vorgesehen. Dies war das echte Leben. Anne richtete den Revolver zwischen Beth' blaue Augen.

Anne sah alles vor sich, was sie wegen dieser Frau hatte erleiden müssen. Sie hatte Willa umgebracht, ein völlig sinnloser Mord. Deshalb hatte Kevin sie im Visier gehabt, nicht als Stalker, sondern weil er glaubte, dass sie Anne getötet hatte.

Anne sah wie betäubt auf die Waffe in ihrer Hand. Dann fiel ihr Blick auf etwas anderes. Den italienischen Talisman, der um ihren Hals baumelte. Sie sah das Bild von Mrs. DiNunzio vor sich, die duftgeschwängerte kleine Küche. Das Bild, das sie sah, gemahnte sie an Freundschaft, Familie und Liebe.

Annes Finger schlossen sich um den *Colt*.

Und dann traf sie ihre Wahl.

33

Der fünfte Juli, ein Dienstagmorgen, dämmerte klar und kühl. Die Temperatur betrug zivilisierte 21 Grad Celsius, geringe Luftfeuchtigkeit. Vor dem kristallklaren Himmel über Philadelphia hob sich die glitzernde, metallische Skyline ab. Die Sonne stand noch niedrig, lungerte hinter den

Wolkenkratzern, schlief nach einem umtriebigen Wochenende voller Uncle-Sam-Zylinder und roter Plateauschuhe etwas aus.

Die Stadt machte sich wieder an die Arbeit, nachdem die Menschen kollektiv ihre Batterien aufgeladen hatten. Schachtelförmige weiße Busse rollten Straßen entlang, die am Vortag für den Verkehr noch gesperrt gewesen waren. Grün behemdete, städtische Angestellte spießten Pappbecher und Papiertüten von den Straßen auf. Die Ladenbesitzer rollten ihre Sicherheitsgitter klappernd hoch. Die Menschen schlenderten zur Arbeit, trugen saubere Hemden und eine frische Sommerbräune, hielten Aktenkoffer in den Händen, die sie das Wochenende über nicht geöffnet hatten. Viele von ihnen hatten, wie Anne, eine zusammengefaltete Zeitung unter den Arm gesteckt.

FEUERWERK VOM VIERTEN JULI!, lautete die Schlagzeile ihrer *Daily News*, einer Sonderausgabe. Anne hätte FALL ABGESCHLOSSEN bevorzugt. Matt war schon im Gericht und beantragte eine Einstellung des Verfahrens. Es wäre doch zu schwierig gewesen, die Klage aufrechtzuerhalten, wenn die Klägerin wegen Mordes in Untersuchungshaft saß.

Anne schritt mit hoch erhobenem Kopf in ihren graubraunen Blahniks. Sie trug ein butterkremfarbenes Leinenkostüm mit einem weißen Stretch-T-Shirt. Sie fühlte sich fast wieder normal, nur dass »normal« jetzt bedeutete: keine Sonnenbrille, kein Lippenstift und dafür eine Narbe auf der Lippe. Sie war etwas spät dran, weil sie ihre Haare wieder in die Ursprungsfarbe zurückgefärbt hatte. Mentale Notiz: *Das Leben ist zu kurz, um etwas anderes als ein Rotschopf zu sein.*

Ihr Schritt war fest und lebhaft, als sie die Locust entlangmarschierte, nur noch einen Häuserblock von der Kanzlei entfernt. Ein ungekanntes Glücksgefühl erfüllte sie, das keineswegs nur ihrer Aufmachung zuzuschreiben war, sondern größtenteils ihrer Idee. Allein der Gedanke erfüllte sie mit neuem Antrieb, während sie auf ein Meer an Kameras, Reportern und Übertragungswagen vor dem Kanzleigebäude zusteuerte. Streifenbeamte, insgesamt acht, hinderten die Presse daran, den Verkehr zu blockieren. Anne lächelte angesichts der Ironie dieses Anblicks. Das waren mehr Cops, als sie das ganze Wochenende über gesehen hatte.

Ein Reporter am Rand der Menge erkannte sie als Erster und rannte auf sie zu. »Ms. Murphy, wie haben Sie die Mörderin überführt?« »Welches Motiv hatte Beth Dietz?« »Wir wollen die Story exklusiv!« Andere Reporter sammelten sich um sie, und Kameralinsen zielten auf Annes Gesicht. »Ms. Murphy! Anne! Hierher bitte!«, rief es von allen Seiten, und alle fluteten auf sie zu.

Anne schwang ihre *Daily News*. »Kein Kommentar!«, erklärte sie und bahnte sich zielstrebig einen Weg durch das Gedränge. »Ich gebe keinen Kommentar ab!«

Sie pflügte sich durch die Massen, während Fotoapparate klickten und Videokameras surrten, dann wurde ihr der Weg von einem Fernsehreporter verstellt. Doch plötzlich fuhr eine fleischige Hand an dem Reporter vorbei und bot Anne Hilfe an. Sie blickte dankbar auf, und am anderen Ende des Armes erkannte sie den heißen Herb, in voller Montur.

»Aus dem Weg! Aus dem Weg!«, brüllte er, bugsierte alle Störungen aus dem Weg und führte Anne zum Eingang des Gebäudes, wo er sie vor sich hineinschob und ihr durch die Drehtür folgte. Er eskortierte sie in die Lobby, lachte und wischte sich mit einem gefalteten Taschentuch die Stirn. »Meine Herrn! Diese Kerle sind echt verrückt!«

»Danke, Sie waren meine letzte Rettung«, sagte Anne. Sie war derart guter Laune, dass sie sogar froh war, den heißen Herb zu sehen, der ausnahmsweise einmal mehr amüsiert als lüstern auf sie heruntergrinste.

»So, Karottentop, dann waren Sie also die neue Botin?«

»Ja, das war ich. Und tut mir Leid, dass ich Sie anschwindeln musste!«

»Machen Sie Witze?« Herb winkte ab und begleitete sie kichernd zum Aufzug, der bereits im Erdgeschoss wartete. »Ich bin einfach froh, dass Sie noch am Leben sind. Ich mag Sie, Kleines.« Seine Stimme klang ehrlich, fast väterlich.

Anne trat in die Aufzugskabine und drückte auf den Knopf. »Danke, ich fühle mich geschmeichelt«, sagte sie. Die Türen schlossen sich, und der Aufzug trug sie nach oben.

Die Aufzugstüren hatten sich kaum wieder geöffnet, als die Empfangsdame von ihrer Theke aufsprang und Anne umarmte. Aus allen Büros strömten Sekretärinnen und Kanzleimitarbeiterinnen und taten es ihr gleich. »Sie sind am Leben! Sie sind wirklich am Leben!«, riefen sie im Chor, und Anne, die sich langsam, aber glücklich daran gewöhnte, Freundinnen zu haben, wusste genau, was sie zu tun hatte: ihrerseits umarmen, feuchte Augen bekommen und dann Einkaufen gehen.

Schließlich sagte die Empfangsdame mit besorgter Stimme: »Anne, Bennie will Sie sehen. Sie hat einen neuen Fall. In Besprechungsraum C.«

»Ein neuer Fall? Nein, Sie machen Scherze!« Anne sah bestürzt auf die verschlossene Tür des Besprechungsraumes, direkt hinter dem Empfangsbereich. »Ich will nicht arbeiten! Ich will Leute umarmen!«

Die Empfangsdame runzelte die Stirn. »Sie sollten besser hineingehen. Judy und Mary sind auch drin und warten schon auf Sie. Die neue Mandantin sitzt in Besprechungsraum D. Irgendetwas geht da vor sich.«

»Die Arbeit einer Anwältin ist nie getan«, sagte Anne seufzend. Sie winkte ihren neuen Freundinnen zum Abschied zu, ging zum Besprechungsraum und öffnete die Tür.

Bennie, Mary und Judy saßen um den polierten Tisch, vor ihnen Notizblöcke und Styroporbecher mit frischem Kaffee. Anne hatte sie nur wenige Stunden zuvor zuletzt gesehen, im Roundhouse, als Beth verhaftet worden war, aber sie sahen so frisch aus, wie Anne sich fühlte: wach und geschäftsmäßig. Bennie trug ihr kakifarbenes Kostüm, Judy ein T-Shirt und einen blauen Jeanskittel und Mary eine Seidenbluse zu einem marineblauen Kostüm, die Haare zu einem französischen Zopf geflochten.

»Ihr wollt wirklich, dass ich arbeite?«, fragte Anne. Bennie lächelte, als sie auf sie zuging.

»Guten Morgen«, begrüßte sie Anne und umarmte sie kurz. »Hast du etwas geschlafen?«

»Zwei Stunden lang, ja. Mel lässt dich grüßen.«

»Ich vermisse ihn.« Bennie lächelte. Mary und Judy traten dazu, tauschten Umarmungen aus.

»Bevor wir anfangen, will ich euch eine Idee unterbreiten«, sagte Anne. »Darf ich zuerst? Es kann nicht warten.«

Bennie zögerte. »Na gut, um was geht es?«

»Setzt euch. Vor allem du, Bennie. Dafür musst du sitzen. Hier kommt mein Angebot.« Als alle drei Frauen saßen, legte Anne los. »Tja, ich erinnere mich, dass ihr im Radio demjenigen eine Belohnung angeboten habt, der meinen Mörder findet. Da habt ihr noch geglaubt, ich wäre tot.«

»Ja und?«

»Die Kanzlei bot fünfzigtausend Dollar.«

»Stimmt.«

»Tja, wie ihr alle wisst, habe *ich* meine Mörderin gefunden, Beth Dietz, und gestern Nacht habe ich sie den Behörden übergeben, und sie wurde verhaftet.«

»Was willst du damit sagen?«, wollte Bennie wissen. Mary und Judy blickten gleichermaßen unsicher.

»Die Belohnung. Ich will sie einer Opfergruppe spenden, in Willas Namen. Ich denke, das Geld würde viel Gutes tun. Vielleicht ist es sogar ein kleiner Schritt gegen die Kevins dieser Welt.«

Bennie nickte. »Klingt gut. Gebongt. Es ist eine sehr gute Idee.«

»Willst du mich gar nicht davon abbringen?«

»Nein.«

»Es ist sehr viel Geld.«

»Das ist es.«

»Und es kommt aus deiner Tasche.«

»Schon klar.« Bennies Augen wurden dunkel. »Du hast vielleicht noch nicht darüber nachgedacht, aber du könntest einen Teil des Geldes für die Begräbniskosten von Willa verwenden.«

»Danke, nein.« Anne hatte plötzlich einen Kloß im Hals. »Das habe ich schon entschieden. Ich übernehme die Kosten und richte auch eine Trauerfeier für sie aus.« Die Idee kam gut an, und alle versprachen, Anne dabei zu helfen.

»Danke.« Anne klopfte auf den Tisch, um sich wieder auf das Geschäftliche zu konzentrieren. »Und was ist hier los? Ich höre, es wartet eine neue Mandantin auf uns?«

»Ja, ich weiß, du würdest dich gern erholen, aber die Sache kann nicht warten.« Bennie stand vom Kopfende des Tisches auf und räusperte sich. »Wir haben eine neue Mandantin, die in Schwierigkeiten steckt. In großen Schwierigkeiten.«

»Mord?«, fragte Anne.

»So schlimm ist es nicht, aber fast.«

»Zivil- oder Strafrecht?«

»Zivil.« Bennie nickte. »Und ich muss dir sagen, dass die

Mandantin verantwortlich ist. Absolut verantwortlich. Mit anderen Worten, sie ist schuldig. Sehr sogar.«

Anne seufzte. »Warum bekommen wir nie die leichten Fälle?«

»Wir sind zu schlau für die leichten Fälle.«

»Außerdem sehen wir in Plateauschuhen einfach heiß aus«, fügte Mary hinzu.

»Du vielleicht«, fauchte Judy.

Bennie bedeutete ihnen, den Mund zu halten. »Also, um auf den Fall zurückzukommen, unsere Mandantin ist schuldig, aber die Rechtsverletzung ereignete sich vor sehr langer Zeit. Daraus lässt sich möglicherweise eine Verteidigung basteln.«

»Wir wollen auf Verjährung raus?«, schlussfolgerte Anne und fragte sich, in welche Gerichtshoheit der Fall der Mandantin fiel und was sie angestellt hatte.

»Nein, Verjährung greift in diesem Fall nicht, aber es gibt einige interessante Fakten, die du wissen solltest.«

Anne tappte im Dunkeln. »Was hat sie denn getan?«

»Du musst dir zuerst die Fakten anhören, dich auf die einzelnen Facetten ihrer Situation einlassen. Du weißt ja, wie man sich auf einen Fall vorbereitet. Die Mandantin wartet in Besprechungsraum D auf dich.«

»Sie ist meine Mandantin?«

»Aber ja. Früher wärst du diesem Fall nicht gewachsen gewesen, jetzt schon. Ich glaube, nach allem, was du durchgemacht hast, hast du jetzt die Erfahrung, die Reife und auch die richtige Perspektive dafür. Manchmal kommen die Dinge zu uns, wenn wir dafür bereit sind. Nimm dir ein paar Tage frei und beschäftige dich gründlich mit diesem Fall.«

»Ehrlich?« Anne stand auf, nahm einen Notizblock von der Mitte des Tisches. »Ein Arbeitsurlaub?«

»Genau.« Bennie lächelte. »Erinnerst du dich an das Haus, das du an der Küste gemietet hast, als du dich auf den Chipster-Prozess vorbereiten wolltest? Ich habe es für dich angemietet. Du kannst die ganze Woche dort verbringen, und wir bringen dir Matt zum Wochenende. Es ist schon alles abgemacht. Ein romantisches Wochenende, nur wir fünf.«

»Ehrlich?«, quietschte Anne, und Bennie lachte.

»Ehrlich. Hattest du es übrigens schon einmal mit jemandem zu tun, der schuldig war?«

»Mit Gil. Ich habe es gehasst.«

»Tja, das ist der Schlüssel. Die Mandanten kommen so zu uns, wie sie sind, und wir können uns nicht den Luxus erlauben, sie auszusortieren. In dieser Beziehung ähneln sie unseren Familien. Wenn man also einen neuen Mandanten trifft, dann beurteilt man ihn nicht, man hört zu. Hast du verstanden?«

»Ja.«

»Du kannst Fragen stellen, und du darfst selbstverständlich deine Zweifel haben, aber du darfst nicht urteilen. Anwälte urteilen nicht, nur Richter urteilen. Kapiert? Und jetzt ab in den Besprechungsraum!«

»Ich danke dir, Bennie.« Anne ging um den Tisch herum, umarmte sie, dann ging sie zur Tür und öffnete sie. »Ich komme in deinem Büro vorbei, wenn ich fertig bin.«

»Tu das«, sagte Bennie, als sich die Tür schloss. Anne eilte über den Flur quer durch den Empfangsbereich und zu Besprechungsraum D. Sie öffnete die Tür. Dort saß, sehr klein am Ende des Tisches, ihre Mutter.

Ihre gefärbten schwarzen Haare waren zurückgebunden, sie trug ein schlichtes, blaues Kleid und hatte nur einen diskreten Hauch Lippenstift aufgelegt. Sie zuckte auf ihrem Stuhl ein wenig zusammen, legte dann eine manikürte

Hand auf die Tischplatte. Ihre Lider flatterten, als ob sie sich schämte.

Du hast allen Grund, dich zu schämen, dachte Anne. Sie war viel zu überrascht, um etwas zu sagen.

»Ich bin heute Morgen hergekommen, um dich zu sehen«, sagte ihre Mutter. Ihre Stimme stockte. »Deine Chefin, Bennie, bat mich, hier zu warten. Sie meinte, wenn sie zuerst mit dir spricht, wirst du mich vielleicht sehen wollen. Sie ist sehr nett.«

»Du kennst sie nicht.« Anne hätte Bennie am liebsten den Hals umgedreht, bis ihr die Worte *nicht urteilen, nur zuhören* einfielen.

»Ich hatte gehofft, mit dir sprechen zu können, bevor ich nach Los Angeles zurückfliege. Ich erwarte nichts von dir. Du solltest wissen, dass ich jetzt seit fünf Monaten und zehn Tagen clean und trocken bin. Ich habe sogar einen Job. Einen richtigen Job, der bezahlt wird.«

Die Mandanten kommen so zu uns, wie sie sind, und wir können uns nicht den Luxus erlauben, sie auszusortieren. In dieser Beziehung ähneln sie unseren Familien.

»Wenn du willst, dann gehe ich sofort«, fuhr ihre Mutter fort. »Ich habe eine Reservierung für den nächsten Flug. Er geht um drei Uhr heute Nachmittag.«

Früher wärst du diesem Fall nicht gewachsen gewesen, jetzt schon.

»Ich wollte nicht gehen, ohne mich verabschiedet zu haben. Und dir Hallo zu sagen.«

Anne spürte, wie etwas tief in ihrer Brust sich löste. Etwas, das sie unterdrückt hatte und das sie sich noch nicht eingestehen konnte. Ihr fiel Mrs. Brown ein, die allein über ihren Kreuzworträtseln saß, und Mrs. DiNunzio, umgeben von ihrer Familie und jeder Menge Essen. Anne wusste, es gab da eine Verbindung, aber sie war zu erschüttert, um dieses Rätsel jetzt zu lösen. Sie merkte, wie sie auf einen Stuhl sank und automatisch den Notizblock vor sich auf den Tisch legte, wie sie es bei jedem anderen Treffen mit einem neuen Mandanten getan hätte.

»Können wir uns unterhalten?«, fragte ihre Mutter.

»Ja«, erwiderte Anne. Sie rutschte in ihrem Stuhl hoch, bereit zuzuhören. Schließlich wollte sie mit dem Neuanfang beginnen. Vielleicht war das der richtige Ausgangspunkt. Für den neuen Neuanfang. »Bitte, fang ganz von vorn an«, bat Anne.

Und das taten sie dann auch, sie fingen ganz von vorn an.

Composition : Complexe vitaminique (E et F) 2 %. Huiles minérales 75,2 %. Cires microcristallines filmogènes 9 %. Ecran solaire UVA/UVB 3 %. Sans parfum. Sans filtre chimique.

Propriétés : Kélyane enrichie en substances protectrices et nutritives, hydrate et protège les lèvres desséchées, abîmées ou fendillées par les agressions extérieures (agressions climatiques et ou médicamenteuses) ou les lèvres gercées par la salive. Le complexe vitaminique E et F, contribue également, par ses propriétés nutritives, eutrophiques et réparatrices de l'épiderme, à la protection des lèvres. Parfaitement tolérée, d'une texture riche et couvrante, Kélyane protège les lèvres des effets néfastes du rayonnement solaire et s'utilise facilement grâce à son tube applicateur.

Mode d'emploi : Utiliser le tube applicateur directement sur les lèvres et renouveler les applications aussi souvent que nécessaire.

Samenstelling : Vitamine complex (E en F) 2 %. Minerale oliën 75,2 %. Filmogene micro-kristalijne wassen 9 %. Zonnescherm UVA-UVB 3 %. Zonder parfum. Zonder chemische filter.

Eigenschappen : Kélyane verrijkt met beschermende en voedende bestanddelen, en met vitamine E en F, hydrateert en beschermt uitgedroogde en gekloven lippen als gevolg van externe agressies (weersomstandigheden, geneesmiddelen) of door speeksel aangetaste lippen. Het vitamine E en F complex, met zijn voedende en helende inwerking op de epidermis, zorgt eveneens voor een betere bescherming van de lippen. Kélyane wordt perfect verdragen, heeft een romige en dekkende textuur, en beschermt de lippen tegen zonlicht. Is aangenaam in het gebruik door de speciale applicatortube.

Gebruiksaanwijzing : Met de applicatortube direct op de lippen aanbrengen, zo vaak als nodig.

Zusammensetzung: Vitaminkomplex (E und essentielle Fettsäuren) 2 %. Paraffinöl 75,2 %. Filmbildende mikro-kristalline Wachse 9 %. UVA- und UVB-Schutz 3 %. Ohre Duftstoffe. Ohne chemische Sonnenschutzfilter.

Eigenschaften: Kélyane enthält schützende und nährende Stoffe, spendet Feuchtigkeit und schützt sehr trockene, spröde und rissige Lippen vor äusseren Einflüssen (Witterung, Medikamente). Der Vitamin E- und F-Komplex trägt ebenfalls durch seine nährenden, stimulierenden und aufbauenden Wirkungen auf die Epidermis, zum Schutz der Lippen bei. Kélyane ist ausgezeichnet verträglich, bildet einen reichhaltigen Schutzfilm auf den Lippen und schützt sie vor den negativen Wirkungen der Sonneneinstrahlung. Die abgerundete Austrittsöffnung der Tube ermöglicht ein problemloses Auftragen direkt auf die Lippen.

Anwendung: Nach Bedarf direkt auf die Lippen auftragen.

Pierre Fabre

Laboratoires Ducray
45, place Abel-Gance, 92100 Boulogne
Paris - France
PIERRE FABRE BENELUX
Paepsem Business Park, 16-A Boulevard Paepsem - B-1070 Bruxelles
PIERRE FABRE DERMO KOSMETIK GmbH
Jechtinger Strasse 13 - D-79111 Freiburg
118229 T - TO

DUCRAY

kélyane

soin des lèvres

Lippenpflege-creme

Verzorging voor de lippen

LÈVRES DESSÉCHÉES ET ABÎMÉES
TROCKENE SPRÖDE LIPPEN
DROGE EN BESCHADIGE LIPPEN

LABORATOIRES DUCRAY - PARIS

Danksagungen

Es gibt keine Regeln, was die Danksagungen anbelangt, und meine persönliche Umfrage hat ergeben, dass jeder Autor und jede Autorin sie anders gestaltet. Weil ich die Danksagung für ein besonderes Dankeschön halte, habe ich in der Vergangenheit an dieser Stelle meinen Lesern und Leserinnen gedankt. Mittlerweile denke ich jedoch, dass meine Leser und Leserinnen das größte Dankeschön verdienen – die Widmung. Mord mit kleinen Fehlern ist meinen Lesern und Leserinnen gewidmet, weil sie mir ihre Unterstützung und ihre Loyalität angedeihen lassen, weil sie zu meinen Lesungen kommen, obwohl sie mit ihrer Zeit doch ganz andere Dinge anfangen könnten, weil sie mir Briefe und E-Mails schicken, in denen sie mir ihre Gedanken mitteilen, mich ermutigen und mich gelegentlich auch kritisieren. Bücher verbinden uns, und ich habe meine Leser und Leserinnen immer vor Augen, wenn ich schreibe, bei jedem Satz, bei jedem Wort. Meine Leser und Leserinnen wissen das und geben es mir tausendfach zurück. Darum danke ich Ihnen von Herzen, lieber Leser, liebe Leserin – Ihre Hingabe erwidere ich mit meiner eigenen Hingabe. Von der allerersten Seite bis zum Schluss.

Ich danke der wunderbaren Mannschaft bei *HarperCollins* – der großartigen Jane Friedman, Expertin in Sachen Stil *und* Substanz, Michael Morrison, Cathy Hemming und Susan Weinberg. Eine feste, sehr emotionale Umarmung verdient meine geliebte Lektorin Carolyn Marino und eine weitere Umarmung für meine Freundinnen Tara Brown und Virginia Stanley. Ich danke auch Jennifer Civiletto für all ihre Hilfe.

Von ganzem Herzen danke ich wie immer der wunderbaren Molly Friedrich und dem erstaunlichen Paul Cirone von der *Aaron Priest Agency* für ihre enorme Hilfe und Führung bei der Überarbeitung des Manuskripts. Ein liebevoller Dank gebührt Laura Leonard, die mich jeden Tag zum Lachen bringt und so hart für mich arbeitet.

Ich danke den vielen Experten, die mir bei *Mord mit kleinen Fehlern* zur Seite standen – ihre Ratschläge waren kritisch, und was ich damit angefangen habe, ist allein mein Verschulden. Ich danke meinem lieben Freund Jerome Hoffman für sein juristisches Fachwissen und seine Imaginationskraft, und Allen J. Gross für alles zuvor Genannte. Dank auch an Art Mee, meinen genialen Detektiv-vom-Meer und Glenn Gilman vom Public Defence Office Philadelphia.

Ich danke den netten Menschen, die großzügig wichtigen Wohltätigkeitseinrichtungen gespendet haben, damit ihre Namen in diesem Roman auftauchen. Ich hätte sie nie zu Schurken machen können, denn dafür sind sie viel zu nett: Lore Yao (Free Library of Philadelphia), Marge Derrick (Thorncroft Therapeutic Riding), Cheryl Snyder (Pony Club), Crawford, Wilson & Ryan (Chester County Bar Association), Rodger Talbott & Sharon Arkin (Stipendiatenprogramm der California State University in Fullerton) und Bob Doods vom Miami Valley Literary Council in Ohio über Vermittlung der Bücherexpertin Sharon Kelley Roth von Books & Co.

Bezüglich der Recherche über Erotomanie und Formen obsessiver Liebe schulde ich der Therapeutin Fayne Landes und diesen hervorragenden Büchern Dank: *I Know You Re-*

ally Love Me: A Psychiatrist's Account of Stalking and Obsessive Love von Doreen R. Orion (1998) und *Mut zur Angst: Wie Intuition uns vor Gewalt schützt* von Gavin DeBecker (Frankfurt: Fischer 2001).

Voller Liebe danke ich meinem Ehemann und meiner Familie sowie meinen Freundinnen Franca Palumbo, Rachel Kull, Sandy Steingard, Judith Hill, Carolyn Romano, Paula Menghetti und Nan Demchur. Ihr seid der lebende Beweis dafür, wie wichtig Freundinnen sind. Ich danke auch meinem Bruder, dessen Humor und Erfahrung eines Schwulen in eine Szene dieses Buches einflossen. Und ich danke meiner Mutter, die den bösen Blick *übers Telefon* bannen kann. Denken Sie etwa, ich hätte das erfunden?

Und schlussendlich danke ich Lucille Ball, den Lucy-Fans überall und meinem persönlichen Lucy-Fan, der mich daran erinnert, dass Vorbilder in vielen Formen, Größen und Haarfarben einherkommen. Sogar – oder vielleicht besonders – als Rotschöpfe.